实践视域下的文学理论研究

胡瑞燕　姚文艳　著

吉林人民出版社

图书在版编目（CIP）数据

实践视域下的文学理论研究 / 胡瑞燕，姚文艳著.
-- 长春：吉林人民出版社，2021.8
ISBN 978-7-206-18383-6

Ⅰ.①实… Ⅱ.①胡…②姚… Ⅲ.①文学理论—理
论研究 Ⅳ.① I0

中国版本图书馆 CIP 数据核字（2021）第 167369 号

责任编辑：刘　学
封面设计：皓　月

实践视域下的文学理论研究

SHIJIAN SHIYU XIA DE WENXUE LILUN YANJIU

著　　者：胡瑞燕　姚文艳
出版发行：吉林人民出版社（长春市人民大街 7548 号　邮政编码：130022）
咨询电话：0431-85378007
印　　刷：三河市嵩川印刷有限公司
开　　本：710mm×1000mm　　　　1/16
印　　张：19.5　　　　　　　字　　数：275 千字
标准书号：ISBN 978-7-206-18383-6
版　　次：2021 年 8 月第 1 版　　印　　次：2022 年 3 月第 1 次印刷
定　　价：78.00 元

前　言

　　有力地阐释文学作品与文学活动的价值，并为即将展开的文学创作提供观念启示和进行方法引导，这是文学理论的活力之源。当然，作为一种理论，文学理论在自我生长和内在逻辑完善的过程中，会受到种种误导，以至于会在一定程度上偏离基本的价值起点。事实上，在某一历史时期，文学理论确实或多或少偏离了它所应该植根文学实践世界，成为理论之旅中的孤寂旅行者。为理论而"理论"，而不是为文学而"理论"的情形并不鲜见，在这种状态中，文学理论话语方式显示出巨大而特别的文化区隔，优劣参半，长处与不足都体现出丰富的文化意义，有着值得深入探讨的意义。

　　本书将文学的内涵、文学作品及其创作、文学接受、文学价值、文学鉴赏、实践视域下文学理论的演进、实践视域下文学理论的多元化及实践视域下文学理论的现象关注、文学与其他学科的关联性等内容作为研究对象，将理论知识与实践应用相结合，提出了一些关于文学理论与文学实践的浅见。

　　本书由北京农业职业学院的胡瑞燕和甘肃省农垦中等专业学校的姚文艳担任著者。具体分工如下：胡瑞燕负责第三章至第七章和第九章的撰写（共计15万字）；姚文艳负责第一章至第二章和第八章的撰写（共计12.5万字）。

目　录

第一章　文学概论

在不同的语言文化里，"文学"作为一个词语存在的历史长短不一，而作为一种观念的出现，作为一种艺术形式的代名词为大家所公认，则是近现代的一个文化事件——牵涉到人们对文学作为一种艺术形式之本质的理解与阐释。

第一节　文学的内涵

一、文学的概念

（一）中国文学概念的演变

"文学"一词早在先秦就出现了，不过，它的含义和我们今天熟悉的解释不同。《论语·先进》记载了孔门分四科：德行——颜渊、闵子骞、冉伯牛、仲弓；言语——宰我、子贡；政事——冉有、季路；文学——子游、子夏。邢昺在《论语疏》中解释"文学"二字为"文章博学"。不过，参考先秦和汉代的其他文章里面的用法，"文学"这个词原本指的应该是古代的典籍。杨伯峻在《论语译注》中译为"熟悉古代文献的：子游、子夏"，这条解释是相当确切的。

汉代人对"文学"的理解有了变化，当时所谓的"文学"是指学术。比如《史记·孝武本纪》记载："而上乡儒术，招贤良，赵绾、王臧等以文学为公卿，欲议古立明堂城南，以朝诸侯。"《史记·儒林列传》记载：

"及今上即位，赵绾、王臧之属明儒学，而上亦乡之，于是招方正贤良文学之士。"这两段话对照起来意思很明晰了，就是说，"文学"就是儒学。这些人都是学者，而非现代意义上的文学家。值得注意的是，汉代在"文学"之外另有"文章"这个词，指学术之外的辞章。《汉书·公孙弘卜式儿宽传》记载，"汉之得人，于兹为盛。儒雅则公孙弘、董仲舒、儿宽。……文章则司马迁、相如。孝宣承统……刘向、王褒以文章显"。这里所谓的"文章"，是指辞赋、史传之类的文体或辞章方面的能力，表达的重点是语言的运用，仍然不同于今天的文学。

从汉人"文学""文章"之分再进一步，到南朝就有了"文""笔"之分。在《南史·颜延之传》中宋文帝问延之诸子才能，延之曰："峻得臣笔，测得臣文。"刘勰《文心雕龙·总术》篇记载："以有韵和无韵区分文和笔代表是早期的认识。"梁元帝萧绎《金楼子·立言篇》曰："古之学者有二，今之学者有四。"他所说的古代的两种"学"，是指汉朝人所谓的"文学"和"文笔"；今日的四种"学"，是指从"文学"中分化出来的"儒"与"学"，从"文章"中分化出来的"文"与"笔"。关于"文"与"笔"的区别，《金楼子·立言篇》有进一步的说明和阐述："屈原、宋玉、枚乘、长卿之徒，止于辞赋，则谓之文。至如不便为诗如阎纂，善为章奏如伯松，若此之流，泛谓之笔。吟咏风谣，流连哀思者，谓之文。……笔，退则非谓成篇，进则不云取义，神其巧惠，笔端而已。至如文者，惟须绮縠纷披，公正靡曼，唇吻道会，情灵摇荡。"

萧绎所说的文笔之别，已不是有韵无韵的简单区别。他认为，"文"的特点是抒发感情，以情动人，并注重语言的形式美（声律、藻饰等），具有可供欣赏的价值；"笔"则是奏章之类的应用文。正如章炳麟所说："文即诗赋，笔即公文，乃当时恒语。""笔"也需要"巧惠"，但其"巧惠"仅仅表现在笔端而已，不能和"文"相比。萧绎已经注意到"文"在情思和语言方面的特点，他所说的"文"已经接近我们今天所说的文学了。可是他的《金楼子》影响并不大。对中国的文体论影响重大的是与之同时代的《文心雕龙》和《文选》，这两部书实际上并没有严格区分"文"和"笔"，它们所列的"文"当中，包括了诏令、檄移之类的应用文。这种情况一直延续到清代，桐城派古文学家姚鼐所编的《古文辞类纂》选入自战国至清代的古文辞赋中，其中也包括了许多应用文。

在传统的目录学中，文学的范围也不很明确。西晋荀勖始创四部分类，总括群书分为甲乙丙丁四部。东晋李充把荀勖四部中的乙丙两部互换，确立了经史子集的次序。可是目录学所谓的"集部"，既不等于萧绎所说的"文"的专集，更不等于今之所谓文学专集。集部中收录了许多应用文，而小说、戏曲这两种体裁，今天我们视之为文学中不可或缺的部分，在古代却不入集部。小说的文言小说或入史部或入子部，而对于白话小说和戏曲，传统目录学家则基本上不予著录。

总之，中国古代并没有严格划出文学与非文学的界限，没有确立纯文学的观念。古代的所谓文学，一方面，容纳了我们今天看来不属于文学的一些体裁，另一方面，又没有把我们认为是文学的一些体裁包括进去。因而，我们研究中国古代的文学，就不得不按照我们今天对文学的理解，兼顾古人的习惯，来确定研究的对象。

及至1902年，张百熙主持编纂的《钦定京师大学堂章程》，一改原来的大学堂《诗》《书》《礼》《义》《春秋》课时的传统做法，"略仿日本例"，以政治、文学、格致、农业、工艺、商务及医术等七个科目教学生，文学才开始成为一门独立的学科。1904年年初，清朝政府颁布的《钦定大学堂章程》，将经学与理学等学科从文学中分离，从而使文学正式成为一门独立的学科。此时的文学学科虽然去掉了经学和理学，但是仍然包含史学、文字、辞章、文法等方面的内容。这种情况一直持续到1913年民国政府的教育部将大学的科目主要分为文学、哲学、史学及地理学四个部分，至此，文学与史学、哲学才划清界限，成为一个真正独立的、基本符合我们现当代所理解的"文学"学科。然而，直到民国，我们仍然没有从理论上正面解答"文学是什么"或者"什么是文学的问题"，而对这两个问题进行正面回答的是新文化运动中的文化新锐。

1916年，胡适先生提出了："文学革命，至元代而登峰造极。其时，词也，曲也，剧本也，小说也，皆第一流之文学，而皆以俚语为之。其时，吾国真可谓有一种'活文学'出世。"陈独秀先生在他的著作《文学革命论》中主要提出了文学革命的"三大主义"，向着传统的、旧式的文学发起进攻。李大钊曾说："我们所要求的新文学，是为社会写实的文学，是为个人造名的文学，是以博爱心为基础的文学，不是以好名心为基础的文学，是为文学而创作的文学，不是为文学本身以外的什么东西而创作的文学。"新文化运动的新锐们对文学的理解和解释，多数只囿于对"文学概念之外延及其功能的探讨"，在某种程度上回答了"什么是文学"的问题，却没有根本解决"文学是什么"的问题。

而章太炎在《国故论衡·文学总略中》总结说："'文学'者，以有文字著于竹帛，故谓之'文'；论其法式，谓之'学'。凡文理、文字、文辞皆称文'，言其采色发扬，谓之彣'。……凡成'文者不皆'。是故权论'文学'，以文字为准，不以彣彰为准。"这段话是中国文学史上第一次试图对"文学"进行正面、直接的解释，并尝试把中国文学与西方文学观念相融合的一次理论性探讨。但把文学的外延扩展到"以文字为准"，即凡是以语言文字表达的材料都可以纳入文学范畴，这是不确切的。

（二）西方文学概念的诞生

在西方文学发展史上，"文学"这一概念的现代形式最初出现于18世纪，但直到19世纪才得以发展。不过，促进它出现的条件则从文艺复兴以来就在发展着。文学英文为"Literature"，词根是拉丁文中的"Littera"，意即"字母"。随着在法语和拉丁语中的先行使用，"文学"一词于14世纪增添了英语。按其早期的通用拼法，"文学"实际上是指阅读的条件——有阅读能力和阅读对象。这很接近现代英语中"有读写能力"（Literacy）一词的意思，而后者直到19世纪晚期才在英语中出现，它的出现又使"文学"一词派生出不同的意思。与Literature相关的正规形容词当时是"Literare"；而现代英语中Literary一词在17世纪原指"阅读能力和阅读经验"，直到18世纪后才获得它现代的特指意义。文学在同一领域作为一个新的范畴，成了一个专门用语——书籍。书籍是相对阅读而言的专门用语，在出版业发达的物质环境中专指印刷出版的文字性读物。这一命名的目的，在于使文学最终成为比诗更具有普遍性的范畴。

进入18世纪的第一个阶段，文学还仍然主要是一种归纳、概括性的社会概念。它体现的是（少数人）在文化教养上达到的特定水准，这又带给它一种潜在的而又终将化为现实的选择性定义："文学"是"出版的书籍"——依靠文化教养上所达到的特定水准方能阅读它，而且，只有借此它才能使这种水准得以展示。在这一发展的种种说法中，文学通常总是涵盖所有的出版物。它并不一定专门指"想象虚构性"作品。

文学演变成专指"创造性的""想象性的"作品的过程（的概念）是极其复杂的。这一过程可以部分地被看作：以人类必然的、普遍的"创造力"名义，针对新的社会秩序——资本主义，特别是工业资本主义的种种社会压抑或精神桎梏所做出的一种主要是肯定性的反应。（在资本主义社会条件下）"作品"实际上已特化为有价性生产的商品，"存在"已特化为置身于这些名义之下的"工作"，语言已特化为"理性的"或"知识的""信息"的流通，社会关系已特化为某种体制化的经济秩序或政治秩序的内在功能。

上述所有这些压力和限制此时全都受到了挑战，这种挑战是以充分的、自由的"想象"和"创造力"的名义发出的。文学在这一时期里获得了巨大的、全新的反响，西方现当代意义上的文学概念，便是由此而来。

二、文学的特征

从以上文学理论认识发展的脉络来看，即使站在前人思想的基础上并结合当代理论成果，我们依然难以给文学一个确切的定义，我们只能粗略地说：文学是一门语言的艺术。因为，无论文学如何发展变化，始终无法脱离语言这一基本媒介。文学的这一根本性特征，可以从文学作品中得到证实。文学作品是语言文字结构的一个审美的表意系统。

其一，语言、文字是文学表达的基本中介，脱离了语言文字，文学就无以凭借而存在。其二，这个语言文字所建构的系统是一个完整的表意系统，而不是无意义、无目的的语言文字的堆砌。其三，这个表意系统具有审美的价值，与实用无关，它不具有实用价值，即不像一般的语言文字表意系统一样，是用来传递实用信息的，它带给人的是审美的享受与启发。其四，文学作品是借助于文学语言塑造文学形象来表意的，其意义往往蕴含在形象之中。其五，鉴于文学审美的特殊目的，它经常借助虚构和想象来跟现实拉开距离，并借此实现其超越现实的意图。所以说，语言性是文学作品区别于其他艺术形式的根本特征；而形象性、审美性、超越性则是文学作品区别于其他语言文字作品的基本特征。

与绘画用色彩、线条，音乐用声音和节奏，舞蹈用形体动作和表情，雕塑用物质材料和形状来塑造艺术形象不同，文学是语言的艺术，是用语言来塑造艺术形象。因此，高尔基说"文学就是用语言来创造形象、典型和性格，用语言来反映现实事件、自然景象和思维过程"。又说："语言把我们的一切印象、感情和思想固定下来，它是文学的基本材料。文学就是用语言来表达的造型艺术。"《文心雕龙·原道》云："心生而言立，言立而文明，自然之道也。"《文心雕龙·神思》云："意授于思，言授于意，密则无际，疏则千里。"

作为语言艺术的文学具有鲜明的特征：

1. 直接性与间接性的统一

同样是追求形象化的艺术，绘画、雕塑、建筑艺术等造型艺术的形象是直接的——由具体的材质构成，占据一定的空间，可以看得见、摸得着；而文学艺术的形象则是间接的——看不见、摸不着。但是，文学形象却又能够通过语言媒介，直接诉诸人的思想和情感，触动读者的心灵，让读者感觉身临其境或如见其人，这种直接感、现场感，甚至比其他造型艺术更强烈。

2. 表现内容的广度与深度的统一

以语言为中介，可以再现和表现外宇宙和人的内宇宙的所有内容。黑格尔说："语言的艺术在内容上和在表现形式上比起其他艺术都远较广阔，每一种内容，一切精神和自然事物、事件、行动、情节、内在的和外在的情况都可以纳入诗（泛指文学），由诗加以形象化。"可以说，所有物质的与精神的、动态的与静止的、有形的与无形的、内在的与外在的，文学描绘的内容都无比广阔且丰富。这一点其他艺术形态却不能胜任，譬如，雕塑和绘画只能表现瞬间的现象。不仅如此，文学能将笔触深入人的内心和思想深处，其揭示的人类思想的深刻性和表现的情感的细腻性也是其他艺术形式所不能及的，尤其是当下的视觉艺术在这一点上的欠缺。

3. 表意的确定性和模糊性、具体性和概括性的统一

与音乐相比，其表意是相当明确的，但与影视艺术相比，却又是相当不确定的、模糊的。因为语言都需要经过读者的二度创作，在头脑中还原成具体可感的形象才能鉴赏，所以，读者的理解能力、艺术素养、人生阅历，人生体验的不同，在很大程度上制约着他的理解与阐释，正所谓"一千个读者就有一千个哈姆雷特"。但对于视觉艺术而言，艺术形象却很直观，林黛玉就是电视剧中的那个林黛玉，李逵就是电视剧中的那个李逵。语言可以无比精细地刻画任何事物，也可以无比粗略地概括一切现象，如何表现，任由作家运用语言去实现，不受雕塑中的物质材料的限制，也不在乎演员的表演水平如何，正所谓"密则无际，疏则千里"。

4. 含蓄性和直白性的统一

刘禹锡在《董氏武陵集纪》中说："片言可以明百意，坐驰可以役万里。"清代方玉润也说："诗辞与文辞迥异：文辞多明白显易，故即辞可以得志。诗辞多隐约微婉，不肯明言，或寄托以寓意，或甚言而惊人，皆非其志之所在。"清人吴乔在回答诗与文的区别时，也将含蓄和委婉作为诗歌语言的标志："问曰：诗、文之界如何？答曰：意岂有二？意同而所以用之者不同，是以诗、文体制有异耳。文之词达，诗之词婉。书以道政事，故宜词

达；诗以道性情，故宜词婉。"虽然论者认为诗与文只是意同而词不同，但对于受众来说，直达之词易于穷尽，难于感发，而婉约之词则能刺激读者的能动性，使之在反复品味中发掘出比诗人意图更多的意义。

这正如李东阳在《怀麓堂诗话》中所言，"盖正言直述，则易于穷尽，而难于感发。惟有所寄托，形容摹写，反复讽咏，以俟人之自得，言有尽而意无穷，则神爽飞动，手舞足蹈而不自觉"。明人郑善夫说："诗之妙处，正在不必说到尽，不必写到真，而其欲说欲写者，自宛然可想。虽可想，而又不可道，斯得风人之义。"古人在诗歌创作中讲究"用意十分，下语三分"，甚至追求极致，就是唐代诗人司空图《二十四诗品》中的"不着一字，尽得风流"。清人吴景旭在其创作的《历代诗话》中云："凡诗恶浅露而贵含蓄，浅露则陋，含蓄则令人再三吟咀而有余味。久之，而其句与意之微乃可得而晰也。"

但在叙事性作品中，文学语言却又可以做到非常直白、详尽，其对外在事物的详细、逼真的描写是视觉图像所不能及的，譬如雨果在《悲惨世界》中的开头对巴黎城市地下管道的详尽描写，长达数十页，就连巴黎地下水道的建筑师也自叹弗如。像这样精确的、再现式的描写，在19世纪的现实主义作品中比比皆是，作家们皆以此为能事。《红楼梦》中对大观园、菜肴、服饰的描写也极尽语言直白之能事。即使在诗歌中，也有以直白见长的，如"生命诚可贵，爱情价更高。若为自由故，二者皆可抛"。

总之，文学语言还是以含蓄、蕴藉为主流，直白、详尽为辅助。因为大千世界的丰富性和人内在世界的细腻性是无论多么详细、逼真的描写都不能说尽的，倒不如利用语言的含蓄性，激发读者的联想力和想象力，调动他的理解力和创造力，主动参与到文学作品所描绘的世界中，这样收获更多，文学作品也可以起到"以少总多，化少为多"的效果。

三、文学的作用

千百年来，儒家文化中那种根深蒂固的"微言大义"式的文学功能阐释，一直把文学作为政治和道德的附庸来作践。"不学诗无以言"，不是告诫人们要以诗意栖居的方式来构建生活形态，说出的话都要带有诗情画意，而是说，"诗"作为一种政治和道德经典，其中许多诗句都已成为政治和道德格言，可以很有效地应用于国与国之间、人与人之间的社会交往，虽然人们也很看重这诗中"文"的色彩，但它和现代意义上的审美方式还是格格不入的。"《诗》可以兴，可以观，可以群，可以怨。迩之事父，远之事君，多识于鸟兽草木之名。"这几句话主要是谈《诗经》的认识和教化作用，显然，当时的孔子并不是把《诗经》当作文学样式来阐述的。

但是，儒家这种"微言大义"式的文学功能阐释传统影响深远，直至今天，有些人对文学的审美教育作用的认识，还远没有钻出这一樊笼。把认识作用和教化作用包在审美教育作用之中，就有力地证明了这一点。这种把认识、教化与审美作用不加区别地混在一起的文学功能阐释方式，极大地弱化了文学的审美教育作用。其明显的遗患是，人们在阅读文学作品时，首先不是关注其美学形式，而是思想内容；人们对文学作品的吸收方式不是感受性的体验，而是理解性的认知；人们不是在接受文学形式美的同时，潜移默化地受到作品内容的熏陶和感染，而是在主题思想先入为主的基础上，对作品内容做精确的、科学式的分析，从而达到教化的目的。人们忽视了文学作品的艺术特点，漠视了它的多义性、模糊性、主观性和不确定性，而是多给予一元的解读、客观的定论。

总之，在强调文学作品的认识作用、教化作用的前提下，模糊了人们对文学和其他文章样式的区别，理解越位于感受，认知代替了感知，使文学阅读和教育的效益大为降低。于是，人们不习惯于审美鉴赏，而热衷于分析归纳；于是，小说"反映了XX的社会现实"，剧本"揭露了XX的制度"，诗歌"表现了XX的精神"，散文"传播了XX的思想"……这些霸权式的话语方式，一直如黑色的云雾笼罩在文学解读领域的上空，挥之不去。特别是对下一代进行文学教育的时候，语文教师阐释文学作品的视角，走不出受制于主流意识的陈旧文学理论的范畴，在形式与内容的关系，思维与语言的关系，形象与生活的关系等问题上，观念老化，现代意识匮乏，多数教师对本体论阐释学、接受美学等全新的文学阐释理论知之甚少，更不能以新的视野来指导学生对文学作品进行阅读和鉴赏。

文学的审美教育是通过直觉的方式作用于阅读主体的，凡进入审美境界的阅读，阅读者都是持有"无所为而为"的心态的，都是把文学作品当作独立绝缘的意象来看待的，这其中不包含有任何实用的目的和科学的认识。正因为如此，文学的审美教育作用和文学的认识作用、教化作用是截然不同的。当我们谈论文学的审美教育作用的时候，不应该把文学的认识作用和教化作用涵盖进来。即使是文学的娱乐作用，虽然它与审美教育是密切相关的，但也应该区别出其中的审美因素和非审美因素，这样才更有利于我们阅读和鉴赏文学作品，也更有利于指导学生阅读和鉴赏文学作品。

人们对事物的认识是以理性的方式来把握的，用的是一种科学分析的方法，其目的是引导人们认识社会、认识自然、认识人生。文学作品对人们心灵世界的影响固然有这方面的认识作用，但这不是文学作品的主要功能，更不是其本质特征。文学作品的教化作用当然是显而易见的，历代统治阶级无一不利用文学的这一功能对劳动人民进行思想统治。但是，由于教化这种作用方式具有明显的政治目的性，决定了它与审美教育有着本质的区别。

所谓文学的审美作用，就是娱乐功能，也就是文学活动使人们获得快乐的效用。鲁迅在世纪之初接受了西方文学观念后指出："由纯文学上言之，则以一切美术之本质，皆在使观听之人，为之兴感怡悦。"他强调的也正是文学等"美术"，即"艺术"所包含的娱乐性。我国的文学传统历来强调"文以载道"，对文学娱乐功能的认识较多局限于小说、戏曲等非正宗样式的领域。在现代文学的发展中，则长时期强调文艺的政治功利性，忽视、排斥乃至绝对否定文学艺术的娱乐功能。近年来，随着社会生活的发展，文艺的娱乐功能逐步受到正视和重视，昔日文学死板的面孔也变得和蔼可亲。

四、对文学的认识误区

与此同时也出现了一些不可忽视的文学认识误区。

1. 片面强调文学娱乐功能在生理层面上的实现

快乐是一种心理现象，导致快乐产生的原因和获得快乐的途径是多样的。由视觉、味觉、听觉等引起的生理快感，并非人类所独有，动物也有这种本能性的功能，只是这种快感本身并无社会内容。而美感作为人类所特有的感觉，则伴随着丰富的社会内容，是一种感性体验与理性认识相联系的精神愉悦。娱乐是人类在基本的生存和生活之外获取快乐的非功利性活动，它包括生理上获得快感，主要指心理上得到愉悦。将娱乐仅仅归结为感性的消遣、感官的快乐，认为娱乐活动所满足的仅仅是一种低级的生理欲望，而不可能是高级的心理需要，是一种过于狭隘的认识。

文学作为一种特殊的审美活动，具有明显的娱乐功能，但毕竟是作为一种社会现象出现和存在的，是人类多种实践活动的一种。它贯穿着人自由自觉的特性，应该与人的基本生存要求相符合，对社会人生的生存发展完善有益，达到合规律与合目的的统一。

因此，在文学活动中，娱乐性与理性、娱乐的个体性与社会性都不应是对立的。娱乐并不等于排斥理性的思考，也不等于排斥社会性的内容。文学等艺术形式和其他娱乐一样，当然可以使人得到一定的感官上的满足。但这种感官上的满足既可以引起人们思想的疲乏，也可以引起思想上的震撼和思考，关键在于作品有无深刻的思想性，在于作家写什么，怎样写。

2. 将文学的娱乐功能与教育功能孤立开来，对立起来

有人认为过去文学发挥的主要是政治教化功能，现在应该主要是娱乐功能了。这种看法有片面性。文学的娱乐功能不是偶然的、外围的功能，也不是孤立的、单一的功能。它是文学的审美观照功能必然带来的普遍性效果之一，是文学多种功能的一种。

文学的社会功能是一个多层次、多方面的系统：

第一个层次是审美观照功能，这是由文学的基本性质和特点所决定的最

基本、最核心的社会功能。只有具备了这种基本性质和特点，才是真正的文学作品和文学活动；只有具备了这种功能的因素才成其为文学的社会功能。

第二个层次是由文学的审美观照功能而必须产生的其他一些社会功能，这主要包括认识、教育、娱乐和交际功能。

至于第三个层次，则是由第一、第二两个层次派生出来的、受到一定时空限制的文学功能。例如，文学作为阶级斗争的武器的功能，文学作为宗教宣传的工具的功能等。

在这个系统中，娱乐和教育都是由审美观照功能派生出来的功能。如果将它们当作文学基本的功能，就可能导致忽视，以至抹杀文学的自身特点，从而削弱文学的社会功能。

文艺的目的是什么？这是欧洲文艺史上一个长久争论的问题。快感，教益，还是快感兼教益？三种答案都各有很多的拥护者。应该说，还是后者较为符合一般情况。正因为文学作品不可能不体现作者对世界人生的思考，所以，文学作品也就不可能不对读者和观众产生思想的影响，即发挥思想教育功能。样板戏有娱乐功能，《戏说乾隆》一类所谓纯娱乐片也有思想教育功能。虽然有个别的艺术样式或艺术作品基本不涉及思想性，例如，杂技带给人们的基本上是纯技艺的欣赏。但文学却是各种艺术中最具思想性的样式，试想，如果抽掉文学作品中鲜活、深厚的思想内容，完全消解它的思想性而只剩下娱乐性，其所能实现的娱乐功能的品位和价值也要大打折扣。

3. 将文学的娱乐功能等同于一般娱乐活动

打球是娱乐，打牌是娱乐，看戏是娱乐，看小说也是娱乐，各种娱乐形式所起的作用有一致性，即引起快乐，而且这种活动和人的具有明确功利性目的的活动有所区别，如在极度疲劳时睡觉、在饥肠辘辘时饱餐，都可以获得极大的快乐，但一般并不将这些活动视为娱乐活动。同时，在参与或观赏这些似乎摆脱现实、忘记一切的纯娱乐活动的过程中，人们也获得一定的自由享受的乐趣，并且也有可能获得对现实的某种超越性的体验。从这个意义上讲，即使是在这些纯娱乐性的活动中，也完全可能包含审美的因素，娱乐和审美显然不是决然对立的。但是，各种娱乐活动在获得快感的性质、产生的作用等方面又有不同。

和上述纯娱乐活动不同的是，文学的乐趣主要在于通过审美得到自由享受与审美快感。正如韦勒克所说："文学给人的快感，并非从一系列可能使人快意的事物中随意选择出来的一种，而是一种高级的快感，是从一种高级活动——无所希求的冥思默想中取得的快感。"从这一点来讲，文学和其他娱乐活动的娱乐功能并不能等同；文学的娱乐功能与审美功能也不能够完全等同，不能因为由审美而产生快乐，便认为审美即等于娱乐，文艺的本质特点就是娱乐性。文学的这些娱乐功能并不能也不应该取代其他娱乐方式的作用。因此也不应该要求文学和其他娱乐形式，如打麻将、打扑克发挥一样的娱乐功能。这种要求是不适当的，也是不现实的。如果对此没有清醒的意识，就容易助长文学生产中的媚俗倾向。

4. 片面强调文学创作活动的自娱功能，忽视文学娱人的社会效果

自20世纪80年代中期以后，我国文学界有人强调文学的自娱功能，视文学为作家的"游戏"，所谓"玩文学"，所谓"写作便是我的娱乐方式"之类的说法就是这种倾向的反映。文学确实不但有娱人的功能，也有自娱的功能。白居易曾经这样描述自己和诗友之间的关系："小通则以诗相戒，小穷则以诗相勉，索居则以诗相慰，同处则以诗相娱。"可见，即使是在强调文学功利性的古人那里，写诗、读诗也可以是一种娱乐。

但是，作者写作自娱是个人的事情，写作与朋友互娱是个人之间的事情，外人往往不知道，也难以置评；而多数作家的作品却不是只给自己或少数几个人看的，通常要发表或出版，要公众阅读、购买，要达到娱人的功效。而自娱和娱人并不互相脱离，有什么样的自娱追求，自然会有什么样的娱人效果。这样一来，自娱趣味的高低文野之分便要和娱人的社会效果连在一起。不同受众的娱乐要求是不一样的。娱乐的内涵本来就是多层次、多方面的，就个人的娱乐兴趣而言，它也是多层次、多层面的。因此，文艺作品是否能够发挥娱乐功能，能够发挥何种娱乐功能，发挥多大的娱乐功能，不

但取决于作品本身，还取决于接收者的态度，即接收者如何看待作品、对待作品。

就社会群体而言，需求也是多层次、多方面的。交响乐的欣赏者和通俗音乐的追星族，都从各自的欣赏活动中得到乐趣。街头巷尾的对弈者和高尔夫球的搏杀者，都从各自的参与中得到乐趣。西方现代派文学和中国古典小说的读者，都一样从白纸黑字中欣赏到文学的奇光异彩。但是，这些乐趣又都有明显的差异。作者不应忽视读者趣味和要求的多样性而俯就低俗者，更不应该将自己的并不高尚、健康的艺术趣味强加于读者。毋庸讳言，在克服多年来禁欲主义偏向的同时，生活中和文化上的享乐主义倾向正在我们的社会中滋长。享乐主义将追求感官快乐作为人生的唯一价值目标，而文化上的享乐主义则将满足感官快乐视为文化的唯一功能和最高目标，将高级的、复杂的审美过程解释成为简单的、粗鄙的感官刺激和反应。文学上对娱乐功能的种种片面认识正适应了这种文化享乐主义发展的需要，妨碍先进文化的建设和发展，这不能不引起我们的注意和重视。

第二节　文学的起源与历史变迁

关于文学起源的理论有很多，历史上影响较大的理论主要有模仿说、游戏说、心灵表现说、劳动说等。这些理论都有其合理的成分，都从某一方面对人类的这种精神活动进行了探讨和追寻。但它们大多对文学起源的因素仅做了较为单一的处理和解释，而没有从根本上考虑文学起源的复杂多元性。我们认为，文学源于以劳动为中心的人类生存活动。文学的发展归根结底在一定程度上受社会经济基础的决定和制约，上层建筑其他部门如政治、道德、哲学等，也都在一定程度和范围里从不同角度对文学产生影响。

同时，文学还有自身发展的历史规律。例如，从各个时代文学的关系看，文学发展有继承和革新的规律；从不同民族文学的关系看，它又有互相影响和互相促进的规律。文学是用语言反映社会生活、表达主体审美意识的文化形态，是在社会实践中逐步形成和发展的，它是审美的无功利性与为读者大众服务的功利性的统一，是内容、风格的多样化与思想情感高尚性的统一，是开放性和创造性的统一。在高科技迅猛发展的知识经济时代，文学又有了新的发展和变化。

一、文学的起源

任何事物都有一个发生和发展的过程，任何理论也都有它的历史的和逻辑的起点。对于文学的起源也需要从发生学的角度加以研究，从文学的萌芽状态去探讨它、把握它，用历史的观点去认识它。

（一）研究文学艺术起源的主要途径

一是借助考古学。19世纪末以来，随着史前艺术遗迹的不断发现，史前文物的大量出土，为艺术起源的研究提供了可靠的资料和佐证。1879年，西班牙一个名叫马塞利诺特·索特鸟拉的工程师在采集化石标本时，无意中发现了保存大量原始绘画的阿尔塔米拉洞穴。据考古学家研究，这是距今至少一万年以上的旧石器时代晚期的作品。此后，世界各地相继发现许许多多的原始艺术遗址。这些原始艺术的发现，为研究人类艺术的起源提供了最直接、最有力的证据。

二是借助文化人类学。世界著名人类学家霍姆斯和瓦纳帕里斯认为，人类学是研究从史前时代到当代人类的体质和文化发展的一门学问，它关系到文学、音乐和舞蹈，以及价值观念和哲学体系诸多问题。在史前艺术遗迹已经消失的情况下，对现代残存的原始部落进行人类学研究，可以为我们探索艺术的起源提供一个重要的参照。1877年，美国人类学家摩尔根出版的《古代社会》一书，1899年普列汉诺夫发表的《没有地址的信》，都是借助人类学研究现存原始部落文化和艺术起源的名著，取得了很多有价值的理论成果，但这种研究和分析带有一定的推测性质。

三是借助儿童艺术心理学的研究。原始人的心理和思维与儿童有许多相似之处。法国学者列维·布留尔在《原始思维》中指出："与社会的儿童和成年人的思维比较，'野蛮人'的智力更像儿童的智力。"瑞士著名心理学家皮亚杰在1926年出版的《儿童对世界观的看法》中，对儿童心理与原始人心理进行了许多相似的比较分析。但是，当今的儿童与远古的原始人所处的时代和社会条件有很大差别，因而，这种途径只能在文学起源的探讨中起间接的辅助作用。

（二）文学艺术起源的几种主要学说

1. 模仿说

模仿说是一种最早的关于艺术起源的学说。它的主要代表人物有古希腊的德谟克利特和亚里士多德。这种学说认为，模仿是人的本能，艺术起源于对自然和社会人生的模仿。柏拉图也是同意模仿说的，不过，他以艺术是模仿不真实的世界而否定了艺术，以为艺术是影子的影子，与真理隔了两层。在这里我们还要指出的是，模仿说也是最为古老的、有关文艺起源的理论。它认为艺术源于对自然和社会现象的模仿。最早提出此说的是古希腊哲学家德谟克利特。德谟克利特认为，艺术是对自然的模仿："从蜘蛛织网我们学会织布和缝补；从燕子筑巢学会了造房子，从天鹅和黄莺等歌唱的鸟学会了唱歌。"这是具有唯物主义倾向的模仿说。而柏拉图则提出了客观唯心主义的"模仿说"。他认为，现实是对"理念"的模仿，文艺是对现实的模仿，因此，文艺是模仿的模仿，是不真实的。

亚里士多德在批判柏拉图唯心主义模仿说的基础上，重新使模仿说获得了唯物主义的性质，他说："一般说来，诗的起源仿佛有两个原因，都是出于人的天性。人从孩提的时候起就有模仿的本能，人和禽兽的区别之一，就在于最善于模仿，他们最初验证了这样一点，事物本身看上去尽管引起了痛感，但惟妙惟肖的图像看上去却能引起我们的快感，例如，尸体或最可鄙的动物形象。"这就是说，艺术产生于"人的模仿的本能"和"对模仿的作品感到快感"。这肯定了文艺源于客观的自然界和人类社会，包含了朴素的唯物论思想。但是，亚里士多德把模仿归结为人的"天性"和"本能"，没有从社会实践的角度来阐明模仿的动机，也没有区别出人的模仿与其他动物在本质上有什么不同，这是其认识上的局限。

2. 游戏说

游戏说最早是由德国哲学家康德提出来的，但明确提出和系统阐述这一理论的却是德国诗人席勒和英国学者斯宾塞，因此，艺术理论界也把游戏说称为"席勒-斯宾塞理论"。游戏说认为，艺术活动是一种无功利目的的自由游戏活动，是人与生俱来的本能，艺术就源于人的这种游戏的本能或冲动。不过，英国学者斯宾塞的理论主要是进一步发挥和补充席勒的观点，他的贡献是从生理学角度来解释过剩精力的由来。他认为，高等动物的营养物比低等动物的营养物丰富，所以，人类在维持和延续生命外，还有过剩精力。这种过剩精力的发泄便导致了游戏和艺术这种非功利性的生命活动的产生。

游戏说认为文学艺术产生于游戏。这种说法最早见于意大利哲学家马佐尼从多方面论证，但丁的《神曲》作为叙事诗歌，符合亚里士多德的原则，撰写的《但丁的辩护》中，他谈道："诗按照三种不同的观点看，可以有三种定义，这就是把诗看作模仿、单纯的游戏，还有须受社会的功能制约的游戏。"后来，康德认为，模仿并不是艺术产生的真正动机，在模仿冲动的背后，还有推动模仿产生的原动力，这种原动力就是游戏。但马佐尼和康德没有具体谈到艺术的起源问题，明确提出和系统阐述这一理论的是席勒和斯宾塞。席勒认为，人们生活在现实世界中，受到物质和精神两方面的束缚，往往得不到自由，因此，人们总想利用剩余的精力，创造一个自由的天地，这就是游戏，也许这就是艺术产生的动因。席勒所说的游戏，不同于我们一般所说的玩耍嬉戏之类，也不是懒散的幻想活动，而是指，人在摆脱了物质欲望的束缚和道德必然性的强制之后所从事的一种真正自由的活动。

英国哲学家斯宾塞从心理学的角度发挥了席勒的观点，在他看来，人是一种高等动物，机体积聚着一些要求出路的剩余力量，游戏和艺术都是剩余力量的发泄，是非功利性的生命活动；美感源于游戏的冲动，艺术在实际上也是一种游戏。游戏说提出后，不少赞同者从不同方面加以修正、补充和发展。如德国生物学家谷鲁斯认为，游戏并非无目的的活动，而是为未来的工作准备。例如，女孩抱木偶是练习将来做母亲。由此，他推出结论：游戏先于劳动，劳动是游戏的产儿。

3. 表现说

心理表现说是西方现代有影响的艺术起源理论。心理表现说主要从心理学的角度来考察艺术的起源。但在对心理因素的认知上，一些艺术理论家、心理学家认为是情感，另一些艺术理论家、心理学家则认为是本能。所以，心理表现说又可以分为情感表现说和本能表现说。情感表现说侧重从人的心理意识层面来解释艺术的起源，认为艺术源于人的情感表现的需要，情感通过声音、语言、形式等载体表现出来时，就产生了音乐、文学、舞蹈等艺术。最早提出情感表现说的是法国理论家维隆，在1873出版的《美学》一书中，他把艺术定义为情感的表现。此后，俄国的列夫·托尔斯泰提出艺术源于个人为了把自己体验的感情感传达给别人。20世纪初，意大利美学家克罗齐提出了"直觉即表现"的艺术观。科林伍德也认为，艺术不是再现和模仿，也不是纯粹游戏，艺术的目的仅仅是表现情感。

本能表现说根据人类心理的深层潜意识层面来解释艺术的起源，认为艺术是人的梦、幻觉、生命本能的表现，主要代表人物是奥地利精神病理学家、心理学家弗洛伊德，弗洛伊德用他的精神分析学说来解释艺术的本质和起源，把艺术理解和定义为人的潜意识与性本能的象征和表现。在中国，把艺术的起源定义为心理表现是很早的事情。"言志说"和"缘情说"是其中最主要的看法和理论，如《尚书·尧典》中说："诗言志，歌永言，声依永，律和声。"晋代陆机在《文赋》中也提出过"诗缘情而绮靡"的观点。

心灵表现说与我们前文所阐述的"表现说"的文学观念有非常密切的关系。我们知道，"表现说"产生于19世纪初欧洲浪漫主义文学思潮中，作为文学起源学说，心灵表现说认为，文学艺术源于人们渴望表现自己心灵、感情的本能。人类从孩童起，就有自由表达感情的本能。比如，高兴就笑，痛苦就哭，等等。这种本能感情的表达由一定的媒介表现出来，就形成文学艺术。后来，弗洛伊德把文艺的起源归于"潜意识"的本能和欲望的变相表现，提出"艺术即做梦"。与弗洛伊德把艺术看作个人无意识的象征表现不同，荣格主张艺术源于人类的集体无意识，他提出"不是歌德创造了《浮士德》，而是《浮士德》创造了歌德"。其意思就是，《浮士德》不过是集体潜意识的象征表现，后者是艺术产生的动力和源泉。心灵表现说在一定程度上揭示了人的心理欲求对文学生成的影响，有其合理性的一面。不过，表现情感尽管是艺术起源的直接动因之一，但不能将其看作基本起因和终极原因。人只能是社会中的人，离开了人类生存活动的背景，也就无所谓"心灵表现"。

4. 劳动说

劳动说是艺术起源理论中影响很大的一种学说。有关劳动与艺术产生之间的联系，中外艺术史上都有论说，如19世纪末的德国学者毕歇尔、俄国的普列汉诺夫，以及我国文学家鲁迅等。从根本上说，没有劳动就没有人类，没有人类当然就不可能有艺术的诞生。在这个意义上，劳动当然是艺术起源的终极原因，但在理论上不应是唯一的原因。

劳动既然是人类诞生的原因，那么，也可以说劳动是艺术与非艺术的一切"人文"的原因。所以，在劳动基础上的艺术起源的其他直接原因，也具有各自的合理性。正如朱狄指出的："所有这些多元论的倾向，并不就是对在艺术起源问题上众说纷纭的一种无可奈何的调和与折中，而在于在艺术最初的阶段上，可能就是由多种多样的因素所促成的，因此，推动它得以产生的原因不能不带有多元论的倾向。同时，各门艺术都有着自己的特殊性，因此，很难整齐划一地被导源于一种单一的因素。""发现最早的艺术是一件困难的事情，解释它则更加困难。事实上，尽管对艺术起源的推动力已经有一个世纪的讨论，但仍然很难用一种理论使人完全信服地去阐明各种艺术发生的原因。"

劳动说作为一种艺术起源理论，是马克思主义文学理论的一个重要组成部分，在20世纪我国文艺学领域一度占据优势地位。这一理论的主旨就是认为艺术起源于人类的物质生产劳动。如沃拉斯切克认为，集体劳动促进了原始人在歌唱和舞蹈中对节奏的恪守不渝。同时，音乐的节奏感又有效地增进了原始人在战斗和劳动中的协作。毕歇尔在考察劳动与节奏的关系时得出结论：在原始部落里，每种劳动都有自己的歌，歌的拍子十分精确地适应于这种劳动所特有的生产动作的节奏，乐器是劳动工具演变的结果。普列汉诺夫是劳动说的主要代表，他全面、系统地阐述了艺术源于劳动的理论，认为，原始艺术是适应劳动的需要并在劳动实践过程中产生的，与原始人的劳动生活和生产斗争有着密切的联系，最初的艺术是劳动的产物。新中国成立后，多数学者倾向于文艺源于劳动的观点。

上述艺术起源的理论，基本上可分为两类。其中，游戏说、表现说主要从生物学或心理学的角度来解释文艺的起源，强调人的主体方面，如心理、本能的因素；模仿说和劳动说则立足于朴素唯物主义或历史唯物主义的起点，偏重于从作为客体外部世界和人的劳动实践方面来探讨艺术的起源。所有这些理论都从某一方面接触到了文艺起源的一些关键问题，但共同的不足之处在于，它们对艺术起源的复杂多元因素只做了较为单一的处理和解释，不能涵盖原始艺术现象的丰富性和复杂性。

（三）文学艺术源于以劳动为中心的人类生存活动

对于这个问题，我们可以从以下几个方面来认识。

1. 文艺的起源与人类生产活动的关系

一是原始人的生产活动为文艺的产生创造了物质前提。人类通过生产活动，一方面满足了基本生存需要，在劳动过程中把前肢变成双手，另一方面学会了使用和制造工具。由于大脑逐渐发达，表达意识、情感的语言随之产生，欣赏音乐的耳朵、感觉形式美的眼睛等各种感觉器官也都在劳动中逐渐形成和完善。没有劳动，就没有文学艺术产生的生理条件与心理基础。

二是原始艺术与劳动生活关系密切，两者经常交织在一起。原始艺术是作为劳动的一个组成部分伴随着劳动发生的。普列汉诺夫根据人类学家、旅行家的考察和研究，提出了很有价值的见解："人的觉察节奏和欣赏节奏的能力，使原始社会的生产者在自己劳动的过程中乐意按照一定的拍子，并且在生产动作上以均匀的唱的声音和挂在身上的各种东西发出的有节奏的响声，这就是最早的音乐节奏的来源。这种节奏对于诗歌的产生同样具有重要意义。"原始人为了辅助劳动、协调运作、提高效率、减轻疲劳，自然而然学会按一定劳动节奏发出一种劳动呼声。这种类似劳动号子的劳动呼声，就是诗歌产生的重要渊源。

而我国最古老的诗歌《弹歌》所吟唱的内容："断竹，续竹；飞土，逐肉。"实际上就是描写原始人劳动的场面。人类在艺术考察中还发现了一种有趣的现象：在狩猎部落的绘画、雕刻、舞蹈题材中，没有植物，只有人和动物。远古时期人们住在遍地鲜花的地方，却从未用鲜花来装饰自己。这说明，原始艺术是为着一定的功利目的的。狩猎是民族的生产方式，决定了他们所记录下的狩猎的劳动生活。只有当人类进入农耕时期后，才逐渐产生了有关耕作和植物的作品。这表明，原始艺术的内容与当时的劳动生活、生产对象紧密相关。

2. 文艺的起源与人类其他生存活动的联系

原始艺术所反映和表现的不仅是劳动生活，还包括更广泛的社会生活内容。20世纪初，芬兰艺术学家希尔恩用社会学、心理学、人类学相结合的综合研究方法，以当时原始民族的各种艺术材料为素材，全面深入地研究了艺术起源问题。他认为，导致艺术起源的最基本的人类生活活动大致有六种：知识传达、记忆保存、恋爱、劳动、战争、巫术。希尔恩找到的六种因素，的确是原始人生活中最重要的因素。按照希尔恩的看法，除了劳动这种最根本的因素外，还有巫术和其他几种因素与原始艺术相联系。

其一，原始部落中每一种低级的文艺形式都是作为一种相互交流思想、传达信息的手段而存在的，这就是知识的传达；其二，经验的保存。原始人需要把他们的经验知识加以保存，以便传给后代，这就促进了原始诗歌与造型艺术的产生；其三，战争。原始部落经常发生战争，他们需要用音乐、舞蹈、歌曲来调动军队、鼓舞士气，或者用装饰、面具去吓唬敌人；其四，恋爱。两性关系在原始人生活中占据重要的位置。希尔恩指出："就其对于异性特点的强调而言，艺术活动必然对于异性产生一种吸引性影响。"这在古代神话与诗歌中都可找到以两性关系为题材的作品来证明。

3. 文艺起源与原始思维的联系

原始思维的特殊性是艺术产生的主要心理基础。原始思维具有如下三个特征：其一，原始思维是一种表象性思维，具有鲜明的形象性特征。原始初民还不善于对事物进行概括、归纳，抽象思维尚不发达。例如，澳大利亚某些土著居民中没有树、鱼、鸟等属名，但却有关于树、鱼、鸟的专门用语，如鲷鱼、鲈鱼、鳛鱼等，区别很清楚。他们不能抽象地表现硬、软、热、冷、圆、长、短等特性，只能用石头、太阳、月亮等物来替代，而且，说话总要伴以手势，力图用动作把他们想要用声音表达出来的东西传到对方的眼睛中去。其二，原始思维是一种我向性思维。原始初民真诚地把各种事物、现象都想象成为有生命的东西，如看到大自然雷电交加，就以为冥冥之中有威力无比的神灵存在，这反映了原始人将幻想当作事实来感受，把世界纳入人本位的主观图式的，其思维具有我向性特点。其三，原始思维是一种原逻辑思维，它是逻辑思维的源头，同时又是非逻辑、非理性的。列维·布留尔认为，"在原始人思维的集体表象中，客体、存在物、现象，能够以我们不可思议的方式，同时是它们自身，又是其他什么东西。它们也以差不多同样的、不可思议的方式发生和接收那些在它们之外被感觉的，继续留在他们里面的神秘力量、能力、性质、作用"。它们完全不顾逻辑及其基本规律，从而呈现为荒诞的具象世界，超现实的意象和画面，变形的人物和非理性的情节等。

以上这些特点表明，原始思维是一种不自觉的艺术思维，本质上是形象的幻想式的思维。人类学关于原始思维的研究，为我们进入原始艺术的精神天地打开了一道大门。可以肯定地说，在人类审美意识的发生与原始文艺的创造中，原始思维起了十分关键的作用。

二、文学发展的社会动因

（一）社会历史变化对文学发展的影响

文学发展总是伴随着社会历史的变化而变化发展的。随着人类历史的不断演变，文学的性质、文学的内容与形式也必然会发生变化，这是不以人的意志为转移的客观规律。我国古代一些文论家早就注意到了文学发展和社会发展的关系。刘勰在《文心雕龙·时序》中根据他对先秦至宋齐间文学演变的考察，提出"歌谣文理，与世推移""文变染乎世情，兴废系乎时序"的观点；韩愈通过对先秦作家作品的研究，指出"周之衰，孔子之徒鸣之"，"秦之兴，李斯鸣之"，"楚大国也，其亡也，以屈原鸣之"。李贽在为《水浒传》写序时，更是把司马迁的"发愤著书"说和文学的时代性结合起来。他说"水浒传者，发愤之所作也。盖自宋室不竞，冠履倒施，大贤处下，不肖处上"，故"水浒出焉"。（《〈忠义水浒传〉序》）

在欧洲，从18、19世纪起，一些美学家和文艺学家看到了文学艺术与社会存在的关系，但他们往往更多地从地理环境、气候条件、种族特征来解释文学现象。这种文学观点最早由法国文论家斯达尔夫人倡导，她在《从文学与社会制度的关系论文学》等著述中，把西欧分为南北两方，认为南北两方的气候形成各自居民特有的精神面貌，直接影响其文学的鲜明差别：南方文学比较普遍地反映民族意识和时代精神，而北方文学较多地表现个人性格。后来，法国文艺评论家丹纳进一步发展了这种观点。他在《艺术哲学》《〈英国文学史〉序》中提出"种族、环境、时代"三要素，认为这是决定各种时代性质和发展状态的主要力量。

加拿大原型批评家弗莱根据春夏秋冬的气候特征把文学史上的作品类型对应划分为喜剧、传奇、悲剧和讽刺文学。还有些理论家否定文学与社会存在的联系，往往在一种完全封闭的状态下来研究文学。如俄国形式主义文论家普洛普以为文学只是其固有因素的不同组合引起其形态变化，他在1928年出版的《故事形态学》一书中对100多个俄罗斯神话与民间故事甄别后发现，这些叙事作品都可用31种功能的某些功能来概括，任一故事都不可能具备全部31种功能，各个不同的民间故事无非是这31个功能不同组合下呈现的不同样式。

对于文学发展变化的原因，学术界有种种不同的看法。影响较大的主要有个人决定论、理念决定论和自然条件决定论。个人决定论，就是把文学的发展看作偶然、孤立的事件，归结为少数天才个人随意创造的结果。例如，康德就认为"天才是天生的心灵禀赋，通过它自然给艺术制定法规"；叔本华也认为天才所产生的艺术、诗歌或哲学著作不过是天才对世界持"纯粹的客观的"观照态度，"按照一定的技术规律精心经营的结果或结晶"。中国的胡适也把"五四"时期的白话文学运动看作个人偶然的事件，他说："'文学革命'的口号，就是那个夏天我们乱谈出来的。这种理论肯定了个人和偶然性事件在社会历史及文学发展中的促进作用，但它的错误在于夸大了这种作用。实际上，天才或伟大的人物也是时代社会的产物，把个人与时代社会相分离，把偶然性绝对化是不能科学地解释文学的发展的。"

理念决定论就是认为决定文学发展的因素是理念，即绝对精神。艺术的各个阶段和类型，不过是理念这个统一体的各种特殊表现而已。理念决定论的代表人物是黑格尔。黑格尔把美定义为"理念的感性显现"，由此出发，他认为艺术发展的不同阶段是由理念显现的不同程度决定的。当感性的物质表现形式压倒理念精神的内容时为象征艺术阶段；当精神的内容与物质形式达到高度的平衡或统一时为古典主义艺术阶段；当精神内容压倒物质形式时则为浪漫主义艺术阶段。黑格尔把艺术看作辩证运动的过程，并从内容与形式、精神与物质的关系中来区分艺术的发展阶段和类型，确实具有一定的合理性和启发意义。但他把精神看作独立于现实物质世界之外的客观存在，看作艺术发展的决定因素，则无疑是颠倒心物关系的唯心主义的解释。

自然条件决定论是19世纪由法国著名的文学史家丹纳提出来的。他认为艺术的发展受制于种族、环境、时代三要素，但他实际上是从自然环境、地理气候、种族特征等自然条件方面来解释艺术的发展的。丹纳的文学发展的三要素中包括了社会的因素，并看到了影响文学发展的多种因素，这是值得肯定的。但是他偏重于自然因素，忽视社会因素，更没有看到经济在文学发展中的重要作用，则很难科学地解释文学的发展。

我们认为，无论是从理论上看，还是从文学发展的实际考察，文学都是随着社会生活的发展而发展的。在理论上，我们可以从以下几个方面来理解：一是从文学在整个社会结构中的位置及其关系看，在社会结构的经济基础和上层建筑两大部分中，文学属于上层建筑的社会意识形态之一，处于与经济基础、上层建筑等法律、政治制度及其各种意识形态的各个大小系统组成的网络之中，是整个社会结构系统中的一个组成部分，所以，文学不是游离于社会之外的孤立、偶然的现象。这样，整个社会的变化和发展不能不影响到它的变化和发展。二是从社会存在与社会意识的根本关系看，社会存在决定社会意识，社会存在的变化和发展不可能不引起作为社会意识形态之一的文学的变化和发展。三是从文学反映生活的基本属性看，文学是作家对社会生活能动反映的产物。没有作家大脑的加工和改造，就不可能有文学的产生，而作家是社会生活中的一分子，他本身就是一个社会角色。社会时代的变化和发展必然会引起作家思想情感的变化和发展，也必然会导致文学的变化和发展。从文学发展的实际看，文学的内容和形式是随着社会生活的变迁而发展变化的。社会生活制约着文学表现的内容。

例如，文学史上任何一种新的文学主题的出现，都可以从它产生的时代找到促进它出现的原因。如我国从汉末到魏晋时期突然出现了大批具有很强的主体意识的诗作。它们有的表现出对个体生命的珍视与对美好爱情的向往；有的表现出用个人奋斗去创造历史的豪情与自信；有的表现出对世俗名利的蔑视与对个性自由的追求。在中国文学史上，这是一个现代意义的文学观念觉醒的时期，对于以后中国文学的发展产生了巨大的影响。这种文学创作上的质的飞跃与当时儒学的衰萎、文人主体意识的觉醒、哲学思想的活跃，以及传统价值观念受到怀疑与冲击等有直接的联系。

另外，李白诗词的大气磅礴得益于盛唐社会的繁荣及人们由之而产生的强烈的自信心态；明代以话本小说与戏剧为代表的市民文艺的蓬勃发展，是当时城市工商业的发展及市民阶层的兴起的结果；而"五四"时期辉煌的文学创作实绩则与中国社会由传统向现代转型时各种思潮的激烈交锋与碰撞有直接的关系。社会生活的变化发展引起文学内容的变化发展，但要反映新的内容，就必须有与之相适应的新形式。在文学史上，文学形式在社会生活变化发展的推动下，经历了一个由少到多、由简到繁、由初步到成熟的发展过程。例如，中国诗歌的发展就充分表现了这一过程。在文学艺术诞生的初期，诗、乐、舞是三位一体的。与原始社会人类集体性劳作和单一、简单的社会生活相适应，诗歌的语言形式也多以四言为主，其结构简单、节奏明快、语助词较多和多重叠反复。随着社会生活的日益丰富，艺术的体裁形式也逐步由单一化为多样，诗歌也由四言发展到汉魏的五言，再到唐代的七言。"五四运动"时期，白话文自由诗体的兴起，也是由于旧体诗的形式已不足以反映新的生活和思想情感的缘故。

在讨论社会生活的发展与文学形式的关系问题时，有两种倾向应当避免。一种是20世纪西方形式主义和结构主义文学理论，完全否定文学的发展同社会生活的联系，希望在对文学的封闭研究中寻找文学形式衍变的原因。另一种是庸俗社会学，文学研究认为文学的发展与社会的发展产生直接的对应关系。实际上，社会生活对文学形式的影响必须通过审美意识这一中间环节。而审美意识的变化是潜移默化的，并不与社会生活的变化同步进行，各种文学形式具有无可置疑的连续性。如果片面强调问题的一个方面，而忽视另一方面，是错误的。

（二）经济对文学发展的影响

马克思主义文学理论家从物质资料的生产方式，以及与之相应的社会经济制度着眼，来揭示文学艺术产生和发展的原因。马克思把整个社会比喻为一座建筑物，他把由一定的生产力所决定并反映着生产力发展水平的生产关系的总和所构成的经济制度，看作制约种种社会现象的基础；而把一个社会的政治、法律制度，以及与这些制度相适应的政治、法律观点和宗教、道德、哲学、文学艺术等社会意识形态看作整个社会的上层建筑，它们建立在经济基础上，并归根结底由经济基础所决定。马克思指出："人们首先必须吃、喝、住、穿，然后才能从事政治、科学、艺术、宗教，等等。""物质生活的生产方式制约着整个社会生活、政治生活和精神生活的过程"。

经济基础对文学发展的影响主要表现在以下几个方面。

首先，经济发展导致物质生产和精神生产的分工，对文学艺术的发展产生了深刻的影响。在原始社会，由于生产力低下，必须人人劳动才能维持人类的生存。那时，还不可能有脱离生产劳动而专门从事文学艺术创作的人。劳动者就是艺术创造者。文学生产的全民性特征，也必然使其发展受到社会实践的规定和制约，反映着原始人共同的生活，表现他们共同的认识、情感和幻想，不带阶级色彩。随后，私有制的出现导致社会分裂与国家的诞生，相应地出现了不同经济基础之上的不同性质的文艺。对此，恩格斯说："只有奴隶制才使农业与工业之间更大规模的分工成为可能，从而为古代文化的繁荣，即为希腊文化创造了条件。没有奴隶制，就没有希腊国家，就没有希腊的艺术和科学。"

物质生产和精神生产的分工对文学的影响具体表现在两个方面。第一，它极大地促进了艺术的独立发展和繁荣。由于物质生产与精神生产的分工，社会上出现了专门从事文学艺术创造的艺术家。他们逐渐摆脱了劳动等生存实践活动对艺术的直接规定和制约，使艺术生产成为独立的部门。"由于分工，艺术天才完全集中到个别人身上"，出现了艺术才能突出的文学艺术家，他们专心致志地从事艺术的研究和创作，从而极大地促进了艺术的发展和繁荣。正如恩格斯所说，"当人的劳动生产率还非常低，除了必需的生活资料只能提供微小的剩余的时候，生产力的提高，交换的扩大，国家和法律的发展，艺术和科学的创立，都只有通过更大的分工才有可能"。第二，社会分工使广大劳动群众的艺术天才受到压抑，使文学艺术家的艺术才能受到某种限制。一方面，由于分工，劳动者要承担繁重的体力劳动，处于受压迫、剥削和被奴役的地位，丧失了受教育、掌握文化的机会。因此，他们的个性和才能的发展受到严重的压抑。劳动者被异化为单纯的劳动的机器，甚至对最美丽的景色都无动于衷；另一方面，由于艺术与劳动的分离，精神文化为少数人所垄断，也往往导致精神文化创造的贵族化倾向。

其次，经济基础决定文学的社会属性及其变化发展。任何时代的文学都不是凭空产生的，它是一定社会生活的反映。社会生活不是抽象的，而是具体的，它的属性和特点是由社会的经济基础决定的。原始社会的文学艺术主要表现的是人与自然的斗争，不表现出阶级性，这是由原始社会的经济基础所决定的；奴隶社会产生了分工，有了阶级的出现，文学也就具有了阶级性；当封建制的经济取代奴隶制的经济时，曾辉煌一时的古希腊、罗马的文化就逐渐为中世纪的封建教会文化所代替；欧洲爆发的反对中世纪封建文化的文艺复兴运动，则是新兴资产阶级为适应资本主义新的生产关系而产生的思想解放运动。18世纪以来，资本主义有了进一步发展，资产阶级为了迫切掌握政权以巩固新的生产关系，于是，产生了为之制造舆论的启蒙主义文学。而活跃在18、19世纪之交的浪漫主义文学和其后的批判现实主义文学则是可以看成资本主义生产关系形成和取得统治地位而开始暴露出自身痼疾和矛盾的体现。这些都说明经济基础对文学的最终决定作用。

最后，经济为文学的发展创造了社会条件和物质基础。原始神话为什么只产生在人类尚无力征服自然的上古时代，这是因为原始经济状况还不足以提供人类科学地认识自然的社会条件，以至于只能借助于幻想的力量来支配自然。又如，话本、章回小说、杂剧等新的文学形式之所以出现和兴盛于中国封建社会的中后期，就与当时商品经济的发展，手工业、运输业、商业的发达，以及城市经济的繁荣密切相关。这一经济状况造就了一个前所未有的广大的市民社会，为这样多个文学形式的存在和发展创造了相应的文化环境和读者群。由此可见，经济对文学的影响深刻，它是文学发展的最后决定因素。

但是，物质生产与艺术生产之间往往会出现发展不平衡现象。马克思在1857年就曾论述过这个问题，他说："关于艺术大家知道，它的一定的繁盛时期绝不是同社会的一般发展成比例的，因而，也绝不是同仿佛是社会组织的骨骼的物质基础的一般发展成比例的。"这里有两种情况，一是，"在艺术本身的领域内"不同艺术种类和样式的发展有不平衡现象，如古希腊的神话和史诗这样重要的文学样式，只有在社会发展的不发达阶段才有可能产生。二是，文学艺术的发展与社会物质生产发展不是成比例的，这里也有两种情况：从纵向看，社会发展的低级阶段，在生力发展水平较低的情况下，也可能出现文学艺术的繁荣，如古希腊在氏族社会向奴隶社会过渡时期和奴隶制初期，出现了文学艺术的繁荣，我国春秋战国时代也是如此；从横向来看，经济落后的国家的文学艺术的繁荣也可能超过经济发达的国家，如18世纪德国在经济上比英国、法国落后，但当时的欧洲文学却是以德国的歌德和席勒为代表的时代。19世纪的俄国在经济上也远远落后于西方资本主义各国，但其文学的繁荣和发展却居于欧洲文学的领先地位。

　　艺术生产与物质生产之间出现不平衡现象，其根本原因在于文学是一种特殊的社会意识形态，它与哲学、宗教等同属于"观念的上层建筑"，是"更高地悬浮于空中的思想领域"。它们与经济基础的联系，不像政治、法律那样直接。文学在同物质生产劳动分离后，它的发展便具有自己的相对独立性；而且经济基础并不是文学发展的唯一因素，正如恩格斯所指出的："政治、法律、哲学、宗教、文学、艺术等的发展是以经济发展为基础的。但是，它们又相互影响，并对经济基础产生影响。"并不是只有经济状况才是原因，才是积极的，而其余一切都是消极的结果。这是在归根结底不断为自己开辟道路的经济必然性基础上的互相作用。

　　另外，经济对文学发展的作用，往往不是直接的。作为"更高的即更远离物质经济基础的意识形态"的文学，它与经济基础的关系，不是直接的，而是间接的，其中要经过一些"中间环节"，即政治、法律制度及其他社会意识形态等，否则就不能解释复杂的文学现象。文学的发展变化也并非随着经济基础的发展变化而立即发生的。一般说来，当经济基础变更后，上层建筑中的政治法律制度等会随之迅速发生变化。但与之相比，文学的变化则要缓慢得多。一方面是因为，作为一种意识形态一经形成便具有一种相对独立性和稳定性；另一方面是因为，文学与经济基础的关系，不像政治法律制度那样直接，它远离经济基础，其变化也相对缓慢。因此，当旧的经济基础消失了，但与之相适应的文学并不马上消失，还可能继续发生并存在一段相当长的时期。因而，在新的经济基础上的旧文学的清理和新文学的建设都是一项长期而艰巨、复杂的任务。

（三）其他意识形态对文学发展的影响

文学除了受到社会条件和经济基础的制约外，还受政治、哲学、道德、宗教等意识形态的影响。

1. 政治对文学的影响

文学与政治同属于上层建筑范畴，但它们与经济基础的关系不是等距离的。政治是上层建筑领域中最活跃的因素，起着主导作用。文学与政治相比，是更高地悬浮于经济基础之上的社会意识形态，它与经济的关系不是直接的，有时要经过政治的中介，才能对经济发生作用。文学与政治在上层建筑领域中地位和作用的不同，决定了政治对文学的影响有以下几个方面。

第一，政治作为政权机构，要求文学与它保持一致，与它有所配合，组成一个与之相应的文化管理系统。如果文学与之发生对抗，它会运用自己的权力予以改造，使之弱化，或动用暴力予以消灭。因而，进步的政治，开明的政策，会促进文学的繁荣和发展；反动的政治，保守的政策，将导致文学的衰落与凋零。这样的例证，在中外文学史上不胜枚举。

第二，从政治对社会斗争、战争的作用角度看，它经常自觉或不自觉地把大批作家卷到斗争的潮流中，使其顺应或反抗某种政治倾向，从而影响其创作。如第二次世界大战，造就了一大批优秀的作家作品。如马比塞的《火线》，雷马克的《西线无战事》，海明威的《丧钟为谁而鸣》，肖洛霍夫的《一个人的遭遇》，等等。

第三，政治作为一种社会理想和思潮，必将在文学中得到广泛的反映。如陶渊明、李白、杜甫、白居易、柳宗元、欧阳修、王安石、苏轼、李清照、辛弃疾、文天祥等人的诗词，无不维系着国家、民族的命运，充溢着博大的爱和追求理想的忧思。19、20世纪的外国作家，如雨果、惠特曼、马克·吐温、托马斯·曼、罗曼·罗兰、高尔基、肖洛霍夫等都以不同的方式和艺术形式显示出对社会理想的追求和向往。

第四，不少作家本人就是政治家、思想家、革命家，他们的政治理想和观点直接影响其文学创作。

2. 哲学对文学的影响

文学与哲学在思维方式和表达方式上各不相同。哲学在于阐明世界和人的处境及人生的意义，文学则在于感受世界、领悟人生。但是，"人从哪里来，又到哪里去？"往往成了哲学和文学共同探索的主题，因此哲学与文学始终保持一种深刻的内在联系，并且，哲学往往是文学的基础。17世纪古典主义文学与笛卡儿的唯理论，18世纪启蒙主义文学与洛克·狄德罗的唯物主义哲学，19世纪浪漫主义与空想社会主义、德国古典哲学，批判现实主义文学与黑格尔的辩证法、费尔巴哈的人本主义唯物论，20世纪现代派文学与非理性主义哲学，社会主义现实主义文学与马克思主义哲学等。它们之间的对应关系和互渗作用表明，当一种哲学成为一种社会思潮时，它将影响一定时期文学的面貌，使作家的思想和创作方法被某种世界观所支配，并且哲学思潮的相互消长往往左右着文学的发展，影响文学发展的面貌。

20世纪，西方形成两大哲学思潮，这就是以非理性主义为特点的现代人本主义和以实证主义为基础的现代科学主义，它们对中国文学的影响很大。在20世纪初，西方传统的科学主义占上风，而人本主义思潮在抑制中变异、改造和发挥，但不占主导地位；与之相对应，中国传统的玄学也只是作为一种学术观念在延缓，而没有与实际的学术运动、思潮发生直接的重要关系，占主要地位的是中国传统实用理性精神和西方自文艺复兴以来的理性主义的人本主义精神的结合。"五四"时期文学对人性解放的呼唤，对人的价值的肯定，对于人的潜意识心理的揭示，对于人的合理欲望的表现，也没有把人的非理性强调到人的本体的高度。所以，现实主义文学在后来成为一种占绝对优势的思潮，其中，科学主义哲学思想的深层作用是一个很重要的原因。"五四"之后，中国文学的发展演变，其深隐层次也循着这种基本的哲学思路在嬗变。进入20世纪80年代以来，西方现代人本主义和科学主义思潮再次以强盛势头传到中国，由于此时中国社会诸多方面都发生了重大变化，因而这两大哲学思潮的影响与以前极不相同。以非理性主义为焦点的西方人本主义思潮，与中国新的历史气氛、思想意识有着自然的契合，它适应了历史转型时期的某些社会心理，因而对于中国当代文学的影响似乎更为重要。

3. 道德对文学的影响

道德主要用于调节人与人之间的关系，是人们在共同的社会生活中所遵循的行为规范。随着社会生活的发展，道德将不断突破狭小的个人关系，而深入发展到整个社会背景之上，涵盖一切社会关系。正如恩格斯所言，历史上"每次革命的胜利都引起了道德上和精神上的巨大高涨"。它使以描写人为中心、以社会生活为表现对象的文学作品，在塑造形象、表达审美理想、评价社会生活的时候，把人物的行为和情感放到道德的天平上，导致各个时代的道德观念深入文学中，成为文学中一种根深蒂固、无法消除的现象。如在欧洲，各个时期都有自己的道德观。古希腊的英雄时代，荷马史诗记载着最受人称颂的道德就是尚武勇敢，就是人的智慧。在柏拉图的理想国中，提出统治者要有理智、智慧，武士要有意志、勇敢，生产者要有节制的道德观念。中世纪盛行先知摩西的十戒，提出勿抗恶、原罪、赎罪，等等。文艺复兴时期提倡世俗的、感性主义的道德观。以后又出现了利己主义、利他主义和合理的利己主义道德观。这些道德观无不深深地影响着同时代的作家。20世纪90年代的中国，有些有才华的年轻作家，因没有克服自我的最大欲望来完成道德理性的升华，没有完全正确解决个人道德与公众道德的矛盾，所以，尽管他们灵气十足，写出了一些个人化风格的作品，但不能十分冷静地看待纷繁、驳杂的社会生活，坚持严肃的批判精神，因而难以担当这个变革时代的"书记员"的重任，记录中国这段现实主义历史。

（四）社会心理对文学发展的影响

文学的发展必然受制于社会生活的方方面面，除了以上各种因素对文学产生影响外，社会心理对文学发展的影响也是明显而持久的。社会心理是社会群体在其相互交往中形成的不定型的、自发的、共同的社会意识，是在特定情境中形成的人们的社会性知觉、情绪、愿望、需要、兴趣、时尚等的总和，具有原始性、群体性、易变性和无意识性的特征。马克思主义认为，上层建筑包括社会意识形态和社会心理两个层次，"在生存的社会条件上耸立着由各种不同情感、幻想、思想方式和世界观构成的整座上层建筑"。情感、幻想即社会心理，它具体表现在大众中广泛流行的情绪、心态、情趣、习惯、爱好等方面。它和意识形态比起来，对文学发展的影响更为直接。普列汉诺夫曾经指出，"所有的意识形态都有一个共同的根源：这个时代的心理"，"艺术最直接地受社会人的心理的制约和决定"。各种社会意识形态对文学艺术的影响，作品的哲理、伦理内涵和政治、宗教倾向反作用于社会意识形态，都要通过社会心理这个中介。社会心理对文学艺术的影响，具体表现在以下方面。

（1）社会心理影响着创作主体。作家、诗人和所有的人一样，都生活于社会关系中，在其现实性上也是社会关系的总和。他们作为社会成员中最敏感的一部分，对已形成的社会心理感受最为深刻，所做出的反应也最为迅速。当社会心理适应了作家的文化心理结构，就内化为作家的一种概括化、言语化、简缩化的"情结"，并深深地影响他的创作。

（2）社会心理影响着文学的艺术形式。按照普列汉诺夫的观点，文学艺术从严格的意义上说是社会心理的反映。那么，作家和诗人对社会心理的感受，就是获取创作题材的途径。也就是说，社会心理中蕴含着丰富的创作素材。作为题材的社会心理一旦被作家和诗人掌握，他们就产生创作的冲动，这时，他们感受到的社会心理就会急切地吁求某种艺术形式，催促作品的诞生。例如，在抗日战争时期，抗日救国成为普遍的社会心理。在这种社会心理的影响下，许多诗人和作家纷纷走出书斋，走向抗战的前沿阵地，他们为抗日救亡鼓与呼。这样的社会心理必然吁求一种新的艺术形式，于是，街头诗、街头剧这种形式灵活、富有战斗力的大众化文艺形式便应运而生，并出现了《好一计鞭子》这样优秀的文艺作品。

（3）社会心理影响着艺术趣味，特别是影响群体的艺术趣味。群体艺术趣味是指社会某一时期的某一阶级、阶层、集团共享的艺术趣味。社会心理总是这样或那样地制约着群体的趣味。例如，在新时期刚开始的时候，要求解放思想、发展经济、解决温饱等问题，成为人们共同的心理趋向，于是，在一段时间里，所谓"伤痕文学""反思文学"成为大家感兴趣的作品，形成了共同的群体趣味。但是，随着时代和社会心理的变化，这种沉重的艺术虽然可以在历史上占一席之地，却不再成为大家的群体趣味了。同时，群体趣味也可以培育社会心理，它们之间的关系是互动的。

（4）社会心理影响着文学思潮。在文学史上，文学思潮不断出现。每一次文学思潮的兴衰都会在文学史上留下深深的痕迹，标志着文学的发展又揭开了新的一页。这里的原因是多方面的，但与一定历史时期社会心理的关系尤为密切。比如，浪漫主义文学思潮的出现就与当时人们的审美理想、审美趣味及其背后的社会心理密切相关。在经过了文艺复兴以后约三个世纪的科学发展和最初的工业化以及资本的发展，人们发现科学和工业化也不是一切都好，最初的科学是原子论、机械论，科学把宇宙和世界都看成机器，可以拆卸，也可以安装，一切都可以是碎片，有的哲学家甚至宣称：人也是机器。自然的、有机的整体性失去了；同时，那时的工业化也是原始的，原本是纯洁的乡村变成了被污染的、乱糟糟的城市，生活的宁静失去了。原本以为人征服自然是有意义的，这时也发生了怀疑。在工业化过程中建立起来的复杂的社会关系给人类带来许多问题。这样，人们就产生了一种要梳理近代文明的心理，要从大自然和人的自然中寻找意义和美的心理。正是在这样一种社会心理的支配下，人们的审美理想、审美趣味也发生了变化。过去觉得能逼真地模仿自然和社会，就是最高的美，现在不同了，觉得人自身感情的流露才是美的。这就出现了由再现论到表现论的转化，浪漫主义文学思潮便得以诞生和流行。

三、文学的历史变迁

　　文学并不是一种静止的存在，它总会在不断的流变中显示着自身。文学从起源到现在，经历了极其漫长的社会历史阶段，发展到今天，其内容的丰富性、形式的多样性，是以往任何历史时代都无法比拟的。这说明文学同其他任何事物一样，都有自己产生和流变的历史。从总的情况看，文学的流变既是文学内容各要素的流变史，也是文学形式各要素的流变史。文学本身的概念有一个发展和演变的过程。从上古时代的诗、乐、舞合一的、广义的文学，到后来的"文笔"之争，以至今天文学的文化转向，文学经历了一个不断扬弃、不断否定的过程。刘勰在《文心雕龙·通变》中说："夫设文之体有常，变文之数无方。"这是指，一定的文学样式总会有自己的属性特征，即"设文之体有常"。但随着不同时代语境的变化与更替，文学的具体面貌又会呈现出不同的风格，即"变文之数无方"。换言之，文学流变是一个继承与创新或"通"与"变"的过程。从内涵上说，文学的流变体现为表现的内容在不同时代各不相同。《诗经》中大多如实记载了当时的一些社会生活和情感体验，如《大雅》中对周民族历史演变的叙述，《国风》中对上古先民生存质态的艺术反映等。后来，汉赋中的歌功颂德，唐诗中的自我表现，宋词中的娱宾遣兴，以及话本、小说中的爱情故事等，都说明了一时代有一时代之文学，文学作为一种特殊的审美意识形态，总是随着现实生活而不断流变的。

　　在古希腊，文学主要指悲剧和史诗，后来，诗歌、小说等文学样式才逐渐进入文学的领域。在中国文学史上，文学最初指的是诗歌。实际上，《诗经》就是当时的文学范本，随着人类情感体验的不断丰富，诗歌的艺术表现性难以充分表达这种心境。于是，汉赋、六朝的志怪小说、唐诗、宋词、元曲等文学样式不断涌现，文学涵盖的范围逐渐扩大。

　　在当代，文学在新历史主义那里已经和历史具有相同的文本建构模式，历史的文本化与文学文本的历史化在当今已趋于融合。在文化研究者那里，文学也不再是单纯的平面书写文字构成的研究客体，往往被视为一种负载了具体社会文化意识形态的文化文本。文学的流变当然不是无缘无故的。从总的方面说，内因和外因决定了文学自身的流变历程，从而也显示出流变的规律性。外因主要是社会历史方面的，是指社会历史中的各要素都不同程度地制约和影响着文学的流变。内因是文学自身的，它既可以是本民族文学自身的，也可以是外民族文学的。我们可以从以下三个方面来研究文学流变的原因。

（一）社会历史的变迁与文学流变

（1）文学与时俱变，一时代有一时代之文学。我们确实很难说后世的文学一定超过了前世，正如钱穆所说："骤然看来，似乎中国人讲学术，并无进步可言。但诸位当知，这只因对象不同之故。即如西方人讲宗教，永远是一成不变的上帝，岂不较之中人讲人文学，更为故步自封，顽固不前吗？当知中国传统学术所面对者，乃属一种瞬息万变、把握不定的人事。如舜为孝子，周公亦孝子，闵子骞亦复是孝子，彼等均在不同环境、不同对象中，各自实践孝道。但不能因舜行孝道在前，便谓周公可以凭于舜之孝道在前而孝得更进步些。闵子骞又因舜与周公之孝道在前而又可以孝得更进步些。当知从中国学术传统言，应亦无所谓进步。不能只望其推陈出新，后来居上。这是易明的事理。"

（2）社会历史各要素与文学流变的关系。社会历史的要素很多，有经济的、政治的、法律的、道德的、哲学的等，它们都对文学的流变产生着间接或直接的影响。

①经济基础与文学的流变。人首先需要生存，然后才能进行文学创作。经济形态和水平不同，也相应地影响到文学的内容与形式的流变方向和状态。社会生活具体的历史性，其状态与经济基础密切相关。由于不同社会形态的经济基础不同，社会史上每个历史阶段都具有性质各不相同的社会生活内容，对此作出反映的文学，也必然具有不同的内容和状态。

②社会意识形态与文学的流变。经济基础对文学的影响并不是直接的，更多的时候是间接的。正如普列汉诺夫所说："应该记住，远不是一切'上层建筑'都是直接从经济基础中成长起来的；艺术同经济基础发生联系只是间接的。因此，在探讨艺术的时候必须考虑到中间的环节。"这些中间环节包括了政治、法律、道德、哲学等。社会意识形态的政治、法律、道德、哲学等，因为与文学处于同一个体系之内而互相作用，从而会影响到文学流变的方向和具体内容。

③社会发展与文学生产之间的不平衡关系。所谓"不平衡关系"，是说文学艺术的繁荣并非总是与社会的一般发展、物质生产的一般发展相一致，两者之间并不总是按比例增长的。这样的情形主要表现在两个方面：第一，从艺术形式看，某种艺术形式的巨大成就只可能出现在社会发展的特定阶段上，随着生产的发展，这种艺术形式反而会停滞或衰落。第二，从整个艺术领域看，文学的高度发展有时不是出现在经济繁荣的时期，而是出现在经济比较落后的时期。马克思主义的经典作家对此做出过明确论述。

（二）自我扬弃中的文学流变

文学的流变既有外在社会历史因素的影响，也有内在的自我扬弃。任何后代的文学都不是从天上掉下来的，都与前代的文学有着因果关系，也与后代的文学有着联系。

文学内在的流变除了民族文学自身的扬弃外，也与外民族文学的影响有着密切关系，这在世界各民族联系和交往成为普遍现象的时代表现得尤其明显。在世界一体化的格局中，民族的文学形式可能会因为被其他民族接受而成为带有世界性的文学形式。就文学体裁而言，我国唐代以来新兴的说唱文学样式变文、弹词，是在印度佛教文学的影响下产生的，"五四"时期的新文学也受到了外国文学的影响，自由诗和话剧便是从外国移植来的。这方面的文学影响与流变，实际上属于"比较文学"中"影响研究"的领域。但是，无论民族文学的自我扬弃，还是受到外民族文学的影响，都会在文学历史的具体史实中表现出来。这就形成了文学自身各要素的流变史：或是体裁的流变史，或是风格的流变史，或是表现方法的流变史，或是语言形式的流变史，或是文学思潮、文学流派的流变史。当然，流变中也有"不变"，"不变"的是文学的"永恒主题"，如爱、战争、死亡等。

（三）流变中的经典

"经典"（canon）一词源于古希腊语 kanon，原意为用作测量仪器的"苇杆"或"木棍"。后来引申出"规范""规则"或"法则"的意义，这些引申义后来作为本义流传下来，并进入理论之中。在文学批评中，这个词第一次显示其重要性和权威性是在公元4世纪，当时"经典"用以表示某一文本和作者，特别指《圣经》和早期基督教神学家的著作。大体而论，既往的优秀文学遗产中那些具有长久生命力的作品，是在历史的长河中经受大浪淘沙的洗礼而形成的文学流变中的经典，它们在中外文学的事实中呈现着也被历代的人们所公认。古希腊艺术在西方文学史上成为不可重复的经典，具有永久的魅力，后来的西方文学有许多都是直接或间接地取材于希腊神话。西方的《圣经》也被公认为具有经典的地位和意义。在中国文学史上，最早的诗歌总集《诗经》以其独特的魅力经久不衰，为后代的人们所喜爱。至于经典《红楼梦》，对它的研究也一直没有间断，并形成了一门独特的学科——"红学"。"经典"是一个永恒的话题，当然，现在也有重估经典的思潮，这是值得我们关注的一种趋势。

四、文学发展中的继承与革新

继承与革新，这是文学发展的内在规律。文学发展的历史，也就是既继承民族文学优秀传统又革新创造的历史，文学的价值和意义正是在这一历史过程中逐步得到实现。

（一）文学发展中的历史继承性

所谓文学发展的历史继承性，是指任何时代的文学发展都是以以往的文学遗产为基础的，必然受到业已形成的文学惯例和传统的影响，始终处于与以往文学传统的历史联系之中。文学发展中的历史继承性，是文学发展中客观存在的必然规律，是文学自律性的重要表现之一，文学的发展之所以具有历史继承性，是因为以下方面。

第一，历史的继承性是社会事物发展的一般规律。马克思说："人们自己创造自己的历史，但是，他们并不是随心所欲地创造，并不是在他们自己选定的条件下创造，而是在直接碰到的、既定的、从过去承继下来的条件下创造。"文学的发展也必然遵循事物发展这一普遍规律。任何一个时代的文学，都必然受到传统文化、文学的影响。刘勰在《文心雕龙·通变》中说："暨楚之骚文，矩式周人；汉之赋颂，影写楚世；魏之篇制，顾慕汉风；晋之辞章，瞻望魏采。"他认为文学创作是有所继承、有所发展的。前代的文学经典是后继者的一种先验的规范，后继者的美学趣味、想象力，甚至语言表达能力都要受到文学经典和传统的训练与影响。

第二，文学发展的历史继承性是为文学意识形态的特殊性所决定的。恩格斯在谈到哲学的发展时说："每一个时代的哲学作为分工的一个特定的领域，都具有由它的先驱者传给它而它便由此出发的特定的思想资料作为前提。"文学作为社会生活反映的特殊形式，它与经济基础的关系不是直接的，而是间接的，它是一种"更高地悬浮于空中"的意识形态。因此，文学不像政治、法律制度那样随着一定社会的经济基础消亡而马上消亡，而它以审美的方式反映社会生活的特殊性，又使它不像哲学那样只能作为思想资料供后人研究。文学作为一种特殊的社会意识，它不仅有认识和教育作用，而且有审美价值和美悦作用。作为一种美的存在形态，它必然为后来人们所欣赏。其永久的艺术魅力、审美价值和创造经验，必然为后世人们所瞻仰、所揣摩、所借鉴。因而，文学的发展是无法摆脱历史流传下来的文学遗产的影响和作用的。

第三，文学发展的历史继承性为文学发展的实际所充分证明。这不但表现在思想内容上，而且表现在艺术形式和理论探讨上。明代前后七子提出了"文必秦汉，诗必盛唐"的口号，认为秦汉之文和盛唐之诗是诗文的最高典范，诗文创作的基本法则都包含在这些经典的诗文中，后世文人写作应该遵循这些古法。他们的目的在于通过学习古代最优秀的作家作品以改变明代文坛沉闷的气氛，是借古人法式来表现现实内容，为现实服务。这种做法虽然有着复古主义倾向，因而受到公安派的批评，但是，从文学发展的实际状况看，他们的观点也有一定的合理性。每一个时代的文学，都要从过去时代的文学中接受思想上或艺术上的影响。这从我国历史上一些有较深刻思想意义和社会影响的事件，常常成为历代文学家喜爱的题材而常写常新的文学现象中得到证明。

例如，"昭君出塞"这个历史事件，就受到历代诗人和作家的青睐。宋代王安石写了诗歌《明妃曲》，元代马致远将它写成戏剧作品《汉宫秋》，"五四"时期郭沫若又写了戏剧《王昭君》，新中国成立以后，剧作家曹禺又将它写成戏剧《王昭君》。虽然他们对这个历史事件的观照方式不同，所表现的主题不同，但仍然可以看到这些作品在题材上的一脉相承。清代文论家叶燮在论及中国诗歌传统的继承关系时，曾形象地把它比作一棵历经千年的参天大树："《三百篇》则其根，苏、李诗则其萌芽由蘖；建安诗则生长至于拱把；六朝诗则其枝叶；唐诗则枝叶垂荫；宋诗则能开花。""上下三千年间，诗之质文、体裁、格律、声调、辞句，递嬗升降不同，而要之诗有源必有流，有本必达末……乃知诗之为道未有一日不相续相禅而或息者也。"（《原诗·内篇》）叶燮在这里指出了中国诗歌发展中的继承关系，没有前面的成果为基础，中国诗歌的发展都是不可能的。

（二）继承文学遗产的原则

在对待文学遗产的问题上，马克思主义经典作家为我们做出了表率。列宁在《共青团的任务》一文中，倡导以马克思对待文化遗产的态度作为共青团学习的楷模。他说："凡是人类社会所创造的一切，他都用批判的态度加以审查，任何一点也没有忽略过去。凡是人类思想所建树的一切，他都重新探讨过，批判过，在工人运动中检验过。"在怎样正确对待文学遗产问题上，鲁迅提出了有名的"拿来主义"的主张。他把文学遗产问题形象地比喻为一所祖传的大宅子，把继承者比喻成一个穷青年。鲁迅认为，对待这座祖传的大宅子无论是"徘徊不敢走进门"，或"放一把火烧光"，还是欣然"接受一切"的做法，都是错误的，而要采取"拿来主义"的态度，先"占有"，后"挑选"，分别采取"或使用、或存放、或毁灭"的办法才是正确的。

对于文学遗产，包括民族文学传统和外来文化，我们应该做到以下几点。

第一，我们要批判文学上的民族虚无主义和排外主义两种极端倾向。民族虚无主义是一种全盘否定民族的文化传统，要求全盘西化的主张。排外主义则是一种完全拒绝外来文化，封闭保守的文学态度。近代以来，中国思想界对这些问题曾有过激烈的争论。"五四"时期，以林纾为代表的复古派就曾公开反对借鉴欧洲文学为起点的新文化运动，主张旧有的文学之体不可变。而胡适等人在倡导新文学的时候，则对中国古典文学传统基本上采取了漠视的态度，认为"中国文学的方法，实在不完备，不够做我们的模范"。而事实证明，在对待民族文学传统和外来文化的态度上，守其一端排斥另一端的做法是行不通的。

第二，坚持"古为今用"，对文学遗产采取分析与批判的态度。一切文学遗产都是特定历史时期社会生活的反映，为特定的社会经济基础所决定并为之服务的。它与变化了的经济基础和发展了的社会，必然有矛盾或不相适应的一面。就是在历史上具有人民性，或有进步意义的文学，也不一定适应新的历史时代文学发展的实际需要。因此，要根据现时代文学发展的需要来选择和继承。这也就是毛主席所说的"古为今用"。我们选择继承的必须是能为我们今天文学的发展有用、有益的那部分文学遗产。这就需要我们在清理文学遗产时，在认识文学作品的人民性和其进步意义的基础上，进一步分析研究它在今天的现实意义和文学价值。不加分析与批判地全盘接受一种文学传统与全盘否定一种文学传统对于文学事业的发展同样有害。

第三，对于文学遗产，我们在批判的时候，不应当求全责备，而应当用历史的眼光去看待它们，给它们一个比较客观的评价。优秀的文学遗产也有它自己的特点，有它自己赖以产生的特定的社会条件和文化背景。完全抛开文学传统产生的历史条件去对它进行评价，往往会得出看似有理，实则虚妄的结论。比如，我们在评价巴尔扎克小说的时候，不能因为他是一个代表贵族利益的保皇党员，而且在小说中表现出了对封建贵族阶级的同情而否认其小说的整体批判价值和文学价值。历史地看待文学遗产，将使我们对文学遗产的吸收与借鉴更具建设性和科学性。

（三）文学发展中的革新与创造

文学发展中的继承性是由文学活动自身的规律决定的，文学发展中的革新与创造同样由文学活动自身的规律所决定。只有通过革新与创造，文学才能有所进步和发展，这是文学发展自律性的又一个方面。文学的发展之所以离不开革新与创造，是因为以下方面。

第一，革新与创造是一切事物发展的普遍规律，文学的发展必然要遵循这一普遍规律。新陈代谢是宇宙间普遍的、永不可抗拒的规律。任何事物的发展都是一个不断运动的过程，只有在继承的基础上，通过革新创造，一个时代的文学才具有不同于以往时代文学的独特性，才能与时俱进，才能发展进步。

第二，文学的革新与创造是社会生活的发展变化决定的。文学的对象是处于不断运动变化中的社会生活。新的时代的社会生活必然要求有与之相适应的新文学来反映，并为之服务，这就要求作家敢于突破旧文学的束缚，敢于革新和创造。我国"五四"时期的文学革命运动就是明显的例证。当时许多文化名人都极力倡导改变文学的语言形式，变文言文为白话文，其内在的推动力就是来自当代社会生活的发展变化。虽然"五四"时期反对文言文中不免有片面化的倾向，但旧的文学毕竟有不适应新的社会生活的一面，所以，文学的革新和创造是势在必行，否则就不可能有新文学的诞生，不可能有文学的发展。

第三，人们审美意识的发展变化也要求文学不断革新创造。文学是为读者服务的，而读者的审美意识是随着社会生活的变化而变化的。要不断满足读者变化着的审美需要，就必须有革新和创造，否则就会丧失读者，丧失文学的社会功能，自然也就谈不上文学的发展。文学作为美的一种存在形态，必须有独特的审美价值才能满足读者的审美需要，而独特的审美价值的获得就在于革新和创造。许多作家就是通过革新和创造，才使自己的作品具有了独特之处，给读者以极大的审美享受。

文学的继承与革新创造是一对相互依存的矛盾。所谓"推陈"，是指扬弃文学遗产中一切陈旧的东西，继承其精华；所谓"出新"，是指在继承基础上的革新创造，推陈出新就是要通过继承与革新，促进文学的繁荣和发展。

中外文学史的实践表明：文学发展的过程，就是不断推陈出新的过程。一个作家在创作中，既要推陈，又要出新，才能创作出好的作品来；一个时代的文学，只有当推陈出新的辩证统一关系得到正确的认识和处理时，才能获得健康的发展。从具体作家看，曹雪芹可谓是推陈出新的大师。他在《红楼梦》创作中，对于文学传统既有批判，也有继承。对于过去文学中的消极方面，他有清醒的认识、尖锐的批判。同时，他继承了前代文学的现实主义优良传统，借鉴和吸收了历代诗歌、散文、戏剧、小说的优秀成分，并在思想内容和艺术形式方面都进行了大胆的革新创造。就思想内容而言，他通过看似平常的青年男女的爱情悲剧，显示了人物具有新精神的叛逆性格，表现出时代的特色，真实地、全面地反映了封建社会的生活面貌。在艺术的表现形式上，他也不为说书的传统手法所限制，不去刻意追求故事性，不以曲折、惊险的故事取胜，而以对日常生活的精确、逼真的描绘见长，做到"离合悲欢，兴衰际遇，俱是按迹循踪，不敢稍加穿凿，至失其真"。正由于推陈出新，曹雪芹完成了自己伟大的创造，使《红楼梦》成为文学史上的不朽之作。

所以，"推陈出新"是文学在继承传统时的必然选择。再从我国把古代名著改编成电视剧的情况来看，在把中国四大古典名著改编成电视剧的过程中，编导者没有完全让自己停留在原著的思想和艺术水平上，而是尽量将原著中那些不合时宜的思想与审美观念加以改造，以适应当代观众。《水浒传》改编过程中对潘金莲这一人物的处理、《红楼梦》改编过程中对后四十回的处理、《三国演义》改编过程中对曹操这个人物的重新定位，都体现了编导者们的这一意图。如果没有推陈出新，仅仅在前人的水平上去复制原作，就不可能产生巨大的社会效应。当然，在名著的改编中怎样推陈出新也是一个值得探讨的新课题。

第三节　文学的未来走向

按照现代语言学的观点，文学作为一个能指符号，本身没有固定的永恒所指。换言之，文学并不是一种先验的客观研究对象，而是随着时代和社会的发展变迁而被不断赋予新的面貌和姿态。刘勰在《文心雕龙·时序》中所说的"文变染乎世情，兴废系乎时序"，即出于此理。

文学流变至今，已经历了千蜕万变，而现代信息社会的迅猛发展，还在进一步对文学的生产方式、传播方式及阅读方式起着革命性的作用。在新的语境下，"什么是文学""文学的本质是什么"这些重要问题又受到了重新审视和反思。毋庸置疑，消费社会和网络时代的到来，使传统的文学观念和文学形态受到了巨大冲击。文学的意义及其规则受制于怎样的话语机制和意识形态，再次成了文学家和文学研究者关注的焦点。

实际上，从柏拉图开始，文学存在的合法性和它作为学科的边界就不时遭到质疑。柏拉图在《理想国》中认为："文艺是自然的模仿。"这个自然是以"理式"为蓝本的"自然"，所以是"摹本的摹本"，"影子的影子"，"和真理隔了三层"。在19世纪初，黑格尔曾指出，艺术在工业面前无处容身，"就它的最高的职能来说，艺术对于我们现代人已是过去的事了，因此，它也丧失了真正的真实和生命，已不复能维持它从前的在现实中的必需和崇高地位"。在他看来，艺术源于感觉、情绪知觉和想象，是人类的一种非理性的产物，它用感性的形式去表现和抵达真理。科技的进步使人类的物质生活更加丰富，同时也使其精神生活越加贫乏，在偏重理性、理智规则和技术的时代，艺术的命运便是走向死亡和终结。

19世纪以来，本质主义意义上的文学概念受到了空前的动摇。尼采、德里达、巴特、弗洛姆等人都对本质主义的文学观提出了质疑。近年来，传统文学观念的解体出现了加速的趋势，向当代文学理论提出了严峻的挑战。在这种语境中，文学研究出现的新趋势主要有这样几个方面：一是从宏大叙事向私人化写作转变；二是从价值重估转向价值重建；三是从审美诉求转向文化文本；四是从精英文学转向平民文学。

一、各民族文学的借鉴与融合

各民族文学间的相互借鉴、影响与融合，是中外文学发展史上的客观事实，也是文学发展的内部规律之一。一个民族的文学艺术总要吸收其他民族文学艺术的营养才能有所创造、有所前进。一般说来，一个民族的文学艺术吸取外来文学艺术营养时要历经一个过程：第一步，把外来文学艺术原封不动地"拿来"；第二步，鉴别外来文学艺术的精华与糟粕，吸取精华，抛弃糟粕；第三步，把外来文学艺术与本民族的文学艺术有机地结合起来，从而创造出新的文学艺术作品。

各民族文学相互影响的发展趋势是文学的一般共性与民族特色的有机融合。在各民族文学艺术相互影响的发展过程中，文学的内容与形式，风格和流派，创作方法和艺术思潮，会逐渐形成一些共性。随着各民族文学相互影响的频繁，这种趋势还会发展和加强。文学发展的共性不会磨灭掉各民族文学的特色。因为各民族社会生活的特色是永恒的，各民族文学的特色也是永恒的。有人企图否认各民族文学艺术的特色，把某一民族的文学艺术说成是一切民族文学艺术的唯一形式，那只是一种主观妄想，而不是客观规律。在资本主义社会以前，由于自给自足的经济状况限制了人们的眼界，人们不知道，甚至也不想知道"世界"是什么。与此相适应，各民族文学艺术的交流和影响，在地域和时间上也受到限制。资本主义改变了人们心目中的"世界"。资本主义的商品要销售到世界上的每一个角落，资本主义生产所使用的原料要来自世界上的每一个角落。随着麦哲伦、哥伦布的冒险远征，殖民地的开拓，一个崭新的世界交往的时代来到了。

马克思、恩格斯在《共产党宣言》中指出："资产阶级，由于开拓了世界市场，使一切国家的生产和消费都成为世界性的了。……过去那种地方的和民族的自给自足和闭关自守状态，被各民族的各方面的互相往来和各方面的互相依赖代替了。物质的生产如此，精神的生产也是如此。各民族的精神产品成了公共的财产。民族的片面性和局限性日益成为不可能，于是，由许多种民族的和地方的文学形成了一种世界的文学。"

马克思、恩格斯明确提出"世界的文学"这个概念。随着自给自足的民族经济走向世界，民族的文学艺术也走向世界，成为世界的文学艺术。事实证实了马克思、恩格斯的科学论断。资本主义经济打开了人们狭窄的眼界，东西方的文学艺术家几乎在同时睁大惊奇的眼睛，看到了过去引以为傲的本民族文学艺术是那么黯然失色，世界文学艺术是那样光彩夺目。

康有为大声疾呼："以举中国画人数百年……惟模山范水，梅兰竹菊，萧条之数笔，则大号曰名家，以此而与欧、美画人竞，不有若持抬枪以与五十三升之大炮战乎？"他严肃地告诫人们："如仍守旧不变，则中国画学应遂灭绝。"张大千叹道："中国绘画发展史，简直是一部民族活力衰退史！中国艺术的出路只有一条：向西方学习。"陈独秀说："改良中国画，断不能不采用洋画写实的精神。"这时，西方艺术在中国人眼中不再是"阴阳脸"，而是气象万千、大气磅礴的壮丽画卷。于是，中国艺术史上空前的壮举发生了：一大批有为的艺术家满怀对知识的渴求西渡欧洲向世界艺术学习。

文学同样如此。中国现代文学在艺术形式上发生过一次脱胎换骨的变化，在这一艺术形式的现代化进程中，西方文学的影响是不容忽视的。例如，俄国文学对中国现代文学的跨文化作用就不可低估。19世纪，俄国文坛

第一章 文学概论 | 047

人才辈出，著作如林。普希金、果戈理、屠格涅夫、冈察洛夫、陀思妥耶夫斯基、托尔斯泰、契诃夫等作家的作品，无不显示出俄罗斯文学的艺术魅力。"五四"时期，正在进行艺术探索的中国作家把眼光投向俄国，诚挚地称俄国作家为自己的重要老师。鲁迅就受到如果戈理、契诃夫、安德烈耶夫等俄国作家的重要影响。巴金受到屠格涅夫的重要影响，茅盾受过托尔斯泰的重要影响，作为革命诗人的普希金对中国现代左翼作家如李大钊、胡风等人都产生过重要影响。没有俄苏文学的融入，没有西方浪漫主义和象征主义文学的融入，中国现代文学的现代性将会打上一个大大的折扣。

就在中国艺术家、文学家放眼世界的时候，欧美艺术家、文学家逐渐摆脱了"西方中心论"的狭隘眼光，看到了欧美之外的五光十色的文学艺术世界。他们哀叹求真、写实的传统艺术没落的同时，赞叹东方艺术的勃勃生机。我国《红楼梦》译本在法国出版后，人们好像突然发现了塞万提斯和莎士比亚。美国诗人庞德曾极力称许中国古典诗歌的简约风格，认为中国诗歌没有欧洲浪漫主义诗歌的"滥情主义"和"装腔作势"，主张现代诗歌应当追求一种像中国诗那样的"超越比喻的语言"以写出现代诗人自己的现代感受和现代体验。庞德还盛赞中国诗歌的意象创造，主张借鉴中国古典诗学思想建构反象征主义的美国现代诗学。

总之，各民族文学从来就是相互借鉴和相互融合的，这是世界文学共同的发展规律。诚然，文学的相互影响是非常复杂的现象，我们在吸取外来文学传统时，要本着洋为中用的原则，大胆吸取外来文学的精华，为繁荣我们的社会主义文学事业服务。同时，我们也要积极参与世界文学艺术的交往和交流，为西方作家提供借鉴，也使我们的文学在一个更为广阔的世界文学背景下有新的发展。

二、全球化语境下文学的未来

全球化是席卷世界的一股浪潮，也是一种世界化的意识形态。沃特斯认为，"全球化"现象呈现三种可能：一是，"全球化"可能早已开始，它与启蒙历史同步；二是，其出现可能稍晚，是与现代化、资本主义的发展相伴而来；三是，"全球化"是一种新现象，是在后工业化、后现代化以及资本主义的解体与冲突中产生的。全球化在社会生活的三个领域得以呈现：一是经济领域，进行的是生产、交换、分配和消费；二是政治领域，涉及权力的集中和运动，权威的构造与外交政策的实施；三是文化领域，关系到意义、信仰、嗜好、趣味、价值观等象征符号的生产、交换和表达。全球化是在人类社会生产力极大发展的基础上，随着国际交往和世界市场的扩大而出现的世界社会运动的自然历史过程。广为流行的全球化概念着重描述的正是这样一个历史过程，在这个过程中，各种社会因素和关系在空间上不断扩展，人的行为方式、思想观念，以及社会力量的作用表现出洲际（或区域之间）的特点。具体而言就是空间上的"世界压缩"和地域联结。人们好像是生活在一个空间越来越狭小、联系越来越紧密的所谓"地球村"。

新的技术革命，特别是20世纪后期大众电子媒介和互联网的普及，全球新闻直播、e-mail、信息高速公路仿佛已经消融了国家和文化的疆界，使原来的空间和地点的概念失去了实在感。现代媒介还引发了非物质的流动、价值观念的交流变异和政治文化的网络化、透明化。全球地域联结的加强表现在现代世界的牵一发而动全身。2001年，美国的"9·11"事件，以及接踵而至的阿富汗战事、伊拉克战事、"SARS"和禽流感，在短时期内迅速造成全球经济增长的放慢和世界政治格局的分化与重组，同时引发了全球范围的对战争和自然灾害的恐慌与论争。

经济技术的全球化以及思想、观念、意识的流通和碰撞，显示我们已进入一个前所未有的时代。这是一个机遇与挑战并存的时代。值得注意的是，在全球化后面实际上隐藏着一种中心权力话语。从经济的角度看，全球化意味着某个工厂生产出来的一枚螺丝钉与世界上任何一个角落里生产出来的一颗颗螺帽都能拧在一起，其完美假定性正如德里达所认为的"全球主义的基础是资本主义中的发展主义假设"，其重心在于：认定世界上每一个国家在克服了自身发展道路上的特殊障碍后，都会循着一条普遍性的路途向某一些共同目标前进。其诱惑力在于：一是，虽然参与全球资本主义经济是全球化的条件，但全球的未来不再需要步欧美现代化的后尘；二是，资源的最大配置的共享性，全球市场拓展的广阔性和技术领域革命的无限性。但是，由于历史的原因，当经济发展到今天，东西方经济水平差距仍然很大，西方尤其是欧美在资金、技术力量等上已经占据了优势，进而形成一种权力话语。而东方，尤其是第三世界国家，由于各自国家不同的发展状况，还处于相对落后的状态。在这种状况下，全球化的太平盛世图景就难免有一种掠夺的企图。

所以，这里其实隐含了一个条件，即发展主义是全球化一个终极目标，而西方，尤其是欧美，其发展已达到相当完备的形态；相反，东方，尤其是第三世界国家，其发展还处于相当薄弱的状态。因此，要全球化，就要坚持发展主义，而坚持发展主义，就要向欧美看齐，全球化实际上还是欧美化。

因此，所谓的"全球化时代"在其理论的背后，潜藏着一种深刻的话语权谋。全球化时代的来临，对以语言-地域为界定标准的民族文学构成了挑战，中国文学被放置在一个更加开放的多元文化语境下。作为意识形态和文化的渗透，全球化对中国文学的影响是不可低估的。大众文学的兴起、网络文学的产生与发展、文学CD的出现、叙事文学经典向影视的改编和复制，标志着我们的文学有了新的生长域。但是，一个让人不容乐观的现象是，随着经济全球化的推进和文化多元化的建设，我们的文学正在日益走向边缘化。往日文学的辉煌已经不再，过去由一本小说、一场戏掀起轰动效应的热闹景观已成明日黄花。文学的生产和消费呈整体下滑的趋势。虽然小说和电视剧还有一定的读者和观众，但诗歌和戏剧则明显变得冷清和萎缩。

文学的边缘化现状引起人们对全球化语境下文学未来的担忧与思考：文学的未来将会怎样？它会不会被技术和商品经济大潮冲出历史，走向终结？它将会怎样发展？对这些问题，我们应该有比较清醒的认识。

1. 文学永远不会消亡

经济和文化的全球化使大众消费文化成为一种时尚和潮流，我们的文化生存模式和文化运作方式由此发生了根本性的变化。在汹涌的视觉文化和商业文化洪流中，传统文学长期以来形成的中心地位和权威身份已被颠覆，整个文学界普遍滋生强烈的生存危机，尤其是那些所谓纯文学的写作，由于迅速的边缘化而弥漫着浓郁的悲观论情绪，以至于文学正在走向终结与消亡的观点一度甚嚣尘上。

美国著名学者希利斯·米勒就是代表之一。他在《全球化时代文学研究还会继续存在吗？》一文中认为，"新的电信时代正在通过改变文学存在的前提和共生因素"，"而且会确定无疑地导致文学、哲学、精神分析学，甚至情书的终结"，虽然在网上也能够进行创作或者发送文学作品，但这些文学作品早已变得面目全非，"成了另外的东西"。跟从这种观点的声音时有出现。

实际上，这样的观点和情绪的风行，与对全球化时代与文学的本性缺乏足够清晰的理解是分不开的。我国著名文学理论家童庆炳先生针对这种观点发表了截然相反的看法，对文学的未来充满了信心。他认为："文学虽然有这样或那样的改变，但文学不会消失，因为文学的存在不决定于媒体的改变，而决定于人类的情感生活是否消失。如果我们相信人类和人类情感不会消失的话，那么，作为人类情感的表现形式的文学也是不会消失的。"

童先生的结论是建立在对文学本性理解的基础上的。作为语言艺术的文学，以表现人类的情感真实为神圣使命，这就使它具有了特定的人文本性和人文价值，使它具有提升人类精神境界的功能。人类社会在任何时代都需要精神升华的向度，后现代社会中信仰崩溃的现实，使精神的救赎和心灵的引领显得尤为重要。文学对人类情感的表现使它具有独特的精神抚慰作用，可以在一定程度上帮助我们超越这种精神迷失，通过深刻的内心体验开掘存在的诗意，使精神在新的信念召唤下，在灵魂与肉体的主体性升华中重获救赎。因此，只要人类还存在情感生活，文学便具有永远存在的理由。

2. 走向图像化、消闲化的文学

既然文学不会消亡，那么，未来的文学将会是怎样的呢？这是近年来文学界、理论界关注的一个焦点问题。据专家预测，未来的文学将走向图像化和消闲娱乐化。首先，文学将走向图像化。全球化使现代社会成了一个图像社会。我们现在的文化运作方式和文化生活形态主要是由图像的呈示和观看来构成。这与一个世纪以来图像符码和图像信息在文化生活中的大密度地涌现分不开。大体言之，包围我们的图像有两大部分：一为视像部分，包括摄影、摄像、电影、电视、网络及由真实影像拍摄而成的各种广告等；二是图画部分，即由人绘制的各种图像，主要包括漫画、动漫、卡通制品、电子游戏等。它们共同构成了当下的图像文化和视觉文化。

在图像文化的围困下，文学与图像的冲突和结缘是很自然的事情，这不仅表现为对文学的排斥与放逐，也表现为迫使文学本身走向图像化。文学的图像化表现之一，是电影、电视文学的大量生产和复制。这种现象本来自有电影以来就有了，所有的文学经典几乎都有过影视改编的经历，我们的作家有的已成为影视剧本的职业写手，这一切无可厚非。但变化最大的是，文学写作本身已失去自主性。例如，当一个小说家拿起笔写作的时候，他首先要思考如何使他的作品能符合影视改编的要求，也许这是商业逻辑在起作用，但这个商业逻辑是建立在视像文化基础上的。

文学图像化的另一表现，是读图文学的兴盛。一方面，几乎所有的文学名著都已经图说化，如书海出版社出版有《中学生必读文学名著图说》、新华出版社出版了《鲁迅小说全编绘图本》等等；另一方面，摄影文学、电视散文，特别是卡通读物的广泛涌现。以日本情况为例，据有关报道，整个日本出版物中有40%是漫画作品，每个月出版发行的漫画杂志达350种，每月还有近500种漫画单行本问世。据调查，在中国图书市场，在各类书籍中，卡通漫画类受欢迎程度最高达57.7%。

文学本身的图像化正是当今图像社会中文学的真实景观，体现了文学发展的基本走向，文学的图像化现象改变了过去文学的教化、训导功能，使文学成为娱乐、消闲的方式。消闲、娱乐的文学正代表着未来文学的又一走向。在全球化时代，随着文化消费的不断推进，大众的通俗文学悄然勃兴，呈现出越来越大的受众市场。人们在紧张、单调、枯燥的劳动之余，看一部电视剧，或读一读有图文学作品，更多地是为了消除精神疲劳，获得一种轻松和愉悦感，当然也包括获取一些有用的信息。消闲娱乐本来就是文学的基本特性之一，它在今天得以彰显，成为一种时尚文化消费的基本功能，是与我们这个图像充斥、消费文化兴盛的时代潮流分不开的。可以想象，未来的文学是娱乐、消闲性很强的文学。随着我国双休日的推行，"五一""十一"、春节长假和职务休假的实施，人们的闲暇时间增多，观看电视、网上聊天、阅读通俗文学作品等自然成为一种生活方式。当然，突出文学的娱乐、消闲作用，并不排斥"寓教于乐"，读者或观众在观看图像文学时，获得一种阅读快感后，也会使思想得到启迪，性情得到陶冶。值得思考的是，如何满足读者的需求，写出一些和出版一些让读者得到娱乐和休息的好作品，是作者和出版商亟须解决的问题。

3. 全球化与本土化融合的文学

一个不容置疑的事实是，未来的文学必将受到世界经济一体化、科技一体化和审美现代性的影响。

首先，随着全球经济文化一体化过程的深化，信息、通信、交通、计算机、卫星、网络等技术的发展，世界各国间的距离日渐缩小，经济和文化间的联系大大加强，文明的共性日渐超越各民族文化的个性，成为全球意识的重要体现。在这种条件下，文学的相互交融、并存、互补将成为未来文学发展的必然格局。

其次，全球化使得社会意识制度不再以强加的方式来决定文学的生产和消费。作家在文学创作过程中除了参与一些时尚写作外，更注重个人生存和生活体验的抒写，由社会化写作向个人化写作转变。读者的阅读习惯开始更新，传统的个人化书本阅读让位于视像、听媒和网上阅读。写作的个人化和阅读的机读化凸显文学的消费性、娱乐性功能。

再次，也是最突出的现象，作家在写作时，注意考虑自己作为"地球村"的一员来进行创作，因而，他们的创作思想、表达方式、写作技巧都与传统有很大不同。如先锋小说在文学全球化方面做出了大量的、有意义的探索。先锋作家勇敢地冲破种种传统规范，大胆运用世界流行的后现代表现方式，追求更为自由、更为世人所接受的审美空间。因而，他们的努力有了某种世界性和前卫色彩。

但是，他们在追求世界性的同时却忽略了本土化。过分注重形式，放逐情节，玩弄辞藻，取消深度，使他们的小说表现力苍白、平面而空洞，因而失去了读者。先锋小说的衰落告诉我们：文学的全球化必须与本土化结合。

近年来，思想界、文学界掀起了一场有意义的讨论：全球化与本土化。在讨论中取得的一个共识就是，全球化与本土化两者要融合。本土化是根本异质文学，只能在被过滤、被改造的情况下融入。我们的文学不能搞西方中心主义，也不能搞本土中心主义。

未来的文学既不是对西方欧美原创后现代主义的全盘接受，也不是对东方中国本土文学传统的全盘继承，而应是立足于双方汇通基础上的重新站立，从中寻找新的文学增长点。我们的作家经过一段时间的思考和摸索之后，经过对西方后现代大师的模仿和自己实验这两者的结合，最终达到汉语文学后现代话语的自觉建构。这种话语建构方式，便是全球化与本土化的融合与汇通。可以预见，我们未来的文学是全球化与本土化相融合的文学，这将在当下和未来的文学实践中得到充分的证明。

第二章　文学作品及其创作

马克思主义经典作家在总结文学实践经验的基础上，对文学作品内容和形式的问题做过精辟的阐述。我们学习和掌握文学作品的相关理论，对繁荣社会主义文学创作，提高作品的思想水平和艺术水平，更好地发挥文学在实现新时期总任务中的特殊作用，有着重要意义。

第一节　文学作品与文学创作概述

一、文学作品概述

文学作品是作家审美体验的对象化、物态化，是鲜活感性的符号化形式，是人类精神超越性的存在。在中外文论史上，文论家们从诸多角度来理解和阐释文学作品的构成问题。在中国传统文论中，文学被看作作家内心思想、情感、人格、志趣、精神等的外化，对文学作品的构成问题常常是从作家创作的动态性这一角度来进行探讨的，诸如构成各要素之间的运动与变化关系，创作主体意志由内向外的投射等，由此，形成了文与质、言与意、形与神等辩证关系。在这些关系中，传统文论相对更偏重于关注"质""意""神"，力图将这些形而上的内容作为主导，从而引发、生成有形的文字。不过，这些观念并没有妨碍中国古代文论对形式美的追求。比如，在文学创作中有对骈偶形式的推崇，齐梁时期有"四声八病"之说等，它们都是在形式方面独具民族特色的观点。

西方文论认为，艺术形式是实体世界的具体化、丰富化、形式化，是客观规律性与主观目的性的统一。在《六概念史》中，波兰美学家托塔克维兹分析了艺术的存在方式——形式。他认为"形式"一词出自中古拉丁文的"形状"，这与古代希腊文"式样理念"等相关。该词来源的模糊性使"形式"这一概念的规定带有歧义性，出现了不同的形式理论。概括地说，"形式"一词在西方美学史中至少有五种含义，包括亚里士多德的实体存在（本体）形式、与元素相对立的排列形式、与内容相对应的外形式、与材料相对应的形状形式，以及康德的与主体对知觉客体的把握的先验形式。这些含义的形成与变化呈现出西方从古希腊到当代理解艺术作品形式与内容关系的历史脉络。

在西方，一般把文学作品当作客观存在进行研究，注重文学构成中各要素的逻辑关系。古希腊美学认为，文学作品的本体论是偏重于形式的。柏拉图认为理念即形式，形式是最真实的本体。亚里士多德在《形而上学》中指出，形式是事物的本体，艺术作品的美在于有头有尾的整一性。这种整一性既是形式的又是内容的，是它们之间的一种契合。近代西方美学对艺术作品本体论的认识则显示出形式和内容的对立与分裂。在黑格尔那里，文学作品的内容与形式成为互相对立、统一的两部分，并形成了三种主要的形态：形式大于内容为象征型艺术，形式与内容完美结合为古典型艺术，内容大于形式为浪漫型艺术。到了现代，哲学家试图弥合由于内容和形式的二元对立所造成的作品本体的两分局面。在形式主义思潮之后，结构主义、文学阐释学、文学现象学、接受美学、后结构主义等，都纷纷放弃了从内容方面来研究文学作品的构成方法。

结构主义试图用作品的深层结构与人类心理的深层结构的对应关系，来取代传统的内容与形式的辩证关系，努力挖掘内容下面的深层意蕴；新批评的作品本体论立足于作品的抽象与具体关系上，强调通过语言分析去演绎作品的本意。此外，兰色姆的"结构—肌质说"、弗洛伊德的心理分析，弗莱的神话分析，罗兰·巴特的文学分析，英伽登的艺术作品现象学分析等，都从不同角度对文学作品的本体论进行研究。这些研究表明文学研究已从外部研究走向内部研究，成为20世纪文论的热门话题。

可以说，文学作品本体论具有明显的偏重形式的倾向。在他们看来，"内容"一词，不仅含有具体形象，还包括逻辑、理念、伦理、社会、历史等非艺术的因素。于是，人们将注意力放到作品本体的层次上，从不同角度、不同视野去挖掘语音学、文化学、心理学、文学等的深层结构。形式不再仅仅是内容的承担者，而成为内容本身。需要注意的是，在接受美学看来，文学的构成从来就不是作品单方面的，读者的阅读行为是构成文学的重要部分。

一方面，读者并非消极被动地接受作品的内容，而是带着自己独特的个人文化背景与期待视野来阅读，这种阅读的效果会有千变万化的结果和阐释意义；另一方面，那些将批评的重点放在对作家本意的追寻或者作品意义推敲的研究，是不能够走进的真正文学，真正的文学需要有具体读者的参与。因此，研究读者的心理活动与接受方式及其与文学作品之间的关系，也是他们新的研究方向。在这些方面，德国的伽达默尔、法国的杜夫海纳、德国的尧斯等都曾做过深入的研究。

在后现代那里，一切坚固的东西都开始动摇、消散。所谓人的深层心理结构也并非一成不变的，而是被各种社会现实建构起来的。以法国德里达为代表的解构主义试图消解西方一直以来的根深蒂固的逻各斯中心主义。由于每个词语客观上都有多面性，因此，文本中的任何词汇与概念可以被它的对立面所替换的，通过这个"技术"，文本所谓的客观性也就被瓦解了（这就是德里达所谓的"危险的替补"）。德里达抓住了语言和词汇对文本意义在表达上的根本缺陷，指出语言和文本的独立导致了传统相信非语言实体的真实性（如真理）的瓦解，每一个词语都是它自身，又在阅读它时产生变异。通常，我们在阅读时，会选取某个词的一种确定的意义而忽视其他意义，这种选择就导致了这个词的其他意义的开启，语言的这种缺陷是永远存在的。美国的文学批评家如卡勒、米勒、保罗·德·曼等都曾把这一理论运用在文学批评领域，使得文学在其构成上似乎变得飘忽不定，也使得任何边缘因素都有可能参与到文学的构成中来。

整个艺术史是艺术作品存在形式不断嬗变和扬弃的历史。在当代文论看来，文学作品是一个多层次逐渐指向深层结构的整体。这种深层结构和形象系统的建构是作家独特的、不可重复的，蕴含了生命体验和自我生存价值的确证。

二、文学创作概论

传统文学理论认为，文学创作是文学活动中最重要的环节，决定着文学作品的基本面貌，文学作品的内容和形式，尽管受到社会生活和文学传统的深刻影响，但最终都是文学创作的直接结果。同时，文学创作也是文学活动中最能体现主体性的环节，从构思到写作，都是创作主体的精神劳动。在西方文学理论中，再现论传统源远流长，主张文学艺术应该逼真地再现现实世界，但是，从古希腊的模仿论到文艺复兴时期达·芬奇的"镜子说"，再到19世纪的现实主义和自然主义，以至马克思主义的意识形态反映论，这个传统并未忽视艺术家在艺术再现过程中的主体作用。

同样渊源于古希腊的表现论传统，更是把文学创作看作对作家主体精神世界的表达。中国古典文论对文学创作主体性的强调更为突出，"言志说""缘情说""物感说""养气说""载道说""童心说""性灵说"等，尽管具体针对性各有不同，但都一致肯定了作家主体性在文学创作中的主导作用。以作者为中心的理论体系之所以在中、西方文学传统中都长期占据主流地位，一个很重要的原因就在于，对文学创作的主体性的高度重视。

20世纪以来，上述关于文学创作的两个基本认识都遭到了质疑和挑战。

一方面，文学的阅读和接受环节受到空前的重视，读者通过文学阅读过程不仅参与了文学意义的生产，而且读者的审美需求和阅读习惯也可能直接影响到作家的创作。文学的创作与阅读是相辅相成的，文学创作的成品是文学阅读的对象，同时，任何文学创作都有一定的文学阅读作为基础和前提，任何文学创作也都有对假想读者的预设。

因此，文学创作不再是由作家及其创作过程单方面决定的，读者和文学接受同样参与了创作过程。现象学美学、阐释学、接受美学、读者反映批评等理论都有这方面的相关论述。

另一方面，在后结构主义的冲击下，主体性哲学摇摇欲坠，主体不再是一个固有的、稳定的存在，而是被各种社会因素建构起来的，并始终处于不断被重构的状态中。按照这个逻辑，对于文学创作的主体性，也有必要进行重新认识。既然作者的主体是被建构的，主体本身就具有被动性，那么，文学创作的真正主宰者就不是实际的作者，而是建构作者主体性的种种社会文化力量。罗兰·巴尔特的《作者之死》，其实就是说，作者不是作品意义的最终来源和真正控制者，传统文学理论赋予作者的权威是不恰当的，后结构主义的质疑已经使之坍塌。当代的身份批评虽然也重视对作家主体的研究，但对于文学创作主体性的认识，已经与传统的作者中心论有很大不同。

第二节　文学创作的动态过程分析

马克思曾经指出："观念的东西不外是移入人的头脑，并在人的头脑中改造过的物质的东西而已。"根据这一科学论断，我们认为，文学的创作过程从本质上看，是一定的社会物质生活移入作家的头脑并加以改造的过程，即作家对客观现实生活进行艺术概括的过程。由于人们只看到作家写在书面上的艺术成品而看不见一部作品在作家心里孕育的过程，因而，把文学的创作过程看得有些神秘，其实，它也是有一定规律可循的。为了深刻地理解作家所塑造的形象，从而更准确地把握文学作品的思想内容和艺术特点，我们不仅要研究作家已经写成了的作品，还要探讨作家孕育作品时思维活动过程的特点和规律。尽管作家的实际创作活动过程是异常复杂的，不同作家的创作过程各有其独特之处，但是，我们还是能从艺术巨匠从事文学事业的经历及他们留下来的不朽巨著中，从他们的创作经验中可以总结出一些特点和发现一些规律，作为我们从事文学创作时的借鉴。

一、创作的准备
（一）扎实的生活基础

文学作品总是这样或那样地反映着客观现实生活。客观现实生活是文学的唯一源泉，是文学的表现对象。因此，一个作家必须具有一定的生活基础，必须不断用丰富、复杂、生动的现实生活充实自己，才能从事文学创作。关于社会生活对文学创作的重要意义，古今中外的一些作家和文学理论家都有所论述。

在《红楼梦》的开头，作者通过空空道人与石头的对话，也曾接触到这个问题。石头说："其间离合悲欢，兴衰际遇，俱是按迹循踪，不敢稍加穿凿，至失其真。"这说明该作品所描绘的画面和人物都是有生活根据的，是按照客观事物发展过程如实表现的。俄国作家屠格涅夫说："我现在所有的相当不坏的东西，是生活赠给我的，不是我创造出来的。"英国诗人雪莱在《伊斯兰的起义》的序言中说："我从童年就熟悉山岭、湖泊、海洋和寂静的森林。……我曾在遥远的原野里漂泊。我曾泛舟于波澜壮阔的江海上，夜以继日地驶过山间的急湍，看日出、日落，看满天繁星闪现。我见过不少人烟稠密的城市，处处看到群众的情操如何昂扬、磅礴、低沉、递变。我见过暴政和战争的明目张胆、暴戾恣睢的场景；多少城市和乡村变成了零零落落的断壁废墟，赤身裸体的居民们在荒凉的门前坐以待毙。……我就是从这些泉源中吸取了我的诗歌形象的养料。"这些观点和实际的感受，虽是片段甚或零碎的，但它和我们对于作家要具有扎实的生活基础的理解是相符的。

无产阶级作家自觉地认识到革命文学的源泉是社会现实生活，是人民群众所从事的各项实际斗争，因而，他们积极地深入生活，熟悉生活和人物。在他们的创作实践中，能够把文学紧密地与人民生活结合起来，从劳动人民的生活斗争中获得创作的源泉，写出了许多优秀的文学作品。例如，吴强之所以能写出《红日》这样一部关于人民解放战争的史诗性的优秀小说，绝不是他个人的独力创造，因为作品所反映的是客观生活的存在，没有涟水、莱芜、孟良崮等战事，没有广大人民的战争活动，他是无能为力的，《红日》的产生也是不可想象的。他说："如果我没有身临其境，我跟我军的同志们没有共同的斗争生活，相通相连的敌忾同仇的思想情绪，我就很难认识和把握这段战斗历程的内在联系。"可见，他是直接从生活中得到深切感受，获得题材，然后进行创作的。正因如此，革命作家必须长期地深入生活，投身于变革现实的革命斗争中，了解人民群众的思想感情、要求和愿望，只有这样，才能创造出优秀的文学作品。

文学史上的许多优秀作品都是经过长时间的生活储备和酝酿写就的。《红楼梦》的作者曾于悼红轩中"披阅十载，增删五次"；巴尔扎克的《乡村医生》花了七年时间写成；契诃夫《主教》的题材，在他的脑海里已"盘桓有十五年光景"；《红旗谱》（第一部）是梁斌经历了二十年左右的酝酿最后写成的；郭沫若的《屈原》虽然具体的写作时间只有十天，但从"受胎"计算，至少也经历了二十一年；《浮士德》的孕育时间更长，是歌德用了将近六十年的时间创作的一部巨著。

以上这几个作家立场、观点各不相同，作品的成就有大有小，但它们有一个共同之处就是，它们都是经过长期构思而形成的。这漫长的劳动过程，正是他们积蓄材料，对丰富的文学素材反复选择、刻苦加工的过程，更是作家不断地提高认识以求在更高的程度上充分反映出生活本质的过程。丰富的生活贮备是艺术加工的基础。梁斌的《红旗谱》所写的一个事件、一个人物都是从许多事件、许多人物中一星星、一点点地集中起来的。朱老忠这一人物形象，就多次出现在他所写的一系列作品（《三个布尔什维克的爸爸》《千里堤》和《父亲》等）当中，而且人物特点塑造得越来越鲜明、越来越典型。吴强为写作《红日》也做了大量的准备工作。他在人民军队中生活十多年，血和火的斗争、一步一步走向胜利的斗争、规模越大胜利也越辉煌的斗争，哺育他，教育他，激励着他。在解放战争基本结束后，他"在将近三年的时间里，利用工作闲暇，看了一些有关材料，写下了在战争期间的回忆录"，目的是"为作品结构和情节准备了文学素材"，"使自己的思维返回到当年的境界和生活气氛里去"。经过艰苦的劳动对现实生活和生活中各类人物加以提炼、概括、集中，终于创作出《红日》这部优秀的作品。

事实证明，没有长期的生活实践，没有扎实的生活基础，没有丰富的原始材料是写不出好作品的。

（二）进步的世界观

历史上的伟大作家往往又是伟大的思想家。他们以自己呕心沥血创造出来的优秀作品表达了崇高的理想，反映了人民的意愿。他们取得巨大的艺术成就，原因之一就是他们具有先进的世界观。

第一，先进的世界观决定着正确的创作目的或创作动机。英国诗人雪莱自称他有着"改良世界的欲望"，要使读者们"记住些高尚、美丽的理想"。莫里哀要用喜剧"纠正人的恶习"。契诃夫要"唤醒社会，要号召人们采取行动"。我国古代有成就的作家，面对人压迫人、人剥削人的残酷现实，也自觉或不自觉地抱着一定的创作目的进行创作。如杜甫的"致君尧舜上，再使风俗淳"，李白的"济苍生""定寰区"，白居易的"文章合为时而著，歌诗合为事而作"，以及他的"为君、为臣、为民"的创作思想，等等。

可以说，古往今来的所有作家，都是有一定的创作目的或创作动机的，不管他本人是否意识到。而正确的创作目的或创作动机，必然是来自他们先进的世界观。无产阶级作家是人类灵魂的工程师，他首先应该是一个革命者，是一个忠于人民、忠于社会主义革命事业的战士。要有高度的思想修养，努力学习和掌握辩证唯物主义与历史唯物主义，也就是说，要具有马克思主义的世界观。这是无产阶级作家重要的、不可或缺的。一个革命作家出于高度的革命责任感，总是抱着一种明确的革命目的从事文学创作的。只有这样，才能自觉地使自己的创作更好地为社会主义事业服务，为革命而写作。只有自觉地想到这一点，他才能把自己的作品与整个革命事业联系起来，与人民群众的思想感情联系起来，他的作品因而受到群众的欢迎，产生较好的社会效果。

杨沫在谈到塑造林道静这个人物形象的目的和动机时，就明确地提出，她"不是为的颂扬小资产阶级的革命性，浪漫蒂克式的情感或者是小资产阶级的自我欣赏"，而是要通过林道静从一个小资产阶级知识分子变为无产阶级革命战士的过程，来"表现党的伟大、党的深入人心。党对于中国革命的领导作用"。同时，作品还企图形象地说明这种改造的完成，是长期的艰苦斗争的过程：她怎样由软弱到坚强，由烦恼、悲伤、失望到乐观、开朗和坚强，她如何抛弃了个人主义，初步具有共产主义觉悟，到最后成为一个坚强的革命者。作者的这些意图在作品中基本实现了，但由于作者在感情上对林道静的偏爱，更由于作者本人"对于她某些小资产阶级感情还多少有点共鸣，因此，自己不能站得更高，也就不能对此批判得更深刻、有力"。一个作家的理智、思想意图，为什么会和他的感情倾向发生矛盾呢？归根结底，还是作家的思想感情没有得到彻底的改造，还是个人世界观的问题。

《青春之歌》的作者能够明确地提出这些创作意图，并通过作品体现出来，关键是她已从"一个充满着小资产阶级温情、幻想和狂妄自大的知识分子转变成一个无产阶级的战士"。这是她的世界观转变的结果。由此可见，作家的创作目的或创作动机，是为作家的世界观的性质所决定的。这是作家世界观对创作制约作用的一个方面。

第二，作家的世界观对于他观察、体验、研究和分析社会生活也具有指导作用。认真观察生活和认识生活，这是作家进入创作过程不可或缺的准备工作。观察和认识生活当然和作家世界观的指导密不可分。只有在进步的世界观的指导下，才能正确地认识生活，才能掌握生活的本质和规律。高尔基的《在底层》是他对"过时人物"的世界将近二十年的观察的总结，他所描写的小市民是有高度的典型性的。他说，小市民的品质"是贪婪、嫉妒、自私、狡猾、残忍、吝啬、伪善、自负和傲慢、饕餮，也就是贪食，盗窃、变节、诡诈、凶恶和憎恨、懒惰、谎言、诽谤和所有其他诸如此类的东西"。

正因为他能够以进步的世界观来观察、体验、研究和分析小市民的品质，他才能写出一系列高度概括小市民特征，反映俄罗斯生活本质的优秀作品。所以说，正确地观察和深刻地认识生活，决定于作家的立场观点和思想水平，决定于作家的世界观。

第三，从作家选择生活材料、表现生活与评价生活上看，也离不开作家世界观的指导。创作活动既然是通过作家个人的精神劳动方式进行的，那么，具有不同世界观的作家，对生活就会有不同的认识和评价。每个作家总是把能够体现自己的社会理想和美学理想的东西当作美的事物去描写，并加以歌颂、赞美；总是把与自己的社会理想、美学理想相对立的东西当作丑恶的事物加以批判和否定。现实生活虽然是客观的，但当它被移植到作家头脑中并反映在作品里的时候，它已是被作家的主观头脑改造过的东西了。在这里，作家的世界观是起指导作用的。譬如《红旗谱》（第一部）所概括的年代是比较久远的。在这漫长的岁月中，社会生活曾发生了巨大的变化，许多事件都值得作者去描写。可是，梁斌却围绕着从生活中攫取的两个主要事件——"反割头税运动"和"保定二师斗争"加以集中反映。作者以优美的笔触，描绘出一幅绚烂多彩的宏伟的历史图画，塑造了一些光辉的革命英雄形象，如贾湘农、张嘉庆、朱老忠、江涛等。作者着重地描写了朱、严两家农民的三代人前赴后继与地主冯兰池进行斗争的历程，显示出他们英勇顽强的斗争精神，从而热烈地歌颂了中国北方冀中平原上农村和城市人民的革命斗争精神。

梁斌对这一社会生活斗争给予很高的评价。从作品的艺术形象中自然地透示出这样一种思想：从中国共产党成立的那天起，中国的历史已开始进入一个崭新的阶段——个体农民已由自发的个人反抗，发展到有组织、有领导的集体的斗争；从狭隘的个人复仇，发展到为共产主义而奋斗；劳动人民的反抗斗争只有在中国共产党的领导下，才能取得真正的、彻底的胜利。梁斌站在党的立场上，以饱满的无产阶级感情歌颂了人民群众的斗争精神，深切地关怀和同情旧中国的广大人民。这是因为他亲身体验了人民的疾苦、辛酸，并从故乡人民的精神面貌中窥见了像朱老忠这类英雄人物敢于战胜困难、敢于打破镣铐的革命精神。作者受到了那个时代的很多事件的感动，所以，他才"决心在文学领域里把他们的性格、形象，把他们的英勇，把这一连串震惊人心的历史事件保留下来传给下一代"。由此可见，作家对他所掌握的大量原始材料的选择、提炼和概括，他对作品中所反映的生活的评价，都是他的世界观思想感情的直接或间接的表现。

总之，任何作家在他的作品中肯定什么，否定什么，歌颂什么，批判什么，总是要表示他的爱憎情感。这是作家的世界观的性质所决定的。具有进步的、革命的世界观的作家，总是热爱新生的事物，歌颂进步的东西；具有反动世界观的作家，总是留恋旧的事物，赞美落后的东西。同样的社会生活，通过具有不同世界观的作家的头脑的反映，就会产生不同的结果。正因为如此，革命作家就应该树立共产主义的世界观，使主观世界适应客观生活的发展，更深入地反映出客观现实生活的本质和规律，使自己的作品更好地为社会主义服务。

上面我们阐述了世界观对创作的指导作用，说明世界观对创作具有重要的意义。但是，世界观并不等于创作，也不等于艺术创作方法。因此，要创作出优秀的作品，还要有丰富的生活经验，一定的创作技巧。这三者都是不可或缺的。

（三）相当的艺术素养和艺术技巧

革命作家除了要以马克思主义的立场、观点、方法去观察、分析他所反映的对象，并具有丰富的生活经验、渊博的生活知识外，还要具有相当的艺术素养，能够较好地掌握、合理而巧妙地运用各种艺术表现技巧，只有这样，才能深刻而生动地反映客观现实生活，写出富有艺术感染力的文学作品。作家应该比一般人更富有渊博的文化生活知识，具有敏锐的观察力、判断力和强烈的艺术感受力和想象力，以及通过形象的形式来表现自己对生活的认识，即"把真理化为形象"的本领，这些素养是文学家取得较高艺术成就的重要原因之一。高尔基曾告诫作家，要想使自己成为一个有修养的人，就"应该学习一切"。应该具有丰富的文化、历史知识和现代社会生活的知识，应该掌握本国文学和外国文学的发展史，甚至要求"文学家应该懂得有关天文学家和钳工、生物学家和裁缝、工程师和牧人等等的事情，如果不能完全懂得，也应该尽可能多多懂得"。当有人问他怎样才能学会写作时，他简要地回答说："要多读书，你们当中那些选择了这条道路，即文学家的道路的人，应该首先研究文学、文学史和塑造典型的历史。"这些都是使一个文学家具有较好的艺术素养的重要条件。

此外，我们还应注意各种艺术的相互影响和借鉴。在人类艺术发展史上，各种艺术相互影响和借鉴是司空见惯的事。各门艺术之间有其共同性，又各具鲜明的特点。这些不同的特点使各门艺术相互区别，同时又有可能在某些方面使它们相互发生或多或少的影响。"诗中有画，画中有诗"；或者说，诗是"无声画"，画是"有形诗"，这都是诗歌和绘画这两种性能不同的艺术相互发生深刻影响的理论概括。而当某种艺术受他种艺术影响之后，由于它汲取了新的表现手法，领悟到新的意境，这门艺术在内容和形式上就会有新的变化和发展，就有可能突破旧的樊篱，取得新的成就。

我国古代的一些书法家欣赏舞蹈艺术，一些画家欣赏戏曲表演艺术，一些诗人欣赏绘画和音乐，都从中受到了很大的启发，丰富了他们的艺术表现才能，从而使他们创造的艺术品别开生面，达到较高的艺术水平。外国作家，也是如此。雪莱在《伊斯兰的起义》中说："一个受过音乐陶冶的心灵若能把这种韵律妥加安排，使其和谐有致，则能产生雄浑、绮丽的音响，我在这方面颇为醉心。"

由此可见，从事文学创作的人，多接触一些其他门类的艺术，肯定会丰富和提高自己的艺术素养。接触较多的艺术种类，不仅能陶冶自己的性情，锻炼自己敏锐的艺术感受力，还能从各个方面培养自己的艺术趣味，从其他艺术中吸取丰富的养料，学习和借用它们的一些表现技巧。这对文学创作是有很大助益的。

文学作品既然叫"创作"，就应该继承并发扬前人之所长而又有新的创造，要在艺术技巧上有所突破和创新。因为时代在前进，社会生活不断发展和丰富，艺术表现手段也必然随之丰富和发展。可以说，一部作品的艺术生命力的获得，在很大程度上是取决于它的艺术技巧。一部优秀的文学作品，比一般科学论文能够产生更为巨大的感染力，"更能给予思想以巨大的明确性和巨大的说服力"。而要达到这样的艺术效果，重要的一环是具备熟练的艺术技巧。所谓艺术技巧，是指对文学创作手段运用的熟练程度而言。比如语言的运用，典型形象的塑造，情节的安排，各种文学体裁特征的把握等，都需要作家付出心血精心地加以选择、提炼，才能给人以艺术上的享受，才能使作品打动读者的思想和感情。

高尔基非常重视文学创作的技巧。他说"必须知道创作技巧。懂得一件工作的技巧，也就是懂得这一工作本身"，作家"可看到许多，读到许多，也可以想象出一些东西，但是要做，就必须有本领，而本领是只有研究技巧才能获得的"。因此，学习前人和当代优秀作家的创作技巧，是我们提高文学作品思想性、艺术性的重要课题。

文学巨匠们都具有敏锐、深刻的观察力和判断力，强烈的艺术感受力和丰富的想象力，以及高超的艺术表现力。这些才能并不是天生的，而是经过长期的钻研、磨炼，从良师益友的教诲和优秀文学的启发和诱导中逐步获得的。

综上所述，一个革命作家具有的修养，最重要的是生活、思想和艺术技巧。生活是基础，思想是灵魂，艺术技巧是手段，三者既有联系，又有区别。它们不是并列，而是有主次轻重之分的，其中占主导地位的是世界观。但是仅有正确、先进的世界观而缺乏生活的积累和必要的艺术修养，仍然不能成为一个优秀的作家。

二、创作过程的三个步骤

（一）素材积累

1. 作家的生活阅历

文学素材，一般是指作家自己的生活经历和在此基础上产生的思想感情。一个作家，只有投身于沸腾的社会生活中，尽最大努力去观察、体验、研究、分析各种生活形式和斗争形式，才能使自己的阅历、感情和思想丰富。爱克曼曾经问歌德："如果诗人也要成功地描绘出现象世界，他就必须深入研究实际生活吧？"歌德回答说："那当然，你说得对。……诗人不是生下来就知道法庭怎样办案，议会怎样工作，国王怎样加冕。如果他要写这类题材而不愿违背真相，他就必须向经验或文化遗产请教。"

文学史上的优秀作家之所以能够写出不朽的名著，其中一个重要因素是，他们具有丰富的生活阅历，对所描写的生活非常熟悉。他们的所遇、所见、所闻、所作、所感都是异常的丰富。高尔基称赞左拉时说，"他非常熟悉应该知道的一切：财政界、宗教界、艺术界，总之，他知道一切，知道那个最初在十九世纪获得胜利，后来戴着胜利的桂冠腐败下去的资产阶级的全部掠夺的历史和全部崩溃过程。"

再看唐代伟大的诗人杜甫，他近半生处于兵连祸接的年代。他到处漂泊，挨饿受冻。那种"朱门酒肉臭，路有冻死骨"的残酷现实，使他看到了当时社会的黑暗与不平；广大人民的不幸遭遇，使他产生了真挚而温暖的同情。他饱尝人间的辛酸和痛苦，只有这样一些丰富的生活经历，才使他有可能写出"三吏""三别"等深沉地表达人民意愿，申斥统治者罪恶行径的诗篇。

托尔斯泰曾说："见到了成千人的饥饿、寒冷与屈辱，我不但在理智上、良心上，甚至整个身心地理解了这一点，就是：在莫斯科存在着万千的这种人，而我和许多别人却用牛排和鲟鱼把自己的肚子填得发胀，用呢绒和地毯被来盖马匹和地板——不论世界上有学问的人关于这事实的必然性说些什么——这就是罪恶，不是只犯一次而是经常在犯的罪恶。……因此，我当时感到，现在也感到，将来也会不断感到，只要我有多余的食物而有人乏食，只要我有两套衣服而有人无衣，我就参加了一种经常犯了又犯的罪恶。"又说："我逃不掉这一思想。就是：这两者（贫和富）是有联系的，前者是后者的结果。"这贫富悬殊的黑暗社会，千百万农民遭受贫困、饥寒等灾难的现实，以及世界观的重大变化，这些因素促进托尔斯泰去关注、同情农民疾苦，写出了《复活》《战争与和平》等一系列世界一流的作品。其中，作家广泛而丰富的生活阅历和搜集的大量生活素材，是创作出成功作品的基础。

我们所说的作家生活经验，首先是指作家的直接生活经验。如托尔斯泰的《幼年》《少年》和《青年》自传式的三部曲，就是作家把他青少年时代的生活加以艺术概括的产物。再如《林海雪原》，它是曲波和他的战友们数度深入林海雪原，和许家父子、马希山、座山雕、谢文东等匪徒周旋，并且战胜、歼灭敌人的亲身战斗经历的艺术写照。这类作品，往往是写自己亲身的经历，写自己身临其境的感受和经验。而所谓作家的生活经验，还包括间接生活经验在内。如《水浒传》的作者施耐庵，他并没有上过梁山，更没有可能亲眼看见宋代农民起义斗争，那么，他是怎么写出《水浒传》这部优秀作品的呢？怎么写出几百年前的人的生活和事件呢？写历史题材的作品，作家要具有丰富的间接生活经验。他要做艰苦、细致的考察和研究工作，要研究历史，要根据前人遗留的历史档案里的文献资料，研究主人公所处的时代和生活；还要实地考察地理山川形势，战争事迹，口碑传说。《水浒传》是在民间传说的基础上完成的，而民间传说的创作者就是比较接近那些典型人物和当时生活的人。

另外，写历史题材也要观察同时代人的生活和性格，借以积累塑造主人公形象所需要的材料，以补充写千百年前往事的不足。同时，创作历史小说虽然要真实地再现历史上的社会生活，但由于时代距离久远，作者怎么细心体察，也不会而且也不应该写得和历史一模一样（历史小说并不是历史著作）。因此，《水浒传》所描绘的宋代社会生活风貌，更接近明代一些；《李自成》所塑造的人物形象，现代化倾向就特别强。当然，这并不值得赞许。但这也并不奇怪，因为当代人写历史题材作品，不管有意无意，总是要或多或少地流露出以今天的眼光去刻画历史人物的倾向。

一个作家生活阅历的深浅，生活经验的丰富或贫乏，在很大的程度上，是决定一部作品成功与否的关键。譬如历史上的长篇制，如长篇小说这类最能容纳作家生活经验的文学样式，多半是阅历比较深、经验比较丰富的作家的产物。这是因为长篇小说总是要把丰富而复杂的人生社会的全景，作为一个整体去反映。假如作者本人生活阅历浅，对生活事件感受不深，体会不到貌似平凡的生活现象里所蕴含的深刻的社会内容，他就很难写好长篇小说。再如，文坛上初露头角的作家，因为发表了他的处女作而往往一鸣惊人，甚至立刻成为名家，但在他成名之后不久，有的却显露出难以为继的状态，甚至成为昙花一现的人物，这是什么原因呢？重要的原因是，他所积蓄的生活经验、生活素材原来就只有那么一点，生活仓库的储备很快就枯竭了。此后，他只好凭着贫乏的想象力，向壁虚造故事；或借助大段的议论，或作浮泛的抒情，而离生活的真实却越来越远。就是原来生活经验比较丰富、修养比较高的老作家，如果他所熟悉的东西写尽，又不从生活中不断地汲取新素材的话，也只好搁笔。即使勉强地写下去，新作和旧作之间的差距就会拉长，作者判若两人，从《林海雪原》到《山呼海啸》，从《红旗谱》到《播火记》等，都大有经验教训可以总结。可以说，如果一个作家的生活日益贫乏，而其作品却大量问世，那么，这些作品往往会成为作家失败的记录。

2. 观察和体验

作家只有博览世态，熟谙人情，才能对自己所写的生活有更深刻的理解，他的创作才会运用自如。作家只有具有了敏锐而精细的观察力，才能够发现某种人物特有的相貌、眼风、微笑、姿态、语言和动作，并洞察人物内心的秘密及其复杂的思想感情的变化。因此，契诃夫把"观察一切，注意一切"当作一个作家的"本分"来看待。他认为："作家务必要把自己锻炼成一个目光敏锐，永不罢休的观察家！""要把自己锻炼到让观察简直成为习惯"，"仿佛变成第二天性了！"

再从创作的实际情况看，法国作家左拉在写《饕餮的巴黎》时，曾昼夜巡历巴黎市场，观察人物的各种活动。周立波谈到他在"土改"时对马匹以及农民对马匹的议论，都非常留心，以至他在《暴风骤雨》中描写这类事情时，便感到左右逢源，笔下有着用不完的印象、趣语和行动。一个作家必须培养自己具有敏锐而精细的观察力，这是他真实反映社会生活所必须具备的条件。否则，即使作家经历过某种生活，见识过某些人物，也会视而不见，听而不闻，或者失之交臂。

法国雕塑家奥古斯特·罗丹说得好："所谓大师，就是这样的人：他们用自己的眼睛去看别人见过的东西，在别人司空见惯的东西上能够发现美。"可见，那些能够看见许多别人觉察不到的东西的作家，才能有所成就。浮光掠影的观察、浅薄的生活积累只能产生平庸的公式化、概念化的作品。

作家在精细地观察生活的同时，还要设身处地去体验某种人物在特定的条件下可能有和应该有的外在动作、内心活动。这样，他就能对所描绘的生活，所写的人物、景物体察入微，进而具体而生动地展现出它们的特征。巴尔扎克说，我整天"过着我所描写的人物生活"。福楼拜说他写作时会把自己完全忘记，"创造什么人物就过什么人物的生活"，又说，他在创作中"同时是丈夫和妻子"；他骑马在一个树林里前行，觉得自己"就是马，就是风"。乔治·桑说："我有时逃开自我，俨然变成一棵植物，我觉得自己是草，是飞鸟，是树顶，是云，是流水，是天地相接的那一条横线，觉得自己是这种颜色或那种形体，瞬息万变，去来无碍。我时而走，时而飞，时而潜，时而吸露"，"总而言之，我所栖息的天地仿佛是由我自己伸张出来的"。《牛虻》的作者伏尼契说她常常看见亚瑟站在自己的面前，他那么年轻，全身黑衣，面露忧戚，眼含痛苦。这时，小说成了她思想活动的中心，她想着它、讲着它、梦着它。高尔基在谈创作体会时也说："我时常觉得自己像醉酒了一样，体验了由于想一口就讲尽所有使我苦恼和使我快乐的事情而造成的那种多话和言语粗暴的狂热状态，并想为了'卸释重负'而说它一个干净、痛快。我也常有非常痛苦的紧张的时候……"由此可见，作家在体验的过程中，他的感觉、感受和意志是高度集中的，是与生活中摄取的形象融为一体的。

作家对某一些人和物的了解，在很大的程度上是凭自己的经验观察、体验、推测出来的。正如莫泊桑在《谈小说创作》中说的那样，作家要描写的一个国王、一个凶手、一个小偷或者一个正直的人，描写一个娼妓、一个女修士、一个少女或者一个女商人，实际上写的是作家自己。因为作家需要推测、体验这些人在特定条件下会干些什么，会想些什么，会怎样行动。他以推己及人的全副本领，来揣摩人和物处于某种境地时可能有和应该有的知觉、情感、意志和活动。这种观察、体验、推测，是带有感情色彩的。就是对宇宙间的物象，作家也往往要把它当作有生命的活物和有意识的人来看待和描绘。

总之，作家描绘万物的形态、色彩和声音，经常要把自己观察、体验到的感情注入万物之中，仿佛他能与自然万物神晤默契，深解自然的情趣。在文学作品中，大地山河，日月星辰，风云雷电，花草树木，鸟兽虫鱼等物象，都变成了有生命、有情感、有动作而又别具生趣的东西。如李白的"山月随人归"，苏轼的"与谁同坐，明月清风我"，杜牧的"蜡烛有心还惜别，替人垂泪到天明"，晏殊的"似曾相识燕归来"，柳永的"唯有长江流水，无语东流"等诗句，都是作者带着情感去观察、体验后对形象的写照，是作者的欢悦、悲伤、愁苦等情绪移入万物的艺术结晶。

作家对生活的观察、体验，是要反复进行的，不但需要时间、耐心，还需要眼力。特别是对人物的观察和体验，就更为艰巨，因为他不像自然静物，可以完全服从作家的调动和摆布。人物的家庭环境、社会环境是多样的；他的内心世界极为复杂，往往在知心人面前才能透露出来；他的生活经历也在发展、变化，所以，要反复观察，细致体味。只有对人物的工作、生活、家庭性格和经历等方面了如指掌，创作时才能得心应手，左右逢源。茅盾的《子夜》写了三个方面的人物——买办资产阶级，民族资产阶级，革命者及工人群众。前两者，作者与之有所接触，并且十分熟悉。作者说他的"同乡故旧中间有企业家，有公务员，有商人，有银行家，那时我有闲，便和他们常常来往。从他们那里，我听了很多。"由于他比较真切地观察了其人其事，写起来也比较生动、真实、深刻。而对于工人群众等的描写，由于是凭借第二手材料，即身与其事者乃至第三者的口述创作的，缺乏这方面的生活经验，所以，相比之下就写得较差。

总之，创作过程是作家深入生活—观察和体验生活—广泛摄取和积蓄生活素材的过程。这一阶段的特点是，作家有时是自觉地、有时是无意识地积聚着素材，甚至连他自己都不知道从这些素材中会提炼出什么有意义的东西。这些贮存在作家脑海中的创作原料，多是零碎的、分散的生活片段，其中有许多则是使他激动、震颤的生活现象，这些孕育在作家头脑中的原始材料，尚有待他在观察、体验的基础上加以提炼、想象、比较、综合和概括，而这已是创作构思阶段所要解决的任务了。

（二）艺术构思

1. 艺术构思的意义和内容

作家把激动人心的生活素材转化成为更加激动人心的文学作品，需要进行艺术构思。艺术构思是一个艰苦的创造性的劳动过程，是作家由感受到思索，由思索到发现，最后形成文学形象的整个酝酿过程。作家有了深厚的生活积累，并对它进行体验、分析、研究之后，从主题思想的初步形成时起，就进入了艺术构思的阶段。在主题形成及不断提炼、深化的过程中，作家按照表现主题的需要去取舍素材，塑造人物，发展情节，并用一定的结构形式把这些内容恰当地表现出来。这整个过程都可以说是属于构思的过程。

构思过程中，主题的提炼和深化是一个重要环节，整个构思过程的其他诸因素，都要围绕主题的提炼、深化而有所变动和发展。艺术构思是作家从事文学创作的最紧张的阶段。它要求作家反复琢磨、深刻认识他从生活中获取的素材所蕴藏并显示出来的阶级、社会、时代的深刻意义，进而用典型化的方式通过人物和事件的描述，揭示出时代的特征，生活发展的趋向和作者的理想。作家的艺术构思过程是极为复杂的，但从许多作家的创作经验中仍可归纳出一些有规律性的东西：一是从作家受生活中人物和事件的感动，进而引起强烈的创作冲动起，他就在反复推敲生活素材蕴含的意义，从最基本、最丰富、最生动的文学矿藏中加以精心地选择和提炼，从而确定主题和题材；二是经过长期孕育，一个直观的形象便在作家的头脑中渐渐地活起来，一个故事的粗略的轮廓也逐渐形成。这时，随着作品轮廓的逐渐清晰，作家的创作意图越来越明确，经过反复咀嚼、提炼、综合和发展，主题和一系列艺术形象融合在一起了，于是就结晶成为有声有色的文学作品。

譬如《复活》，它的原始情节"科尼的故事"，曾深深地打动了托尔斯泰，激起了他强烈的创作欲望。但为什么从1889年动笔，直到1899年才完稿呢？在这漫长的创作过程中，托尔斯泰经历了艰苦的思想探索和艺术探索。他不断否定原来的艺术构思，一再探求新的构思：从对个人道德心理的谴责转向对社会政治黑暗的控诉，从人物重心的转移到作品形象体系的重新安排，从拘泥于"科尼的故事"到构思出具有重大意义的新的情节——"误判"，从卡秋莎个人悲惨故事引申到对沙皇专制制度的揭露。

总之，随着作者对主题的不断开掘和深化，人物情节和结构的安排都随之起了变化。这一切，即从生活到艺术，充分说明艺术构思不是一个纯粹技巧的问题，而是与作者的世界观、艺术观及他对生活的认识紧密地联系在一起的。从《复活》的艺术构思过程，鲜明地表现了托尔斯泰世界观的巨大转变和惊人的艺术构思才华。托尔斯泰正是透过无辜的卡秋莎惨遭沙皇专制制度和贵族阶级的肆意蹂躏的痛苦经历，构思出富有时代特色和艺术魅力的生活画卷。

2. 艺术构思的方式

由于作家习惯的不同，艺术构思的方式也是多种多样的：有的人习惯于打腹稿；有的是想了段，记下要点，然后再想再记；有的在写作前先编写大纲，按照大纲来编写故事，刻画人物。无论采用哪种构思形式，都要能够周密、严谨地表达作品的思想内容。

左拉习惯于先写纲领。如他那部描写大百货商店胜利的长篇小说——《太太们的幸福》。其纲领里就说："我要在《太太们的幸福》里写一篇吟咏现代事业的诗歌。因此，哲学上完全改变：首先，一点儿悲观主义也不要；不要做出生活无意义和悲哀的结论。相反的，要写出生活的经常的劳动力量，生活产生的强烈和快乐的结论。总之，要同着时代一起走，表现这个时代，这是个行动、胜利、各方面努力的时代。……一方面，商业上、金融上的动机，怪物的出现，这是两个大商店的斗争，其中一个最大的商店胜利了，压服了整个的区域；而另一方面，热烈爱情，女人所参加的阴谋，一个穷苦的小女工，我所叙述的是她的历史，她逐渐地战胜沃克陶。这里，差不多就是全部小说。"这实际上是写作一部小说的预定计划，即写作前从生活实际出发确定了主题，确定了故事的粗略的轮廓。左拉根据这个计划另编有写作时依据的大纲，她管这叫作"生活文件"，包括剪报、谈话记录、观察记录及书上抄来的片段，等等。

巴尔扎克写小说时连草稿也不打，并且不需要任何书籍、论文、研究资料。在开始写作前，他已经把要写的一切都融汇在脑海里了。巴尔扎克写作长篇小说的过程是一边往下写，一边从头到尾一遍一遍地修改、增补。有时，重改稿样多至十五六次，才最后定稿。这样，他的初稿就类似他的"大纲"，严格地说，他的第二、第三次直到最后定本前的增补稿，也像一种"大纲"。我们不一定都来模仿巴尔扎克这种奇特的写作方法，但他那种不惮其烦地重新构思、多次修改增补的严格创作精神，对他所写生活素材再三进行咀嚼的毅力，是值得学习的。

作家在写作前，有一个详细记录构思过程的大纲，记录人物性格和故事发展的详细提要，对于保证作品的艺术质量是有益的。一般来说，写长篇作品的大纲可包括下列各项：①列人物表：包括人物的性格、出身、外貌特点，所受的教养，思想、性格的发展过程，及其在作品中的地位等。②故事的要点：详细记明各主要人物的相互关系、矛盾纠葛，故事主脉的隐现故事发展中的重要场面。目的是使构思时触及的精彩场面不致在写作时漏掉。③内容分布、配置：包括从哪些方面去形象化地揭示作品的主题，各主要人物对主题表达所起的作用，等等。此外，章节的内容安排和提示也很重要，它可以使全书材料分配匀称，不致使作家因沉酣于写作而有所忽略。

3. 构思和灵感

从很多作家的创作经验看，灵感是一种客观存在的精神现象。歌德在谈他写诗的情况时说，"事先毫无印象或预感，诗意突如其来，我感到一种压力，仿佛非马上把它写出来不可"。郭沫若说他写《凤凰涅槃》时是"上半天在学校的课堂里听讲的时候，突然有诗意袭来"，"在晚上行将就寝的时候，诗的后半的意趣又袭来了，伏在枕上用着铅笔只是火速的写，全身都有点作寒作冷，连牙关都在打战。……在精神病理学的立场上看来，那明白地是表现着一种神经性的发作。那种发作大约也就是所谓灵感吧？在民八和民九事件发生之际，那种发作时时来袭击我。一来袭击，我便和被扶乩的人一样，写起诗来。有时连写也写不赢，但这种发作期不久也就消失了"。

中国古代也有类似的记载。《诗人玉屑》中说："诗之有思，卒然遇之而莫遏；有物败之，则失之矣。……谢无逸问潘大临：近曾作诗否？潘云：秋来日日是诗思，昨日捉笔，得满城风雨近重阳之句，忽催租人至，令人意败。辄以此一句奉寄。"这种突如其来、不由自主的灵感状态，从表面上看有些神秘莫测。

因此，历来的唯心主义美学家都把灵感加以神化，如柏拉图认为："凡是高明的诗人，无论在史诗或抒情诗方面，都不是凭技艺来做成他们的优美的诗歌，而是因为他们得到灵感，有神力凭附着。""诗人只是神的代言人。""不得到灵感，不失去正常理智而陷入迷狂，就没有能力创造，就不能作诗或代神说话"，等等。这是一种鼓吹神秘主义、愚昧主义的灵感论。

我们认为，灵感的确与偶然机遇有关，但它并不神秘。它是基于作家的丰富生活经验和深湛的艺术素养而出现的一种心理状态。作家在积累了大量的生活经验的基础上，在构思比较朦胧而完全被沉思冥想所占有的时候，灵感便会突然出现。托尔斯泰写作《哈泽·穆拉特》的经过，便是灵感产生的一个生动的实例。当他在观察、采摘牛蒡花时，发现它千枝的坚韧、多刺，看到它身溅污泥，几个枝权被折断，花已被染成黑色。这副满身伤痕却依然挺立的牛蒡花形象，和他原有生活经验中的高加索英雄——哈泽·穆拉特的神态气质和顽强不屈的性格非常类似。因此，托尔斯泰便从牛蒡花上很快得到了灵感，受到引发，迅速地完成了小说的艺术构思。假如托尔斯泰没有到过高加索，不知道也没有听说过哈泽·穆拉特的事迹，那么，牛蒡花就不会勾起他的联想。可见，托尔斯泰事先对这个题材是做过充分准备的，因而，牛蒡花的形象才能激发出他的灵感。又如，蒙古族作家玛拉沁夫在积累了大量生活素材并进行了长时期的酝酿之后，有一次乘火车经过长城，雄伟的长城——这个中华民族的创造力和不屈性格的象征，突然触动了他，于是，形成了《祖国啊，母亲！》这个电影剧本的主题思想——歌颂我国各民族大家庭的团结。

王汶石在《答〈文学知识〉编辑部问》中说："作家在生活阅历中，积累了大大小小数也数不清的人和事，经验和积累了各种感情，产生和积累了丰富的生活思想，它们像燃料似的保存在作家的记忆里和感情里，就像石油贮存在仓库里一样，直到某一天，往往由于某一个偶然的机遇（比如听了一个报告，碰到某一个人和某人的几句闲谈，甚至于只是到了一个新地方或旧地重游，等等），忽然得到了启发（人们通常把这叫作灵感），它就像一根擦燃了的火柴投到油库里，一切需用的生活记忆都燃烧起来，一切细节都忽然发亮，互不相关的事物，在一条红线上联系了起来，分散在各处的生活细节中，向一个焦点上集中凝结，在联系和凝聚的过程中，有的上前来，有的退后去，有的又消失，有的又出现，并且互相调换位置，有的从开头跑到末尾，有的从末尾跑到中腰……一篇文学作品就这样形成了。"

灵感的出现只是作者在深厚的生活基础上，突然捕捉到了新颖的、不落常套的构思，这个构思还只是初步的，只给未来作品描出了大概轮廓，并不等于作品的完成。此后，尚需作者在写作中加以扩展、补充、润色，才能脱稿。

综上所述，可以说，灵感是确实存在的，它产生于作家的丰富的生活经验、艰苦劳动深厚的积累和艺术素养的基础之上。我们既不能否认灵感的存在，又不能无限夸大它的作用。罗丹说得对，"任何瞬息的灵感，事实上不能代替长期的工作"，"要有耐心！不要依靠灵感。没有灵感，也要竭尽全力去工作"。事实上，作家的艰苦劳动才是创作的重要保证。

（三）艺术表现

继创作构思之后，作家就开始执笔写作。这时，他要努力提高自己的艺术水平，熟练地运用一切文学的表现手段去塑造形象、描述故事，以自己的辛勤劳动创造出成熟的艺术作品。在这个阶段，作家应该站在时代的高度，透过现象揭示本质，把自己的艺术感受力磨炼得更敏锐；要熟谙修辞方法，潜心摄取前人的艺术经验，并努力运用富有特色的艺术表现技巧，达到正确反映生活的目的。当作家开始写作时，他从前构思过的东西有些消失了，有许多又明晰地显露出来，有的甚至不符合人物性格发展的逻辑和生活的规律。这是许多作家在创作实践中都曾遇到的情况。因为，人物形象有他自身发展的逻辑，他会按照自己的性格行动，只要作家能毫不顾惜地否定原来的创作构思，按照人物性格发展的客观规律去写，而不是强迫人物做出一些他们不可能做的事，那么，人物形象就有可能在某种程度上带着作家向前走，甚至仿佛在校正作家原来的构思。普希金对塔姬雅娜的出嫁感到非常惊异，法捷耶夫不得不改变原来构思的美谛克自杀的结局；鲁迅没有料到阿Q那么快就"大团圆"了，等等，都属于这种情况。托尔斯泰说："艺术是有法则的。如果我是一个艺术家，如果库图佐夫被我描画得很好，那么，这不是因为我愿意这样（这与我无关），而是因为这个人物有着艺术的条件，而其余的人却没有。"

一般地说，作家经过周密考虑的写作提纲能够帮助他较好地完成人物塑造的任务。但是，如果作家不按照人物性格发展的内在逻辑去写，而是强迫他们回到提纲的框子里，那么，人物就会变成傀儡，就有可能成为作家某种思想的传声筒。如歌剧《白毛女》改编为舞剧时，硬把杨白劳喝卤水自杀，改为拿起扁担反抗而被杀。杨白劳是旧中国贫苦农民中的一个不觉悟者，是个勤劳、忠厚但比较懦弱的人物。在舞剧中，他也没有显示出他已经有了某种阶级觉悟，但却被写成拥有敢于同地主进行斗争的性格。这是按照作者的主观意愿，而不是依据人物自己的意志、自己的身份、自己的性格逻辑去写的。

可以说，作品中的人物形象一旦在作家的脑海中形成，人物做什么、怎么做，他应该或可能说些什么，作家是不应该强令人物做他不应该做的事，说他不应该说的话，否则是违背艺术创作规律的。总之，艺术表现阶段既是观察、体验、构思的深化和提高过程，也是检验原来的构思并努力去探求新构思的过程。

在艺术表现这一阶段，当作家写出初稿之后，为了提高作品的艺术质量，还要多次斟酌，反复修改，然后才能定稿。托尔斯泰的《安娜·卡列尼娜》写了五年，其中个别章节有十二种稿本。《复活》的创作延续了十年之久，其开头部分有二十种稿本。托尔斯泰曾说："必须永远抛弃那种认为写作可以不必修改的想法。改三遍、四遍这还不够。"（一八五二年十月八日日记）又说："主要的是不要急于写作，不要讨厌修改，而且要把同一篇东西改十遍、二十遍。"巴尔扎克对稿件修改的严格是尽人皆知的。如《欧也妮·葛朗台》，对老葛朗台这个吝啬鬼的领带，也经过精心的改动。在1833年版本里，打白领带；1839年版改成黑领带。因为这更适合于人物的吝啬性格。郭沫若的《棠棣之花》改了又改，作者说：本来，我在当初写这个剧本的时候，我的主眼是放在阿盖身上的。完全是由于对她同情，才使我有这个剧本的产生。我的注重点是在民族团结，这凝结成为阿盖的爱，和这对立的是车力特穆尔的破坏。段功呢？我是把他放在副次地位的。加以我有意在回避一种可能性，即是怕惊动微妙的民族感情，我把段功更写得特别含混。但在演出上，段功却成了主人，因而主题就更加隐晦了。经过修改，特别读了别人写的剧评后，他进一步明确了主题："造成这个历史悲剧之最主要的内容，还是妥协主义终敌不过异族统治的压迫，妥协主义者的善良愿望终无法医治异族统治者的残暴手段和猜忌心理。"这样，调整了人物关系，加强了杨渊海与建昌阿黎的作用，段功成了主角，并扭转了故事的进程。可见，作品的修改和加工是作家认识的深化。只有这样，才能写出优秀的作品。

综上所述，文学创作过程的三个步骤，是各有其内容特点和规律的。我们虽然分成三个方面去讲，但它们是彼此衔接、互相关联、互为作用的。

三、创作过程中的形象思维

（一）形象思维的特征

形象思维作为一种思维，与抽象思维一样，都能够认识和反映客观世界，揭示客观事物的本质和发展规律。问题在于：这两种思维究竟有何特点，有什么区别和联系。

形象思维的特点之一是，思维的运动过程始终伴随着形象。用刘勰的话来说，就是"思理为妙，神与物游"。郑板桥《题画竹》云："江馆清秋，晨起看竹，烟光、日影、露气，皆浮动于疏枝密叶之间。胸中勃勃，遂有画意。其实，胸中之竹，并不是眼中之竹也。因而磨墨、展纸，落笔、倏作变相，手中之竹，又不是胸中之竹也。"在这里，"眼中之竹"是客观的自然形态的竹，反映入画家的头脑所形成的印象，属于画家的感性认识，它是具体的、个别的东西；"胸中之竹"是"眼中之竹"的飞跃，是竹的意象形态，属于画家的理性认识，是画家的理性认识的感性显现。

这里所说的感性显现，是就意象的外在形状来说的，这种外在形状源于对客体事物的外在表象的提炼。这里所说的理性认识，是就意象的内在意蕴来说的，这种内在意蕴是源于对客体事物的内在意义的摄取。客体事物的外在表象是个别的、具体的东西，客体事物的内在意义是一般的、概念性的东西。既然意象是源于客体事物的外在表象与内在意义的升华与飞跃，这就又决定了它的特性：个别蕴含了一般，具体显示了概念。"手中之竹"是"胸中之竹"的艺术表现，是竹的艺术形象。它是一般呈现于感性观照，既是一般意义的典型而同时又是特殊的个体。因此，从"眼中之竹"飞跃为"胸中之竹"转化为"手中之竹"，这就反映出作家的形象思维，既遵循着由"个别""一般"与由"一般"到"个别"这一认识规律，而这一认识规律体现于作家的形象思维过程中，又有其特殊性，亦即作家在认识现实生活，以及对现实生活进行艺术加工，以揭示事物的本质规律的过程中，不是逐步地抛弃事物的现象形态，而是把直观中彼此互相独立的、杂多的现象形态，加工、改造、转化为具有内在联系的、多样、统一的新现象形态，转化为本质化与个性化相统一的生意盎然的形象或画面。

肯定形象思维的特点是思维过程始终伴随着形象，绝不意味着形象思维就不要抽象。高尔基指出形象思维是"用形象思索"，同时也指出这种思索包含着"预测"或"推测"，包含着"比较"和"研究"，并服从于"抽象化和具体化的法则"。"把许多英雄人物的有代表性的功绩抽象化——分离出来，然后再把这些特点具体化——概括在一个英雄人物的身上……这样就形成了'文学的典型'。"

法捷耶夫在《争取做一个辩证唯物主义的艺术家》一文中指出，"形象思维是用形象来思考"。同时，这种思考"必须紧紧抓住事物与本质的灵魂、意义、性格面貌"，通过对现象本身的展示来揭示规律，通过对个别的展示来揭示一般，通过对局部的展示来揭露全体，从而在生活直接的现实中仿佛造成了生活的幻影。高尔基和法捷耶夫的这种看法，是辩证的、正确的。这就把形象思维与"艺术即直觉"的直觉主义观点划清了原则界限。形象思维既要用形象来思考，也要服从抽象化的法则，这是可能的吗？是可能的。客观事物总是现象和本质的辩证统一，"在这里我们也看到相互转化，往返流动：本质在表现出来；现象是本质的"。

客观事物的现象与本质在作家脑际相互转化、往返流动的过程，用刘勰的话来说，就是"诗人比兴，拟容取心"的过程。"容"指的是客体的表象，而表象是属于个别的、具体的东西；"心"指的是客体的本质，而本质是属于一般的、抽象的东西。这二者的统一，就构成了艺术形象的"称名也小，取类也大"，亦即以个别显示一般的特性。而这种"拟容取心"又不是对客体的简单摹拟，乃是以客体为基础的能动创造，所以，作家也就完全有权力凭借自己想象的翅膀，通达到他所未曾经历的世界。也只有如此，才能把具体而分散的生活现象集中起来，熔铸成艺术形象；才能使主观思想与客观生活有机地融为一体，表现为蕴藏着思想意义的艺术形象。因此，我们可以说，想象——联想和幻想是形象思维的主要方式。文艺创作活动离开它，就寸步难行。

形象思维到达"论理的认识"的标志，是艺术家在实践的基础上经过感性阶段而在思维中逐步萌生了主题思想。而主题思想的萌生过程，同时也就是艺术形象的孕育过程。冈察洛夫在谈到他创作长篇小说时说："我心中总是经常有一个形象，同时还有一个基本的主题，就是它在引导我前进。"刘白羽在谈自己的创作经验时也说："对一个创作者来说，是生活中种种具体的动人形象打动你，给你带来思想、认识，你通过复杂的生活形象，才提炼出你的一点理解、一种思想、一分诗意，这是作品的灵魂；但同时理解、思想、诗意也只有得到最能恰如其分地表达它们的典型的形象、细节，才能取得反映生活的艺术形象的鲜明光彩。值得注意的是，两者常常是结合着同时出现在一个作者的心灵中。"冈察洛夫和刘白羽在这里所说的思想总是伴随着形象的情况，正反映了形象思维不同于抽象思维、艺术概括不同于科学抽象的特点。同是到达"论理的认识"，一个是靠具体形象来显示，一个是借抽象概念来表达。

形象思维的特点之二是，思维的运动过程始终伴随着感情上的激动。刘勰认为"诗人什篇，为情而造文"，谢榛认为："景乃诗之媒，情乃诗之胚，合而为诗。"他们都认为作家的感情是文艺创作的机缘，不无一定道理。这说明：形象思维又是一种被情感所激发和加强了的认识，一种把情感通过形象体现出来的思维活动。而真正的情感是以理智为基础的，同时它又加强理智。情与理都属于认识过程，不能把情感与思想截然分开。所以说，诗主达性情，而同时它又是对现实的反映与评价。

形象思维的情感是十分强烈的，否则，所创作的作品也就不会扣人心弦。形象思维的情感是非常丰富的，否则，所创作的作品也就不会那么生动，那么富有艺术魅力。戏剧和叙事类作品以刻画人物形象为主，而作者的情感就常因所描写的对象不同而不同。《红楼梦》中的贾宝玉、林黛玉、晴雯是作者最心爱的三个人物，然而，由于他们社会地位和生活遭遇、成长过程的不同，作者对他们的情感也就不完全相同。诗歌讲求意境，而"能写真物、真感情者，谓之有境界"。感时，花会溅泪；恨别，鸟会惊心；高兴，山会起舞；愤怒，海会咆哮。凡此等等，皆"有我之境，以我观物，故物皆著我之色彩"，而即使是所谓"无我之境"也要求做到情景交融。

诚然，抽象思维在自然科学的思维活动中虽基本上不带有什么情感，而在社会科学的思维活动中却往往是富有情感的。马克思就明确指出："批判并不是理性的激情，而是激情的理性，它不是解剖刀，而是武器。它的对象就是它的敌人……它的主要情感是愤怒，主要工作是揭露。"因此，嬉笑怒骂皆成文章的政论是屡见不鲜的。然而，出现在抽象思维过程中的情感，是通过论说表达出来的；而出现在形象思维过程中的情感，是通过形象表达出来的：这是两者明显的区别。"晓来谁染霜林醉？总是离人泪"这是画面，而悲伤之情可掬。"停车坐爱枫林晚，霜叶红于二月花"这也是画面，而怡悦之情可抚。

所以，情感只有附丽于艺术形象，而艺术形象又是在反映客观世界的过程中受到感情的激发而产生的，即所谓"神用象通，情孕所变"，"情往似赠，兴来如答"，这才能称它为形象思维的一个特点，这才符合文艺创作的规律。而由于在阶级社会里，情感是有阶级性的，所以，即使是一首短小的抒情诗，也必然或隐或显地打上一定阶级的烙印。又由于同一阶级的人们，思想与情感相比，思想具备更多的一般性和抽象性，情感具备更多的个别性和具体性，所以，政论等可以授意别人代写，诗歌等不可授意代作。政论等一般无议论主人公形象，抒情诗一般有抒情主人公形象，即使是咏物诗也是如此，因为"咏物隐然只是咏怀，盖个中有我也"。

形象思维的特点之三是，思维的运动过程始终伴随着美感活动。离开了美学意义，形象思维就不能称为文艺创作的特殊规律。

成功的艺术形象都是理想的。它所揭示的生活不是现实本身的机械摹本，而是一定美学理想的能动再现。它植根于现实又高于现实，源于生活又高于生活。它比生活本身更鲜明、更生动、更强烈、更集中、更典型、更理想。所以，艺术美是美的高度集中的表现。既然具体体现这种艺术美的艺术形象又是形象思维的结果，当然也就说明形象思维是美学意义的一种思维方式。

实际上，形象思维与抽象思维的一个很重要的区别是，形象思维从表现生活的"美"，以显示生活的"真"和生活的"善"，求得真、善、美的和谐统一。这也就是杜勃罗留波夫所正确指出的：诗是"立脚在我们的灵魂对于一切美丽、善良并且理智的事物的向往上的。因此，在只有我们的精神生活这些方面的任何一方面来参与，彼此互相压制的地方，就不会有诗。……崇高的诗就在于这三个原则的整然的融合，诗的作品越是接近这种完整，它就越是好"。

这就揭示诗的特质包含着不可或缺的真、善、美三个方面。或者说，一切真正的艺术，都必须是真、善、美的三位一体。"真"是根本，只有"真"的方能是"善"的，只有"真"的又是"善"的方能是"美"的；而只有真的、善的、美的三者和谐统一方能是艺术的。狄德罗说得好："真、善、美是紧密结合在一起的。在真和善之上加上一种稀有的光辉灿烂的情境，真与善就变成美了。"而这里所说的"稀有的光辉灿烂的情境"就是真与善的感性显现，就是艺术形象或画面。

文艺家的审美活动并不限于对最后完成的艺术形象的评价或欣赏，而是在整个形象思维过程中都起作用，影响着对艺术形象的塑造，影响着对艺术形象的不断琢磨、锤炼、增删和修改。就拿大家所熟知的王安石改"到"为"绿"、贾岛改"推"为"敲"两个例子来说吧。王安石是用"到"还是用"绿"，是形象思维的比较、选择。认为用"绿"比用"到"好，因为"绿"不仅显示了春风的本质特点，还富有形象性，能够顿使画面生意盎然。贾岛对用"推"还是用"敲"的沉吟不决，也是形象思维的比较选择，韩愈认为用"敲"比用"推"好，因为"敲"比较传神，富有音响，能够加深诗的意境。要言之，一弃"到"用"绿"，一弃"推"用"敲"，都是为了使形象更为优美，意境更为深远，更合乎诗人的美感要求。

形象思维还有一个鲜明的特点，就是具有独特的个性和创造性。不同的人可以按照同一数学公式去运算一道数学题，而倘若让他们去想象同一个林黛玉形象则会出现千差万别的形象。运用公式是数学运算的必需，而文艺创作却切忌公式化形象思维的特点，主要就是这些。我们分开论述，只是为了叙说的方便。实际上，在形象思维的过程中，它们是交融在一起的。它们在每个作家每种文学样式的创作中的表现也绝不是千篇一律的。而上述四种特点都离不开形象。因此，我们可以说，神随物游，描形绘态，以物传神，这是形象思维的最基本特点。

（二）形象思维和抽象思维在创作中的地位和作用

明确了形象思维的特点之后，现在可以谈谈它和抽象思维的关系，以及二者在创作中的地位和作用问题。形象思维与抽象思维作为两种思维方式，一个是以形象来思维，一个是以概念来思维；一个思维过程是一种不断地对客体"拟容取心"的过程，一个思维过程是一种不断地对客体"舍容取心"的过程；一个所要达到的思维具体是，通过美学范畴以感性观照所表达出来的艺术典型和画面，一个所要达到的思维具体是，通过逻辑范畴以概念形态所表达出来的具有许多规定和关系的综合。这种情况，说明它们之间存在着对立性。然而，这只是问题的一个方面，问题还有另一个方面，如形象思维和抽象思维作为人类思维的两种方式，又是互相联结、互相贯通、互相渗透、互相依赖、相辅相成的。这种情况，说明它们之间又存在着同一性。

无论形象思维还是抽象思维，它们都是存在的反映，都依赖于实践；它们要到达的都是对客观事物的"理论的认识"，都是为了改造世界。抽象思维和形象思维这种与现实生活的辩证关系，便决定并说明了它们之间存在着同一性。如鲁迅在短篇小说《祝福》中，深刻地揭示了封建宗法制的罪恶本质，反映了作者断然要改变这一现实的愿望和决心。

别林斯基说得好："哲学家用三段论法说话，诗人则用形象和图画说话，然而，他们说的都是同一件事。"这"说的都是同一件事"，又是哲学家的思维方式与诗人的思维方式，亦即抽象思维与形象思维之间存在着同一性的明证。无论是形象思维还是抽象思维，它们都是属于理性认识阶段，都是对感性认识的飞跃。我们知道，思维能透过事物的现象形态而提取其本质，这说明它有一种抽象能力。这种抽象能力，我们称之"抽象力"。它的功能是舍象取质。思维又能在提取事物的本质之后创造性地再现其现象形态，这又说明它有一种具象能力。这种具象能力我们称之"具象力"。它的功能是造象显质。同时，又由于思维的抽象力和具象力这矛盾着的两方面，在思维活动中所处的主次地位的不同，导致了两种具体思维方式的不同。若思维的抽象力在思维活动中起主导作用，这就出现了抽象思维的方式；若思维的具象力在思维活动中起主导作用，这就出现了形象思维的方式。至于人们采用何种思维方式，则又取决于他们的思维目的和所要提供的文化成果，取决于他们认识世界与改造世界的需要。

人们的感性认识包括感觉、知觉、表象。表象是感性认识阶段的终点，又是理性认识的起点。它经过思考作用的改造制作，在思维的抽象力和具象力的不断交错作用下终于完成一个质的飞跃。而这个飞跃如果最后是经由思维的抽象作用来完成，便造成概念；如果最后是经由思维的具象作用来完成，便造成意象（类似通称的"形象"）。无论是概念，还是意象，都已不属于感性认识而属于理性认识了。运用概念以作判断和推理的功夫，这就是抽象思维。运用意象以作判断和推理的功夫，这就是形象思维。

意象实际上是一种理性认识的感性显现，是一种由于理解了因而更深刻地感觉到的东西。因此，所谓运用意象进行思维，概念也就寓在意象之中。正如列宁在《哲学笔记》中所说："当逻辑的概念还是抽象的，还具有抽象形式的时候，它们是主观的，但同时它们也反映着自在之物。"意象中寓有概念，概念又不能完全舍去事物的现象形态，并且又都是现实生活的反映；意象与概念的这种同一性，反映了思维方式，又导致形象思维与抽象思维之间具有同一性。

别林斯基在1843年写的《杰尔查文作品集》第一篇论文中说："一个人

如果不赋有善于把观念变为形象，用形象进行思考、议论和感觉的创造性的想象，无论智慧、感情、信念和信仰的力量，合乎情理的丰富的历史内容及现代内容，都不能有助于他变为诗人。"别林斯基这里所说的"把观念变为形象"云云是正确的。之所以正确，在于他在观念与形象的关系上坚持了辩证法。

认识形象思维和抽象思维有不同的特点，这是重要的。它能帮助革命作家更好地掌握艺术创作的规律，而不至于在文艺作品中写哲学讲义。认识形象思维和抽象思维存在着同一性，也是重要的。这种重要性，如高尔基所说："艺术家应该努力使自己的想象力和逻辑、直觉、理性的力量平衡。"这"理性的力量"指的就是抽象思维。承认概念与意象或思想与形象之间具有同一性，承认抽象思维与形象思维之间具有同一性，绝不是主张让作家为一定的思想意图作艺术图解，也绝不是主张让作家以抽象思维替代形象思维进行创作，只是为了便于进一步认识形象思维与抽象思维的关系，以及二者在文艺创作过程中的地位和作用，只是为了便于进一步认识作家的思维规律与创作规律。

形象思维既是一种思维，也就是理性认识活动。既是理性认识活动，也就可以揭示事物的本质规律，单独地认识生活与反映生活。而事实上诗歌中的不少名篇，也全然是用形象思维写出来的，如马致远的散曲《天净沙》，杜甫的五律《水槛遣心》等，便是明证。

然而，这并不是说文艺创作中就不用抽象思维。戏剧与小说中的人物演讲或议论，有些便是运用抽象思维的反映的产物。诗歌是最不宜发议论的，而古往今来的一些优秀诗歌也并"不废议论"，如苏轼的《题西林壁》所写的"横看成岭侧成峰，远近高低各不同。不识庐山真面目，只缘身在此山中。"就是用形象描绘来发表议论。抽象思维呢？当然也可以单独地认识生活与反映生活，但也绝不是不容形象思维的参与，如政论文中的某些形象描写，就是形象思维运用的例证。

由此可见，形象思维与抽象思维乃是两种并行不悖的思维方式。二者在认识客观世界的思维过程中可以相互补充、相需为用、交错运动，但无高低之分、主从之别，仅是特点和擅长不同。文学家主要是用形象思维，科学家主要是用抽象思维。

我们认为，作家对生活素材的分析、综合、提炼，主题思想的确定，主要是抽象思维在起作用，但伴随着的，也有形象思维；对典型环境中的典型人物的塑造，人物性格细节的刻画，社会环境和作品主角活动场所的具体描写，主要是形象思维在起作用，但伴随着的，也有抽象思维。如雪莱所说，他一面写，"一面仔细而认真地对自己作品进行评定"。由于作家的创造性劳动主要是表现在后一阶段，所以说，他主要是用形象思维。作家在进入创作阶段以后，特别是写长篇巨作，都是以双重身份出现的，而不论其意识到与否。当他打腹稿时，他是文学家；当他想一想所打的腹稿行不行时，他是批评家。当他振笔疾书时，他是文学家；当他停笔斟酌凝想时，他又是批评家。还有，当他写初稿时，他是文学家；当他审阅所写的初稿时，他又是批评家。在一个完整的写作过程中，往往要如此循环往复多次，因此，当他以文学家身份出现的时候，他主要用的是形象思维；当他以批评家的身份出现的时候，他主要用的是抽象思维。由于作家主要是用文学家的身份出现于创作过程中，所以说，他主要是用形象思维。

我们认为，形象思维为主，抽象思维为辅，二者相辅相成、相需为用，这是文艺创作的思维的共性特征。形象思维对抽象思维的相需情况，则随着文艺的种类和体裁的不同而有所不同，这又是不同种类和体裁的文艺创作的思维的个性特征。文学是语言的艺术，所以，作家的思想除了主要转化为形象外，还有以某种形式予以直说的机缘；而音乐、美术、雕塑、舞蹈等不是语言的艺术，所以，作家的思想除了完全转化为形象外，较少有以某种形式予以直说的机缘。

小说允许人物直说自己的思想，甚或作者有时竟然也可以站出来讲演，但过多地这样做是不好的；而诗歌虽则也"不废议论"，但要求有意境，故一般不宜以议论为诗。杂文应该是诗和政论的结合，所以，除了要求有诗一样的感染力外，还要求有政论式的、令人信服的逻辑论证。

因此，艺术创作与文学创作相比，诗歌创作与小说和戏剧创作相比，小说和戏剧创作与写杂文相比，尽管都要用形象思维，但前者较后者要求用得更多些，而相应地对抽象思维的需求则显得要少些。

综上所述，文学创作是一种复杂的精神生产活动。文学创作过程是一个完整的艺术认识和艺术反映的过程，是一个完整的思想探索和艺术探索的过程。它的特点和规律需要我们切实地加以研究，以作为我们从事文学创作的借鉴。

第三节　文学作品的形式及内容要素

一、文学作品的内容与形式

"内容"和"形式"是哲学上探讨事物构成的基本范畴。无论是自然界，还是人类社会，事物都有其内容和形式，都是两者的统一体。所谓内容，指的是构成事物内在要素的总和；所谓形式，指的是事物内在要素的组织、结构或表现形态，是事物存在的方式。

其一，在中国传统文论中，虽然没有统一的关于文学构成的理论，但早在春秋时代，孔子就曾对文学的构成有过论述。在《论语·雍也》中，他说："质胜文则野，文胜质则史，文质彬彬，然后君子。"内容与形式是以"文"和"质"的概念来表达的：把事物内在的实质看作"质"；把事物表现于外在的、可观可见的、有章可循的表象看作"文"，孔子强调文质并重。然而，孔子在一定程度上又单独强调了"质"的重要性，如在《论语·先进》中说："先进于礼乐，野人也；后进于礼乐，君子也。如用之，则吾从先进。"从这里可以看出，孔子对脱离个人内心修养而片面追求外在空洞形式的厌恶。

其二，从《周易·系辞》中演变出的"言、象、意"之间的关系，不仅涉及儒家对《易经》的观点，还涉及庄子对"言"和"象"关系不同于儒家的观点。直到魏晋时期，王弼在《周易略例》一文中对这个问题做了折中式的总结，成为此问题的经典论述。但此后关于"言、象、意"的讨论仍层出不穷。

其三，在传统文论中还有"形""神"关系论。在先秦，庄子认为有生于无，有形之物生于无形之道。汉代的思想虽然强调了形与神对事物构成的作用，但仍偏重于神，以神为主导。到了魏晋时期，出现了"形谢则神灭"（范缜，《神灭论》）与"形尽神不灭"（主要为佛教所倡导）的争论，在文论上表现为"巧构形似""贵尚巧似"（钟嵘，《诗品》）的重形论。到了唐末，从司空图开始引发了反对形似的文学倾向，提出了"超以象外，得其环中"（《诗品·雄浑》），使其后的诗文、小说、戏曲理论都开始以重意境、重传神为主要的审美趋向了。

从内容与形式的辩证关系来理解文学作品的构成，亦是西方古典哲学和美学体系，以及新中国成立以来文学理论界的主要导向。较早论述内容与形式有着不可分割的辩证关系的是德国哲学家黑格尔，他清理了一般观念中把内容看作独立于形式之外的东西，把艺术的形式看作艺术成熟的重要标志之一。同时，他从亚里士多德的"四因说"出发，分辨了内容与材料的不同：材料是没有包括成熟形式在自身之内的。马克思主义继承了黑格尔哲学中辩证法的合理内核，认为内容与形式是对立统的，两者在一定条件下可以相互转化。作为一种内容的形式可以成为另一种形式的内容，反之亦然，它们贯穿事物发展的始终。

一些文论家继承了马克思主义运用辩证关系来探讨文学的构成，他们侧重于从文学作品的内容这一角度来探讨文学的构成；毕达科夫将文学的内容与社会生活联系起来，把形式看成能够整合内容并传递内容含义的形象，因此，后者常常带有一定的社会普遍性。新中国成立以来的文学理论教程基本上沿袭了这一做法。在讲述文学作品的内容时，把思想情感看作与现实生活同样重要的方面，并加入了"人"的因素；在讲述形式时，把形式看作动态的生成维度，这与中国传统文论注重创作有着一定的继承性。

在西方，有的文论将内容与形成完全等同，有的则将二者割裂，甚至把内容还原成材料。比如俄国形式主义认为，文学研究的对象是文学作品本身，要探寻文学自身的特性规律和独立自主性，即"文学性"。雷·韦勒克和奥斯汀·沃伦在编写的《文学理论》中认为，从文学作品的多层次存在方式及层次系统出发，上述二分法过于简单。他们关注的焦点是20世纪的结构主义，注重文学作品的多层结构及其相互关系。而佛克马等编著的《二十世纪文学理论》则对从俄国形式主义到结构主义的文学构成观做了较为清晰的勾勒，展现了从形式角度来看待文学作品构成的另一派图景。

总之，在文学作品中，内容和形式互相依存，作家根据一定的内容选择相应的形式。当然，形式也具有相对独立性。它们之间的关系如同一个人灵与肉的关系，二者合一才是丰富的、充满灵性的。

二、文学作品的内容要素

文学作品的内容指作品中表现出的渗透着作家思想情感、认识评价的社会生活等，主要包括题材与素材、主题与情节、人物与环境、形象与情感。题材有广义和狭义之分。广义的题材是指文学创作的取材范围，文学作品反映的社会领域，如历史题材、工业题材、农村题材、商业题材、军事题材、爱情题材等。狭义的题材是指作品中表现出的、经由作家在审美体验的基础上对素材进行加工、改造、提炼后的社会生活现象、心理意象象征等。题材不同于素材。素材是作家接触到的、未经加工的原始生活材料，题材则是在素材的基础上加工而成的作品内容。

题材在作品的内容中具有重要作用，是"构成已被规定了的作品内容的基本材料，是作品内容的基础"。因体裁的不同，作品的题材则有不同的构成特点：抒情类作品以情感表现为核心，叙事类作品则以人物塑造为核心。题材的形成离不开作家生活实践和世界观的制约，是作家从积累的创作素材中提炼加工而成。通常，我们把社会生活看作题材的主要来源。但一些文学研究者也指出，题材虽然与一定的社会生活相关，但更多地却与"母题"相关，如俄国形式主义者。"母题"最初源于民间文学、民俗学研究，在文学作品中指不断以文学形式出现的、人类所面临的种种问题，是"最简单的叙述单位，它形象地回答原始头脑或生活中的各种问题"。例如，各种关于日食、月食的神话，各类有关民俗（如劫婚）的传说等。

情感是构成文学作品内容的另一个重要要素，它充分体现了文学创作中作家的个人因素，这使得作品成为独特的、具体的现实存在，也是文学区别于以普遍性为对象的哲学或科学的重要特征。如苏珊·朗格所说的："艺术品是将情感（指广义的情感，亦即人所能感受到的一切）呈现出来供人观赏的，是由情感转化成的可见的或可听的形式。""这里所说的'情感'是指广义上的情感。亦即任何可以被感受到的东西——从一般的肌肉觉、疼痛觉、舒适觉、躁动觉和平静觉的那些最复杂的情绪和思想，紧张程度还包括人类意识中那些稳定的情调。"

人类情感无所不在，任何艺术作品都无法脱离情感，即使是"不动声色"，这本身也是一种情感。不过，在西方文论的传统中，历来对"情感"这一要素的阐释不够。柏拉图甚至认为情感是"人性低劣的部分"，而诗歌模仿这个低劣的部分，则是对理想国有害的。直到启蒙运动以后，由于人性的进一步觉醒，近代哲学出现了人文上的转折，情感这一要素才逐渐受到广泛的重视和深入的研究。比如康德既承认审美意象是一种想象力所形成的形象显现，同时又将审美判断力与情感相连，认为情感可以使认识能力生动起来。18世纪中叶，鲍姆嘉通创立美学，试图建立一种以人的感性为研究对象的科学。但在他的理论中，感性和情感仍然是初级的，还有待提升到理性的高度。

在试图回归自然、情感，寻求完美人性的浪漫主义者那里，情感受到了空前重视。浪漫主义强调情感的自然流露，强调直抒胸臆。情感不仅是作家个人激情与自由意志的表达，更是一种源于人本身的、前所未有的创造力，它使主体逐渐摆脱理念的约束。

20世纪的表现论是西方最为重要的艺术理论之一，其基本内容是阐明艺术的本质在于情感表现。克罗齐直接把艺术归结为直觉，把直觉归结为情感表现；柯林伍德进一步强调艺术的表现性特征，认为只有表现情感的艺术才是真正的艺术。然而之后，在实证主义思潮影响下，客观的普遍性再一次战胜了主观的个体性。新批评的前驱者L.A.理查兹试图以理性的方法来分析情感的产生，把情感还原成各种环境身体之间的刺激与冲动的不同类型，认为情感是可分析，甚至是可模拟并再现的东西。

对于注重个体性的中国传统文论来说，情感这一要素从一开始就处在非常重要的位置上，如《礼记·乐记》中对人的情感与社会之间的对应关系，音乐（艺术）与人的情感关系的强调，等等。因此，在中国传统文论中，有诗言志和诗缘情两种强调艺术作品表现情感的观点。不过，需要注意的是，中国古代文论强调情感并不等于强调或突出主体（作家对于外部世界、对于他人的意志）的作用，相反，它强调的"情"恰恰是建立在放弃自我的主观任性，同时体察天地万物、人伦关系的基础之上的，具有普遍内涵的情感，而非一己私情。

在传统文论中，文学形象是构成文学作品内容的重要因素。文学形象塑造的成功与否，是衡量文学作品，尤其是叙事类作品成功与否的重要标志。与哲学、科学、宗教等不同，文学主要用形象来反映生活，表达情感。正如黑格尔所说："艺术观照和科学理智的认识性探讨之所以不同，在于艺术对于对象的个体存在感到兴趣，不把它转化为普遍的思想和概念。"文学形象包含着深刻的社会生活本质与内涵，既是具体的、感性的、个别的，又是带有普遍性的。

"形象"一词的本意指，人物或事物的形体外貌，具有可视、可触和可感的形状。日常生活中所说的形象是客观存在的，其外部形式特征是事物所固有的，而文学形象与日常生活的形象有所区别，它是作家主观虚构和艺术想象的结晶，灌注着创作者的文化情趣和审美理想。值得注意的是，西方文化自现代性以来逐渐成为世界主流的文化，常常把形象看作一个独立于主观世界和客观世界之外的中介世界的思想。这个中介世界类似于卡西尔哲学中的符号世界，哲学、科学、历史、神话、艺术都是人们为了认识世界和表现世界而创造出来的符号世界，人通过符号来认识世界，世界通过符号呈现给人们。

在全球化的时代背景下，形象的意义表达形式逐渐发展为三种：现代艺术中的美学意象、日常生活中的各类图像和文化互动中的文化形象。在文学理论中，人们常常把"形象"与"意象"一词混用。广义的文学形象指的是，文学作品中描写的人物、景物、环境等一切有形物体所构成的艺术画面，而狭义的专指作品中的人物形象。文学形象不仅限于视觉形象，还包括人的五官感识所能感受到的一切形象，甚至包括更深层次的、经由人生感悟引发的超越"象"的境界。在西方，优秀的文学形象即典型，是作家成功塑造的生动、丰富的艺术形象。较之一般的形象而言，它更能深刻地揭示和反映社会现实，甚至人类历史的发展方向。

而在中国古代，文学形象的塑造更多的是追求一种超越五官感识之外的境界，要求透过眼见之"象"，体悟人与自然、人与世界的融通之感。虽然中西方对文学形象的塑造方式、呈现方式不同，但殊途同归，都是诉诸具体物象来表达作家对世界的理解和感受。典型理论源自西方，是西方文论对文学形象的深入理解，是现实型文学形象的高级形态。典型主要出现在叙事类作品中，是由一连串意象所组成的形象体系，其中那些既包蕴着丰富的社会生活内涵，又具有高度个体性的优秀形象就是典型。早在古希腊时期，柏拉图和亚里士多德就开始探讨这一问题。

典型说在西方大致经历了三个主要的发展阶段。

第一阶段是17世纪以前，以古罗马的贺拉斯、法国的布瓦洛等为代表，注重典型的普遍性和共性，强调类型概括。"典型"一词，在希腊文中的原意是"模子"。比如布瓦洛在《诗的艺术》中说，艺术所再现的是具有鲜明性格类型的形象，如风流浪子、守财奴，或者老实、荒唐、糊涂、嫉妒等。

第二阶段是18—19世纪，典型逐渐开始由重视共性向重视个性的转变。

这一时期，法国的狄德罗、德国的莱辛等注意到环境对典型形成的重要作用，开始把典型与具体现实和个性联系起来，形成以强调个性为主的"个性特征说"。

第三阶段是19世纪80年代末开始，主要是马克思主义典型观的发展和成熟，使典型理论发展到一个崭新的阶段，诸如恩格斯提出的现实主义要"真实地再现典型环境中的典型人物"等。马克思主义辩证法原理所提出的共性与个性、一般与特殊统一的规律，在一定程度上揭示了典型的内部联系，使得典型理论更加科学化和系统化。

典型形象为什么具有深刻的普遍意义呢？马克思的"人是社会关系的总和"这一观点具有较大的启示意义。丰富的社会实践塑造着一个人的性格形成：一方面，个人会在社会关系中体现出独特性格；另一方面，这些性格也会接受社会关系的考验与重塑。对典型形象的性格分析成为现实主义文学批评的重要传统，文学史上那些著名的典型人物之所以意味无穷，就是因为它们有着内涵丰富的性格特征。从这个意义上讲，文学批评正是通过深入的性格分析透析复杂的历史景象，透视特定历史时期社会关系。而意境是中国古典文论和传统美学的独特范畴。它由一系列意象组合而成，追求一种超越具体情景、事物和身心感知的、对宇宙人生更深广的体悟，所以，它更多地出现在抒情性文学作品中。

"意境"与"意象"这两个概念关系密切。"象"这个词出现在先秦时期，《易传·系辞》说"书不尽言，言不尽意"，要"立象以尽意"。到了魏晋六朝时期，"象"逐渐转化为"意象"，在刘勰的《文心雕龙·神思》篇中有"独照之匠，窥意象而运斤"。"意"是诗人的主观情志，"象"是客观事物或形象。中国古典诗学不仅关注诗所传达的意象，更关注"言外之意"或"象外之象"，即我们所说的"意境"。"境生于象外"，强调更多的不是某种有限的"象"，而是虚和实、有限和无限相结合的"象"，正如宗白华所言："化实景为虚景，创形象以为象征，使人类最高的心灵具体化、肉身化，这就是'艺术境界'。"而在西方古典诗学中，

"意象"也是一个关键词，与想象力、感知、心象、表征等诸多概念密切相关。

"意境"这个概念来自隋唐佛学，杂糅了先秦至魏晋的老庄、玄学思想。在文论中，最早提出"意境"这个词的是唐代诗人王昌龄。他在《诗格》中说："诗有三境。一曰物境。欲为山水诗，则张泉石云峰之境……二曰情境。娱乐愁怨，皆张于意而处于身……三曰意境。亦张之于意而思之于心，则得其真矣。"后来皎然提出"缘境不尽日情""文外之旨""取境"，刘禹锡提出"境生于象外"等重要命题，此后，司空图、严羽等的诗论虽然不涉及"意境"这个词，但意境说的基本内涵和理论构架几近确立。作为正式的诗论范畴，"意境"出现在明代。朱承爵在《存余堂诗话》中说："作诗之妙，全在意境融彻，出音声之外，乃得真味。"至晚清，王国维集前人之大成，比较完整地论述了这一美学范畴，指出其本质特征在于意与境的融合："上焉者意与境浑，其次或以境胜或以意胜。"

意境有三个主要特征：情景交融、虚实相生和超以象外。对意境的理解与分析应该从动态角度，即情与景、虚与实等的相融相生切入，不宜把它们看作机械的叠加。关于意境的类型有多种说法，具有代表性的是两种：一是刘熙载在《艺概·诗概》中归纳的四种意境："花鸟缠绵、云雷奋发、弦泉幽咽、雪月空明。诗不出此四境。"二是王国维在《人间词话》中提出的：有我之境与无我之境。中西方文学艺术由于各自文化背景、哲学传统、思维方式、社会根源等的不同而显现出不同特点，"典型"和"意境"是中西方文论最具代表性的理论范畴，是对艺术美本质探索的结晶。

三、文学作品的形式要素

文学作品的形式是文学作品内容诸要素的组织结构、表现手段和具体的外部形态，是文学内容的存在方式，主要有语言、结构、体裁等要素。语言是文学区别于其他艺术的根本特征；结构是文学语言的组成方式及其系统；体裁是在各民族的文学史中沉积下来的、相对稳定的结构方式。

（一）语言

文学的第一要素是语言，它直接构成了文学作品的物质表象，但它不仅是文学构成的媒介和存在方式，也是人的存在。家园文学作品作为作家审美意识的物化形态，必须通过文学语言来加以呈现，它既是文学表现内容的手段，又是连接文学形式各因素、构成文学存在形式的要素。在文学实践和文本生成的过程中，文学语言的功能不只是表达意义、传递内容，而且诉诸感性审美层面，从而更好地表现与情感相统一的内容。

无论是中国传统的文学实践，还是西方语境中的文学实践，对文学语言的理解都有着极大的共通性。这与文学作为人类审美把握外部世界、表达主体情感和创造特殊文本的特性密切相关。随着人类社会的不断演进，语言根据使用功能、目的、场合而发生分化。

一般来说，语言具有三种基本形态：日常语言、文学语言和科学语言。日常语言突出实用目的，基本功能是传情达意；科学语言具有强烈的工具性特征，基本功能是理性的、逻辑的认识；而文学语言则以审美功能为主要特征，通过声音、结构和审美特质凸显自身文学语言具有形象性、情感性、暗示性、音乐性等特征，但其审美特征最终体现为话语蕴藉。"蕴藉"一词，来自中国古典诗学，"蕴"的原意是积累，引申为含义深奥；"藉"的原意是草垫，引申为含蓄。文学语言的蕴藉美体现在"意在言外"、含蓄、朦胧，甚至含混的审美效果上。

从词语、句子、音调、风格、意境等各个层面共同形成了这特征，使文学文本包含了意义生成的无限可能性，在有限的话语中蕴含无限的意味，营造出一个特殊的情感艺术世界。文学语言的组织有三个层面：语音层面，包括节奏和音律；文法层面，包括词法、句法和篇法；修辞层面，包括比喻与借代、对偶与反复、倒装与反讽等。

在20世纪初，西方哲学界出现了语言学转向，即通过研究文学、日常用语、逻辑等语言现象和表述方式，挖掘人类更深层的思维与文本表达之间的关系，其中一个主要倾向是从注重思维向注重表达（及其表达方式）转变。比如在俄国形式主义者看来，文学语言最重要的特征在于它并不为陈述某一具体的事件或抽象的理论服务，即不指向语言之外；相反，它指向语言本身。

（二）结构

从词义上讲，"结构"指事物各部分关联组合的方式。在文学理论中，文本结构通常指文本内部的组织架构、部分或要素之间的关联方式。文学文本的结构是一个完整的有机体，包括文本的外结构和内结构。所谓外结构，指文本所呈现的在直观上可以把握的形态特征；所谓内结构，指文本内部各部分或各要素之间的复杂关系，它隐含在文本的肌理中，具有决定文本整体性和主导风格的功能。

结构在文学作品中的表现是多方面的，包括字词的搭配、语段的组织、人物关系的处理、意象的组织等。在诗歌中，较为明显的是各种韵、格律都有严格的音节或字数限制，在朗读时能够产生音乐上的形式美感，韵和顿的使用可以帮助形成诗歌的节奏和音律感。

在"韵"方面，"诗与韵本无必要关系。日本诗到现在还无所谓韵。古希腊诗全不用韵"。但是，"就一般诗来说，韵的最大功用在把涣散的声音联络、贯串起来，成为一个完整的曲调。它好比贯珠的串子，在中国诗里这串子尤不可少"。

所谓"顿"即在读完相对完整的意义段时，有一个停顿，在句子意思完全完成之后，才是停止。停顿一般都依赖自然语言的停顿，由此形成的节奏也就是自然语言的节奏。由于西方的语言是注重音声的，其发音的长短、轻重较容易区分，于是显出较为明显的节奏。

此外，文章整体的格局安排也非常重要。以什么为纲、为主线，都表达了不同的文学观念。例如，在叙事类文学中，时间是一个常用的主要线索；而在刘勰看来，"事义"则是更重要的线索。当然，从语言、格律等方面来考察文章的结构，也是较为常见的。然而，现代西方文学理论，尤其是结构主义则认为，在文学的叙事中，掩藏着更深层的结构，这个结构来自人类的深层心理结构或者社会结构。在早期结构主义者那里，习惯把这种文学叙述上的结构还原成人类心理上的固定结构，或者还原成人类始终面临并回答的问题（如生与死的关系）。这个时期的理论较为单纯，主要从叙述的功能来简化和考察文学作品。但随着理论研究的深入，一些学者开始发现这个结构有可能是变动的，如罗兰·巴特就发展了索绪尔在语言学上的能指与所指理论，提出了所谓的元语言。元语言是一种语言（如法文，或者交通信号系统）的整体使用情况，它建立在对具体的言语使用（能指与所指结合成指称关系）之上。它不是一成不变的，它会受到变动着的社会意识形态的影响。

总之，结构的功能不仅体现在具体的文学文本中，也呈现在文学史的发展过程中，它具有动态性。一方面，文本结构不是文本结构各要素的简单叠加，而是它们之间的互动与整合；另一方面，从文学史的角度看，这些诸要素之间存在着持续的较量，在某时期某要素会占据主导地位。

（三）体裁

从词源上讲，"体裁"这个概念源自拉丁文"genus"，本义为表示生物分类体系中"属"的概念，一般的意义是"种类"或"类型"。在文学史上，它又可以被称作"文类"，是一个古老的批评概念。在中西方的文学理论中，有着大量关于文类的文献资料。早在先秦时代，"文类"的思想就已经萌芽了，"诗三百"中的风、雅、颂就是对文类的区分。对文体的划分最早出现在魏晋时期，曹丕的《典论·论文》将文划分为四类八体，并指出它们"本同而末异"。其后的文体日趋纷杂，划分也没有定论，萧统《文选》将文类分为39类，刘勰《文心雕龙》分为34类，不过，也有一类依据儒家《五经》（即《易》《书》《诗》《礼》《春秋》）来进行划分的。再后来，明代吴讷的《文章辨体》、徐师曾的《文体明辨》等对这问题做过总结。

应该说，中国的文体划分在产生之时就不是现代意义上的，带有实用性。与西方不同的是，这些实用文体在其发展过程中并没有完全从文学中脱离，而是与诗词曲赋等一起成为文学体裁的组成部分。在西方，柏拉图和亚里士多德等就提出过文类概念。在《诗学》中，亚里士多德以模仿的媒介、对象和方式三个方面来区分不同的文类。在专论戏剧的部分，他按不同的模仿方式指出叙述与戏剧的不同。黑格尔从辩证的角度给出了文体划分之三分法的哲学基础，在客观、主观、主客观相相合的思辨视角下，叙事、抒情和戏剧也分别被赋予了辩证发展的关系。19世纪的俄国文学理论家别林斯基在黑格尔理论的基础上做了更详尽的发挥。但在20世纪以后，文论界出现了对这种划分方法的质疑，如瑞士施塔格尔就提出不要把具体的文学体裁，如诗歌与抒情类文学固定地联系在一起，而是把抒情、叙事、戏剧看成一种观念，这些观念之间是可以交叉使用的，如抒情式戏剧。

　　总之，文类是一个历史范畴和文化范畴。不同的时代有不同的文类及其划分标准；不同的文化也因其独特的传统而有不同的文类及其区分标准。同时，文学史上还存在着具有持久性和普遍性的文类，如戏剧和诗歌。每一种文学体裁都经历了从产生、发展到成熟的过程，这是文学文本的具体存在形式，是塑造形象、表达情感、结构布局、语言运用等方面呈现出来的具有稳定性的审美形式规范。文学史上对体裁的划分标准不一，主要有二分法：把文体分为韵文和散文；三分法：把文学作品分为叙事类、抒情类和戏剧类；四分法：把文学分为诗歌、小说、散文和剧本。这些分类方法在使用的时候也不是截然分开的，它们之间互有交叉，如抒情诗歌、叙事诗，议论散文、叙事散文等。

第四节　文学作品的创作方法

　　创作方法指作家创造文学形象的方法，其中包括作家通过艺术形象反映生活时，在处理文学创作和现实关系上所持的态度和遵循的原则。作家在进行文学创作的过程中，在如何看待生活，采用什么样的艺术手段塑造形象等一系列方法和步骤上，各人所持的态度和遵循的原则是不相同的，于是，就产生了种种不同的创作方法，如现实主义、浪漫主义、古典主义、自然主义、唯美主义、印象主义、表现主义和超现实主义，等等。文学发展的历史证明，自文学产生之后，就存在着以描写现实为主和以表现理想为主的两种不同的基本创作倾向，因此，现实主义和浪漫主义就成为两种主要的和基本的创作方法。

一、现实主义
（一）现实主义的产生与发展

"现实主义"这个名词的出现，比起现实主义文学本身的存在晚了几千年。作为文学上的专门术语，比较早地使用"现实主义者"这个词的是德国的席勒。1795年，他在《论素朴的诗与感伤的诗》的著名论文中曾经提到"现实主义者"这个词。但当时"现实主义"还不是流行的文学术语，只是某些作家偶然提到它，而且席勒所说的"现实主义"还打上古典主义的烙印，与后来的现实主义含义不尽相同。"现实主义"作为一种创作方法到19世纪50年代才由法国画家柯尔培和文艺理论家夏夫列利相继提出，但他们的现实主义主张中又存在着自然主义的成分。总之，"现实主义"成为一个非常响亮的口号风靡欧洲各国的文坛是19世纪以后的事，而传入我国是在"五四"前后。

现实主义作为一种创作方法，它是在历史的发展中形成，并不断丰富，逐步完善，渐趋成熟的。一般说来，现实主义的发展经历了三个阶段。

第一，古代朴素的现实主义。这主要指原始文艺和奴隶社会中具有现实主义因素的文学作品，它的主要特征是简单而朴素地描述人们的劳作、战争和生活的某些片断和方面，具有如实地描写生活的倾向，但缺乏典型的文学形象，也缺少典型环境的描写。古希腊的喜剧和我国《诗经》中的某些篇章就属于这一阶段的现实主义文学。

第二，完善、成熟的现实主义。这一阶段在西方主要指开始于文艺复兴时期的现实主义文学。它的主要特征是，具有完整的故事情节，严谨的组织结构，感人的典型形象，广泛、深刻、具体、生动地再现了各个方面的社会生活。像但丁、卜迦丘、莎士比亚、塞万提斯等杰出的文学家，他们在具有历史意义的伟大作品中塑造了哈姆雷特、奥赛罗、李尔王、唐·吉诃德等典型人物。通过这些典型人物，着力地鞭笞了封建制度，热情地讴歌了资产阶级的新思想。

在我国，这种现实主义文学的出现远比欧洲为早，从汉魏乐府诗《孔雀东南飞》到杜甫、白居易、陆游等伟大诗人的相继出现，在一千多年时间里，无数作家及其现实主义作品形成我国富有民族特色的、独特的现实主义文学传统。

第三，批判现实主义。这类文学作品创作于19世纪后期。这时期西方的资本主义趋于没落，社会的腐朽和各种弊端显露无遗，一批具有民主主义和改良主义思想的作家对现存制度进行了深刻的揭露和严峻的批判。他们犀利的目光和抨击的深度甚至触及资本主义制度的某些本质方面；他们的作品在艺术上的巨大成就也达到了那个时代的高峰。这种高度纯熟的艺术成就与现实主义的创作方法密不可分。但是，这些作家的根本立场仍然是站在资产阶级角度，他们中的绝大多数人的世界观是属于资产阶级世界观。狄更斯、巴尔扎克、屠格涅夫、果戈理、托尔斯泰、冈察洛夫、契诃夫等著名作家的不朽之作，都是批判现实主义文学的杰出之作。

（二）现实主义的基本特征

什么是现实主义？它的基本原则是什么？许多作家研究和总结了各个时期的现实主义文学，对现实主义创作方法的基本原则做了很好的说明。巴尔扎克说："我搜罗了许多事实，又以热情作为元素，将这些事实如实地摹写出来。"契诃夫说，现实主义文学创作应该"按照生活的本来面目描写生活。它的任务是无条件的、直率的真实"。高尔基这样来表述现实主义："对于人类和人类生活的各种情况，做真实的、赤裸裸的描写的，谓之现实主义。"这三位生活在不同时代、不同国度、不同阶级的作家对现实主义创作方法基本原则的理解，精神是一致的。"如实地摹写"也好，"按照生活的本来面目描写生活"也好，"真实的、赤裸裸的描写"也好，其基本特点都是要求作家立足于现实，忠实于现实，真实而严肃地按照生活的本来面目再现生活，反映生活的真实。

马克思和恩格斯对现实主义创作方法的基本原则曾经做过全面而深刻的论述。恩格斯在《致敏·考茨基》中毫不含糊地指出："一部具有社会主义倾向的小说通过对现实关系的真实描写，来打破关于这些关系的流行的传统幻想，动摇资产阶级世界的乐观主义，不可避免地引起对于现存事物的永世长存的怀疑，那么，即使作者没有直接提出任何解决办法，甚至作者有时并没有明确地表明自己的立场，但我认为这部小说也完全完成了的使命。"

这段论述清楚地说明，恩格斯是把"对现实关系的真实描写"视为一部现实主义作品成功的关键。他在批评哈克奈斯的小说《城市姑娘》时，对现实主义创作方法的基本原则也做了透彻的论述。首先，他肯定这部小说"具有现实主义的真实性"，是一部现实主义作品。接着，又中肯地指出：这部小说的主要问题是没有"真实地再现典型环境中的典型人物"，还不是一部"充分的现实主义的"作品。这段论述，明确地说明了：凡属现实主义作品，都应该而且必须真实地描写现实。对小说、戏剧长篇叙事诗等一类叙事性作品来说，不仅细节描写要真实，还要真实地再现典型环境中的典型人物，从现实主义作家对现实主义创作方法的概括和马克思主义经典作家对现实主义创作方法的科学论述看，他们都强调作家在运用这种创作方法时，应当忠于现实生活，按照生活本来的面貌描写生活、塑造形象，真实地再现生活。

根据这样的原则，现实主义创作方法应当具有下列两个基本特征。

第一，现实主义创作方法要求作家按照客观世界固有的样式，按照生活本身的逻辑，真实地、逼真地反映客观世界。无论是故事情节的发生发展，人物形象的外貌特征、心理状态，以及性格的成长变化，乃至言谈举止、体态风度，都要客观地、严肃地按照生活固有的样子惟妙惟肖地加以描绘，如实地表现，使这种描写具有高度的真实感和逼真感，散发着强烈的生活气息，让读者产生真实可信、身临其境般的感受。比如，我们读鲁迅的《社戏》时，一幅幅真实、生动、具体可感的浙江农村生活画面就活灵活现地展现在眼前：孩子们的天真、欢乐，夜间划船和看戏，甚至会感到罗汉豆的香味扑鼻而来。

细节的真实描写对作品的逼真性有着极为重要的作用。巴尔扎克指出："小说在细节上不是真实的，它就毫无足取了。"巴尔扎克在小说《高老头》中对伏盖公寓的描写，对高老头特殊性格的刻画；曹雪芹在《红楼梦》中对甄士隐住处的描写都异常的真实，好像我们按照作者的指点，可以在千街万巷的巴黎找到伏盖公寓，在水网交错的姑苏城里找到葫芦庙旁的甄家。

由此可见，在作品中，那些生动、真实、亲切、逼真的细节描写和环境描写，会给现实主义文学增添一定的真实感。强调描写的逼真，强调细节的真实，不是不要艺术的概括、集中和虚构。相反地，现实主义创作方法要求作家必须对气象万千、纷纭复杂的人物、事件、场景、环境按照生活本身的逻辑进行概括和集中，提炼和加工，选择那些最能反映真相，最能揭示生活本质的人和事来创造艺术形象，真实地再现生活。生活中实有的人物事件固然可以写，生活中可能有而实际尚不存在的人和事同样可以写，只要不违背生活的真实和生活的逻辑。因此，在符合真实的前提下，虚构不但是允许的，而且是现实主义必不可少的重要艺术手段。

浪漫主义创造形象的方法不需要按照生活本来的面貌，可以按生活应有的样式去创造。因此，不同的创作方法能塑造出不同特色的文学形象。同是聪明、勇敢的叛逆者，孙悟空和贾宝玉就各自放射出不同色彩的艺术光辉。孙悟空的叛逆性格和反抗行动表现为他有无穷的力量，超人的本领，身能翻十万八千里的筋斗，手可舞一万八千斤的大棒；上天捣天庭，入海闹龙宫，天上、地下被他搅得不得安宁。这一切虽然描写得痛快淋漓、惊心动魄，然而都出之幻想，现实生活本身并不存在孙悟空这样的人物和事件。贾宝玉是个出身贵族之家的青年公子，他为了争取婚姻自由，勇敢地冲击封建樊篱，蔑视孔孟之道，鄙弃荣华富贵，面对着父亲的严刑拷打，即使皮开肉绽，以至昏厥过去，也决不屈服求饶。他聪明伶俐、才智过人，即席赋诗，览景题词，高人一等。他不分贵贱，"厮混"在纯洁、可爱的女儿群中。贾宝玉的这种生活方式和思想情趣，从生活起居、举止言谈，到嬉笑怒骂、离家出走，都是他那个时代现实生活的真实写照，绝非凭空杜撰。

从对孙悟空和贾宝玉这两个艺术典型的比较，可以清楚地看出：按照生活固有的样式，依照生活本身的逻辑真实地塑造文学形象是现实主义独有的基本特征。

第二，现实主义创作方法对于小说、戏剧等叙事作品还要求"真实地再现典型环境中的典型人物"。文学形象有没有典型性是现实主义与自然主义的原则区别。我们说过，现实主义要求真实地反映生活，但绝不是照相式的复制生活或机械地记录生活，否则就不是现实主义而是自然主义了。自然主义也强调"真实"地描写生活，但他们的所谓"真实"，只是表面的、现象的真实，而不是本质的真实。他们否认艺术创作过程中的集中、概括、提炼和虚构的必要性，取消文学创作中典型化的原则，只是琐碎地、片面地记录事实。高尔基认为："自然主义只是机械地指出并记载事实；自然主义是照相师的手艺。"鲁迅也深刻地指出："刻玉之状为叶，髹漆之色乱金，似矣，而不得谓之美术。象齿方寸，文字千万，核桃一丸，台榭数重，精矣，而不得谓之美术。"可见，现实主义和自然主义这两种创作方法是有本质区别的。

现实主义不能停留在仅仅是描写细节的真实，而只有借助真实的生活细节的描写来塑造具有典型性或典型意义的文学形象，即做到"真实地再现典型环境中的典型人物"，才是真正的现实主义。假如只有细节的真实，而没有文学形象的典型性，那仍然没有超越自然主义的范围。例如，左拉在长篇小说《失业》中，虽然也细致地、逼真地描写了工人失业后悲惨、痛苦的生活，写了他们和妻子、儿女如何挨饿，写了他们的悲痛的心情，但只是停留在表面的摹写和简单地记录生活，没有从一定的历史的社会生活的矛盾和斗争的典型环境中去表现典型人物。结果，他只写了失业的表面现象甚至假象，把工厂倒闭和工人失业写成了莫名其妙的灾难，找不出造成失业的根本原因，当然也就谈不上反映生活的本质和规律了。

二、浪漫主义

（一）浪漫主义的产生和发展

浪漫主义是18世纪末到19世纪初在欧洲出现的一种文学思潮和创作方法。具有浪漫主义因素的文学作品，和现实主义文学一样源远流长、历史悠久，经历了数千年的漫长岁月。在欧洲，《荷马史诗》就已具有浪漫主义的倾向。中世纪的神学统治阻碍了浪漫主义文学的正常发展，但传奇中还是充满着浪漫主义精神。到了文艺复兴时期，资产阶级要冲破阻碍自己发展的旧势力，而用夸张的形式来表现自己势力的强大，适应时代和阶级的要求，浪漫主义文学便应运发展起来。

18、19世纪，浪漫主义形成了遍及全欧洲的声势浩大的文学运动，涌现出拜伦、雪莱、歌德、席勒、雨果、乔治·桑、莱蒙托夫等一大批杰出的浪漫主义作家，把浪漫主义文学推向一个前所未有的高峰，达到了高度成熟的阶段。在我国，浪漫主义虽然没有形成一种气势磅礴的文学运动，但是，浪漫主义的文学却同样有着辉煌的成就。

《诗经》中的不少篇章，也闪烁着浪漫主义的光芒。战国时期伟大诗人屈原的不朽诗篇，标志着我国浪漫主义文学已经趋于成熟。到了唐代以后，李白、李贺等诗人用他们的杰出作品为我国浪漫主义文学增添了奇光异彩。元代以后，汤显祖、吴承恩、蒲松龄等著名作家又在戏剧、小说领域里极大地丰富、发展了我国的浪漫主义文学传统，使它更加成熟和完善。在我国少数民族文学中，蒙古族的英雄史诗《江格尔》、壮族故事和戏剧《刘三姐》，以及撒尼人的长诗《阿诗玛》等，同汉族的浪漫主义文学一起成为世界浪漫主义文学宝库中一份珍贵的艺术遗产。

（二）浪漫主义的基本特征

历史上的浪漫主义文学可以分为积极浪漫主义和消极浪漫主义两大类。

高尔基说："消极浪漫主义——它或者粉饰现实想使人和现实相妥协；或者就使人逃避现实，堕入自己的内心世界的无益的深渊中去，堕入人生的命运之谜、爱与死等思想中去。积极的浪漫主义，则企图加强人的生活的意志，唤起他们心中对于现实的一切压迫的反抗心。"

在欧洲，所谓消极浪漫主义主要指没落封建贵族的反动浪漫主义。他们站在封建主义立场上，全盘否定资本主义的发展，极力美化封建主义者心目中的所谓"社会主义"。其特点是逃避现实、美化过去，从自造的幻境中觅取安慰，寻找解脱。这种反动的浪漫主义的代表人物是法国的夏多勃里昂。马克思在批判他时指出："这个作家我一向是讨厌的。如果说，这个人在法国这样有名，那只是因为他在各方面是法国式虚荣的最典型的化身，这种虚荣不是穿着18世纪轻佻的服装，而是换上了浪漫的外衣，用新创的辞藻来加以炫耀；虚伪的深奥，拜占庭式的夸张，感情的卖弄，色彩的变幻，文字的雕琢，矫揉造作，妄自尊大，总之，无论在形式上或内容上，都是前所未有的谎言的大杂烩。"

我们在这里主要谈一谈积极浪漫主义的创作方法。我国古代文学批评家们常常用"瑰丽""绮靡""飘逸"等字眼来形容屈原、李白、李贺等人作品的特色。欧洲也有不少著名的浪漫主义作家对浪漫主义创作方法的基本原则做过认真的研究和总结。歌德在批评雨果作品时指出，雨果是"依着他自己所追求"的来描写。席勒说他从前的创作是"试图用美丽的理想去代替那不足的真实"。乔治·桑说她"要追求理想的真实"。这些意见的基本出发点就是要求作家在作品中描写自己的理想。因此，积极浪漫主义的基本原则可以概括为：要求作家站在进步的立场上，以丰富的幻想、大胆的夸张、火热的激情、离奇的情节、奇特的性格、与众不同的语言，按照假想的、生活中不定有的形式去塑造形象，反映现实，表现作家理想生活的图画。

那么，以描写理想为主的浪漫主义文学基本特征是什么呢？

第一，要求作家艺术地描写美好的理想生活和抒发强烈奔放、不受现实羁绊的思想感情。现实主义描写的是人类实有的现实生活，浪漫主义描写

的是人类应有的理想生活。这是现实主义和浪漫主义在表现内容上的根本区
别。当然，现实主义也有理想的追求，但这种理想是融入对整个现实环境的
描写之中。浪漫主义对理想的追求则艺术地创造一个假想的"世界"。浪漫
主义作家着力表现的是现实中应该有而实际上还没有的事物，作家凭借想象
的翅膀，纵情抒发自己的理想，推动现实的发展。

从历史看，积极浪漫主义的作品多数表现为蔑视权贵，歌颂叛逆，反对
庸俗倾向，追求个性解放，它们反映了对现实的强烈不满和对未来的热烈向
往。在资产阶级上升期，这类作品体现了资产阶级反神权、反封建的思想，
在摧毁反动势力、召唤新时代到来的战斗中发生过一定的积极作用。

中国的浪漫主义文学也产生过许多优秀作品，《阿诗玛》表现了劳动人
民反封建、争自由，憧憬美好生活的愿望。陶渊明在《桃花源记》描写了一
个人人劳动，自耕自食，不纳官税，不缴皇粮的平等社会。李白在《梦游天
姥吟留别》刻画了一个不受拘束、潇洒自得、不媚世俗、自来自往的诗人的
自我形象，描绘了一幅姿态万千、壮丽异常的山水图画。这些作品都热烈地
赞颂作者在特定时代的社会理想，抒发诗人爱憎分明的思想感情。抽去了作
者的理想，也就失去了作品本身，浪漫主义文学也就不复存在了。

第二，遵循理想化的原则塑造典型形象。现实主义要求按照生活固有的
样式塑造典型，浪漫主义则依照生活应有的样式和理想化的原则塑造典型。
它不受生活真实的约束，不为时间、空间所限制，只要能够充分地体现作者
的理想，就可以不按生活原有的样式，大起大落地调动各种艺术手段，在虚
构的环境中用幻想的情节创造各类人物形象。正因为如此，浪漫主义作家笔
下的典型人物一般都具有非凡的大无畏精神，百折不回的坚强毅力，或聪颖
过人，或力大无比。孙悟空上天下海，为所欲为，天帝龙王都奈何他不得；
《离骚》中的灵均为了追求美好的理想，上下求索，九死不悔；《窦娥冤》
的结尾部分描写了窦娥受尽冤枉而坚贞不屈，致使血染白练，六月飞雪；希
腊神话中的普罗米修斯，为了人间的温暖和光明，窃火天庭，甘愿在高加索
山上受难。这类作品塑造典型人物的方法与现实主义很不同，这也是浪漫主

义的一个重要特征。

总之，积极浪漫主义作品人物奇特，性格豪爽，情节离奇。作者充分利用想象和夸张的手法，突出主人公的叛逆精神。文章格调高昂，语言色彩明丽，与现实主义作品迥然不同。

三、社会主义现实主义和"两结合"的创作方法

（一）社会主义现实主义的形成及其特征

社会主义现实主义创作方法的形成，是以马克思列宁主义理论的建立和无产阶级革命事业的发展为基础的。马克思和恩格斯科学地总结了文学创作的经验，从19世纪中叶起就提出了一系列无产阶级的文学主张，奠定了马克思主义文艺理论的坚实基础。他们对于未来的无产阶级革命文学提出了思想和艺术的要求，即"较大的思想深度和意识到的历史内容，同莎士比亚剧作的情节的生动性和丰富性的完美的融合"。这是对未来戏剧——也适用于其他文学样式——提出的理想和要求。

列宁根据革命形势的需要，又提出了"党的文学"的口号，明确指出党的文学"要用社会主义无产阶级的经验和生气勃勃的工作去丰富人类革命思想的最新成就，它要使过去的经验（从原始空想形式的社会主义发展成科学社会主义）和现在的经验（工人、同志们当前的斗争）之间经常发生相互作用"。列宁预示无产阶级文学不仅要历史地反映现实生活的本质规律，还要用无产阶级思想和社会主义精神去教育读者。这对社会主义现实主义创作方法的形成提供了思想和理论依据。

在马克思和恩格斯的时代，无产阶级革命文学还在摇篮期，历史还没有造就出自觉运用辩证唯物主义和历史唯物主义指导创作的无产阶级作家。但在这一时期，像德国无产阶级诗人格奥尔格·维尔特，法国工人诗人欧仁·鲍狄埃的作品业已问世。马克思、恩格斯和列宁都曾经给予他们很高的评价，认为他们是无产阶级革命文学的先驱者。

到了20世纪，世界革命进入一个新的历史时期。高尔基在1905年发生的

俄国革命的影响和启发下，受到布尔什维克党的教育和帮助，于1906年写成了社会主义现实主义的奠基作——《母亲》。这部小说以一种前所未有的、崭新的姿态出现在无产阶级革命文坛上，它在世界文学史上的地位和意义，不单是它第一次塑造了无产阶级革命战士的英雄典型，把革命的政治倾向性和艺术描写的真实性高度统一起来。而且小说在描写历史事件方面也充分地体现出在现实的革命发展中真实地表现群众的斗争生活，并且展现斗争的光明前景。不具备辩证唯物主义和历史唯物主义的世界观，没有坚定的无产阶级立场和鲜明、强烈的政治态度是不可能写出这样的作品的。

《母亲》给人们以新的启示。这部小说一方面批判地继承了俄国文学史上现实主义和浪漫主义创作方法的优秀传统；另一方面它又为无产阶级革命文学的创作开拓了一条崭新的道路。沿着这条道路，文学相继出现了法捷耶夫的《毁灭》、奥斯特洛夫斯基的《钢铁是怎样炼成的》以及马雅可夫斯基的长诗《列宁》和《好》等一大批歌颂无产阶级革命、歌颂社会主义新生活的优秀作品。

社会主义现实主义作为无产阶级的一种崭新的创作方法，有着自己鲜明的特点。

第一，要求作家在现实的革命发展中真实地表现现实。马克思主义哲学认为，世界不是静止的，而是在运动着的，万事万物都在发展变化之中。人类的社会生活更是充满着矛盾和斗争。面对着现实生活中新与旧、进步与反动的斗争和两者相互消长的趋势，作家应当深刻地揭露生活中的矛盾，指明现实发展的主导方面，无情地指出旧事物灭亡的历史必然性和坚决地肯定新事物在斗争过程中一定会取得支配地位的本质规律。

高尔基说，"科学的社会主义的预见被党愈益广泛的活动深刻地实现了，这项预见的组织力量就在于它的科学性。社会主义的世界在建设着，资产阶级的世界在破灭着，而这一切正如马克思主义的思想所预先指明的那样"。需要指出的是，客观事物的存在及其发展变化是事物本身的规律，人的认识往往落后于现实的发展。

从这个意义上讲，人的思想路线和认识过程只具有相对真理的性质，世界上没有不犯错误的人。马克思主义是革命的科学，但马克思主义也是在不断地丰富和发展。因此，只有坚持辩证唯物主义和历史唯物主义的世界观和方法论，坚持实践是检验真理的唯一标准的思想路线，才能使我们保持清醒的头脑，不致囿于成见而犯错误；才能使我们正确地认识文艺发展的规律，自觉地运用社会主义、现实主义的创作方法。如果静止地、孤立地对待现实和反映现实，那么，就有可能堕入旧现实主义或自然主义的境地。

第二，革命的浪漫主义是社会主义现实主义的重要组成部分。社会主义现实主义文学中所包含的理想成分既不是虚无缥缈的乌托邦，也不是与现实生活对立的消极幻想，而是由社会主义现实生活的革命发展所导致的必然归宿，是人们能够科学预见并逐步实现的光明未来。

第三，要用共产主义思想去改造和教育劳动人民。如前所述，文学的教育作用和思想倾向只能通过艺术形象自然而然地体现，不能生硬地、教条地强装上去；只能通过形象塑造、情节展开把思想内容渗透和融合在作品之中，而"不是作品后面添上去的口号和矫作的尾巴"。社会主义现实主义的主要任务在于肯定并巩固新的社会制度，为共产主义的美好理想而奋斗。因此，它的这个特征是同前面两个特征有机地联系在一起的，是前面两个特征的延长和发展，而不是这个创作方法的外加成分。

社会主义现实主义是一种全新的、前所未有的创作方法，它对世界无产阶级文学的繁荣和发展有着重大的贡献。这种创作方法对我国无产阶级新文学的诞生和发展也起到相当大的促进作用。

（二）革命现实主义和革命浪漫主义相结合的创作方法

以马克思主义的哲学原理为指导，根据我国文学发展的历史，吸取了国际无产阶级文学的经验教训，我国于1958年提出了革命的现实主义和革命的浪漫主义相结合的创作方法（简称"两结合"）。这种创作方法与社会主义现实主义的基本精神是一致的，它们都是继承和发扬历史上创作方法的优点而形成的新的创作方法。"两结合"的提出，为我国社会主义文学创作的繁荣提供了条件，开辟了一条新的途径。

"两结合"的理论基础是辩证唯物主义和历史唯物主义。它是我国人民高度的革命热情和实事求是的科学态度相结合的精神境界在文学艺术上的鲜明体现，同时，又是用马克思主义世界观对文学史上形成的现实主义和浪漫主义两大文学流派的批判继承和革命发展。以我国文学史为例，《诗经》是现实主义文学的开端；古代神话和战国时期的《楚辞》则是浪漫主义的滥觞。在此后两千多年的文学发展过程中，由于历代作家的辛勤劳动，使这两种创作方法日臻完善，在现实主义和浪漫主义两面旗帜下几乎汇集了文学史上所有有影响的作家和作品。

但是，作为不同创作方法的现实主义和浪漫主义从来就不是毫无联系、截然分开的；相反，在现实主义作品中总是闪耀着作家理想的光辉，在浪漫主义作品里也不同程度地包含着现实主义的因素。有的作家曾经使用这两种不同的创作方法进行创作，并且取得了成就，这也是文学史上常见的现象。《诗经》中的《国风》，就其总体来说，应当属于现实主义范畴，但其中又不乏浪漫主义的因素。就拿《诗经》中的《伐檀》和《硕鼠》两篇来说，"彼君子兮，不素餐兮！""逝将去女，适彼乐土。乐土乐土，爰得我所。"存在着浓厚的浪漫气息。《离骚》是浪漫主义作品，但其中谈到屈原的身世和楚国的遭际，反映的又是历史的真实。李白和杜甫是我国唐代诗歌中浪漫主义和现实主义的两大代表，然而，李白也有反映现实很深刻的诗作，杜甫也有侧重理想的篇章。

近代文学史上的龚自珍，他的诗歌和散文曾把现实主义和浪漫主义两种创作方法程度不同地结合起来加以运用。如《己亥杂诗》所述："九州生气恃风雷，万马齐暗究可哀。我劝天公重抖擞，不拘一格降人才。"晚清的封建统治者禁锢思想、摧残人才使龚自珍到了忍无可忍的地步。现实太黑暗，他要求改变现实的思想愿望太强烈，却又无从寻觅改变现实的力量，于是把愿望转化为理想，借助"天公"的神力来改造严酷的现实。这种思想在他的散文《病梅馆记》中也有所体现。

　　像这样的诗和散文，已经是把现实主义和浪漫主义结合起来的作品了。在文学史上，这种不同程度结合的现象并不少见，所以，历来的文艺理论著作，如陆机《文赋》、刘勰《文心雕龙》等均有所论述。近人王国维说得更明白："有造境，有写境，此理想与写实二派之所由分。然二者颇难分别。因大诗人所造之境，必合乎自然，所写之境，亦必邻于理想故也。"又说："自然中之物，互相关系，互相限制。然其写之于文学及美术中也，必遗其关系、限制之处。故虽写实家亦理想家也。又虽如何虚构之境，其材料必求之于自然，而其构造，亦必从自然之法则。故虽理想家，亦写实家也。"

　　这种现实主义和浪漫主义相结合的现象，不独中国文学中存在，外国文学中同样存在。高尔基在谈到巴尔扎克、屠格涅夫、托尔斯泰、果戈理、莱蒙托夫、契诃夫等古典作家时说："我们就很难完全正确地说出，他们到底是浪漫主义者，还是现实主义者？在伟大的艺术家们身上，现实主义和浪漫主义常好像结合在一起的。"因此可以说，现实主义和浪漫主义的结合也是中外文学创作中的优秀传统。尽管文学史上许多杰出的作家在他们的作品中表现出现实主义和浪漫主义有一定程度的结合，但这种结合是不自觉的，也是不完满的。要把革命的现实主义和革命的浪漫主义两种创作方法真正结合起来，只有在无产阶级作家具有辩证唯物主义和历史唯物主义世界观的条件下，在批判地继承了以往文学作品中结合的优良传统的基础上，才有可能。

　　运用"两结合"进行文学创作，有几个基本要求。

　　第一，要求作家在马克思主义世界观——辩证唯物主义和历史唯物主义世界观的指导下进行创作。马克思主义世界观是"两结合"创作方法的灵魂。作家应当站在无产阶级的立场上，深入社会，深入广大人民群众的生活，在"观察、体验、研究、分析、切入一切阶级，一切群众，一切生动的生活形式和斗争形式，切入文学和艺术的原始材料"的实践过程中，全面地熟悉生活，深刻地理解生活，把握住生活的本质和规律，然后再通过形象思维，艺术地描绘和真实地再现生活。一个作家不具备无产阶级世界观，就不能正确地观察现实生活，更不能正确地理解生活发展的内在规律。即使深入到生活中去，也可能把现象当成本质，把偶然因素当成必然规律，以至在作品中歪曲现实。

只有用辩证唯物主义和历史唯物主义世界观观察和分析问题，才能透过纷纭复杂的现象，深入生活的内层去发现事物的本质，掌握事物发展的规律。马克思主义是无产阶级的革命真理，它不仅能够科学地总结过去，精辟地剖析现在，还能正确地预见未来。自马克思主义诞生以来，人们改造自然、改造社会的斗争开始从自发转变成自觉的斗争，并正在遵循马克思主义的科学原理为建设宏伟、壮丽的共产主义而奋斗。采用"两结合"创作方法的革命作家，只有在马克思主义世界观的指导下，才能扩大视野，高瞻远瞩，见微知著，因小见大，在读者面前展现美好的生活前景，用革命理想鼓舞人们前进。

第二，要求以革命的现实主义为基础，以革命的浪漫主义为主导，两者相辅相成、相得益彰。以革命的现实主义为基础，就是要求作家在马克思主义世界观的指导下，对现实生活进行深入观察，科学分析，精确描绘，真实反映。不但要表现出具体的、感性的真实，还要反映出历史的、本质的真实。同时要求作家把握生活发展的规律，能动地描绘出现实发展的趋势，让现实与理想自然而然地衔接起来，把革命的理想主义扎根于现实这片土壤里。这样的作品，就能向读者展示光辉前景，真正鼓舞人们奋发向上，起到无产阶级文艺应有的教育作用。

反之，如果没有坚固、牢实的革命的现实主义作为这种创作方法的基础，那么，对于现实的描写必然浮光掠影、肤浅浮泛，反映不出事物的本质，更描绘不出建筑在革命的现实主义基础之上的革命理想。革命理想一旦失去了雄厚的现实基础，必然成为虚张声势的空喊、空中楼阁式的幻影，无产阶级文艺就会失去蓬勃的生命力。

"两结合"的创作方法在强调以革命的现实主义为基础的同时，还必须强调以革命的浪漫主义为主导。二者之间是一种既矛盾又辩证统一的关系。

所谓以革命的浪漫主义为主导，就是要求作家站在革命理想主义的高度来看待现实。从题材的摄取——形象的塑造——情节的安排——细节的描写，直至创作的全部过程，都要自始至终地贯穿革命理想主义，并用这种理想来指导对现实发展的描写。要把现实和理想有机地统一起来，自然而生动地描写出两者的转化过程，用共产主义理想鼓舞人们的斗争，激励人们前进。革命的理想主义是鼓舞人们前进的动力，革命的理想也是引导现实向前发展的指南，当然，革命的理想又是现实发展的必然归宿。在社会主义社会里，现实和理想是辩证地统一在一起的，其间只有阶段之分，没有不可逾越的鸿沟，今天的理想就是明天的现实，而明天又会有更新、更高的革命理想激励我们继续前进。以革命的理想为主导，推动现实的发展，是无产阶级革命文艺肩负的光荣使命。

多年来，由于文艺战线上"极左"思潮的干扰和破坏，对于"两结合"的创作方法，无论在理论阐述上还是在创作实践上，都产生了严重的片面性，这种片面性主要表现为对作为"两结合"创作方法基础的革命现实主义缺乏足够的认识，不适当地强调了"革命理想"。理想必须牢牢扎根于现实，理想是现实合乎规律的发展。只有对现实做深刻的描写，对现实的本质进行充分的揭示，理想才不会落空，才能使人信服；否则，理想就只能流为毫无生活基础的空想、幻想，豪言壮语的空喊，成为主观唯心主义的欺人之谈。

马克思主义经典作家在关于现实主义的论述中，都包含着革命理想的成分。他们都强调要在对现实关系的深刻描写中体现理想，即是说，理想必须在对现实的真实描写中自然地引申出来，而不是把它变作游离于现实主义之外的附加成分。

第三，要求作家以鲜明的立场、高昂的基调和多样化的艺术风格，最真实、最深刻地表现时代精神。社会主义时代充满着各种各样的英雄事迹，新的思想、新的人物不断涌现。革命的发展向文学艺术提出了新的要求；无产阶级新文学不论在内容上，还是在形式上都应当具有新的特点。生活本身充满着矛盾和斗争。真、善、美总是同假、恶、丑相比较而存在，相斗争而发展，矛盾和斗争是事物发展的普遍规律。生活中的新事物是在同旧事物的斗争中产生和成长起来的，英雄模范式人物的产生和成长也有一个经历种种考验，征服重重困难，冲破层层阻力的战斗过程。在这样的过程中，交织着多种多样的矛盾斗争，经历着新旧思想和新旧势力的较量，汇集了喜怒哀乐等各种思想情绪，组成了波澜壮阔的生活画卷。

革命现实主义和革命浪漫主义相结合的创作方法要求作家站在无产阶级立场上，把这种生动活泼、丰富多彩的斗争生活艺术地再现，在表现生活的同时，正确地评价生活，从而唤起人们对于美好事物的热爱，对于丑恶事物的憎恨，以社会主义思想教育人民群众，培养他们高尚、健康的情操，鼓舞他们为实现共产主义而奋斗。

"两结合"的创作方法不仅可以反映现实题材，也可以反映历史题材；不仅适用于鸿篇巨制，也适用于小诗小词。我们提倡这种创作方法，鼓励作家运用这种创作方法进行创作。在积累了创作实践的基础上，它还有待进一步的总结和发展。创作方法是作家、艺术家认识世界、反映世界的一种手段，它要受作家、艺术家的世界观和无产阶级文艺的总任务的制约。同时，各个作家、艺术家的思想水平、认识能力、生活基础、创作习惯、艺术趣味、传统师承等各不相同，作家的气质、性格、修养、风格也不一样，因此，各个作家、艺术家在具体运用这种创作方法的时候，对革命现实主义和革命浪漫主义侧重的方面、结合的程度也会有所不同。唯其如此，运用"两结合"的创作方法进行创作，也会形成各种各样的风格流派，作家的艺术成就也会有高有低。

另外，我们提倡"两结合"的创作方法，并不意味着只准运用这一种创作方法进行创作。应当说，任何经过时间考验的创作方法都有它自己的特点和长处，都在一定的历史阶段发生过有益的作用。只要有利于社会主义文学艺术的繁荣和发展，创作方法不应强求一律。创作方法和创作风格的多样化，与社会主义生活的壮丽多姿，与人民群众精神生活的多方面的需要，是完全一致的。

四、世界观和创作方法的关系
（一）世界观对创作方法的指导意义

世界观和创作方法的关系问题是文艺理论领域里的一个重大问题。承认和不承认世界观对创作方法的指导作用，在学术界是有争论的。我们认为世界观对创作方法有一定的指导意义。文学创作是一种意识活动，是受世界观的支配和制约的。文艺为什么人服务，对于一个作家来说，主要取决于他站在什么立场上和以什么样的世界观指导创作。我们的文艺是无产阶级的革命文艺，为广大人民群众服务，以及为社会主义服务是我们的根本方向。要做到这一点，就要求文艺工作者站在无产阶级立场上，在辩证唯物主义和历史唯物主义世界观指导下进行文艺创作。

否认世界观对文艺创作的指导意义，不符合文艺发展的客观规律，就会背离马克思主义文艺理论的根本原理。研究世界观和创作方法的关系，对于我们用马克思主义文学理论整理研究文学遗产，正确评价历史上的作家作品，也有十分重要的意义。

古典作家同样是在一定的世界观指导下从事创作的，在评价他们的作品的时候，如果看不到他们世界观的局限性而盲目崇拜；或者看不到他们世界观中的进步因素而一概否定，都是错误的。因此，正确理解世界观和创作方法的关系，对于恰如其分地评价文学史上的作家作品，也是一个关键。

世界观或称宇宙观，是人们对于宇宙、世界、自然、社会和人生的总的看法。具体地说，世界观是人们对于周围世界，对于自然和人类社会（包括政治、经济、哲学、文化等）的基本观点，是人们各种社会观点（如哲学观点、政治观点、美学观点、道德观念及文艺观点等）的总和。世界观又通过这些看法和观点的表达而体现它的时代的和阶级的属性。

世界观是一种意识形态。它是客观世界在人们头脑里反映的产物。人的世界观是在长期的社会实践过程中逐渐形成的。总的说来，它可以分成唯心的和唯物的两种根本对立的观点。在阶级社会里，任何世界观都属于一定的阶级，不是这个阶级的世界观就是那个阶级的世界观，超阶级的世界观是不存在的。无产阶级世界观是辩证唯物主义和历史唯物主义世界观，它能科学地认识和说明世界的本质和发展规律，并预示共产主义社会必将到来。

因此，无产阶级世界观是迄今为止最先进、最科学的革命世界观。一切剥削阶级世界观，诸如资产阶级世界观，封建地主阶级的世界观在现时代是一些腐朽、没落、反动的思想体系，它们与无产阶级世界观之间的矛盾是不可调和的，只有经过长期的思想斗争，才能将它们彻底清除。世界观不是一成不变的。从总的趋势看，它随着历史的发展而发展，随着时代的变化而变化。承认世界观的发展变化，对于我们科学地分析、研究作家作品，正确地总结文学发展的规律有着重要意义。

首先，作家的立场、思想有可能从落后转变为先进，由唯心主义转变为唯物主义。这种转变，对他的作品会产生直接的、深刻的影响。比如鲁迅，他前期的思想虽然包含着某些辩证唯物主义的因素，但是他毕竟还是一个革命民主主义者。他前期的作品，由于深刻的洞察力，虽然看到了阶级的分野和压迫的事实，但总的说来仍未超越进化论的思想范畴。以后，由于他坚持不懈地学习马克思列宁主义，并把学到的理论紧密结合中国的实际而加以具体应用，亲身投入社会阶级斗争中去。由于党对他长期的帮助和启导，以及他经常不断地严格要求自己，进行自我解剖，最后终于迎来了世界观的质的飞跃，成为一个坚强的共产主义战士。这种世界观的转变在他的作品中得到了充分、深刻的体现。

其次，承认世界观的发展变化，也可以帮助我们理解为什么有一些作家由进步变为消极落后，甚至反动。世界观的发展变化，并不一定完全同历史前进的方向一致。在敌对阶级的思想影响下，有的作家的世界观会出现倒退和蜕变。在阶级斗争尖锐激烈的时候，尤其如此。

在阶级社会里，人们的世界观，包括作家的世界观在内，它的阶级内容往往不是清一色的，特别是一些著名的古典作家，他们的世界观经常是矛盾的，这是由复杂的社会生活和阶级斗争的客观形势造成的。在封建社会、资本主义社会里作家世界观的矛盾性是一种普遍的现象。陶渊明有"采菊东篱下，悠然见南山"恬静清淡的一面，也有"刑天舞干戚，猛志固常在"金刚怒目式的一面。显然这不仅是风格多样化的问题，而是存在着世界观的矛盾。杜甫固然写出了"朱门酒肉臭，路有冻死骨"这样揭露封建社会贫富不均的名句，也写出了"致君尧舜上，再使风俗淳""葵藿倾太阳，物性固难夺"这类宣传封建正统观念的诗作。

恩格斯评论歌德时这样说："歌德有时非常伟大，有时极为渺小；有时是叛逆的爱嘲笑的、鄙视世界的天才，有时则是谨小慎微事事知足、胸襟狭隘的庸人。"列宁在评论托尔斯泰时，也深刻地指出了他的作品、观点、学说、学派中不可调和的矛盾。这些例子说明，古代作家世界观的矛盾不仅是客观存在的，而且是一种比较普遍的现象。现代作家的世界观一般说来也是有矛盾的，不可能那么"纯净"。我们平时说的无产阶级世界观或资产阶级世界观，是就其基本倾向而言，并不否定世界观中的矛盾因素。

那么，世界观的矛盾现象是怎样产生的呢？可以从两个方面来探索它的原因。

一方面，在阶级社会里，不同阶级的思想乃至敌对阶级的思想始终处在互相斗争、互相渗透、互相影响的状态之中。由于种种极为复杂的原因，此一阶级的某些观点和看法可能会在彼一阶级成员的思想上产生影响，造成世界观的矛盾性。另一方面，如前所述，一个人的世界观是由各种思想观点共同组成的，他在这个问题上是唯心的，在那个问题上可能是唯物的；他在这些方面是进步的，在另一些方面则可能是反动的；他对某一事件的看法是正确的，而对另一事件的看法可能是错误的。这些都是导致作家世界观发生矛盾的重要原因。

对于一个作家来说，判定其世界观阶级属性的主要依据是作品的客观社会效果。我们应该从实际出发，实事求是地分析他的作品，看他歌颂什么，反对什么；表现了什么样的主题，塑造了什么样的艺术形象；以及他的作品是为什么人服务等，由此来分析研究作家的世界观。

　　鲁迅的《狂人日记》，是一篇通过"狂人"自述其遭遇，揭露和控诉了人吃人的封建礼教，号召人民起来推翻不合理的社会制度，成为"五四"运动前夜向封建制度发出的战斗檄文，成为新文化运动的号角。由此可以看出，鲁迅当时的世界观是属于激进的民主主义的世界观。

　　一种创作方法不是一朝一夕形成的，它要以社会生产力发展程度和阶级斗争的形势为基础，受到社会上某种哲学思想、文化思潮的直接或是间接的影响，经过文学实践的长期积累，经过无数作家、艺术家的辛勤劳动和艰苦探索，还要受到文学传统和作家艺术修养等多方面的影响，逐步发展，日趋完善。

　　以神话为例。马克思在谈到古希腊神话时指出：古代希腊艺术的产生，"同它在其中生长的那个不发达的社会阶段并不矛盾。它倒是这个社会阶段的结果，并且是同它在其中产生而且只能在其中产生的那些未成熟的社会条件"相适应的。希腊人的"对自然的观点和对社会关系的观点"，正好是他们"幻想的基础，从而成为希腊神话的基础"。"因而，随着这些自然力之实际上被支配，神话也就消失了。"

　　马克思这些精辟的论述明确地告诉我们，古代的浪漫主义作为一种独立的创作方法，它的产生与当时社会生产力的发展程度，与在此基础上建立起来的哲学观点有着密切的关系。同样，社会主义现实主义和"两结合"创作方法也只能在生产力相当发展的社会主义社会，在马克思主义哲学原理的指导下产生并发展。需要指出的是，在一种创作方法的形成过程中，有突出成就的作家会发生巨大的作用。以我国文学为例，谈到浪漫主义，人们必定会联想到屈原、李白、郭沫若等人的杰出贡献；谈到现实主义，又会想到杜甫、白居易、曹雪芹、鲁迅的伟大艺术成就。

　　一个作家选择什么样的创作方法进行创作，是由种种因素决定的，其中起主导作用的因素乃是作家的世界观和由此产生的认识世界的方法。世界观不同，认识世界的方法，反映生活、处理生活的方法也就不同。世界观和认识论对运用何种创作方法关系极大。世界观反动的作家不可能运用先进的创作方法进行创作。在现代，具有无产阶级世界观的革命作家，也绝不会采用落后，甚至反动的创作方法。

总之，创作方法为世界观所制约，同时也受到其他因素的影响。在阶级斗争尖锐、社会发生剧烈变动的时候，一个人的世界观可能发生急剧的变化，当作家的世界观转变了的时候，他可能会放弃一种创作方法而采用另一种创作方法。例如诗人马雅可夫斯基，他曾经是一个未来主义诗人，随着无产阶级革命的胜利，他采用了社会主义现实主义的创作方法，取得了巨大的成功。又如，鲁迅在1918年发表的第一篇小说《狂人日记》里最后说："没有吃过人的孩子，或者还有？救救孩子……"到了1927年下半年，鲁迅说："现在倘再发那些四平八稳的救救孩子似的议论，连我自己听去，也觉得空空洞洞了。"共产主义世界观的确立，使他后期的杂文和小说采取了一种新的创作方法。

世界观对创作方法的制约作用还体现在，只有在一定世界观的指导下，被作家选用的创作方法才能更有效地发挥作用。英国女作家哈克奈斯的中篇小说《城市姑娘》，就是因为作家的小资产阶级世界观的局限性，才使她未能充分地反映和揭示英国工人阶级的斗争生活。因此，恩格斯在给她写信的同时，特意寄去一本自己的著作《社会主义从空想到科学的发展》，希望她的世界观能有一个根本性的转变。除了世界观的指导作用外，决定作家选择和运用某种创作方法的因素是多方面的。作家的生活基础、艺术修养、个性气质、题材体裁、创作习惯及所受教育的影响等，都可能起一定的作用。但比起世界观的作用来，这些因素不能不占较为次要的地位。

（二）创作方法的相对独立性

世界观与创作方法是辩证统一的关系。在世界观和创作方法这一对矛盾中，世界观是矛盾的主要方面。但政治并不等于艺术，世界观也不能代替创作方法。一方面，我们说世界观对创作方法有重要的制约作用，完全不受世界观制约的创作方法是不存在的；另一方面，我们又要承认创作方法不完全是消极被动的，它既经形成，便获得了自己的相对独立性，创作方法的相对独立性在创作过程中具有很大的能动作用，它有时甚至可以反作用于世界观，对世界观产生一定的影响。

创作方法的相对独立性在文艺创作过程中主要表现下述几个方面。

第一，创作活动虽然都是在一定的世界观指导下进行的，但是，如果作家采用了进步的创作方法，忠实、严格地按照这种创作方法进行创作，那么，他的创作过程实际上就是在对生活进行着重新认识和重复检验，也就是说，进步的创作方法可以起着推动作家生活实践、提高作家思想认识水平和艺术修养的作用。这时候，作家所采用的创作方法成为作家深入生活、改造世界观的一个重要的补充手段，其结果不仅是在某种程度上纠正了作家艺术构思中的若干偏颇，像法捷耶夫在《毁灭》中对美蒂克的处理，托尔斯泰在《安娜·卡列尼娜》中对安娜的处理所曾遇到的那种情形；而且更为重要的是，还可能纠正作家、艺术家一些错误的思想观点和政治见解，把他引向正确的创作道路。

恩格斯对巴尔扎克在创作过程中出现的矛盾及其解决归结为"现实主义的最伟大胜利之一"。恩格斯的这句话旨在说明，"我所指的现实主义甚至可以违背作者的见解而表露出来"。很显然，一种好的创作方法能够促进作家对已经掌握的生活进行再认识、再学习和再研究，并在认识、学习、研究的过程中对生活产生新的认识、新的评价。这种新的认识和新的评价又会逐渐上升到世界观的高度，成为世界观的组成部分。世界观本身是实践的产物。现实主义推动作家进行新的实践，在这种实践过程中，创作方法又反作用于世界观，给世界观以巨大的影响。恩格斯在给哈克奈斯的信中连用两个黑体字"看到了"，正是在着重说明这一层意思。

第二，创作方法的相对独立性还表现在某些作家在相同或相近的世界观的指导下，运用不同的创作方法，并在创作上同样取得成就。例如，唐朝的李白、杜甫世界观大体相同，然而，一个是浪漫主义诗人，一个是现实主义诗人。鲁迅和郭沫若，他们前期的思想都是革命民主主义思想，但两人所选用的创作方法却很不相同。

第三，创作方法的相对独立性还表现在创作方法本身具有继承性这一点上。创作方法是在历史发展中形成的，因此，它本身具有历史的继承性。在继承过程中，尽管有沿革，有创造，有发展，但它们的基本特征是始终一贯的。例如，从《诗经》—《杜诗》—《红楼梦》，它们虽然各有自己的时代特点和个性特征，但是在运用现实主义创作方法时，真实地反映生活这点，它们却是一脉相承的。

世界观和创作方法的关系是一个比较复杂的问题，要正确理解两者之间的关系，必须努力学习马克思主义文学理论，对作家作品进行深入、细致的研究，然后才可能找到正确的答案。否认世界观对创作方法的制约作用，或者以世界观代替创作方法，必然给理论带来混乱，给创作造成危害，都是非常错误的。

第三章 文学接受

在汉语中，"接受"一词的基本意思是，对事物容纳而不拒绝。因此，所谓"文学接受"应当指对一切文学作品的接纳，即阅读活动。它包括审美的阅读，即人们通常所说的文学欣赏，也包括非审美的（即不以审美为目的或不能达到审美水准的）阅读活动。文学批评作为一种指导广大读者如何去接受文学作品的活动，必须以批评主体自身的阅读欣赏为基础和前提，因此，它也应纳入文学接受的范畴，被看成一种侧重于理性分析和把握的、具有指导性意义的阅读层次。

第一节 文学的审美接受

一、文学接受概论

文学接受是一种异常复杂的精神活动，很早就有人对它进行思考和研究。在先秦儒家看来，诗和乐不仅反映了国家的政治伦理状况，也是实现百姓教化的工具。中国较早谈到文学接受问题的是孟子，他所说的"以意逆志"和"知人论世"从原则和方法上为文学接受奠定了儒学的基调，强调在心灵普遍性基础上的完全理解，以及通过文本所达到的理解的跨时空性。孟子所暗示的人的心灵普遍性是一个实践概念从最抽象的"四端之心"，到成熟的公共形式的"志"，是在阅读、理解、实践他人的文本和思想过程中，不断展开潜在的本性之善的过程。

但与现代西方的生存论诠释学不同，孟子并没有要发展个体特殊性的意愿，因此，也不能容忍对原文本的误读。对先秦儒家来说，能否听懂诗志乐声，是与接受者心灵或道德修养层次有密切关系的。而老庄的道家思想除了强调要超越形式外，也都认为接受者的精神能力与所接受的文本密切相关。其后，中国的文学接受理论都是在这个基调上展开，只不过因为不同时代的思想方法不同而有不同的重点。总体来说有两种：一是偏重公共性的理情；二是偏重个体性的兴会。刘勰面对东汉之后儒学礼义衰败、形式之风大盛的时代弊端，力图重塑儒家之文的深刻内涵，在《文心雕龙·知音》中，他提出的阅文先标"六观"，虽然在逻辑上受到汉代象数思维的影响，但也不失为一种系统的总结。从位体、置辞，到通变、奇正、事义、宫商，刘勰试图将对立的形式与道义统和在一起，共同作为文学批评的标准。

偏重个体性的方法是在个体心灵觉醒之后，尤其是受到佛教影响，在唐代以后发展起来的。它强调读者心灵的主动性，但在接受目的上仍然是以共同达到大道或精神的最高境界为最终旨归。

在古希腊时期，读者也是处于被教化的地位的。在亚里士多德的《诗学》中，"卡塔西斯"作为悲剧在观众中产生的效果，具有净化和澄清的含义，即通过观众的思考，对其心灵产生指引。虽然读者在此参与了阐释的过程，不过，仍然没有其个体的特殊性，卡塔西斯最终是将人的心灵引向一种普遍的道德标准。直到启蒙主义之后，主体的特殊个性才得到重视，如英国批评家燕卜逊在他的《朦胧的七种类型》中不仅自己对诗人的意图进行了弗洛伊德式的随意解读，还认为诗歌意义的含混性就在于文本本身的多样性，以及读者对这些多样性的不同把握。

但正面强调读者的作用，并且形成系统理论的是20世纪60年代兴起于德国的接受美学。作为创始人之一的尧斯，最初试图解决的是文学史的问题，在流行的形式主义文学理论下，文学史是文学形式自身发展的历史，相对封闭；而马克思主义的文学理论则由于过多强调文学的外部因素而忽略了审美的特殊规律。尧斯认为，通过引入读者的视角，可以将审美和历史贯通起来，让"文学史按此方法从形成一种连续性的作品与读者间对话的视野去观察，那么，文学史研究的美学方面与历史方面的对立便可不断地得以调节"。

另一位接受美学的代表人物是沃尔夫冈·伊瑟尔，在他看来，尧斯的接受美学希望重建读者的期待视野，以确定特定历史时期的读者品位，而他自己的接受理论是一种审美反应理论，"集中探讨文学作品如何对隐含的读者产生影响，并引发他们的反应。审美反应理论根植于文本之中，而接受美学则产生于读者对作品的判断史。因而，前者本质上是系统化的，而后者从根本上说是历史性的，这两个相互关联的部分构成了接受理论"。

虽然接受美学在一定程度上与产生于德国的诠释学无法分开，但按照伊瑟尔的说法，接受美学并非一种依赖于某种哲学的理论，而更多的是针对时代的矛盾冲突产生的。不过应该看到，20世纪后半期出现的所谓"解释的冲突并非偶然，这些根植于不同哲学、宗教观念等基础上的解释，正是读者自我个体意识觉醒并诉诸普遍性的社会表征"。如果说，接受美学仍然是一种以审美为目的的批评活动，那么，马克思对文学的看法则完全超越了文学和审美，他放弃了文学写作和阅读的个人视角，将它们放置在作为整体的社会活动中来看，即生产和消费的视角。

应该说，社会作为一个整体是发展个人个体性的前提，马克思所敏锐把握的正是这样的时代倾向。社会中的任何一个主体都不是孤立和封闭的，他们应该是开放和交流的，而遵循何种法则进行精神、艺术交流则是马克思主义的艺术生产理论所关心的核心。实际上，马克思已经看到，文学接受不应该是孤独地阐释自己（不论是作者还是读者）的立场，而是社会性的交流实践最终达到人的全面解放。生产和消费是组成社会经济关系的两极，马克思关于生产和消费辩证关系的论述，为我们从社会作为一个整体来看待文学的写作与接受活动提供了基本指导，不仅让文学更多地以一种实践的形态存在着，也为解决"解释的冲突"提供了思路。

20世纪以来，随着生产力的提高，西方资本主义社会不论在思想上还是社会构成方面，都发生了翻天覆地的变化，文学活动沿着生产和消费的社会化两极展开，不仅如此，处于生产和消费中间环节的传播，其重要地位和作用也逐步突显，这些对于传统的以审美为主要目的的文学理论来说，是一个全新的挑战：在面临文学生产、文学传播、文学消费、文学市场等一系列文学现象冲击下，如何描述新的文学观念、文学内部构成机制、作家的地位、文学的社会功能等，都应该带有新的社会学和哲学的视角。现代图书出版业的快速崛起为文学市场提供了物质基础，同时也改变了传统的写作与阅读方式，将作家与读者用一种更短期、更紧密的方式结合在一起。在题材和体裁上不断推陈出新，文学不仅在内容上与写实的新闻、历史、神话、宗教、科学等交融在一起，还创造了诸如非虚构小说、架空小说等新的文学形式，读者的接受目的也从单一的审美演变为多元性、多层次的阅读诉求，在其中，休闲娱乐、社交、猎奇、科学或历史知识、神话幻想等和审美交织混杂在一起，成为现代读者的主要追求。

文学市场的诞生意味着文学在现实形态上成为一种商品，文学接受因而变成文学消费，其社会属性日益突出：文学消费、文化消费不仅逐渐成为人们日常生活不可或缺的组成部分，也成为国家经济的重要产业支柱。文学也不再是一种纯净的、与世无染的精神活动，它所体现的是各种群体、利益集团，以及不同个体之间的社会性的矛盾与冲突。对文学消费现象的深入研究与辨识，不仅有助于我们了解文学在新时代下的社会功能，也为我们以什么样的方式、接受什么样的文学提供了参考。

二、文学的审美接受

文学的审美接受又称文学欣赏，是以审美为目的的文学阅读。"审美"这个词本身即含有运用观赏者本身主体能动性的意味，不过如前所述，对这一欣赏过程的系统研究是以接受美学展开的。汉斯·罗伯特·尧斯认为，决定文学历史性的不是一堆被认定为神圣的文学材料，而是读者对于作品接受的动态过程与结果。他几经反复，最终选择了一个已被使用的观念——期待视野或期待地平线——用来表达读者在阅读与接受过程中的开始状态。

在尧斯看来，期待视野是一定历史时期下，读者自身审美理想、审美趣味等在阅读接受过程中的能动体现，每一个读者都带着自己的期待视野来参与阅读，而这个视野又带有时代与社会环境的烙印。期待视野与作品中所体现的审美倾向的差异，决定了作品被接受的程度与方式，那些与社会中绝大多数人审美期待视野差异小，甚至无差异的，属于通俗作品。而一些带来新的审美感知与审美观念的作品，即作家与读者间审美距离大的作品，则挑战甚至颠覆了许多读者的期待视野。不过，由于期待视野不是一成不变的，随着读者被作品的审美观念所改变，他们的期待视野得到了提升。文学也因此完成了其社会功能。

另外，作家在创作时，也会不自觉地受到读者期待视野的影响甚至引导，这意味着作家从来都不是在社会和历史之外写作，尧斯进一步说，作家在文学接受所形成的文学史潮流中甚至是被动的，"易言之，后继作品能够解决前一作品遗留下来的形式的和道德的问题，并且再提出新问题"。

这样，通过期待视野的动态历史演进，尧斯将形式化的审美规律发展与社会历史结合在一起，从施莱尔马赫承认误读的合理性之后，德国的诠释学一直致力于研究读者对于文本的诠释方式以及所带来的后果，并且越来越突出读者自身的精神特性在理解与解释中的特殊作用。而后的接受美学与这一传统显然关系密切，如尧斯所使用的"前理解"一词，就来自海德格尔的《存在与时间》。

虽然如此，尧斯认为他与生存论诠释学，尤其是伽达默尔的诠释学有着明显的不同，后者是在所谓人文精神领域中运行其诠释学方法的，在伽达默尔那里，理解与解释的最终目的都在于读者自身的存在意义的展开，而这样的逻辑与目的仅仅是尧斯认定的诸多期待视野或思想范式中的一种，他说："伽达默尔所死守的古典主义艺术的概念，这种艺术在超出其根源——即人文主义之后，已无法成为接受美学的普遍基础。这是一种理解为'认识'的"模仿概念。"这种源于古希腊的模仿自然的观念，仅对于人文主义时期的艺术有效，但无论与中世纪，还是现代的形式艺术都没有关联。可以看到，尧斯所设想的接受美学，是一种建立在经验基础上的、试图涵盖一切文学的审美接受史演变的学说。

如果说尧斯关注的是读者对文本做出的审美反应的话，那么另一位接受美学的重要人物沃尔夫冈·伊瑟尔则关注的是文本：一个文本能使读者做出什么样的反应。伊瑟尔将现象学的方法引入文学阅读过程中，他把文学阅读分为作品结构与接受者两极，认为文学文本的具体化过程便是二者的相互作用，在这个过程中，作者本义的一极是艺术，读者的一极是审美，最终生成的文学文本并不存在于两个极的任何一个，而是二者之间的相互作用。

伊瑟尔认为，文学文本中总是结构性地存在着大量没有实际写出来或明确写出来的东西，他称之"未定性"。未定性来自文学的"交流功能"，包括两个基本结构空白和否定。空白是文本中不同结构段落间的连接断裂，最常见的是情节转移，它是指文本整体系统中存在的空缺，是在文本中各图式间已经连接起来或想象客体已经形成之后产生的新的连接需求。空白会触发读者的想象活动，去补充空白带来的含混性，"当图式和视点被联为一体时，空白就'消失'了"。

因而，空白的存在及其与读者的相互作用，决定着文本模式的生成。不仅如此，对于那些意识清醒的读者来说，填补文本的空白可能带来的是一场自我批判否定，是一种更加难以填补的空白，它产生于读者意识到自己已有的、可供选择的阅读范式的无效，并且无法提供有效的新范式，如我们对文本所涉及的历史或社会问题毫无经验，发现自己用于理解文本的那些熟悉的标准并不起作用，于是开始否定这些曾经的标准。"这种否定在阅读过程的范式之轴上产生了一个动态的空白，因为，这种无效状态意味着缺乏可供选择的标准。"否定迫使那些对此有清醒意识的读者去发现否定所暗含的特殊倾向或文本态度。它类似于尧斯所说的作品对读者期待视野的改变，只不过是确定在阅读范式层面而已。

可以看出，尽管尧斯试图走出诠释学的人文主义立场，但接受美学对读者的设定仍然是启蒙式的，他们都认为读者作为一个孤独个体，可以凭借其自身的理性能力与审美能力，单纯地在阅读过程中不断发现客观世界、反省自我，甚至提升自我。实际上，读者通过阅读能够获得的只有知识、观念和世界图式之类的想象，而无法改变其自身的主体局限性。在缺乏真实社会实践与社会交往的环境中，读者只能强化其审美立场，并将他人的审美经验转化，甚至扭曲成自己的审美反应。

欧洲接受美学的风潮影响了美国的文学批评界，出现了"读者反应运动"。在此之前，美国的文学批评是以新批评为主的形式批评，随着欧洲学者与美国学者的对话与交流，他们以读者为中心的思想逐渐占据了美国文学批评的主流。1980年，简·汤普金斯编辑了《读者反应批评》一书，收集了有关的具有代表性的论文。此后，人们便将这一批评思潮称为"读者反应批评"。

实际上，读者反应批评是一场松散的思潮，内部并没有统一的理论和主张，其中可以大致分为三个主要方向：以伊瑟尔与斯坦利·费什为代表的"读者反应批评"，强调现象学的理论基础；以乔治·普莱为代表的"意识批评"，偏重读者对作者意识的重塑及对自我意识方式的反思；以N.霍兰德为代表的"布法罗批评学派"，是以精神分析、主体投射等为其理论方法的强调读者立场的文学审美接受理论，在其后产生了深远的影响，我国当代的文学理论也认为文学不仅是作者创造出来的文本，也是一个融创作活动、文本以及读者接受为一体的综合体，只有被读者接受了的文学才是完整意义上的文学。

第二节　文学的生产与消费

文学生产的观念是伴随社会化大生产的日益扩大化而出现的，马克思论述生产与消费辩证关系的理论在很长的时期内，为我们理解19世纪末、20世纪以来的文学变化提供了新的视野和思路。马克思认为，在理想的社会生产活动中，生产与消费是一对直接互相作用的因素，它们不仅直接就是对方，还经由各种中间环节互相决定、互相生产着。然而，当商品社会出现后，生产与消费之间增加了流通环节，生产和消费的物品因此也不能再作为特殊的、具有使用价值的物品而存在了，相应地，它们以一种抽象物的状态存在，即商品。

随着资本主义社会化大生产的扩张，流通和分配环节变成一个起决定作用的环节，成为生产和消费的主导者。正如马克思所觉察到的，作家不再为自己和读者写作，他们更多地为书商写作；他们不再关注自己作品的特殊含义，取而代之的是对其金钱价值，即抽象的普遍价值的追求文学成为一种艺术生产的形式，是文学在自己漫长的发展过程中所发生的一次意义最为深刻的变化，是文学的现代性转型。

文学成为一种艺术生产形式的确切内涵是指，以现代图书出版业的出现为标志，文学的创作者——作家由原来的纯粹意义上的精神成果的创造者演变为现代意义上的作家，即从事直接同资本交换的劳动的生产劳动者；而文学的成果——作品则成为一种满足广大读者多元的精神需求的、在图书市场上待价而沽的商品。这样，文学便兼具了上层建筑和经济基础的双重性质，成为融文化科学技术、工业、商业等为一体的文化产业的一个重要组成部分。

文学成为一种艺术生产形式是以现代图书出版业的出现为标志和前提的，而严格意义上的现代图书出版业，即以活字印刷为基本手段，在短时间内大量复制和迅速发行传递书籍，产生广泛而巨大的社会影响，这样一种性质的社会生产部类或行当的产生却为时甚晚。据美国出版史研究的权威德索尔的考证，在西欧，它的正式创始应当是在18世纪，而成熟则是在19世纪以后。

在中国，现代图书出版业的出现和趋于繁荣更晚一些，是19世纪末20世纪初的事情。文学成为一种艺术生产形式，即文学生产，给文学的接受带来巨大而深刻的影响。

首先，文学的空前大普及，使文学成为人们的闲暇生活方式的重要组成部分，精神生活的重要内容。文学的社会功能从来没有像今天这样得到广泛、深入的发挥。

其次，文学接受由传统的审美中心、审美至上向精神需求的多元化、多层次的转变，文学越来越成为一本大书，每个人都可以从中找到适合自己的那一页。

最后，文学接受的需求的变化，使得文学的观念泛化，出现了文学与历史、文献、科学、新闻、教育等相融合的现象，通俗文学、文献小说、新闻小说、全景文学等新的文学样式、品种如雨后春笋，层出不穷。而文学观念的这些变化和实践，反过来又强化和深化了文学接受的需求的变化，形成一种良性循环、提升的机制，成为推动文学发展变化的深刻而强大的内部动力，这已成为我们观察文学的重要的、不可或缺的视角。

但是，文学成为艺术生产的同时也受控于资本的操作，造成人的深度异化。西方马克思主义的法兰克福学派就对此进行了大量的研究和批判，代表人物是霍克海默、阿多诺、马尔库塞等。其中，阿多诺以对文化工业的批判揭示了资本对传统文学的危害，他认为，当代的文学生产已经转变为社会化大生产式的，私人企业与国家行政结合起来，给人们营造了文化繁荣、社会化生产与个体微观需求之间和谐发展的假象，将他们本不需要的文化产品经过产业的包装贩卖给他们，同时也削弱了人们的反思能力和意识。

马尔库塞和弗洛姆都从现代精神分析中获得了批判资本主义文化生产的灵感，不同的是，马尔库塞是从社会学视角出发，指出大众文化和商业文化的同质化是资本主义压抑人的新方式，它带来的是社会与人的单向度。马尔库塞倡导通过诗歌激发人内心深处的、保持生命更大统一的爱欲冲动，来抵抗死亡与攻击性的死欲冲动，前者通过经典的文学作品表达出来，而后者则表现为社会的生产性原则。弗洛姆则更多地从个体与心理学层面出发，强调资本主义社会对人的异化。

随着资本主义社会的深入发展，生产过剩的矛盾日益加剧，到了20世纪中期，一些主要的发达资本主义国家纷纷采纳"福特主义"，通过支付工人更多的工资，以及给予他们更多的闲暇时间来改善劳资矛盾，但其最终结果导致了大规模的消费活动。消费社会出现的原因是多方面的，除了将工人从劳动力转化为消费力，也导致了生产、流通、消费及再分配等领域的同质化、有序化的结果，避免了经济活动中各领域无序状态带来的冲突恶果。与此同时，为了完成这一同质化的序列，物品必须被进行社会性的"编码"，因此，在消费社会中，物或商品不再仅仅具有使用价值与价值的双重性，还被附加上了符号价值。通过将传统的、当下的文化符号化，符号价值连通了现实的社会等级结构与大规模的商品生产活动。

消费社会的这种符号价值特征深刻影响了文学的接受，人们购买文学作品的目的不再单纯是为了阅读，也可能是通过购买而炫耀自己的社会地位，而无须阅读。阅读的目的也不再单一地限制在审美上，社交、娱乐、时尚、猎奇，甚至打发时间，都可以为阅读的理由。另外，文学也以一种从未有过的广度在大众中普及，阅读成了人们生活中一个重要的组成部分。文学也从以前那种消极的生产产品，变成生产甚至社会的引导者，作品中虚构出的，甚至是设计出来的场景、观念、人际关系、风尚等，成为人们竞相模仿的对象，虚构与现实通过符号价值系统融合在一起。

法国学者鲍德里亚对消费社会的批判是深刻而悲观的，他运用符号学理论改造了马克思政治经济学，指出消费社会对文化的根本来源，即人的感性生活的架空的危险。在《消费社会》一书的结尾他谈到，当国家权力、生产、市场与社会文化彻底同质化之后，人们其实只能诉诸一种无缘由的暴力。在他看来，这种同质化是通过取消商品的使用价值，将商品价值符号化，以及符号化之后的价值社会等级化一系列过程来完成的。按照这一逻辑，符号系统生产或指派出来的需求，取代了人们真正的自然需求，国家化甚至全球化的资本绑架了个体的自由意志。可以说，鲍德里亚的这种观点与法兰克福学派的批判都是站在启蒙立场上对文化消费现象的审视。

　　我们看到，诚如启蒙批判者们所言，文化消费产生于资本的同质化运程，但另一方面，通过消费，文化也给人们带来了新的生活体验。随着互联网的发展，这种体验越来越多地呈现交往性、非封闭性、主动性的特点，文学的形式也越来越多样化，每个人都可以参与到写作中，写作的篇幅越来越短小、越来越需要他人的关注，等等。这意味着我们开始从启蒙主体那种封闭、偏执、忧郁的自我中走出来，抛弃了一部小说，即一个世界的自闭带来的深度；同时，每个人既有坚持自我的自由，也并非仅仅从自我出发、以自我标准来衡量周围乃至世界，文学更多地成了交往的媒介，潜移默化地改变着启蒙主体。

第三节　文学传播

　　和读者接受活动一样，传播在文学中的独立作用也是到了20世纪才显现出来的。在文字发明以前，很多民族的文学都是以口头形式传承的，为此，人们发明了音韵来方便记忆。即使是在文字发明之后，由于书写器具的稀少和不便，书写出来的文章也相对简练、抽象。

　　实际上，直到印刷术，尤其是活字印刷术发明的前后，文学都主要是以口头传播和手抄书写为主。在口头传播的过程中，每一个接受者都可能成为下一个文学作品的讲述者，也不可避免地在讲述的时候带上自己的主观色彩甚至发挥创造。他们所注重的传播效果是听众的兴趣，而非对最初作者原意的还原。在柏拉图的《伊安篇》中，伊安作为讲述《荷马史诗》最出色的年轻人，能够比其他人讲得好，也说明了在口头传播过程中，讲述者有着自己的发挥空间。即使是有了文字之后的手抄文学，也会在传抄过程中出现抄写者对原文字句的改动，这些改动往往是由于字迹不清，传抄者加上自己理解之后的产物。

　　自西方现代印刷术发明以来，在19世纪与机器工业结合，大大提升了印刷的质量和数量，使文学传播向大众传播转变，将作者、传播者与读者分别置于社会化大分工的不同环节，各自独立，同时又密切关联。印刷媒介的出现，杜绝了文字的变动，使得作者的权威力度加大。同时，读者也不再是少数能够接触到作品和作者的人，他们数量众多，互相不认识，却能通过印刷的作品及时接触到作者的文学思想，这使得一位作家、一部作品能够在短时期内影响社会上大多数受众得以成为可能。

也正因为如此，文学才发挥了前所未有的集体性的社会功能。在这样的印刷媒介的影响下，作者的思想向着社会和人生的两个维度深入展开，文学的审美性达到了一个新的人类全体的高度，作者也变身为最高的权威者与审判者。这种倾向在法国浪漫主义、现实主义小说那里尤其明显。

然而，随着社会经济一体化的要求，文学生产已经不再具有权威性，相应地，文学传播在协调文学生产与文学消费中扮演着重要的角色：一方面，不断加速为读者提供他们所无法想象到的新需求，另一方面也将读者的需求和时尚的要求反馈到作者那里，形成新型的文学市场。此时，作者的权威性不仅受到来自文学市场的挑战，也受到作者自身的质疑，即作为主体的作者的有限性。

本雅明是一位试图描绘时代转变的思想家，在他的思考和观察中，口头传播的故事、印刷媒介时代的小说，以及当代的新闻，有着不同的表达形式，也因此有着完全不同的接受内容和接受效果。在他看来，讲故事传播的是个人经验，对接受者来说，需要的不是思考和结论，而是对故事内容的感受，这是一种代代传承的、对世界和生活的经验。小说作为个体对世界整体深入体察和思考的结果，它本身就是深广的，它并不需要读者接受它的结论，而是启发读者自身对世界的思考。新闻作为一种现代信息交流的产物，已经远远超出其具体的行业模式，体现出现代交流形式的基本特征，即关注周围的生活，并对一切所发生的现象提供解释。新闻所呈现出的碎片化陈述与体系化解释的矛盾性，与观念化文学、体验文学、类型化文学等，存在着深层的一致性。它们都假定读者具有独立的人格和思想能力，并为读者提供相应的生活片段与现象，虽然这些现象已经被作者以自己的方式解读过了。

因此，通过信息的方式，文学呈现出的是一种复杂的、以个体为单位的社会化交流。近年来，随着新型媒介——互联网的普及，文学的传播模式继续向社会交往方式转变，一些新的创作形式也应运而生，如超文本小说、博客文学等，模糊了作者与读者的界限。互联网作为传播媒介，其链接、搜索等功能，为文学阅读提供了极大的便捷。同时，其高速更新的速度也给作者的写作造成了巨大的压力，单独的作者往往很难在短时期内完成大量的文字写作，即使能够完成也难以长期维持下去。由此造成作品质量低下、文字粗糙的现象。

面对这种市场的需求，文学创作出现了团队写作、作者微博化的趋势，甚至为了保持与受众读者的频繁联系，作者走出文学，参与了社会文化生产的其他门类。在新的文学传播方式下，文学所扮演的社会角色不再是宣传而是交流，无论是作者还是读者，都不再只关注自身，他们在写作和阅读之前就关注着对方，并通过对方关注着整个社会。可以说，读者通过互联网，能够随时关注世界范围内文学的变动，跟踪一个甚至一类作家的思想变化，让读者从原来对单一作者的审美迷恋中解放出来，真正感知世界的文学。

第四章　文学价值

人类为什么钟情于文学艺术，把它看成自己的精神乐园？这是由于文学艺术能够满足人们的审美需要，给人们带来精神愉悦和美的享受。这就是文学的价值所在。要了解文学的价值，就必须了解什么是审美需要。本章论述了审美需要的性质和特征，审美价值的含义、特征、结构方式，以及文学审美价值系统的具体内涵和特点。文学的价值取向是一个恒变恒新的问题，不同时代，不同的审美需求，文学主体就会有不同的价值取向。不同时代对文学雅与俗的审美追求，就是文学价值的不同取向的鲜明体现。

第一节　审美需要与审美价值

一、审美需要的含义

"需要"是人们在日常生活中使用频率极高的一个词，但关于"需要"的概念，阐释者歧义颇多。《辞海》把"需要"界定为"人对一定客观事物需求的表现"。在这里，仅把客观事物作为需要的对象，外延似乎太小，而且，"需要"与"需求"是同义反复。黄枬森等主编的《人学词典》认为，"作为一般范畴，'需要'是有机体、人和整个社会的一种特殊状态，即摄取状态"。

该书把有机体、人和社会混为一谈，显然不妥，同时把"需要"理解为"摄取状态"的观点也存在某种不足。因为"摄取状态"仅仅是一种行为方式，人们为什么采取这种方式？通过这种方式解决什么问题？这种观点不能回答这些问题。因此，这一观点并没有真正揭示出"需要"概念的本质。

马斯洛的"需要与动机理论"为我们研究"需要"概念提供了借鉴。他认为，"通常，被看作动机理论的出发点的需要就是所谓生理的驱动力。有两项新的研究成果使得我们有必要修正惯用的需要概念。首先是关于体内平衡概念的发展，其次是食欲（人们对食物的优先选择）是体内实践需要或缺失的一种表现"。

正因为需要是一种缺失，人们为了弥补这种缺失而产生的追求冲动，便成为人们行动的内在驱动力。马斯洛关于"需要"是一种"缺失"的观点，无疑为我们研究"需要"概念提供了新的思路。马斯洛注意到这几种需要，并从低到高排列为：生理需要、安全需要、爱的需要、尊重需要、自我实现的需要。他还注意到这几种需要之间的不平衡性，并认为其中一部分原因在于：当一个需要长期得到满足时会对这一需要的价值估计不足。

马斯洛另一个重要的贡献在于，他对高层次需要的充分肯定与分析。他认为，越是高级的需要，对于维持纯粹的生存就越不迫切，其满足也就越能长久地推迟。越是高级的需要，其满足越能激起合意的主观效果，使主体感受到更深刻的幸福感、宁静感。通常人们认为，高级需要比低级需要更有价值。在马斯洛看来，自我实现是人最终所爱恋的价值，超越性需要的满足是最高的愉悦，马斯洛并没有明确说明超越性需要的具体内容，但联系上下文我们可以知道，所谓超越性动机主要是指，对超越现实生活的美好境界的追求，对人生终极目标的追求。

马克思主义把人的需要分成三个基本层次：生存需要、享受需要、发展需要。生存需要是一切需要中最基础的需要，是人的第一需要。马克思指出："人们为了能够'创造历史'，必须能够生活。但是为了生活，首先就需要吃喝住穿及其他一切东西。因此，第一个历史活动就是生产满足这些需要的资料，即生产物质生活本身。"

人为满足生存需要从事生产劳动，一旦劳动起来，除生存需要外，必然会产生狭义动物界根本不存在的，完全属于人的享受需要和发展需要。马克思主义的需要理论强调人的需要，即人的本性，因此，人的需要与动物需要有根本区别。

首先，动物的需要是本能的，是生命对环境消极被动的适应。人的需要是自觉的，是人的自我意识对自身缺失或期待状态的感悟和反映，并能转化成目的、动机和欲望，形成相应的追求，并为实现自己的追求而进行各种各样的社会实践活动，改造环境，创造价值以满足自己多方面的需要。

其次，动物的需要是由其物种所决定的，具有贫乏性和单一性。人的需要不仅是人的生命的自然要求，更是其文化、社会等多种因素决定的。人的本质是自然性和社会历史性的统一，因而，他的需要是十分丰富的。人不仅有生理需要，还有心理、社会需要；人不仅有物质需要，还有精神文化需要；人不仅有现实性需要，还有超越现实的理想性或虚妄性需要。但是，人的需要即使是最原始的生理需要也带上了社会性的特点，例如，男女婚姻，不仅包含性，更包含情，还需强调志同道合，才能永结同心，其中包含着非常丰富的社会文化内容。

再次，动物的需要具有种族恒定性，其需要的内容和满足需要的方式千古不变；而人的需要的产生、内容和满足的方式由社会生产发展的水平、文化发展的程度所决定。人的需要的内容和存在方式，是由社会存在决定的，它始终体现着社会关系的性质及其发展变化的状况，具有客观性。一方面，人们通过各种生产不断开发出新产品以满足人们的需要；同时，又不断刺激人们产生出新的需要，确立新的价值追求。正是生产的不断发展推动了人们需要的不断丰富。另一方面，人的需要的不断丰富又推动了生产的发展。需要决定生产，需要构成生产的内在动因。新的需要、新的要求的不断产生是推动生产发展的不竭动力。

最后，动物只有生理需要没有精神需要，因为动物只有本能活动而无意识活动；人则因为有意识自主性，因此，人类特别注重精神需要。人类在生命需要基本获得满足的情况下，通常认为高级需要比低级需要更有价值，甚至愿意为高级需要的满足牺牲更多的基本的需要。例如，有的志士仁人为实现自己的理想而牺牲生命；为保持自己的人格尊严而不吃嗟来之食；为欣赏某一艺术而废寝忘食。这不正是充分肯定了精神需要在人的需要体系中具有多么重要的地位吗？

　　审美需要是人类追求精神愉悦和享受的需要，是人的一种乐生的需要。生命有机体的生命力盈余得到发泄或表现时，就会产生心理的快感。人的生命力得到自由表现时也会产生生理和心理的快感。人在各种社会实践中，如男女的交往、工具的改造和使用、阶级斗争、生产斗争、科学实验等，当其功利目的得到实现时，都会产生精神愉悦的情感体验。但这种精神愉悦不是审美愉悦，不是审美需要的心理表现。因为这些精神愉悦是伴随人类的功利活动而产生的，是不自由的、短暂的，其功利活动一旦结束，精神愉悦随之消失。

　　只有当主体自觉到这种精神愉悦，并想创造一种自由的形式来再度体验这种精神愉悦，这时的这种需求就是审美需要，在这种需求欲望驱使下的创造活动就是审美活动。列夫·托尔斯泰在谈到什么是艺术时说："在自己心里唤起曾经一度体验过的感情，在唤起这种感情之后，用动作、线条、色彩、声音，以及言辞所表达的形象来传达出这种感情，使别人也能体验到这同样的感情——这就是艺术活动。"

　　心里的情感体验通过文化创造创造一种形象性的符号使之得到表现，这种情感体验得到升华，主体得到精神愉悦，同时也感染别人，使之得到同样的心理体验。这当然就是审美愉悦了。这种创造的心理需求当然就是审美需要。审美需要是人类意识觉醒后追求精神愉悦的一种特殊需要，是在创造曾经获得精神愉悦的具体情境中进行再度体验的一种心理需求。这种心理需求的实质就是人类的乐生需要，是心理功能的一种表现欲、创造欲，是追求完美的自我实现的最理想的方式。

二、审美需要的特征

审美需要是人类的一种特殊的精神需要，它具有以下主要特征。

1. 精神愉悦性

审美需要对精神愉悦性的追求是一种情感性的意识活动。情感是对能满足主体需要的客体事物的态度的体验。原始初民在为了生存和发展而展开的各种文化创造活动中体验到精神愉悦，如狩猎成功后，解除饥饿身体舒适之时，放松活动过程中的兴奋心理，以及通过巫术体察等方式对自然宇宙的认识与体悟，工具的改造与创造，生命力的表现等，都可以获得某种精神愉悦。但其方式是不自由的，在时间上是短暂的。因为它总附于某种具体的功利活动之中或之后，一旦这一活动结束，精神愉悦便随之消失。只有通过想象或回忆，随心所欲地再现当时获得精神愉悦的活动情景，通过人类意识的作用和创造能力的施展，这种专为人们提供精神愉悦的活动方式得以诞生。这就是文学艺术的最初形式。文学艺术是专为满足人们的审美需要而发生的。它诞生之后，也就刺激了人类审美需要和审美创造能力的发展。

2. 具体功利的超越性

马克思和恩格斯在《德意志意识形态》中指出："任何人类历史的第一个前提无疑是有生命的个人的存在。""为了生活，首先就需要衣、食、住，以及其他东西"，就得进行物质生产活动。而且，"每日都在重新生产自己生命的人们开始生产另外一些人，即生殖。这就是夫妻之间的关系，父母和子女之间的关系，也就是家庭"。人类开展这些基本的社会活动，都具有一定的功利目的。原始人最初的服饰或装饰都有着鲜明的功利目的，他们的行为，不是出于审美需要，而是出于某种具体的功利考虑。他们的行为给他们带来了某种益处——某种功利目的实现时，他们的精神是愉悦的。当他们为了获得精神愉悦而再现这些行为的时候，这就是出于审美需要，他们的这种再现或创造行为就具有了艺术的性质。

只有超越某种具体的功利目的，专为获得精神愉悦的这种需要才是审美需要。为了愉悦精神，人类创造了文学艺术。文学艺术之所以能够给人以精神愉悦，其原因就在于能激起读者的情感体验。作家、艺术家为什么进行创作？是因为某种刺激激起了他经历的情感体验。

所谓情感体验，实质上就是主体通过想象、回味等心理活动，使主体沉浸到曾激起他强烈情感活动的生活情境中去。作家艺术家创作的实质就是通过他所熟悉的媒体——语言、线条、色彩等，形象地将其体验过的生活情景再现，使读者也能得到类似的情感体验。所以，审美的目的就是寻求精神愉悦。主体越是能超脱生活中种种功利目的的束缚而沉浸到艺术的情景中去，就越能获得精神愉悦。因此，审美需要具有具体功利的、超越性的特点。

3. 心灵的自由性

审美需要的实现，就是生命的自由境界。在这种精神活动的过程中，主体全身心地沉浸到他所回味、体验的生活情景之中，忘记了周围的一切，撇开了生活中的酸甜苦辣等种种烦恼，摆脱了世俗的功名利禄的羁绊，也暂时中止了主体对客观世界的探求——他在经历着一种心灵的洗礼。

所以，审美有净化心灵、培养高尚情操的作用。例如歌德，失恋的苦痛曾经深深地折磨着他，以至于想自杀，后因创作《少年维特之烦恼》，倾泻了心中的苦闷而获救。这是为什么呢？这是因为他借创作而把郁积的这种苦闷倾泻出来，心理实现了平衡，而在这一倾泻的过程中精神上感到一种从未有的舒畅。审美需要得到满足时就是这样一种心理状态。在西方体验美学中，有所谓"深渊体验"和"高峰体验"。例如，当我们沉入《离骚》《红楼梦》《城堡》《罪与罚》《等待戈多》等作品的艺术世界之时，我们仿佛坠入生命的无底深渊；当我们欣赏《第九交响曲》《浮士德》等作品的时候，我们会为欢乐、狂喜、陶醉、幸福等情感所包围，似乎跃上自我的最高绝顶。前者为"深渊体验"，后者为"高峰体验"。

审美需要的满足实质上就是对曾经引起他痛苦或欢乐的某种生活情境的再度体验。而审美需要是主体进行审美活动的一种心理驱动力，表现为对精神享受的追求，作家、艺术家因此引起创作冲动，从而进行艺术创作，一般人则表现为对美的事物和艺术的观赏，从而获得精神愉悦。审美需要驱动主体进入艺术创作或艺术欣赏过程，从而使主体完成自我实现和郁积的感情宣泄，达到一种精神上的满足和愉悦。审美需要是人的本质的表征。各个不同时代的社会、不同阶层的人的本质是各不相同的，因此，他们就有不同的审美需求。

三、审美价值的含义与特征

1. 审美价值的含义

马克思说："'价值'这个普遍的概念是从人们对待满足他们的需要的外界物的关系中产生的。"价值不是一个实体范畴，而是一个生成性关系范畴，价值存在于主客体之间的相互关系中。人类为了满足自身生存和发展的需要，必须通过社会实践去改造自然，创造价值。没有主体的需要，价值也就无从产生。主体有需要而不通过社会实践，也就不可能发现或创造客体事物的价值。价值不是任何存在物生而有之的固有属性，价值生成于客体属性满足主体需要的过程中，是客体事物满足主体需要的一种效用和意义。

由于主体的需要处在不断得到满足，并不断产生新的需要的发展变化之中，所以，价值也处在不断生成、不断消解、不断丰富发展的过程之中。人的需要是多方面的，客体事物也多种多样，在主体与客体事物的联系中，可以从物的各种要素、各个方面、各种性能中发现满足肢体需要的多种多样的价值。如果从主体的需要出发对价值类型进行分析，可以将价值划分为物质价值、精神价值和物质-精神综合价值。物质价值是指，能满足主体的物质需要的价值，食品就是维持人的生命需要的一种物质价值。精神价值是指，能满足主体精神需要的价值。科学知识就是满足人们求知需要的一种精神价值。物质-精神价值是指，同时能满足主体的物质需要和精神需要的一种价值，精美的茶杯既具有用来喝茶的实用价值，又具有愉悦精神的观赏价值，因而，它具有物质-精神价值。审美价值是价值的一种表现形式，是一种特殊的精神价值，是客体事物的属性、功能、状态能满足主体的审美需要，使主体获得精神愉悦的意义和效用。

2. 审美价值的特征

（1）审美价值具有客观性。这种客观性不仅表现在审美价值的生成与客体的形状属性上，更重要的是因为，作为审美主体的人的审美需要具有客观规定性，并非人的主观随意性所能决定。而审美需要是审美价值形成的前提。主体需要的客观性，本质上是人的存在、生存、发展及其条件的客观性的反映，是人的本质和本性的客观性的表现。人的需要，无论是生理还是心理的，自然的还是社会的，物质的、精神的，还是物质–精神综合的，在根本上都同人的社会存在相联系，因此，它有不以人的主观意志为转移的客观性和必然性。

价值的客观性，正是以揭示人–主体的具体历史客观性为依据的。人的需要就是人的本性的表现。马克思说："假如我们想知道什么东西对狗有用，我们就必须探究狗的本性。……如果我们想把这一原则运用到人的身上来，根据效用原则来评价人的一切行为、运动和关系等，就首先要研究人的一般本性，然后，要研究在每个时代历史地发生了变化的人性。"人的需要（包括审美需要）的客观性根源于人的本性的客观性，人的本性是社会的、变化着的，所以，人的需要也是社会的、变化着的。

（2）审美价值具有主体性。审美价值的生成，如果以个人为主体，则个体的审美需要是丰富多样的。同时，审美价值必须通过个体的感觉体验评价才能被掌握，在这一过程中，个体的感知、情感、想象、理性等心理活动极为活跃，具有个体独特性，并且评价审美价值的标准也会因人而异，一些人认为美的东西，另一些人可能认为不美。这不仅与人的民族性、阶级性有关，即使同一民族、同一阶级的不同个人，其个人的情趣、爱好也会有所不同，并且，同一个人在不同的环境、遭遇中，因心境不同，情趣和爱好也会发生变化。所以，审美价值的个体性、多维性、时效性等形态鲜明地表现出审美的主体性特征。

（3）审美价值具有精神愉悦性。功利价值是客体事物具有满足人的某种物质需要的作用和意义，它产生于人的生理的或经济和政治等方面的追求和愿望，通过社会实践活动去创造、去获取。道德价值是人的言行符合他人的利益和社会发展的需要所产生的效用意义。很显然，道德价值体现出社会人群的利益需求。审美价值是主体与客体处于审美关系状态下所产生的，使人获得精神愉悦的意义。在这种状态下，主体并不刻意追求某种具体的功利目的，也不首先把人群与社会的功利目的和要求作为社会实践奋斗的目标，而是追求自身本质力量的自由表现，他从他的创造物或自然物的形态和属性中确证了他的本质力量。这时，他的精神是愉悦的，创造物和自然也具有审美价值。所以，审美价值是一种精神价值，具有精神愉悦的鲜明特征。

（4）审美价值具有历史性。首先是审美对象具有历史性特点。在人类历史的早期，人类最初的审美对象，就是功利对象，他们把"有用"的对象，"贵重"的对象，能表示社会地位、身份和一定品质的对象作为审美对象来欣赏。例如，在狩猎时代的原始人，他们把动物的皮、骨骼、牙齿等作为装饰自己的饰物。他们即使居住在鲜花盛开的地方，也从来不用鲜花装饰自己。这是因为，拥有动物也就拥有财富，而这就是勇敢能力和财富的象征。

在这个时代，功利价值同审美价值具有同一性，审美价值依附于功利价值之中。把功利对象作为审美对象、美的对象发展到把非功利对象作为审美对象、美的对象，这是审美主体历史发展的成果，它反映了人对对象世界占有的不同方式。人们的物质需要获得满足后，精神需要便凸显出来。人们为了体验享受精神愉悦，即在审美需要的导引下，人类的审美活动便从人类的社会活动中脱离。审美活动这种人类专门创造的精神享受活动，反映了人类超脱功利，自由地对待对象、对待自身需要的强烈意识。

审美对象的历史变化，并不是指审美对象客体形态的变化，而是指客体对象审美属性和审美价值历史发生变化。例如，十日并出，大地一片枯焦的时代，太阳是人们憎恶的对象；当后羿射九日后，天上只剩下一个太阳，太阳给人们带来光明、带来温暖，使万物生长发育，这时，太阳便变成人们生活中的恩人、朋友，人们对太阳产生了温暖感、亲切感，太阳便成了人们的审美对象。

早在仰韶文化中，尽管当时将植物的叶子图案绘制在彩陶的表面作为装饰，但作为人类生存的大环境，山川河流、天空旷野却仍未被先民们注意。在我国，只有在周秦以后，山川河流、花草树木才开始作为人类的生活背景而获得自身的审美意义。在魏晋时代，画家们才开始创作以自然风光为题材的山水画。把山水作为绘画的题材，也作为文学等其他艺术样式的题材，标志着中国人对自然的审美意识开始觉醒。独立的审美意识觉醒，标志着人类脱离功利价值观念的独立的审美活动开始形成。

人类审美视野的不断拓展是人类主体能力不断发展的结果，也是人类审美意识不断发展变化的结果。随着人们审美意识的嬗变，人们不仅把具有美的、特质的事物作为审美对象，而且把滑稽的事物、具有悲剧性特质的事物，甚至丑陋、怪诞的事物，也作为审美对象来欣赏。审美对象、审美价值的这种历史性特点是由审美主体的社会历史特点决定的，因为，作为审美主体的人总是在一定的社会历史条件下进行活动的。他们的审美理想、审美观念、审美情趣等都会带上一定的社会历史的特点。

（5）审美价值的功利二重性。康德曾经明确指出，审美愉快是唯一无利害关系的和自由的愉快。康德的审美鉴赏无利害的观点对西方美学家有深远的影响。英国美学家爱德华布洛提出的"距离说"，要求审美主体不计较现实的得失，把审美对象放在一定的距离之外，从实际的利害关系中超脱出来，以审美的态度进行欣赏和观照。强调审美的超脱具体功利价值的态度是符合审美实践的情理的。动物总是把感官直接感触到的对象与生命的物质需要联系在一起，根本不存在超脱生命的物质需要的精神需求，所以，动物不可能有审美活动。因为人具有意识活动，具有除满足生命存在的物质需求之外的精神享受的需求，因而才有审美活动的发生。

审美的发生总是在生命存在需求得到满足基础上发生的。马克思说过："囿于粗陋的实际需要的感觉只具有有限的意义。对于一个忍饥挨饿的人来说并不存在人的食物形式，而只有作为食物的抽象存在。""忧心忡忡的穷人甚至对最美的景色都没有什么感觉；贩卖矿物的商人只看到矿物的商业价值，而看不到矿物的美和特性。"

马克思的论述说明：人在最基本的生存需要尚未满足之前，他最关心的自然是对象的实用价值，其心境也会充满忧愁，这些因素都会妨碍审美关系的建构，因而看不到对象的审美价值。商人囿于经济目的，他关注的只是对象的商业价值，当然就看不到对象的审美价值。在现实生活中，我们也能体验到，审美主体人只有超脱实用功利目的，才能欣赏感受到对象的审美价值。例如，在深山中，人面对老虎是无法欣赏它的雄威的，因为人的生命受到威胁；只有在动物园，老虎被关在铁栅栏里，人的生命安全得到保障，这时你才能静静地观赏老虎的雄威。火山爆发时，我们只有处在远距离的位置才能观赏它的壮观景象，否则，只会迫于逃命，哪能有观赏的愿望和要求呢？

首先，美的对象对人最终是有益的。鲁迅在《艺术论（蒲氏）》中说："社会人之看事物和现象，最初是从功利的观点，到后来才移到审美的观点。在一切人类所以为美的东西，就是于他有用——于为了生存而和自然，以及别的社会人生的斗争上有着意义的东西。功用由理性而被认识，但美则凭直感的能力而被认识。享乐着美的时候，虽然几乎并不想到功用，但可由科学的分析而被发现。所以，美的享乐的特殊性，即在那直接性，然而在美的愉悦的根底里，倘不伏着功用，那事物也就不见得美了。"

例如，中国人喜爱欣赏以梅、兰、竹、菊为题材的绘画，似乎并不想到功用，是对自然美的一种直观欣赏。其实，在中国人的审美情趣中，渗透着审美重"品"的传统观念，这就是自阐释《诗经》中诗的意义的"比德说"产生以来的深刻影响——梅、竹、菊暗含着象征意义——象征中华民族的一种坚强的意志、峻洁的人格、高尚的风貌、崇高的精神与气节，等等。

其次，人类美感的最初阶段，是与功利观点不可分离的，甚至是直接从功利观点来考虑的。普列汉诺夫说："那些为原始民族用来作装饰品的东西，最初被认为是有用的，或者是一种表明这些装饰品的所有者拥有一些对于部落有益的品质的标记，只是后来才开始显得美丽的。使用价值是先于审美价值的。但是一定的东西在原始人的眼中，一旦获得了某种审美价值之后，他就力求仅仅为了这一价值去获得这些东西，而忘掉这些东西的来源，甚至连想都不想一下。"

就是说，在人类最初的审美活动中，审美意识和实用观念交织在一起，审美中的社会功利性质表现得十分直接和鲜明。例如，在原始时代，人们喜爱染红工具的穿孔和穿带，在逝者旁边撒抹红粉。为什么这样做呢？也许对红颜色的美感是与对生命的鲜血、阳光的照射和火的燃烧等情景相联系的，这些情景都与原始人的生活中实际功利目的紧密地联系在一起。

最后，客体事物的审美价值能满足人们的审美需要，给人们带来精神愉悦，不仅对人的身体健康有利，也能提高人的生活质量。审美在现实生活中，能提高人的情趣，调节人的情绪，健全人的心理，陶冶人的情操，培养人的良好的人格品行，树立人的积极向上的理想等。这对人和人的生活不是很有功利效用吗？实验证明，音乐能促进奶牛多产牛奶，这说明有节奏的音乐对奶牛的生理有一定的调节作用。现代医学和教育学提倡用音乐对胎儿进行胎教，据说，进行胎教出生的婴儿会更聪明、更健康。当然，这说明音乐的物理性质对动物和人的生理有一定的积极作用，但这些作用仍然是音乐的物理作用，而不是音乐的审美价值使然。审美价值的作用与生理快感不能等同，它可能也影响人的肉体组织，从而促进人的健康，但更重要的在于影响人的精神生活，提高人的精神素质，促进人的全面、完美的发展。

由于审美价值能使人保持快乐的心理和愉快的情绪，所以，这正是人们感到生活幸福的一种重要体现。在现代生产和商务活动中，一些公司和工厂就充分利用审美价值的"功利性原理"，用美化环境的方法来调节工人和职员的精神和心理，使他们的精神达到工作时的最佳状态，从而达到提高劳动生产率的目的，这样就产生了美学的一门边缘学科——生产美学。生产美学就是要研究什么样的美的环境、什么样的美的色彩等能够使工人和职员们在工作劳动时感到赏心悦目，保持轻松、愉快的情绪，使他们在生产劳动时把体力和脑力发挥到最佳水平，使精神力量转化为物质力量，使审美价值转化为商业价值。其实，这是审美价值功利性的最好证明。

综上所述，审美价值一方面要求超越具体功利目的，使之在生理快感的基础上上升到精神愉悦的高度，降低这一要求就会把审美快感与生理快感混为一谈；另一方面，审美价值与真的价值与善的价值一样具有广泛的社会功利作用，对于促进人的全面发展，具有其他任何文化价值所不可比的重要价值，对于提高社会的物质文明和精神文明具有十分重要的作用。

3. 审美价值的结构方式

著名美学家列·斯托洛维奇认为，审美价值的结构有两个基本的层次：第一个层次是感性现实，即现象的外部形式。斯氏把这理解为审美的自然方面。第二个层次是处在感性现实后面，表现在感性现实中的东西。斯氏把这理解为审美的社会方面对象对社会的人的客观意义。他认为，审美价值则表现对社会的人和人类社会、对人在世界中的确证的综合意义，这种综合意义的体现者是感性感知可以接受的、对象的独特的完整形式。撇开其他不谈，单就斯氏的审美价值结构层次来说也富有一定启发意义。

一个客体事物要获得其审美价值，必须具有满足主体需求的作用和意义，并具有自身的要求：

第一，审美价值的负载者必须具有独特完整的形式。一个客体事物要获得审美价值，首先就必须使审美主体的感官感到舒适，即悦耳悦目。当一片美景使人觉得心旷神怡的时候，谁也不能否认，这与和煦的阳光，清新的空气，悦耳的音响，适宜的温度，适中的压力及周围环境的色彩、气味、形状等密切相关，是美景形式的各个方面作用于审美主体并使其感到舒适、愉悦的结果。而功利价值只要求对象具有满足主体某一需求的意义，无须考虑形式的独特完美与否。

列宁曾经举例说明这一问题，他说："如果现在我需要把玻璃杯作为饮具使用，那么，我完全没有必要知道它的形状是否完全是圆筒形，它是不是真正用玻璃制成的，对我来说，重要的是，底上不要有洞，在使用这个玻璃杯时不要伤了嘴唇等。如果我需要一个玻璃杯不是为了喝东西,而是为了一种使用任何圆筒都可以的用途,那么,就是杯子底上有洞,甚至根本没有底等,我也是可以用的。"玻璃杯作饮具,这是它的使用价值;如果仅仅只要求玻璃杯作饮具,此外没有其他任何需求,显然,没有必要考虑其形式是否完整美观;如果不仅要求玻璃杯作饮具,而且要求它可供观赏,那么,就必须考虑玻璃杯形式的精巧别致,使它成为既有使用价值又有审美价值的精美的工艺品。因此,一个物体要获得审美价值,必须具有独特完美的形式因素。

第二,审美价值的负载者必须蕴含有满足主体某些社会、精神方面需求的作用和意义。随着社会实践的不断丰富和发展,类同某一客观事物发生并非单一的而是多方面的联系,能从各个不同的方面满足人们的社会、精神方面的需要。某一事物具有什么价值,不仅在于它的某些形式特征能使主体感官舒适,身心愉悦,更重要的是,其中必须蕴含着丰富的社会意义,能满足人们社会精神多方面的需要。这种蕴含着的丰富的社会意义不论是事物本身所固有的,抑或是由审美主体通过联想、想象等心理活动所赋予的;不论是道德、政治方面的,抑或是认识方面的、社会文明进步方面的,它在审美价值结构中的地位和意义都会是一样。例如,绘画中竹子的形象,无疑具有审美的价值。这不仅因为绘画中的竹子具有可爱的形态和色彩,更重要的是,竹子的高风亮节、直立挺拔的形式特点,可以象征着具有崇高品质和气节的君子之风;它的伟岸向上、郁郁葱葱,表现出一种积极向上的勃勃生机……只有当竹子的形象成为社会多种精神意义的载体的时候,它才具有审美价值,艺术家才愿意去赞美它、歌颂它。

第三,审美价值的负载者必然隐含着对人的一定的功利目的。功利目的是人活动的导引,不管主体自觉与否,他总是把有益与否作为衡量事物或活动的一个尺度。从起源看,审美价值是在事物使用价值的基础上产生并分化出来的,随着人类审美活动的开展,审美价值才逐渐具有了独立的意义。人类最初的审美活动总是从欣赏与自己生存、发展等生命、生产活动直接相关的产品及其对象开始的。劳动工具是人类最早的审美对象，这从对劳动工具的改进过程及装饰发展的情况中便可得到证实。

狩猎时期的原始部落里的人，常常以动物为欣赏对象，他们拿动物的皮毛、牙齿、骨骼来装饰自己，却从来不欣赏植物。以狩猎和采集为生的布什门人，生活在鲜花盛开的地方，却从不用花来装饰自己。这是因为花与他们的生存、发展还缺乏直接的联系；而动物则是他们生存发展须臾不可离开的东西。显然，这与他们的功利观念直接关联。在他们看来，佩戴这些兽类身上的东西，是战胜这些兽类的标志，可以显示自己的勇敢、力量和灵巧。谁占用了这些野兽，谁就是勇士。这里的功利性内容是显然的。后来，随着人类审美实践的发展，直接的功利性淡化而升华为形象的显示，从而功利观念就隐含在美的形象之中了。美感观念中隐含着功利观念，美的感性形象中隐含着人类的功利性，审美价值的观念里深蕴着人的功利观念。

第四，审美价值的负载者必然成为主体自身本质力量的确证。马克思说："人不仅像在意识中那样理智地复现自己，而且能动地、现实地复现自己，从而在他所创造的世界中直观自身。"人经过实践创造了世界，改造了自然，人在自己的对象世界中能动地、现实地复现自己的本质力量，创造了美。当人们从客观事物本身观照到自身的本质力量的时候，便会引起一种由衷的喜悦，这便是美感。显然，这客观事物具有美的因素，具有美的价值。人类运用自己的智慧，认识并掌握了客观规律，从而能动地改造世界、创造世界，实现了自己预想的目的。人类这样创造出来的世间的一切事物，都能复现自己的本质力量，都具有美的因素、美的价值。

由是观之，审美价值必然包含着形式的要素和意蕴的要素；形式的要素虽然是表层的，但也很重要，因为某一客观事物如果不能以它独特完美的形式引起主体的注意，使主体感到悦耳愉目，这蕴含丰富的、美的珠宝便无从发现。意蕴的要素是深层的东西，它丰富、厚实，能满足主体多方面的社会精神的需要，包含着实用价值、道德价值、认识价值、教育价值、创造价值、娱乐价值等，正如斯托洛维奇所说"审美价值是许多意义的综合"。如果从功利角度来分析，则可以分为非功利因素和功利因素两个层面。非功利因素是表层的，深层却蕴含着种种功利因素：求知的、道德的、政治的、实用的，等等。例如，斯托洛维奇认为文艺就具有启迪功能、交际功能、社会组织功能等。尽管这种分析有过于烦琐之嫌，但所提各种功能不是都带有功利性吗？如果从审美角度来分析，可以分为审美因素和非审美因素。审美因素是审美价值的根本标志，也是一切非审美因素熔铸成审美价值的中介；非审美因素是审美价值不可或缺的深厚根基。

第二节　文学价值系统

一、文学的审美价值系统

文学的价值体现在它的多种社会功能方面，是一种多功能要素的结构体。中外历代文艺理论家、美学家对文学艺术的多种社会功能有各自的认识和看法。我国古代伟大的思想家、教育家孔子用"六艺"教育学生，主张通过礼乐文饰来恢复社会秩序，巩固奴隶主阶级的统治，他说"兴于《诗》，立于礼，成于乐"。他十分重视文艺的社会作用，亲自编撰、润色《诗经》，并按照原有的旋律强调配器歌唱，这样"礼、乐自此可得而述，以备王道，成六艺"（《史记·孔子世家》）。他强调人们要学诗，说："《诗》，可以兴，可以观，可以群，可以怨；迩之事父，远之事君；多识于鸟兽草木之名。"

古希腊哲学家亚里士多德肯定了文艺对人的多方面的影响，他说："音乐应该学习，并不只是为着某一个目的，而是同时为着几个目的，那就是：教育、净化、精神享受，也就是紧张劳动后的安静和休息。"他在特别强调净化作用时说："某些人特别容易受某种情绪的影响，他们也可以在不同程度上受到音乐的激励，受到净化，因而，心里感到种轻松、舒畅。"贺拉斯第一次明确提出文艺的功能是既给人教益，又使人娱乐："诗人的愿望应该是给人益处和乐趣，他写的东西应该给人以快感，同时对生活有帮助。""寓教于乐。既劝谕读者，又使他喜爱。"

文艺复兴以后，娱乐说逐渐取代教化说，成为一种强大的思潮。到了近代，席勒把文艺的娱乐功能提到了本体的高度，例如，席勒认为艺术就是一种游戏，提出"只有当人充分是人的时候他才游戏；只有当人游戏的时候他才完全是人"。他认为，艺术活动是人之为人的重要标志，"审美的创造形象的冲动在暗地里建立起一个第三种快乐的游戏和形状的世界，在这第三种世界里，它使人类摆脱关系网的一切束缚，把人从一切可以叫作强迫的东西（无论是物质的，还是精神的强迫）中解放出来"。

康德则强调文学艺术的审美作用。康德认为，审美判断不是逻辑判断，审美不是求知，不是认识活动，从审美判断中我们得到的不是客体的性质或属性，不是知识，而是主观的快感。为了揭示美感的特质，康德区分和比较了三种不同的快感：一种是感官满足的快适，即生理上的快感；一种是道德上的赞许或尊重引起的快感，即善或道德感；一种是欣赏美的对象引起的快感，即美感。康德说："在这三种愉快里，只有对于美的欣赏的愉快是唯一无利害关系的自由的愉快；因为没有利害关系，既没有官能方面的利害关系，也没有理性方面的利害关系来强迫我们去赞许。"

从此，文艺的审美功能成为它的一种独特的价值。恩格斯十分注重文艺的认识功能，他在谈到巴尔扎克时特别欣赏和强调巴尔扎克作品的巨大的认识价值："我从这里，甚至在经济细节方面……所学到的东西也要比从当时所有职业的历史学家、经济学家和统计学家那里所学到的全部东西还要多。"

以上的论述，都强调文学艺术对于人的精神、情感、人格、灵魂等方面的深刻影响。对于文学的社会功能，文艺理论家们有不同的分析和概括。美学家列·斯托洛维奇在《审美价值的本质》一书中将艺术的价值系统分解为在反映信息、创造生产，以及心理和社会四个方面的交织中形成启迪功用、交际功用、净化功用、社会组织功用等。斯氏强调指出，不能把艺术的价值归结为某一方面或某一种功用，它的本质是审美的，艺术的一系列的主要功用构成统一和完整的整体结构体系。我国美学家朱立元认为，文学的价值是一个以审美价值为中心的多元价值系统，这些价值功能表现是：审美价值、消遣娱乐价值、认知价值、经济价值等。他认为审美价值是文艺最主要的价值，居于这个价值系统的核心地位，"是一切其他价值的会聚点和透视镜"，一切非审美价值必须通过审美价值才能显现出来，处于依附性的地位。

二、文学价值系统的内涵

1. 审美娱乐价值

文学必须具有审美性，能给人以美的享受，带来精神愉悦。不具有审美性的作品不能称其为文学作品。因此，审美娱乐价值是文艺的首要价值和核心价值，文学的其他价值必须通过审美价值这一中介才能显现，不通过审美价值而显现出来的价值也就不是文学的价值了。所以，文学的其他价值都处于依附性的地位。

所谓审美娱乐价值，指通过感受欣赏文学作品的生动、具体的艺术形象，激起读者强烈的情感体验，使之产生感官的快适和精神的愉悦，给人以美的享受，从而陶冶性情，纯洁心灵，提高精神境界。我们将文艺的这种功能称为审美娱乐价值。恩格斯在谈到民间故事书对农民的价值时说："民间故事书的使命是使一个农民做完艰苦的田间劳动，在晚上拖着疲乏的身子回来的时候，得到快乐、振奋和慰藉，使他忘却自己的劳累，把他的硗瘠的田地变成馥郁的花园。民间故事书的使命是使一个手工业者的作坊和一个疲惫不堪的学徒的楼顶小屋变成一座诗的世界和黄金的宫殿，把他的矫健的情人形容成美丽的公主。"恩格斯在这里强调的就是文艺的审美娱乐价值。

文学的审美娱乐功能具体表现在下列方面。

（1）感官的快适。凡美的事物首先能满足人的感官的感性要求，文学作品也是这样。例如一首好诗，首先，它的形式具有整齐对称美，它的语言语调具有音乐美，当然还会有意境美等。有理论家认为，感官刺激是艺术作品成功的基本条件。虽然感官的刺激快适并不是美感，但这是美感产生的基础，美的事物之所以能吸引观赏者，并产生直觉，就在于审美对象的感性形式能使欣赏主体的感官感到快适。审美对象对人的感官产生刺激，主体会产生不同的生命体验和心理反应。清脆的笛音与洪重的鼓声会使人产生不同的心理感受。当客体对象的感性特质及其组合结构方式与人的生命需要形成和谐对应性关系时，对象的形式就形成了形式美。寻找创造物的形式，使之适应接受者感官的感性需求和生命需要，从而产生愉悦的感受是艺术创作的重要任务之一。

同时，艺术感官刺激还在于激起接受者的生理欲望并满足这种欲望。生理欲望主要有性的欲望、食的欲望、躲避危险的欲望和恐惧死亡的欲望等。生理欲望是生命存在和发展的最基本机制，人只有被对象唤起了强烈的生命激情的时候，他才会对对象投以极大的关注和产生强烈的感动。艺术如果首先不能刺激人的感官，使感官获得快适，便不能激起他的生命冲动，不能调动他的生命热情，从而引起他的极大注意，乃至陶醉其中，流连忘返。所以，艺术首先需要使观赏者的感官快适，但又不能停留于这种生理需求的基本层次，而应当以此为起点，引向人生的更高的精神境界的追求。处理艺术的感官刺激时，应当接受社会道德的规范和约束。

（2）情感的激动和体验。艺术的本质就是唤起作者和读者的情感体验。作家、艺术家之所以会产生创作冲动，就是因为现实生活中某种有价值的人物、事件、情景触发了他在胸中蓄积已久的感情，产生联想和想象，使之沉浸到曾激起他强烈情感活动的生活情感中去，于是，产生描写这种感情、倾泻这种感情的强烈愿望，这样，艺术创作就发生了。

艺术必须以情动人，只有能激起接受者强烈的情感活动的艺术作品才是优秀的艺术作品。我国古代著名的戏剧家汤显祖谈到文艺对人的影响时说："无情者可使有情，无声者可使有声。寂可使喧，喧可使寂，饥可使饱，醉可使醒，行可以留，卧可以兴，鄙者欲艳，顽者欲灵……"这里所说的就是文艺感动人的功能。文艺作品在激起人的情感活动中，情感的宣泄和补偿是两个重要方面。人积蓄了情感就得发泄，喜则形于色，悲会令人哭，否则会憋出病来。

现代心理学认为，人具有本能能量的积蓄，这种本能能量在反射活动和虚幻的愿意满足中被消耗，结果使人摆脱痛苦，拥有舒畅。这就是所谓快乐原则，也就是宣泄。古希腊学者亚里士多德曾谈到悲剧有净化作用，他认为，通过悲剧激起人民的怜悯和畏惧的情绪，使内心中过分强烈的情绪宣泄出去，使之达到新的心理平衡。著名作家歌德曾因失恋而想自杀，后来去孤岛寻求摆脱。这期间，因听说友人失恋而自杀的消息，触发了他创作《少年维特之烦恼》的灵感，他一口气在四周之内将小说创作完成，他也借此将失恋的痛苦宣泄，从而挽救了自己的生命。

（3）精神的愉悦和美的享受。欣赏文学作品是一种审美。当进行审美的时候，主体通过联想、想象、体验等心理活动，沉浸于美的境界之中，这时，主体超脱功名利禄等世俗观念的束缚，也排除了现实事务的缠绕，消除了现实带来的烦恼和痛苦，这时，主体已暂时超脱现实，享受着诗意般的生活。这时，主体沉浸在对美的欣赏之中，精神上感到一种无限的自由和幸福，感到一种满足和愉悦。

所以，审美能给主体带来精神愉悦，能陶冶情操，舒畅心情。文学的上述种种审美娱乐功能可以概括为悦耳、悦目与愉心的作用，但是，我们应当强调指出，悦耳悦目只是对文学作品浅层次的要求，虽然这是不可或缺的基本要求；只有不满足于悦耳悦目而在此基础上继续追求达到愉心、励志的境界，才是文学所追求的理想境界。文学的这些审美娱乐功能使文学必然具有消遣休闲、宣泄情感、精神享受、陶冶情操等社会作用，这就是文学的审美娱乐价值的具体表现。

2. 审美认知价值

文学以其生动具体的艺术形象，显现出丰富、复杂的社会内容，再现人生宇宙的种种状况，可以给读者以丰富的历史和现实生活的知识，使读者对自然、社会和人生有更深刻的了解，从而开阔视野，增加阅历，丰富知识，发展智能，这就是文学的审美认知价值。我国古代的孔子不仅认识到文艺的多种社会功能，还看到文艺具有认识自然的作用，"多识于鸟兽草木之名"的论述就是这个意思。马克思和恩格斯强调优秀的现实主义的作品具有巨大的认识社会的作用。马克思在谈到英国现实主义作家狄更斯、夏洛蒂、勃朗特和哈克尔夫等人时说："现代英国一批出色的小说家，他们以自己的卓越的、描写生动的书籍中向世界揭示的政治的和社会真理，比一切职业政客、政治家和道德家加在一起所揭示的还要多。"

优秀的文学作品还可以帮助读者认识人生、感受人生的遭遇和命运，领悟人生的真谛。好的作品犹如人生的一面镜子。英国启蒙时期的著名作家约翰生在《莎士比亚戏剧集》序言中说："莎士比亚应该受到这样的称赞：他的戏剧是生活的镜子；谁要是被其他作家们捏造出来的荒唐故事弄得头昏眼花，读一下莎士比亚用凡人的语言所表达的凡人的思想感情，就会医治好他的颠三倒四的狂想；读一下莎士比亚所写的那些场景便可以达到这个目的，因为读了这些场景以后，就连一个隐士也会对尘世间的事物做出判断，甚至一个教士也会预测到爱情是怎样发展的。"歌德曾这样描述他阅读莎士比亚作品的感受："当我读完他的第一个剧本时，我好像一个生来盲目的人，由于神手一指而突然获见天光。我认识到，我极其强烈地感受到我的生命得到了无限度的打展。"

文学常常是时代的晴雨表，通过文学作品，往往可以观"世俗之盛衰，人心之得失"。例如，通过阅读杜甫的《三吏》《三别》，我们可以认识到唐代的安史之乱不但给人民带来巨大的灾难和痛苦，也使唐王朝大伤元气，开始了衰败和崩溃的命运。文学的认知不同于历史科学和自然科学提供给我们的认识。科学认识提供的是理性知识，它虽然也提供了关于历史和自然的具体情况，但这种情况经过历史学家和自然科学家的理性筛选，是为认识其历史规律性和事物的本质服务的；文学的认知是在审美的精神愉悦中由艺术形象显示给我们的具体情景，人们的具体生活方式和风土民情等。当然，也能由表及里，使读者从中领悟到事物的本质、生活的真谛。例如鲁迅的《狂人日记》使读者感受到的不过是一个"迫害狂"患者的精神状态和心理活动，然而，小说的深层认知价值却在于通过狂人的心理剖析，使我们领悟到封建社会是吃人的社会，封建社会的历史就是吃人的历史。

文学的审美认知价值还表现在文学作品能使人更深刻地认识人、了解人。高尔基认为，文学的目的之一是帮助人们从内心去了解人。高尔基曾谈到他阅读巴尔扎克的小说时的感受，他说："我的外祖父是一个残暴而又吝啬的人，但是我对他的认识和了解，从没有像我在读了巴尔扎克的长篇小说《欧也妮·葛朗台》之后所认识和了解的那么深刻。欧也妮的父亲葛朗台也是一个吝啬、残酷，大体上同我的外祖父一样的人，但是他比我的外祖父更愚蠢，也没有我的外祖父那样有趣。由于同法国人做了比较，我所不喜欢的那个俄国老头子就占了上风并高大起来了。这虽然没有改变我对外祖父的态度，但却是个大发现——书本具有一种能给我指出我在人的身上所没有看见的和不知道的东西的能力。"

鲁迅很称赞陀斯妥耶夫斯基的作品对人的灵魂有开掘作用。他说，显示灵魂的深者，每要被人看作心理学家，尤其是陀斯妥耶夫斯基那样的作者。他写人物，几乎无须描写外貌，只要以语气、声音，就不独将他们的思想和感情，便是面目和身体也表示着。又因为显示灵魂的深，所以一读那些作品，便令人精神上发生变化。通过阅读文学作品，能够了解人、熟悉人，甚至能够洞悉他人的性格和心理，这也是文学作品认知价值的重要体现。

3. 审美教育价值

审美教育价值是文学作品能影响和提高读者的思想境界、道德情操、精神性格，使人认识到自己的社会责任和社会使命，自觉地为人类和社会的进步而贡献自己的力量。这是因为作者在描写生活、塑造人物形象的时候，同时融进自己进步的审美理想，倾注了是非爱憎的强烈感情，因而，优秀的作品能告诉人们什么是真善美，什么是假丑恶，什么是值得肯定和赞美的，什么是应当否定和反对的，从而使读者产生震动和感奋，使思想境界得到提升，心灵更为纯洁和崇高，并获得信心和力量，为促进人类社会的进步而斗争。这就是优秀作品对人的教育价值。列宁把文学作品的这种作用叫作教导人、引导人、鼓舞人的作用。鲁迅说："文艺是国民精神所发的火光，同时也是引导国民精神的前进的灯火。"这些都是从文艺作品能教育人、鼓舞人、鞭策人这方面说的。

保加利亚著名的革命活动家季米特洛夫曾经深情地回忆车尔尼雪夫斯基的著名小说《怎么办》中的男主角拉赫美托夫这个艺术形象所给他的深刻影响。他说，在他少年时代，是文学中的什么东西给他特别强烈的印象？是什么榜样影响了他的性格？"我必须直接地说，这是车尔尼雪夫斯基的书《怎么办》。我在参加保加利亚工人运动的日子里培养起来的那种坚定精神——这一切无疑同我少年时期读过车尔尼雪夫斯基的艺术作品有关。"文学的审美教育工作不是赤裸裸的说教，也不是耳提面命式的训诫，而是寓教于乐，使接受者在生动、形象的美的享受中受到潜移默化的影响。

4. 养性益智价值

文学的养性益智价值是指，文学作品陶冶人的性情，纯洁人的灵魂，促进人们身心自由完美的发展；同时，文学作品能开通人的思维，启迪人的智慧，增强人适应环境、改造环境的能力。文学艺术的熏陶实质上就是一种美育，美育是造就全面发展的、完美的个性的主要手段。

马克思主义认为，人的个性的、全面、完美的发展，表现为他不受自己的一定的特殊的活动范围的局限，使自己的潜能得到全面充分的发展，以至于他能够作为一个完整的人，占有自己的全面的本质。在现实生活中，有许多因素束缚着人性的自由发展：世俗生活的忙碌、琐碎和艰辛，总是把人紧紧地束缚在功利的追求上；社会分工的具体化、科学知识的分化，使人的技能片面地发展；生活节奏的加快，追名逐利的激化，物质享受欲望的膨胀，使人的心灵沉溺在功名利禄的欲望之中；思维的逻辑化、精确化，使人的理性日益片面地抽象化，丧失那能领略美的情趣的敏锐感性。

黑格尔认为，艺术是实现人的解放的最高形式之一，是人类获得精神彻底解放的理想王国。一个人如果像动物那样，仅仅为了维持生活而奔忙，浑浑噩噩，是毫无意义的，这也就失去了人的生命的光辉。艺术能使人在得到艺术享受时，摆脱功利、生活烦恼的束缚，精神变得超脱和高尚，人性得到自由的发展。总之，文学艺术通过其审美价值可以鼓舞人去探索人生的意义，促进人性健康、全面的发展。艺术的欣赏和创作往往是一种形象思维活动。活跃的形象思维活动可以促进人的智力的发展和抽象思维能力的发展。历史上许多卓越的科学家和思想家，往往同时是艺术家或对艺术有特别的爱好。例如，古希腊的哲学家柏拉图同时也是诗人，黑格尔这位伟大的哲学家和美学家酷爱文艺，每一场戏剧和各种演出他都不会缺席。马克思早年是浪漫主义诗人，恩格斯对音乐、文艺有特殊的爱好。爱因斯坦年幼时智力很不开通，他母亲是个音乐爱好者，母亲就用音乐训练他，启发了他的思维，再与他父亲的数学训练结合，发展了他的数学才能。爱因斯坦从小爱好小提琴，自认为在这方面比物理高明。他常常一面奏琴，一面产生奇妙的想法，在这个条件下产生了相对论原理，被誉为艺术的科学家。

三、文学价值系统的特点

1. 文学价值具有多样性

我国新时期以前的文艺理论教材一般把它概括为三种作用，即审美作用、认识作用和教育作用。新时期以来，许多美学家认为，文学的价值是多种价值的综合，是一个结构系统，审美价值是其中的核心价值，其他价值则是一种依存性价值。这就是说，一个文学作品，如果失去了审美价值，其他价值也就随之消失。从文学对人的影响来说，文学能全方位地影响人，从一个人的思想、感情、信仰到世界观、人生观的形成，无不受到文学的影响。就对人的心理结构的影响来说，也是全方位的，文学对一个人的感觉、知觉、情感、理解、想象、直觉、体验、灵感、潜意识乃至整个生命活力都可以带来一定的影响。

从文学对社会的影响来说，显然也是多方面的。优秀的作品对一定历史条件下社会的各个方面，如政治、经济、文化、道德、社会心理等都可能产生一定的影响。汉代《毛诗序》的作者继承了儒家重视文艺社会作用的思想，认为"正得失，动天地，感鬼神，莫近于诗"，诗歌可以"经夫妇，成孝敬，厚人伦，美教化，移风俗"。当然，这是就文学社会作用发挥到理想的境界而言的，在现实生活中，也许难于真正实现，因为人生活在社会现实中，不仅受文艺的影响，还必然受到社会的政治、经济、道德、文化传统等各方面的更为强大的影响。由此可见，把文学价值狭隘化甚至单一化显然是错误的，因为这不符合文学价值的实际情况。

2. 文学价值具有整体性

文学价值是一种结构系统，不能把其中的构成要素截割孤立起来，我们应当从整体上去把握。文学价值的整体性包含三层含义。

第一，文学价值功能的整体性。文学的整体价值我们可以名之曰审美价值。文学的审美价值结构系统中内含各种具体价值因素，如娱乐价值、认知价值、教育价值等。但是，各种价值要素彼此都不能孤立地存在，都统一于它的审美价值之中，离开了文学的审美价值，文学的其他价值都不可能存在。有的论者只强调文艺的审美价值，甚至认为审美价值是文艺的唯一价值，排斥文艺的其他价值因素，即所谓的"唯美论"。这种观点是错误的。因为，文艺发展史的事实告诉我们：任何伟大的作品，它的价值并不限于审美，除了美这一必不可少的因素外，其他价值因素都必然地存在于其中，优秀的作品常常是真善美的完美统一。这种依存性的真善价值的存在并不损害伟大作品的艺术光辉。相反，这些依存性的价值因素反而是这些伟大作品显示出它光芒万丈的艺术光辉的现实基础和必然因素。"水至清则无鱼"，以审美价值为统帅，其他相关价值充溢其中，正是一个现实的艺术品的必然存在，也是一个艺术作品显示出它强大生命力的原因所在。

第二，文学的价值是由其作品的整体结构来体现的。文学作品是一个艺术整体，它由内容和形式等多个因素构成。文学作品的价值不是由作品的某一个或某几个要素决定的，而是由作品整体形成的。作品成功与否，虽然与情节、细节、语言、人物都有密切的联系，但绝不是由单纯的某一情节、细节或作品的语言决定的。一个作品的成就集中体现在艺术形象的塑造上。艺术作品的每一要素、每一局部都是为塑造艺术形象服务的。成功的艺术作品总是以作品中的艺术形象长久地活在读者的心目中为其主要标志。因此，一个作品的整体价值是由艺术作品中的艺术形象的审美价值决定的。

第三，文学的功能效果的整体性。文学功能效果的整体性有两方面的意义：①文学对人对社会的影响是多方面的整体的影响。我们在评价一个作品的价值的时候，不能只看到作品对社会的某一方面的影响而忽视对社会其他方面的影响；也不能只看到作品的现实意义而看不到作品可能具有的长远意义。有的作品在当时红极一时，读者趋之若鹜，然而事过境迁，不久便销声匿迹，可见其作品价值经不起历史的考验；有的作品当时默默无闻，但随着时间的推移，拥有的读者越来越多，其价值则产生时空增值，甚至历久弥新，代代相传，其功能价值似乎具有永久的艺术魅力。例如，陶渊明的作品，杜甫的作品，在作者所生活的那个时代评价并不很高，陶渊明在《诗品》中被归入中品，唐人选诗，没选杜甫。但是，随着社会的发展和人们审美观念的变化，他们的价值和地位越来越高。②文学功能效果的整体性体现在作品的功能价值不是由个别读者决定的，而是由社会大多数的读者共同决定的。如果某一批评家的意见代表了大多数读者的共同意见，那这位批评家就成为权威的批评家。如同别林斯基在当年发现了果戈理、普希金等俄国伟大作家作品的价值一样，他的发现和评价使他也成为当时俄国一位极具权威的文艺批评家和文艺理论家。

3. 文学价值系统以审美价值为核心

文学价值系统结构是一个以审美价值为核心的多元结构体。

首先，这是由文学的根本性质决定的。美学家列·斯托洛维奇在《审美价值的本质》一书中指出，艺术价值是为了反映世界的客观审美价值财富和表现对世界的主观关系，通过人的创造活动所形成的审美价值。在艺术价值中，一切非审美因素都熔铸成审美因素。因此，艺术价值是一种特殊的审美价值。艺术活动把散落在其他各种活动中的审美"碎屑"集中起来，熔铸成足值的"锭块"。他的结论是，艺术的本质是审美的。所以，它的认识作用称为审美认识作用，它的教育作用称为审美教育作用。

其次，从文艺的产生来看，文艺主要是为适应人们的审美需要而产生的。人类为了认识自然，就发明了科学。科学实质上就是人类运用各种各样的手段和方法，分门别类地去研究客观世界的万事万物的状态、性质、结构、特点、发展变化的规律，对人类可能具有的功能等，使人类在尊重自然规律的前提下，更有效地向自然索取人类所需要的一切。而艺术则主要是满足人们的精神需要。原始艺术的诞生大抵也是原始人为了获得精神的愉悦和生命的快感。例如有人认为，原始舞蹈兴盛的原因在于：①活动的快感；②发泄情绪的快感；③节奏的快感；④模拟的快感。

因有这些快感，故原始民族大大嗜好它。舞蹈者本身固能直接感受快乐，但旁观者也能获得观舞的快乐而感染快乐，他们还得到享受舞蹈者所不能得的一种快乐。跳舞者不能看见自己的状态，那种美观的舞态只有旁观者得饱眼福。跳舞者只能感觉而不能观看，旁观者虽不能感觉却能观看。这便是旁观者喜欢观看舞蹈的缘故。文学的诞生正是出于表现感情的需要，在抒发感情的过程中也获得了精神愉悦。创作主体进行创作正是为了体验表现生活的快乐并使别人也获得同样的快乐。

再次，从文学创作的思维特征来看，文学创作主要运用的是形象思维。创作主体在感受体验事物的基础上，受强烈情感体验的驱动，展开自由的想象活动，让其意象鲜明地活动起来并形象地加以表现。这是创作主体创造冲动的自然呈现，是各种心理功能自由和谐运动的反映，必然带来强烈的精神愉悦感。在创作过程中，每一个具有自我意识的人都力图把自己的本质力量最充分地表现出来。当一个人的本质力量得到了完美的表现，实现自己的目的和愿望的时候，需要得到满足的幸福感和愉快感就产生了。这样既创造了美，也产生了审美的愉悦。

最后，从文学的审美效果来看，文学总是以带有强烈情感的艺术形象去感染人、打动人，而不是以抽象的理论去说服人、教育人。它带给读者的首先是审美的精神愉悦，然后才是在享受中得到思想感情的转变和认识上的启迪。所以，审美价值是文艺的主要价值，居于文艺价值系统的核心地位。这是为文学的特性所决定的。文艺如果失去了审美价值这根本要素，它的生命力也就不复存在了。

4. 文学价值的实现是潜移默化的

文学价值是通过感染人、影响人来实现的。文学对人的思想、感情、道德、性格等方面可以产生深刻的影响，但这种影响不是强制性的，也不是立竿见影的，而是自觉的、潜移默化的，正如杜甫诗句所说的："随风潜入夜，润物细无声。"清代学者梁启超将文学对读者潜移默化的影响概括为"四种力"：一曰熏。熏也者，如入云烟中而为其所烘，如近墨朱处而为其所染"，"不知不觉之间而眼识为之迷漾，而脑筋为之摇扬，而神经为之营注；今日变一二焉，明日变一二焉。"二曰浸。"浸也者，入而与之俱化者也。""人之读一小说也，往往既终卷后，数日或数旬而终不能释然，读《红楼梦》竟者，必有余恋，有余悲；读《水浒》竟者，必有余快，有余怒，何也？浸之力使然也。"三曰刺。刺也者，刺激之义也。"熏、浸之力在使感受者不觉；刺之力，在使感受者骤觉。刺也者，能入于一刹那顷，忽起异感而不能自制者也。""我本蔼然和也，乃读林冲雪天三限，武松飞云浦厄，何以忽然发指？""我本愉然乐也，乃读晴雯出大观园，黛玉死潇湘馆，何以忽然泪流？"四曰提。"前三者之力，自外而灌之使入；提之力，自内而脱之使出。""凡读小说者，必常若自化其身焉，入于书中，而为其书之主人翁。""此身已非我有，截然去此界以入彼界。"这些论述深刻地阐明了文学如何潜移默化地并深刻地影响读者的过程。

第三节　文学价值取向

一、不同时代文学的价值取向不同

不同时代的作家和读者由于受时代环境的影响，对文学作品的价值也会有不同的取舍趋向。在战争或阶级矛盾和斗争激烈的时代，人们希望从文学作品中获得对敌斗争的英雄气概和顽强毅力，获得斗争必将胜利的坚定信念和莫大的鼓舞力量，希望文学成为对敌斗争的有力武器。在和平时期，人们则较多地注重文艺的审美娱乐功能。古代的神话，如中国的《女娲补天》《后羿射日》和古希腊的《普罗米修斯》等，对处于童年时代的读者来说，他们希望从神话那里获得对于自然、社会的幼稚的认识，他们会真正祈求神灵的保护，还会把神话中的英雄当作生活中的上帝来崇拜。

随着社会的发展，科学技术的进步和人类对于自然力的实际支配能力的增强，神话消失了。现代人阅读古代神话，不是为了认识自然，而是感受古代神话神奇的幻想，人类童年的经验，从而获得审美的享受。我国古典小说《三国演义》由于提供了一些军事和政治斗争的策略和经验，在革命年代，有的农民革命的领袖把它当作军事教科书。但是在今天，日本的一些企业家把它指定为该企业成员的必读书。企业家们在商业竞争中发现了《三国演义》新的价值，赋予它新的艺术生命。歌德的书信体小说《少年维特之烦恼》出版后，在欧洲曾形成旋风式的"维特热"，年轻人学习维特的打扮，以穿蓝上衣、黄背心、马裤和马靴为时髦，有人甚至模仿小说的主人公而自杀；自杀时也要穿上"维特"装，把这本小说放在口袋里……以至莱比锡等地的政府做出规定，对出售这部小说的人实行罚款。但是随着社会的发展，造成维特悲剧的历史情境不复存在，"维特热"当然已成明日黄花。对于现代读者来说，这部作品也不会再引起不满现实的青年的共鸣，哪怕他是一个失恋者。

二、不同类型文学的价值取向不同

文学的类型不同，其价值取向便有着根本的区别。例如，现实主义文学和现代主义文学在"真实"的问题上便存在很大的分歧。韦勒克曾言："'真实'就如'自然'或'生命'一样，在艺术、哲学和日常语言中，都是一个代表着价值的词语。"现实主义最引以为豪的正在于它能真实地再现现实，像镜子那样公正无私地记录现实，就成了现实主义文学的价值取向。如巴尔扎克是19世纪法国社会的一面镜子，托尔斯泰是俄国革命的镜子，而鲁迅自然就是中国反封建革命的镜子了。现实主义这面镜子像左拉所说的很薄、很清楚，为求完全透明，只有去掉主观性才能保证这种透明性。

在现实主义占据主流话语位置的时代，人们也常借助镜子隐喻为现代主义盗取合法性：现代主义也是现实的一面镜子，只不过它没有那么透明，而是变形的、扭曲的哈哈镜，曲折地折射出部分现实。现代主义当然不会满意依附于现实主义的合法性，它开始挑战现实主义的"真实"与"现实"。如果说，现实主义力求表现的是客观真实，那么，现代主义则以表现主观真实作为价值追求。现代主义者认为，现实不可能远离人的意识，无动于衷地站在远处等着作家去描绘。事实上，人们只能带着自己或隐或显的价值观念去看世界，每个人心里的现实图景不仅不可能完全一样，甚至是千差万别的。既然连客观现实都不可能摆脱主观性，那么，作家完全有理由去呈现个人内心的现实。意识流小说家弗吉尼亚·伍尔芙努力证明，对文学而言，人的"内心火焰的闪光"远比外部世界的物质来得重要。而人的内心每天都"接纳了成千上万个印象——琐屑的、奇异的、倏忽即逝的或者用锋利的钢刀深深地铭刻在心头的印象"。具体地呈现这些印象才是文学的责任。表现主义者甚至不满印象主义的"由外向内"转而主张"由内向外"的表现，要求摆脱外界印象，认为主观自我而非客观现实才是真实的源泉。追求直接表现主观精神的现代主义文学，与再现客观真实的现实主义文学有着截然不同的价值追求。

三、文学价值取向的雅与俗

文学作品的雅与俗既具有价值判断的性质，又具有区分艺术风格的意义。在中国文学发展史上的每一历史时期都有雅与俗两种不同的价值取向。"雅"的原始意思是音乐或语言，但当它具有了由于政治文化中心的地理位置而形成的特殊地位后，就具有了高贵、正统的特征，雅俗的高下之分就已经产生。崇雅删俗便成为儒家思想政治和审美的重要标准。孔子"恶郑声之乱雅乐也"。儒家坚持以雅化俗，移风易俗。道家从全身远害的思想出发，提倡从俗，但道家特别强调精神自由和超脱，强调以自己孤高的品格独立于庸众凡俗之外。"从俗"是表象，"脱俗"是实质，是中国古典美学中的另一种形式的高雅精神。在中国古代美学史上，崇雅是主流，而崇俗就带有一定的叛逆色彩。明代袁宏道就反对复古思想，曾提出"宁今宁俗"，表现出对传统观念的反动。"五四"新文化运动以来，传统雅文学文言的主流地位被彻底颠覆，以往曲居俗流的白话文学开始主盟文坛，文学的雅俗观发生了深刻的变化。

当今世界，无论是在中国还是在西方，也仍然存在着文学的雅与俗的不同价值取向。社会文化的形态与社会生产力的发展及其经济状况有着密切的联系。从产业结构的变化看，到了20世纪后期，西方社会的产业结构重心逐步从农业、重工业、制造业向服务业转化，第三产业、文化产业迅速兴起，出现了文化的经济化与经济的文化化趋势。这个变化在20世纪末中国的一些城市也开始发生。与农业、重工业相比，服务业与文化产业有突出的精神—文化含量。它的兴起使非物质性的消费（比如生活方式的消费）变得空前重要。同时，生产力的发展使人们的闲暇时间越来越多，人们的需求结构也发生了相应的变化，非实用性的审美、娱乐、休闲的需求比例上升，除了物质商品的消费外，还出现了对符号、形象与美的消费。于是，兴起了所谓休闲娱乐工业、美丽工业、身体工业、精神经济，等等。

从媒体产业的发展看，大众传媒和影像产业的兴起极大地提高了图像与符号的生产能力，日常生活中各种符号和影像有迅速扩展的趋势，使得今天的生活环境越来越符号化、影像化。同时通过纸质、电子、影视、网络等多渠道传播、发散，传播空间能够突破地域的限制。通过文化市场机制，对主流文化、精英文化及大众文化形态进行协调和整合，形成了社会文化多元化格局。以影视文化、大众文化、文化产业为标志的大众文化方兴未艾。

对于大众文化，不同论者有不同的理解。有人在以消费为目的，以利润为价值定位，以表达感官欲望和身体快感为特征的含义上理解大众文化；有人则在通俗文化、消费文化的意义上理解大众文化。就文学艺术而言，主流文学、精英文学虽然失去了在我国如20世纪80年代初中期那种轰动效应，表现出一种边缘化倾向：文学已不再是人们关注的中心，高雅艺术和纯文学常常少有人问津，处于"高处不胜寒"的窘境；但是，文学仍然存在着、发展着。通俗文学、"快餐读物"、影视娱乐文化广受欢迎，唱片、光盘、广告、模特、网络文学等新的文学艺术生产与存在的样式纷至沓来。纯文学艺术萎缩，审美和艺术泛化，"文学性"扩散，艺术的商品化和商品的艺术化同时进行，艺术品和非艺术品之间的界限越来越模糊。随着政治意识形态在社会生活中的淡出，文学摆脱了政治的桎梏，回归文学本身；加之文学在进入消费市场后越来越显示出商品属性，休闲、娱乐功能成为文学的主要功能，社会技术手段的进步，使传统文学的形式发生了嬗变。

从文学价值取向的雅与俗来分析，主流文学、精英文学倾向于雅，大众文学倾向于俗。雅俗之间无论在价值取向还是艺术风格方面都有明显的区别。有论者提出的休闲文学自然是当今时代的俗文学。现代意义的休闲文学就表现出如下的特征。

（1）内容方面疏离政治、国家、社会等严肃主题或宏大叙事。

（2）以个体的情感（主要是爱情、亲情、友谊）、志趣、情趣、感悟、日常家庭生活或娱乐生活为主要描写内容，给人以情感、文化、审美的心灵享受，甚至达到心灵自由的、忘情的境界。

（3）以现代都市的有闲阶层为主要读者群。以宣泄情感、寻求共鸣、追求轻松和自由的心灵体验为主旨。

网络文学是当今时代的大众文学，显然也倾向于俗。有论者认为网络文学最大的特点是弃雅从俗。进入原创文学网站的作品，常常是屈尊随众，用大众化、生活化、平庸化的姿态和语言，展示普通人最原初、最本色的生活感受，显示出平凡的亲切感。于是，崇拜平庸而不崇尚尊贵、直逼心旌而不掩饰欲望、虚与委蛇和矫揉造作让位于率真率性等，便成为网络写作最常见的认同模式。这种平庸崇拜通常有以下两种表现。

一是讥嘲神圣。价值向上的民间立场，使网络写作对于神圣、崇高的东西一般都采取戏弄或讥嘲的态度，带有鲜明的反本质主义倾向。二是认同凡俗。网络平权和自由把平凡推向平等，以兼容抹平差异。在这里，任何人都可以染指文学、发表作品，都可以评价他人或随时被他人评价——文学大师与无名小辈、智者与庸者可以平等交流，无论是惊世骇俗之作，还是陈词滥调之文都无关紧要，重要的是文学摆脱了贵族写书，使人品尝到文学归还大众、平凡者浮出文化地平线的那份欣喜。

这个坚守民间立场和文学兼容对话的世界可能导致文学形而上审美意味的缺失和文化精英立场的沦陷，但却关注芸芸众生本真的生存状态，满足公众交流和表意的欲望，给创作自由和自由创作以技术支撑，实现文学的广场狂欢和心灵对话，拓展了文学的发展空间，激发出社会底层的文化活力。网络文学对于文学创作以面向底层民众的生命状态来张扬感性、表达个性，无疑具有积极的意义。

第五章　文学鉴赏

　　文学鉴赏是以文学作品为主要对象，以审美享受为根本标志，以培养学生审美情趣和提高审美能力为基本目标的一种审美活动。加强文化素质教育、提升学生人文素质，是我国教育中一项重要的教学改革措施，而加强文学、艺术等教育则是其主要内容，文学鉴赏必然成为人文素质教育的必备课程。

第一节　文学鉴赏概论

一、文学鉴赏的性质

　　对于文学鉴赏的性质、过程和作用，可以做如下理解：文学鉴赏是读者阅读文学作品时的一种审美认识活动。读者通过语言媒介，获得对文学作品所塑造艺术形象的具体感受和体验，引起思想感情上的强烈反应，得到审美的享受，从而领会文学作品所包含的思想内容。文学鉴赏是文学发挥和实现其社会作用的重要环节。从文学接受主体与文学文本之间的辩证关系分析，文学鉴赏是一种审美认识活动。也就是说，一般的文学阅读活动并不等于文学鉴赏，只有那种获得审美享受的阅读活动，才是文学鉴赏。

　　（一）文学鉴赏是一种认识活动

　　读者的知识、经验是有限的，但社会生活却是无限的，因而，文学鉴赏就成为读者认识客观世界、丰富生活经验、洞悉人生真谛的有效途径。文学鉴赏作为一种认识活动，具有两个方面的含义：一方面，读者通过感知文学形象，通过文学作品这面生活的镜子，逐步认识社会生活的某些本质，从而发现社会，也发现我们自己；另一方面，文学作品的审美价值只有通过这一认识活动，才能最终得到文学文本——未经读者阅读的作品，是难以实现其价值的。

现代法国评论家瓦莱里说得好："'仅仅对一个人有价值的东西是没有价值的'，这是文学铁的规律。"但这种活动又有其特殊性：首先，文学鉴赏的认识属性不同于阅读科学论著的认识属性。科学论著以概念、命题等方式来揭示社会的某种本质规律，所运用的是抽象思维，人们常为其论点的准确性、论据的确凿性和论证的充分性所折服；而文学鉴赏是从感知形象开始的，离不开形象思维，人们往往被作品思想的深邃、作家感情的激荡和艺术形象的生动所吸引。因而，两者的区别是明显的。

其次，文学鉴赏的形象思维过程不同于作家创作的形象思维过程，读者阅读鲁迅的短篇小说《祝福》时，先通过语言信息，树立祥林嫂这个形象，然后才认识到封建社会的君权、神权、族权、夫权摧残劳动妇女的本质。这一思维过程与鲁迅在把握社会本质的基础上，塑造祥林嫂这一艺术形象的创作过程恰好相反。

最后，文学鉴赏是一种以感性认识为主的认识活动，但并不排除理性认识的积极参与。这种理性认识活动表现为文学鉴赏活动需要以读者的生活经验为基础，要求以读者的审美观念为指导，依靠读者形象思维来判断。正因为如此，克罗齐等学者提出的"直觉说"，仅仅能解释鉴赏活动的初始阶段。文学鉴赏的本质是一种接受与扬弃。鉴赏者按照一定的价值取向，对对象进行选择、取舍，接受其精华，剔除其糟粕，为我所用。

因此，重视文学鉴赏的认识属性就成为一种共识。马克思、恩格斯之于巴尔扎克或狄更斯的作品，列宁之于列夫·托尔斯泰的作品，都无不注重其认识作用。

（二）文学鉴赏是一种审美活动

　　文学鉴赏作为一种认识活动，与文学的教育作用相连；文学鉴赏作为一种审美活动又与文学的娱乐作用相关。文学作品从情感上打动读者、感染读者，给读者带来愉悦、激昂、悲哀、愤怒等美的享受，这就是文学的审美属性。其中，情感反应是作者与读者的纽带，正如刘勰所说"夫缀文者情动而辞发，观文者披文以入情：沿波讨源，虽幽必显"，充分强调了"情"的关联作用——鉴赏过程中的情感反应，既有审美对象——作品的客观原因，更有接受主体的主观因素。情感反应的主要来源是作品所展示的艺术世界。艺术世界源于现实，又高于现实，是一个其他意识形态所不能替代的处所；何况，在这个世界中，又活跃着一个或一群鲜活的典型人物。读者捧起文学作品，沉浸到艺术世界中，可以暂时忘却现实，而获得精神上的快感和解放感。

　　例如，人有七情六欲，但常常被压制。无论东方或西方，情爱是压抑得最紧的焦点。在彼得拉克的《歌集》、薄伽丘的《十日谈》中，人们爱得绚丽多彩，爱得疯狂离奇。在这种世界里，读者也无不为之动容和感染。情感反应还源于作家的丰富感情。作品在形象地反映社会生活的同时，也流露出作者本人的喜怒哀乐。在杜甫创作的"感时花溅泪，恨别鸟惊心"的诗句中，花、鸟已被伤感、悲戚浸泡过，这与普通话语中的花、鸟已不能同日而语。在《阿Q正传》中，在阿Q的背后，分明站着一位爱恨交织的鲁迅。对人，"哀其不幸、怒其不争"的感情复杂却诚挚；对己拳拳爱国之情升腾而炽热。这种情感与读者心灵相碰撞，就会产生共鸣，从而得到美的情感反应的决定因素在于读者内心世界存在着真善美的框架，且带有理智性。有的读者可能是从紧张的现实生活中抽出身来，以一种非功利性的态度对待作品，或消遣、或娱乐，以满足其补偿和宣泄的欲望。但更多的鉴赏者是抱着积极介入生活的心态投入的，从中陶冶心情、健全人格，增强自己的生活勇气和斗志。马克思说"艺术对象创造出懂得艺术和能够鉴赏美的大众"，这是对鉴赏社会功能的一种深刻揭示。

（三）文学鉴赏是一种再创造活动

如果说，作家的创作是一度创造，那么，读者的鉴赏则是二度创造，或称再创造。它是作家艺术实践活动在读者方面的继续。再创造是指，鉴赏者根据自己的生活经验、具体情境、文化素养等因素，通过想象和联想，对文学作品的形象进行加工、补充，使之成为自己头脑中生动、丰满的艺术形象的活动。孔子认为："诗可以兴，可以观，可以群，可以怨。""兴观群怨"说，既可称为对文学接受属性的初始认识，也可视为文学鉴赏再创造的理论依据。

再创造的基础在于提高文学鉴赏力。鉴赏者提高鉴赏力，首先，要提高自身修养。对此，马克思的理性要求是："如果你想得到艺术的享受，你本身必须是一个有艺术修养的人。"文学理论家的形象说法是，要想理解但丁，就必须把自己提高到但丁的水平上。其次，要坚持正确的途径。刘勰指出，"凡操千曲而后晓声，观千剑而后识器"，提倡多读、多思，注重于文学作品的数量：歌德认为，"鉴赏力不是靠观赏中等作品，而靠观赏最好作品才能培育成的"，强调起点要高，侧重于审美对象的质量。两者结合并反复实践，就会相得益彰。再创造所凭借的方法主要是联想与想象。鉴赏者通过联想，可以把作品中分散、跳跃、流动的形象组织起来，以建立形象间的有机联系；鉴赏者还可以通过联想，把作品中的形象与现实生活中的人和事联系起来，与自己的切身体验结合起来，使作品形象更加丰满、充实。高尔基在阅读巴尔扎克的小说《欧也妮·葛朗台》时，联想到自己外祖父的贪婪、吝啬，并两相比较，从而丰富了葛朗台这个守财奴的形象。

文学接受理论家伊塞尔认为，文学作品所描写的是一种虚构世界，存在着不确定的空白部分，即"空旷结构"。文学的描写语言是表现性的，不可能是客观世界的精确对应物，形象体系和意义结构中必然包含着许多意义不确定的未定点或空白点，即所谓"召唤结构"。这两种结构是想象的用武之地。它引导读者调动现实生活中的经验，运用想象力去思考、去填补，或再现具体、生动的文学形象，或领会深远的弦外之音，必须指出的是，文学鉴赏中的再创造是一种有限创造，必须以作品所提供的基本形态为依据。尽管"一千个读者眼中就有一千个哈姆莱特"，但都是哈姆莱特，而不是李尔王或堂吉诃德。这是一种"同质异形"的创造文学鉴赏，是一个审美认识的过程，也是一个审美再创造的过程，这个过程给人们无穷的教益。爱因斯坦曾虔诚地表示："艺术作品给我最高的幸福感受。我从中汲取的精神力量是任何其他领域所不及的。"

二、文学鉴赏的条件

（一）具有较高审美价值的文学作品

所谓较高审美价值的文学作品，是指作品具有生动、丰富、具体的文学形象，蕴含丰富、健康的思想内涵。非文学作品无法进行文学鉴赏。作品质量欠佳，形象干瘪，语言乏味，形式陈旧，意蕴肤浅，趣味低下，无法给读者带来精神上的满足，也不能给读者以情感上的愉悦。这样的作品就不能成为文学鉴赏的对象。

（二）具有能够感受艺术美的读者

文学鉴赏是读者与文学作品的一种交流，因此，只有文学作品，没有文学读者，文学鉴赏仍然无法发生。当然，作为一个合格的鉴赏者至少应具备这样几个基本条件：一是必须理解文字，否则，无法进入文学作品中；二是必须具备一定知识和文化修养，否则，难以读懂文学作品；三是必须具备艺术的眼光。文学有自己的特点、内在规律与表现形式，人们在鉴赏文学作品时，也就必须遵循其特点、规律和表现形式。换句话说，必须用艺术的眼光来鉴赏文学作品，否则，就难以进入鉴赏的过程，获得审美愉悦感。

（三）读者与文学作品必须建立某种联系

读者与文学作品如果没有联系，即读者没有接触文学作品，文学鉴赏也就无法产生，而要建立这种联系，必须具备以下条件：一是读者必须对作品产生兴趣，而作品也能适应读者的情致；二是读者必须具有适当的心境。从心理学角度看，心境也就是人的情感的一种基本状态，对人的行为有较大的影响。如果心境不适宜进行文学鉴赏时，即使再好的作品，他也无心翻阅，更谈不上进行文学鉴赏活动了。在文学鉴赏的诸多条件中，对于我们来说，努力提高文学鉴赏能力，是十分必要的。

文学鉴赏能力包括哪些要素呢？

一是敏锐的感知力。文学鉴赏活动是从感知文本语言文字开始的。在文学中，人的生活和世界的图景不是以它们直接的感性外观形式出现的，而是以经过人类语言活动予以意识化、抽象化的形式出现的。因此，鉴赏文学就与鉴赏其他艺术有所不同，必须去阅读文本的语言文字并辨识其含义，完整、深入地感知这些语言符号所传达的生活图景。文化程度高、知识渊博、富于激情的人，对文本的感知能力就强，感知就敏锐。

二是丰富的想象力。文学是语言的艺术，其形象具有间接性，需要读者借助想象去还原，需要借助想象去进行再创造。

三是透彻的领悟力。意蕴丰富的文学作品必然有"象外之象""景外之景""韵外之韵"，如果没有较强的领悟力，就不能拨开云雾，领悟其中之"象外之象""景外之景""韵外之韵"，就不能获得更多的审美享受。

要养成自身良好的鉴赏能力，需要在以下几个方面做出努力。

第一，掌握广博的文化知识。文学鉴赏的感知能力与文化修养有着十分密切的联系，要努力提高自己的文化知识水平，拓宽自己的知识视野，才能提高自身对文学的感知力，确保鉴赏活动的正常开展。任何文学作品都是可以感知的，之所以对某些作品有读不懂的感觉，是因为作者与读者的视野差异太大。当我们了解了有关文化知识后，就可以感知这类作品了。例如，我们了解了20世纪西方社会的政治、经济、文化，了解了卡夫卡、乔伊斯和福克纳的生平、思想和文学观，我们就能正常地解读先锋派小说了。

第二，积累丰富的生活经验。丰富的生活经验是养成鉴赏能力的基础。文学鉴赏能力的感知力、想象力及领悟力都与生活经验密切相关。具有审美的人首先是个实践的人。鲁迅先生说："但看别人的作品，也很有难处，就是经验不同，即不能心心相印。所以，常有极紧要处，极精彩处，而读者不能感到，后来自己经历了类似的事，这才了然起来。例如描写饥饿，富人是无论如何不会懂的，如果饿他几天，他就体验到那种状态。"因此，我们要不断地积累生活经验，才能获得更多的审美感知。

第三，坚持不懈的鉴赏实践。鉴赏能力是在反复不断的鉴赏实践活动中逐步养成的。刘勰在《文心雕龙·知音》中说："凡操千曲而后晓声，观千剑而后识器，故圆照之像，务先博观。"不断地进行文学鉴赏实践，不仅可以使鉴赏者的感知力、想象力和领悟力趋向敏锐、丰富和透彻，还有助于他们树立正确的审美观和养成良好的审美态度。

三、文学鉴赏的心理

文学鉴赏是一个极其复杂的心理过程，涉及一系列心理运行形式。它们既有各自独特的功能，又彼此依赖、相互诱发、相互渗透为既定严格的界限，也难以确定先后分明的阶段。下面做一个大致的勾勒。

（一）感受与重建

文学鉴赏与其他艺术鉴赏一样，必须由鉴赏主体通过自己的感官去感受鉴赏客体的形象。但是文学形象是非直观的，鉴赏主体必须把语言符号转换成具体的文学形象，才能真正进行文学鉴赏。因此，文学鉴赏首先要感受语言符号。要感受语言符号就必须正确把握语义和语境。一定的语义总是与一定的语境相关联的，同一个词、句在不同的语境中也能表现出不同的意义。例如，"家"这个词，通常指家庭的住所。当它出现在《日出》女主人公陈白露的台词中，却能给人以丰富的感受。

《日出》第四幕，陈白露听到茶房王福升说客人们都各自回家了之后，低声自话道："是啊，谁还能一辈子住旅馆！我大概是真玩够了，够了，我也想回家去了。"在这里，"家"这个词不仅是一个家庭的固定生活场所的意义，还让我们感受到一种安全、舒适和温暖的生活体验。而这种体验又与陈白露的处境形成鲜明的反差，这样也就更激起人们对这位风尘女子无家可归的极大同情。因此，在文学鉴赏中，绝不能把词句分割开来孤立地去理解，要把词句放在具体的语境中去理解、去玩味，才能真切地感受到它们所包含的文学意味。

读者从头至尾把握语言符号的过程，也是文学形象重建的过程。所谓重建，就是读者通过对语言符号的把握逐步转换成意象，使作品的艺术形象在头脑中重新显现出来的心理活动过程。艺术形象的重建主要依靠想象和联想完成。读者调动自己的生活积累，展开想象的翅膀，把语言符号转换为艺术形象，才能产生如临其境、如见其人、如历其事、如闻其声的真切感受。

例如，我们读白居易《琵琶行》开篇那些诗句时，很自然地在头脑中出现了月色清幽的浔阳江、"犹抱琵琶半遮面"的琵琶女，还仿佛听到了琵琶女弹奏的声音。由此可见，感受与重建阶段的主要任务是通过语言符号去把握蕴含在文学作品中的形象。文学作品源源不断地向鉴赏者提供文字信息，鉴赏者通过联想和想象、心灵的综合不断地把这些信息转换为艺术形象，从而达到对整个形象体系的直观把握。

（二）体验与共鸣

读者在文学鉴赏中重建作品的艺术形象时，自己的情感必然激动，从而逐步进入对作品的体验阶段。文学鉴赏的体验，是指读者通过设身处地、推己及人、移情于物等方式，对作品所表现的种种情感进行感同身受、细致入微的体会、品味、揣摩和猜想。文学鉴赏中的体验主要是一种情感体验。文学的本质特征就是其情感性。作家创作的动力是他对生活的情感体验，"情动于中而形于言"。文学作品的艺术魅力在于其情感内容，召唤读者进行情感体验，文学鉴赏作为一种审美活动，更是需要读者的情感体验。

（三）理解与领悟

文学鉴赏的过程中始终伴随着强烈的情感，但也不能因此把它看成仅仅是鉴赏者的情感活动，与理性没有关系。文学作品不但渗透了作家的主观情感，也反映了丰富的社会生活，不仅具有娱乐性与审美性，还具有认识性与教育性。因此，文学鉴赏离不开理解。所谓理解，就是读者对文学作品的各种内外关系及其意义所作的思考与探究。

　　读者鉴赏作品时，不能只停留在具体的、感性的把握阶段，而要对自己所得到的感性材料进行分析、比较和综合，洞悉其深层的内涵和意义。当然，文学鉴赏中的理解也不应脱离艺术形象去引申发挥，而应将直观和理解、感受与认识紧密结合起来。我们知道，理解是由表层到深层、由感性到理性，通过分析、比较、综合，逐步对艺术形象的内在意蕴的把握。而领悟则大幅度地简化了常态的认识过程，省略了一系列中间步骤，在一瞬间便同时完成了感性直观和理性洞察。文学鉴赏中的领悟，主要指读者无须借助抽象的思考，在对艺术形象的具体感受中，瞬间就能直接把握其内在意蕴。它类似于禅宗的顿悟或西方美学所说的直觉，具有直接性和高速性两个最显著的特点。它虽然伴随着艺术形象的具体感受，却又不黏滞于作品所描绘的个别的具体内容，而是超越了作品表层意义，趋向于深层意蕴的把握。

（四）判断与回味

　　这里所说的判断，是指读者在感受、体验、理解、领悟的基础上，对文学作品的意义价值和优缺点所作的审美评价。读者做出审美评价并非一件易事，涉及作品的内容与形式形象的塑造、意蕴的营造等，还涉及作品的艺术风格、艺术水平、艺术特色、艺术价值等。

　　因此，读者必须对其进行全面的分析，也要对自己阅读作品的感受、领悟等进行分析，并用其他的作品、生活经验进行比较，才能作出较为正确的评价和判断。文学鉴赏中的审美判断具有三个最基本的特征。

　　一是情感性，这种判断不像科学判断，科学判断只以事实为依据，不能容许任何情感因素。而这种审美判断，是读者根据情感的需要对自己所阅读的作品的价值、优缺点所作的个体评判，这种评判必然带有读者的情感态度和兴趣爱好，具有浓厚的情感色彩。

　　二是个体性，文学鉴赏中的判断是鉴赏个体通过阅读文学作品，依据自己的审美需要、艺术趣味所作的判断，并不在意他人的评价和社会的认同，因此，它具有个体性。

三是差异性，由于读者文化修养、艺术趣味、思想感情、生活经验千差万别，因此，对作品的选择、评价也会千差万别，正如鲁迅先生所说："看人生因作者而不同，看作品又因读者而不同。"读者初读一部优秀的作品，就获得初步的强烈而新鲜的第一印象，刘心武的《班主任》发表后，许多读者看了一遍，就激动地给作者写信，赞扬作者大胆地揭露了发人深省的社会问题，甚至说，他们自己身上就有谢惠敏或宋玉琦的影子，可见，初读是多么重要。

但鉴赏活动并不是到此结束，还会持续进入一种回味状态。所谓回味就是获得初步的情感愉悦之后，再去品味、体会、玩味。鉴赏贵在回味，回味就是深化。小至寥寥数句的抒情诗，大至洋洋数万言的鸿篇巨制，都需要反复玩味，深入体会。尤其是那种"庭院深深深几许"的艺术宫殿，单凭一次漫游，是很难窥其堂奥的，需要一进乃至多进才能了解其艺术奥秘。

第二节　文学鉴赏的过程

文学鉴赏过程中伴随许多心理活动，其中涉及鉴赏过程的阶段划分和鉴赏心理的深入剖析。关于文学创作的过程，法捷耶夫作了假定性的划分——准备阶段、构思阶段和写作阶段。与此相应，对文学鉴赏整个过程，也只能作"假定性"划分——文学鉴赏的准备阶段、发生阶段、发展阶段和延留阶段。

一、文学鉴赏的准备阶段

阅读是读者与作者双方交流的特殊行为。在阅读作品之前，读者的心理并不是一张白纸，而听任作品在上面肆意描画。也就是说，阅读前，读者头脑中已有一定的文化储备，已有既成的结构图式——期待视野文化储备。

读者步入鉴赏领域之前，对鉴赏对象——文本，有着充分的选择自由。

这种选择，既决定于接受主体的世界观和人生修养，也取决于其审美情趣、文化积淀和审美能力。审美情趣表现为审美偏爱、审美标准和审美理想。王安石喜欢杜甫的诗句，不大钟情于李白的，而欧阳修的喜恶则与王安石相反；雨果不爱读司汤达的《红与黑》，而歌德也不恭维雨果的《巴黎圣母院》，这些都说明读者审美的差异性。

　　文化积淀主要指读者理解作品事、情、理所需的知识存量。不了解兄弟相争的历史事实，就难以理解曹植"七步诗"的悲切；不明白宋室南渡的变乱背景，就不能掌握辛弃疾"积学"成为人们的经验之谈。要真正鉴赏一部作品，要了解、搞清楚作者生平、作品缘起、作品有关事件的脉络。

　　审美能力可以理解为读者认识美、鉴赏美的能力。艺术初感是一种即兴直觉，属第一印象。艺术初感因人因境而异。黛玉初进贾府，宝玉马上发生"双叹"："天上掉下个林妹妹"，是一种美的赞叹；"似曾相识今谋面"，是一种奇的惊叹。这就是所谓敏锐的感受力。而敏锐的感受力是审美能力最基本的因素。审美能力对文学鉴赏来说起着至关重要的作用，而审美能力的养成，却不是天生或偶得的。

　　文化储备为文学鉴赏奠定了坚实的基础，"期待视野"由接受理论家姚斯提出，是指鉴赏之前，读者心理上对作品所抱的期待和要求，表现为文体期待、意象期待和意蕴期待三个层次。它决定着阅读的选择、重点和效果。文体期待，即读者对文学体裁样式的期待指向。读者希望看到某种文体应该具有的那种艺术韵调和艺术魅力。阅读小说，期望展示波澜起伏的故事情节，塑造血肉丰满的人物形象；鉴赏诗词，希冀出现愉耳、悦目的韵律、节奏，呈现赏心、怡神的抒情意境。意象期待即读者对文学形象的期待指向。对作品中青松、寒梅等形象，希望坚忍不拔、冰清玉洁的品质得到赞美；对雨巷、孤雁等形象，要求抑郁、哀怨的意境得到渲染。意蕴期待即读者对作品较为深层的情感、意义的期待指向。读者希望作品能蕴含符合自己思想倾向的艺术境界，能流露与己相通的人生态度，并预示发展态势，在文学鉴赏中，期待视野的三个层次将促进读者主动性和积极性的发挥。

二、文学鉴赏的发生阶段

《周易·系辞》中曾提出过"言、象、意"三个概念，王弼对此做了详尽的诠释。言、象、意是一个由表及里的审美层次结构：人们首先接触"言"，然后窥见"象"，最后领悟"意"。文学鉴赏的发生阶段，主要指读者通过语言媒介，形成鉴赏注意，进而感知文学形象的阶段，即"言""象"阶段。这是文学作品由"第一文本"转化为"第二文本"，并且逐步实现作品价值的初始阶段。鉴赏注意把鉴赏活动作为一个动力过程，其发动伊始就要注重鉴赏注意的形成。这种"注意"表现为读者阅读作品第一行、第一段、第一页时，就把自己的心理活动指向并集中于特定的作品。

关于读者，有的出于某种需要，或求知，或审美，一开始就能进入角色，进而物我两忘；而有的则在漫不经心的状态下翻开第一页，甚至走马观花。鉴赏注意则要求读者停止无关思维，结束懒散状态，尽快进入作品的虚拟世界。鉴赏注意的形成，既是作品自身显示艺术魅力的结果，也是读者自身发挥主观能动性的表现。

感知形象文学创作是一个创造形象的过程，而文学鉴赏则是一个再现形象的过程。读着李清照"寻寻觅觅，冷冷清清，凄凄惨惨戚戚"的词句，一位万般愁苦的思妇形象就会再现：处境寂寞凄凉，思妇百无聊赖，寻觅中愁更愁，独坐时苦愈苦。这种体验，就是作品中物化的艺术形象的再现。文学鉴赏具有直觉性，但更具有能动性。艺术形象再现过程中，往往会发生形象的变异。变异，因人而异。在鉴赏过程中，艺术现象的变异是一种普遍现象。

三、文学鉴赏的发展阶段

文学鉴赏的高级阶段是对意蕴的深入把握，其间伴随两种心理现象——联想、想象的展开和情感反应的持续。

（一）联想与想象

联想是把两种事物联系在一起的想象，有人认为这是一种不合法的"结婚"。北宋画院曾以唐诗"踏花归来马蹄香"命题，应试者仅画几只蝴蝶萦绕于马蹄旁作答。由于考官深解应试者以"香"为"红娘"的联想，因而，不由得拍案叫绝。想象是文学鉴赏中重要的心理因素。广义的想象包括初级形态的想象和高级形态的想象。想象使"思接千载"，观古今于须臾，"视通万里"，抚四海于一瞬，因而，曾被尊为心理功能中的"皇后"。想象是大脑对已有表象进行加工改造而形成新形象的心理过程。可分为再现性想象和创造性想象。

巴尔扎克说，真正懂得诗的人，会把作者诗句中只透露一星半点的东西拿到自己的心中去发展。这正说明了想象在意义理解中的不可或缺性。宋人张孝祥在创作《念奴娇·过洞庭湖》时，充分运用了想象，读者解读该词时，更要运用想象。"玉鉴琼田"中荡漾着一叶"扁舟"，读者只有运用想象，才能触摸到一片洁净的世界，鉴赏这迷人的夜色。该词最后，词人神采飞扬，"尽挹西江，细斟北斗，万象为宾客"，似是一位与天同高的神人。读者也只有插上想象的翅膀，进入艺术世界，与词人同忧乐，才能发现作者"表里俱澄澈""肝胆皆冰雪"的坦荡胸怀和心迹。

文学鉴赏需象，首先是因为语言形象具有间接性。语言是符号，要转化为艺术形象，离不开想象是因为作品中的"空旷结构"，它召唤着读者运用想象去填补空白，使之连贯，以臻于完善。再次是通感现象的存在。通感是一种五官感觉在感受中的挪移、转化。钟子期称赞伯牙的琴声是"美哉，巍巍乎若泰山！""美哉，荡荡乎若江河"，这是听觉与视觉的挪移。钱钟书指出，颜色似乎会有温度，声音似乎会有形象，冷暖似乎会有重量，味道似乎会有锋芒，这是多种感觉的移位，它需要通过想象来实现其真切性，表现出具体性。

（二）情感反应

情感是文学鉴赏中最活跃的心理因素，具有巨大的推动力。没有真正的情感投入，就没有真正的鉴赏活动。共鸣和净化是两种常见的情感反应，是文学鉴赏高潮来临的重要标志。共鸣是一种心灵感应现象。通常有两种类型：一是鉴赏文学作品时，读者的思想感情与作者的思想感情相互沟通，交流融会，并同忧同喜。例如，《红楼梦》第二十三回在描写"牡丹亭艳曲警芳心"中，林黛玉听到《牡丹亭》唱词，先是觉得"十分感慨缠绵"，而后"不觉点头自叹"，继而"心动神摇"，以至"如痴如醉"，最后"心痛神痴，眼中落泪"便是所谓的"共鸣"。

二是鉴赏同一部作品时，不同的读者产生的心理趋同。亚里士多德曾生动地描绘过人们的心理激荡："当他们倾听兴奋神魂的歌咏时，就如醉似狂，不能自已。既而苏醒，回复安静，好像服了一帖药剂。"净化是共鸣的进一步发展，是指读者通过鉴赏活动，实现去除杂念、提升人格、趋向崇高的自我教育过程。

净化有两种表现形式：一种是鉴赏过程中的净化——读者进入作品的艺术世界，暂时抛开人生的烦恼，忘却世俗的困扰，维持了心理平衡。这是一种进入"桃花源"式的净化。另一种是鉴赏活动后的净化——由于作品情感力量的震撼，使读者愤懑的情绪得以宣泄，畸形的心态得以矫正。亚里士多德在《诗学》中就提出了"净化说"，强调悲剧能使观众激起怜悯和恐惧，从而导致这些情绪的净化。这种净化现象司空见惯，其实质是文学作品的教育作用所致。文学鉴赏实践证明，经过鉴赏活动准备、发生和发展阶段的"磨炼"，读者才能较好地理解作品的意义，把握作者的情感，并享受审美的快感。

四、文学鉴赏的延留阶段

王国维在《人间词话》中曾提出过"入乎其内""出乎其外"的见解。对作品，读者"入乎其内"，是为了体验和把握；而"出乎其外"，则是指对作品加以适度的理性认识，使作品的"言""象""意"伴随读者进入现实世界。这就是文学鉴赏的延留。延留是读者对文学作品从感性认识为主到理性认识为主的飞跃，是鉴赏活动的最高境界。对此，西方美学理论中出现过源于康德的"距离说"，流行过俄国什克洛夫斯基的"陌生化"理论。虽然这些理论都有失偏颇，但从文学作品中"跳出来"思考，却是"至理"，否则，将会消融、丧失读者的主体性。苏轼的"不识庐山真面目，只缘身在此山中"诗句就是最好的反证。

　　延留的表现之一是回味。孔子游齐，听过《韶乐》后，竟然"三月不知肉味"，因《韶乐》余味无穷。梁启超在《论小说与群治之关系》中指出："人之读一小说也，往往既终卷后数日或数句而终不能释然。读《红楼》竟者，必有余恋有余悲；读《水浒》竟者，必有余快有余怒。"这种回味，令人忘情不已，正是鉴赏后的延留效果。

　　延留的另一种表现是融入。通过文学鉴赏，读者的审美能力、精神风貌乃至人格规范中溶进了新质，并将产生久远的影响。有人认为，郭沫若之所以成为现代浪漫主义诗人，是因为他受到了庄子、屈原、拜伦等的作品的熏陶。鲁迅在《药》的结尾，凭空添上了个花环，出现了"安特莱夫式"的阴冷，是因为他早年曾倾心于19世纪末俄国作家安特莱夫的作品。高尔基的《母亲》哺育了多少志士，奥斯特洛夫斯基的《钢铁是怎样炼成的》炼就了无数青年，这便是开了"益卷"，才有"益果"的佐证。沿着这个思路推进，读者的审美观念的变化，还将进而影响作家的创作；读者人格气质的提升，还将反作用于现实世界。正如苏珊·郎格所说："与其说艺术影响了生命的存在，倒不如说影响了生命的质量。无论如何，这种影响是深邃的。"

第六章　实践视域下文学理论的演进

文学理论观念的演进是社会历史、文学实践，以及理论自身多重因素合力作用的结果。文学理论观念经历了由新时期之初的一元垄断至八九十年代的多元分化，再到90年代后期以来走向综合创新的辩证历程。

第一节　中国古代言意关系与言意论

一、言意论

文学是一种言说，一种表达。如何言说、表达，言说、表达什么？这是永远困扰着文学家的重要问题。在文学理论领域，对言意的关注由来已久。言意之论，绵延于中国古代文论，形成中国古代文论的一种独特景致。如果说，中国古代文论是富有特色的文论范式，这种特色的形成与中国古代的言意理论当然是不可分离的，甚至可以说，正是人们在言意关系上的独到认识与阐发，才促成中国文论的某种特殊内蕴与魅力。

二、中国古代言意关系

对中国古代言意关系的探讨几乎在文学产生之初就开始了，当然，关于言意关系的思考其实并不发轫于文学，而是缘起于日常交流的需要。怎样使自己在生活交往中能够准确、巧妙地说话，是比文学表达为时更早的人类需求。可以说，中国古代言意论，首先起始于对日常表达的关注与思考，中国文字（汉字）的产生，就形象地体现了这一点。

文字记录语言，语言要切近事物，因此才有"依类象形"的造字方法，但大千世界包罗万象，不可能全部做到以形"象"之，于是产生了指事、会意等其他造字法。"六书"之中，有许多象征、比喻的成分，可以看出人们寻求表达的艰难。这种试图在形体（更接近于事物本身）和意义（更接近于主体心智）之间建构起联系纽带的方式，与西文的产生方式是大不相同的。艰难的造字方式，不断激发出想象理解，体现想象与理解的汉字，记录了汉语，使汉语必然要显示出同样的想象与理解的复杂性，当人们使用这种语言来进行新的表达时，必然要使言意对应关系的重要性突显出来。

换言之，如何使用约定俗成的、体现出经由想象和理解之后才达成普泛意义的语言，来传达此时此地言说者对世界的独特理解，成为言说者必须面对的现实问题。人们往往不能很好地解决这个问题：言不逮意，意不称物，在言说者心里，言与意的矛盾便产生了。言与意的困惑从一开始就紧紧尾随着言说者，使他既感到语言的有用，又感到语言的无力。

这可以从同样古老的文化现象——八卦的产生得到印证。八卦最早乃占卜凶吉的方法，它以抽象的符号构成卦象，它通过两个符号进行不同组合，形成八个基本卦象，即乾☰、兑☱、离☲、震☳、巽☴、坎☵、艮☶、坤☷。

据说，此乃伏羲观物取象的结果。八卦后来演化为六十四卦、三百八十四爻。运用不同的复杂的卦象，可以占卜凶吉，推宇宙万物、人间世道的变化与规律（实际上是一种主观的引申与发挥）。这种以卦象传达意念与理解的方式，同样是一种玄妙而艰难的方式，但它同时也是一种丰富而自由的方式。"易象作为一种占卜的工具，它的主要特点，是以一种抽象的符号来象征具体的现实事物，这就需要有丰富的想象能力。"

在想象力的作用下，易象形成了一种独特的表达方式，"子曰：'书不尽言，言不尽意。'然则圣人之意其不可见乎？子曰：'圣人立象以尽意，设卦以尽情伪，系辞以尽其言。'"（《易传·系辞上》）人们如何解决"书不尽言，言不尽意"的矛盾？这里假托孔子之口说，最高明的表达即圣人的表达，也就是"立象以尽意"。从这里，我们可以看出《易传》在言意关系上体现了一些深入认识。

第一，立象（卦象）是可以尽意的方式，也是解决言不尽、意矛盾的有效方式。八卦建构过程中那种表达的困惑与艰难，很有可能是不得已而为之的做法，被转化为一种主动追求，一种值得后人探究寻味的言说人世奥义、自然妙造的话语方式。将这种方式扩展更为具体的表述，也就是"其称名也小，其取类也大；其旨远，其辞文"（《易传·系辞下》）。语言在这种方式中展现出丰富性，同时也体现出文采。这里已形成对中国化文学语言状态的一种暗示。

第二，尽意必须立象，象乃直观之态。语言指其外表而必有意义隐其内部，"将叛者其辞惭，中心疑者其辞枝，吉人之辞寡，躁人之辞多，诬善之人其辞游，失其守者其辞屈"（《易传·系辞下》）。可见，言为心象，由表及里，意味无穷。在这里，语言似乎找到了达意的一条巧妙路径，那就是造象。这种思想被后世文论家不断借鉴、引申、发挥，慢慢成为文学表达的一种重要方式。《周易》（无论其中的《易经》还是《易传》）可以说在中国古代言意关系的认识过程中以自觉或不自觉的方式，起到了重要的推进作用。

在先秦时期哲人那里，对言意关系的注重以更为具体的方式体现出来。首先是强烈地意识到"言"，特别是优秀语言对表达的重要。"仲尼曰：志有之，言以足志，文以足言。不言，谁知其志？言之无文，行而不远。晋为伯，郑入陈，非文辞不为功，慎辞哉！"（《左传·襄公二十五年》）可以看出，无论在日常生活、政治行为，还是外交活动中，优秀的语言表达都会起到极为重要的作用。如何形成足以准确达意，产生巨大说服力的语言呢？孔子认为其方法和分寸是"辞，达而已矣"（《论语·卫灵公》），所谓"达"，也就是合乎事实，准确地传达事实，而不是一味追求语言表面的华丽、浮艳。

因此，孔子进一步提倡"质胜文则野，文胜质则史。文质彬彬，然后君子"（《论语·雍也》），可以说，这是对日常话语方式最为理想化的定位，优秀话语因切合实际而能准确达意，进而成为理想人格的一种体现。

其次是对言意矛盾更深切的体验、领会。最典型的是老子和庄子。由于认定宇宙本体、万物本源是无形无象的"道"，因此，他们虽然有较强的言说能力，但仍然感到对"道"进行表达的困难。老子说："道可道，非常道，名可名，非常名。"（《道德经》）庄子说："道不可闻，闻而非也；道不可见，见而非也；道不可言，言而非也。知形形之不形乎？道不当名。"（《庄子·知北游》）

与孔子讲求经世致用不同，老庄哲学的玄虚色彩把语言表达的困惑放大了。这种放大，不是种故作姿态的文化游戏，而是思想深入的体现。深刻的理解、微妙的体验，是主体心性、灵气所促成的，借用有形语言来表达，当然不可能轻而易举和盘托出。庄子说："世之所贵道者，书也。书不过语，语有贵者，意也，意有所随。意之所随者，不可以言传也，而世因贵言传书。世虽贵之，我尤不足贵也，为其贵非其所贵也。故视而可见者，形与色也；听而可闻者，名与声也。悲夫！世人以形色名声为足以得彼之情！夫形色名声，果不足以得彼之情，则知者不言，言者不知，而世岂识之哉！"（《庄子·天道》）

这是先秦时期关于言意关系最深入的体验，也是最完整的表述。困惑是显而易见的，但道家自有其解决方法，那就是"荃者所以在鱼，得鱼而忘荃；蹄者所以在兔，得兔而忘蹄；言者所以在意，得意而忘言"（《庄子·外物》）。庄子的意思是说，为了得到意，不要局限于有形语言的表面，要忘记有形语言，去追求语言之外的意味。那么，又如何获取语言之外的意味呢？这就要通过语言所表现的事物去体会、感悟了。语言虽然要被"忘"，但它又并不是可有可无、无足轻重的东西。这种思想与儒家的思考又有明显的不同。

先秦时期的言意论，发展到魏晋时期，导致了"言意之辨"，使言意论得到更深入的发展。其中有荀粲、葛洪、王弼强调"言不尽意""得意忘象"等，与此相左，有西晋欧阳建作《言尽意论》，反其道而为。王弼认为"夫象者，出意者也。言者，明象者也。尽意莫若象，尽象莫若言。言生于象，故可寻言以观象，象生于意，故可寻象以观意。""是故存言者，非得象者也；存象者，非得意者也。""言者所以明象，得象而忘言；象者所以存意，得意而忘象。"（《周易略例·明象》）

王弼所言象虽为卦象，但可以看出，这是老庄言意思想的承袭与发挥，并且更为明显地带上了玄学色彩。汤用彤先生说："言意之别，名家者流因识鉴人伦而加以援用，玄学中人则因精研本末体用而复有所悟。王弼为玄宗之始，深于体用之辨，故上采言不尽意之义，加以变通，而主得意忘言。于是，名学之原则遂变为玄学家首要之方法。"

对言意论认识的这种深化，是使言意之说广泛地渗入美学领域，显示了它在审美的领域中的理论价值。因此，魏晋南北朝的文学艺术活动，逐步形成与它之前时代所不同的审美走向。

在言意论的发展中，我们必须特别注意陆机。这位魏晋时期重要的文论家，将言意关系放到文学创作之中来认识和阐述，使言意论超越了日常表达层次，进入文学的本体世界中。陆机所作《文赋》，是对文学进行内部研究的典范。这篇内容精深的文论著作，其立论缘起便是"意不称物，文不逮意"这个传统话题。在陆机看来，创作构思最重要的就是要处理好"言""意""物"的关系。

"余每观才士之所作，窃有以得其用心。夫放言遣辞，良多变矣。妍蚩好恶，可得而言，每自属文，尤见其情，恒患意不称物，文不逮意，盖非知之难，能之难也。"（《文斌·序》）在这里，我们要注意，陆机所谓"意"，是指构思过程中的意，即构思中所形成的具体内容（即心象，或曰意象），而非文章中已经表达出来的意；"物"是指人的思维活动对象；"文"则为用语言写成的文本。统言之，"意不称物"也就是指，构思不能正确反映思维活动的对象，主体不能准确表达对生活的感受、理解。"文不逮意"，即文本不能充分表现构思过程中所形成的具体内容，使表达过程成为一个更为复杂的、充满创造的领域。不难看出，陆机对言意关系的认识，已经上升到创作思维高度，切中了创作构思与表现之肯綮，因此，《文赋》所展开的论述往往准确、精当，富有启示性，相对于老庄的言意论，有了一个飞跃。

陆机之后，有价值的言意观念，往往在创作论中体现出来，成为文论家深入创作内在世界无法绕开的话题。刘勰云："方其搦翰，气倍辞前，暨乎篇成，半折心始。何则？意翻空而易奇，言征实而难巧。"（《文心雕龙·神思》）郑板桥云："磨砚展纸，落笔倏作变相，手中之竹，又不同于胸中之竹。"这些都是对创作之中言意难题的感悟和思考。正因为这个命题的存在和难解，才导致了各不相同的文艺探索，使艺术世界呈现出丰富的形态。

总之，中国文论家似乎更看重在有形的言与物之外，去寻求并不被这些言与物直接彰显但又隐含其中的意，所谓"言有尽而意无穷"，艺术境界因此才显得神奇空灵、魅力无限。正如刘勰所说："隐也者，文外之重旨也；秀也者，篇中之独拔者也。隐以复为工，秀以卓绝为巧，斯乃旧章之懿绩，才情之嘉会也。夫隐之为体，义主文外，秘响傍通，伏采潜发，譬爻象之变互体，川渎之韫珠玉也。"（《文心雕龙·隐秀》）可以说，"隐秀"乃言意思辨之产物。隐秀于形，含而不露，意境天成。中国古代言意论从日常话语方式开始造就了独特的中国韵味十足的艺术话语方式。

三、言意论的内在价值

综观中国古代文论，不难看出，言意论的出现与发展过程，起因于（或植根于）主体在日常言说和文学言说中的困惑，收获于对这种困惑的克服与超越。这个过程看上去是一个自然而然的过程，有困惑，必然要探寻解决困惑之道，在探寻过程中产生、形成了新的理解，这是可以想象的。然而，站在现代文学理论角度来审视这一过程，我们却发现内在的意义。概言之，促成言意论的日常的和艺术的表达困惑，其内部包含本体论意义，彰显了一种认识论方式，最后促成中国文学发展特色和文学理论建构。

1. 言意关系体现出本体论意义

在表达过程中感受到言意矛盾，因之产生表达困惑，这是人类文明进程必须经历的一个重要阶段。感受、表达、语言方式这些因素，在文化意义上是作为人自身的证明而存在的。换句话说，它们不仅是人的属性，而且是人的构成因素。人以感受而超越物，使自己不仅是一个实践主体，同时还是个认识主体，他可以作为第三者来观照自己，形成自我意识。人因表达而成为人，表达在传递信息促成、沟通的同时还展示了丰富的精神世界。人的表达主要是语言的表达，语言将人所面对的客体世界转化为可以随意言说的对象，将人所具备的主体思想能力外化为可被接受、感觉的对象，人才获得了超越现实限制的自由，从而形成丰富的精神世界。

因此对于人，语言不是一种外在现象，而是具有本体意义的因素。海德格尔说："只有当人受到语言光顾的时候，为语言所用而说语言的时候，人才成其为人。"在此意义上，可以肯定语言的本质也就是人的本质。与此同理，在文学表达中，文学语言的本质也具有人的本质定位意义，它展示文学行为主体——作者的知、情、意，同时也是对人知、情、意世界的证实。文学语言的这种人的本质特性，促成了文学的本体内涵。

所谓文学只能是以话语方式体现的作家观念、思维和表达过程，在这些因素后面才是那个丰富的客体世界。我们所说的文学语言的本体意义也就是文学语言所体现出来的这种彰显文学本体的意义。关于这一点，海德格尔用了另一种表达："语言是境域，即存在的家园。语言的本质并不在表达意思中穷尽自己，也不只是某种具有符号或暗示特性的东西。因为，语言是存在的家园，所以，我们通过不断地穿越这个家园而抵达存在。"

借鉴存在主义这种思路，从本体意义上来理解言意关系，中国古代的言意表达困惑，其实就是人对自身本质确证的艰难历程的感受。文明的实质是人走向自身，这个过程充满迷障、充满阻碍，困惑是一种必然；困惑促成思考，其带来的对语言、对文学、对自我主观世界的自觉和把握当然就成为一种必然。中国古代的言意论，在其初始时期，以中国特有的方式体现了人们对语言与文学，甚至可以说体现了对人自身价值的探索。这是一种有意味的文化选择，它的重要意义将以更细致的方式体现出来。

2. 言意之论彰显了一种认识方式

言意关系既然体现了上述本体论意义，那么，它就不仅只在中国文化的发生、发展过程中发挥作用，也会在西方文化的发生、发展过程中发挥作用。事实确实如此，在西方文学理论的历史进程中，我们可以十分明显地看到言意辨析所促成的理论潮流，到了近现代，西方言意关系的探讨甚至促成了一些重要的文学理论流派的形成，如俄国形式主义诗学、英美新批评、法国结构主义诗学，以及20世纪后半期在德国出现的与现象学、阐释学密切相关的接受美学等，在言意关系上，它们各执一端，形成自己特色的理论体系。可以肯定地说，言意关系辨析带来的理论建构，以及这种理论对文学作品和文学现象的解析，已经构成了复杂的文化理论领域。

然而，西方的言意认识与中国有着明显的不同，因为其言意关系除了显示本体论意义之外，还是一种认识方式的体现，或者说，它彰显了一种认识论方式，这必然与中国有所差别。在中国古代，关于主观与客观两极，人们更强调主观方面，总是试图将客体世界纳入主体的理解范式之中，而不是让主体因素就范于、融会到客体世界之中。譬如"天人合一"的哲学思想就是这样，天被伦理化、人化，成为人格意志的体现。

儒家认为世界是可以支配的，道家认为世界是可以忽视的，佛家眼中的世界是心法的世界。这些思想无一不是用某种方式将主体放大之后，对客体进行整合产生的结果。在文学艺术领域，"诗言志"的思想中渗透了早期人们对文学的认识。强调主观，想方设法让客体合于主体情志，必然要带来理解与表达上的困难与困惑，因为，客体毕竟是一个不依赖人的主观意识而存在的现象世界，用主观意识去整合客观，言意之间依存与矛盾的问题成了认识论中不能不解决的大问题。对这个问题的探讨必然要为文学创作和文学理论建构提供强大动力，也包括制导与规约的限制。

在西方，古希腊时期，人们强调的是模仿，是主体对客体世界的适应与服从，结果是人的思维与表达有了一个天然范本，在这种情况下，言意之间的矛盾关系并不突出，不会导致强烈的言意困惑。从另一角度看，这样的言说是简单的，只满足于意义得到明显的确定的传达，因此也可以说，这样的表达是低层次的。柏拉图甚至认为这种状态的文艺"和真理隔着三层"（《理想国》），它低于现实世界，更低于理想世界，因此，诗人应被逐出理想国。这种思想在西方影响深远，直到近代，克罗齐的直觉主义美学和文学理论出现才发生深刻变化。

作为这种变化的体现，象征主义起了重要作用，马拉美说："与直接表现对象相反，我认为必须去暗示。对于对象的观照，以及由对象引起梦幻而产生的形象，这种观照和形象就是诗。"这种将表现手段后面的"意"心灵化的思路，已经暗示出语言即将面临的困难。象征主义文学语言的奥涩与难解，正是这个因素导致的。心灵作用的放大，使西方文学理论摆脱了以模仿为中心的传统，获得了更为开阔的空间，在某种意义上，也可以说是对言意关系的探索拓展出了新的理论领域，因为言意辨析内含着方法论色彩，必然会促成一些新变化。直觉主义、象征主义之后，精神分析学、形式主义、新批评、结构主义等文学理论学派，其话语方式之中，不是流露出更多言意辨析色彩吗？

3. 言意辨析促成中国文学特点，实现了文学理论的建构

言与意的关系，实际上也是语言与思维的关系。这种关系虽然不断引发争论，但已经有了较明确的认识。美国文学理论家乔纳森·卡勒说："语言与思维有什么关系端是普通的观点，认为语言只是为独立存在的思维提供了名称，为先于它而存在的思维提供了表达方法；另一端是以两位语言学家的名字命名的'萨丕尔——沃尔夫假说'。这两位语言学家认为我们所说的语言决定我们能够思维什么。"

这两种不同的观点概括了语言的两种不同状态和作用。值得注意的是，中国古代言意论在语言与思维关系的认识上，实际是综合化的，它将两种不同观点融会在一起，酌其长处而用之，而不是非此即彼，执其一端而深究，

因此才能形成中国化的意境理论，导致在创作实践中重形象、重意味、重神韵，讲求含蓄与丰富的艺术创作特点。

先看第一种情形。如果不能否定语言形成之前人所具有的思维形态（尽管这种形态可能是幼稚的），那么，语言便会被这种思维所影响，成为体现相关思维的一种方式。人类早期的思维是低级层次的形象思维（称为具象思维也许更贴切），在中国，人们用汉语这种十分富于摹形的语言来表达它，形成和谐共生状态。记录汉语的汉字，其形象感更为鲜明，因此可以说，汉语强化了中国思维方式，有人甚至将这种思维方式称为"字思维"方式。

字思维方式也可以说是借助语言的形象性来强化的、以形象思维为主的思维方式。在这里，我们不难发现，思维开始与语言合一，成为相辅相成、不可分离的整体。思维中重"悟"，语言就必须重感受；语言中重比附，思维中就必须重想象。这种情况，几乎使人无法分清到底是语言影响了思维，还是思维影响了语言。发现了文学理论中的言意之辨这个难题，同时也就发现一种奇特的艺术境界、艺术韵味。因此，人们一方面表达着"言不逮意，意不称物""意之所随，不可言传"的困惑，另一方面则马上倡导"赋、比、兴"创作与表达原则。"比兴"手法，确实是以形写意的绝妙手法，它在创作《诗经》时期就被广泛运用，在汉代的《毛诗序》中就得到理论重视，后来，甚至有朱熹这样的文化巨子都对之做出阐释。

了解了上述原因，就不会对此感到奇怪了。换言之，"比兴"化的语言，是最为鲜明的感性化语言，这种语言是破解言不尽意矛盾的有效方式。因为它的重点在"立象"，而"立象"可以"尽意"，在《周易》中人们就认识到这一点。这种语言在形象的外观之内会生发出无穷意味，激发出无穷想象，正所谓"言有尽而意无穷"，因此，用之于日常表达，深奥的道理亦可彰显；用之于文学创作，灿烂的文采便会萌生。在言意之辨中，人们认识到了这点，所以陆机、刘勰、司空图、皎然、严羽乃至王国维等人，极力将之推广到艺术创作之中，最终构成中国文学理论中的意境理论。这是中国古代文学理论的一大原创性理论，最为集中地体现了中国文论的民族特点。在这个理论笼罩下，中国文学创作不但注重"惟妙惟肖""形神兼备"，更为注重"象外之象""景外之景""言外之意""味外之旨"，形成无比华美、无比深邃开阔，在想象世界绵延无尽的艺术境界，使主客观世界在语言中实现了最完美的交融。

有了上述这种整体化的艺术背景和理论走向，可以肯定地说，中国古代言意论在经历了困惑与探索阶段之后，进入灿烂的收获期，形成了中国文学与世界文学所不同的特色，也完成了自身理论形态与理论价值的构建，对中国现当代文学和现当代文学理论的发展，有着启示和深远的影响。

第二节　中国当代文学理论与范式

一、范式

在中国当代文学理论话语中，"范式"一词已经成为一个常用词。人们通常用它来指称文学理论发展历程中某种相对固定的状态，更多时候则只是为了获得对不同文论状态的理论表述便利而使用它。显然，在这些表述中泛化的范式失去了它本应具有的理论意义，也失去了对建构文学理论的启示意义。我们知道，新旧世纪之交的中国文学理论，在思维禁区消解之后的理论狂欢之中，疆域不断拓展，话语不断丰富，呈现出令人欣喜的盛况，其发展与进步、建构与收获是显而易见的。

然而，反思这个历史进程，展望当下文学理论状况，如果想从内在的层面找到更多、更有价值的东西，譬如真正中国化的文学理论体系与话语方式，对中国文学更为有力的阐释与影响等，我们就无法不产生一些疑惑与疑问。新中国成立以来，中国的文学理论，几乎是一路跟进西方现代主义和后现代主义理论脚步的，从形式主义、新批评、结构主义、符号学、叙述学、后结构主义，以至于今天流行着的文化研究热、文化诗学、新历史主义、后殖民主义、女性主义，以及日常生活的审美化倾向等，哪一种西方的理论方式没有在我们的理论表达中凸显出来呢？

其结果是，在新锐与丰富的另一面，某些理论话语的精细与深奥是以脱离中国文学创作与批评实践为代价的。中国当代文学理论将如何发展？怎样更为有效地梳理和建构中国文学理论当代形态？如果不就范于某一种流派化的西方文论，在思维与方法层面上，能不能找到一些更有价值的因素？这是一些十分庞大的问题，探讨、回答它们可能有许多途径，在这里，我从泛化了的范式概念中，再次想到托马斯·库恩关于自然科学发展历史的哲学化思考。重温他赋予范式的理论内涵，或可使我们在中国当代文学理论问题上获得一些有益的启示。

二、范式对文学理论产生的影响

1962年，托马斯·库恩出版了《科学革命的结构》一书，这部著作的思考基点是自然科学史和哲学，但影响和波及了美学、文学和语言学等领域。一本言说自然科学发展演变的著作，能够产生如此广泛的文化影响，毫无疑问，原因只能是它超越一般性事实描述和规律总结，上升到了观念与方法层面上。这一点已为许多关注文学理论自身科学性的学者所发现。董学文说："范式在文学理论中，实际上是观察和分析文学问题的一种视野，一种参照框架。"金元浦在阐释姚斯对范式的理解时说："一个文学批评的特定范式既创造出一套阐释的方法和体系，又创造并决定阐释的对象。"美国学者肯尼思·D.贝利将范式的这种作用表述得更为细致："范式是研究人员通过他观看世界的思想之窗。一般情况下，研究者在社会世界中所看到的，是按他的概念、范畴、假定和偏好的范式所解释的客体存在的事物。因此，两位研究人员根据不同范式描写相同的事物，就可能出现不同的看法。"

这些学者对于范式的方法价值的理解，都是基于库恩在《科学革命的结构》中对于范式所作的理论定位展开的。那么，什么是库恩所说的范式？在《科学革命的结构》序言中，库恩概括道："我所谓的范式通常是指那些公认的科学成就，它们在一段时间里为实践共同体提供典型的问题和解答。"

也就是说，范式首先是指被普遍认可的科学成就，更重要的是，构成范式的这些科学成必须具有两个基本特征："它们的成就空前地吸引一批坚定的拥护者，使他们脱离科学活动的其他竞争模式。同时，这些成就又是以无限制地为重新组成的一批实践者留下有待解决的种种问题。""凡是共有这两个特征的成就，我此后便称为'范式'。"

由此可见，库恩十分明确地赋予了范式特定内涵，使它成为一个与常规科学密切相关的术语。以它作为基点，库恩形成关于科学发展的独到理解，他所认为的科学革命的结构开始浮出水面。这是一个动态模式，将它概括出来就是，前科学→常态科学→反常与危机→科学革命→新的常态科学……《科学革命的结构》正是循着这个动态模式的变化所进行的系统表述。这个模式改变了人们对科学发展的一些传统看法，如归纳主义所认为的渐进与积累方式，证伪主义所认为的不断否定和革命的方式，等等。

库恩认识到在科学的发展变革中，范式起着极为重要的作用。正是由于范式及其作用的发现，库恩才肯定地将科学发展的过程视为一个积累与飞跃、渐进与革命交替展开的过程。应该说，这更加切合科学发展的历史状态与内在规律，也更能启发人们在进行新的科学追求时适时地选择更为合理的路径与方式。换句话说，范式具有对科学状态的阐释功能和对科学建构的提示功能。正因如此，范式这个作为库恩理论的核心概念也就带上了浓厚的方法论色彩，成为一个科学哲学术语。

在托马斯·库恩的理论中，科学范式的形成与发展有其特定的动力和复杂的成因，对此，我们留待后文结合中国文论的一些状况具体分析。在这里我想重提的是，范式，这个库恩用于描述自然科学发展的概念在西方文学理论领域所形成的积极影响。20世纪60年代末期，接受美学理论家汉斯·罗伯特·姚斯率先在文学研究中运用了库恩的范式理论。1969年，姚斯写了《文学范式的变革》这篇重要论文，认为文学批评的发展过程和文学理论研究历史有着与自然科学研究历史大体相似的状态。在文学理论与批评领域，同样存在着范式及其重大影响作用，库恩所言的那个科学革命的动态结构（模式），在文学理论与批评活动的发展中会以相似的方式体现出来，它同样要经历前范式到常规范式，然后发生反常与危机，导致范式革命，进而形成新的常规范式这一过程。没有永远固定的文学理论和文学批评，不论它在当时的理论共同体中形成多么强烈的共识，产生过多么有效的阐释力量，最后，它终将在危机中发生范式革命与范式转变。

基于这种思想，姚斯梳理了西方文学理论发展历程，提出并阐述了在理论前科学阶段之后形成的三个相继相续的文学理论与批评范式，即古典主义—人文主义范式、历史主义—实证主义范式和审美形式主义范式。这些范式当然并不像一般人所理解的仅是相对固定的文学理论与批评状态或者形式，而是体现库恩所说的两个基本条件的范式。

首先，作为一种科学成就，它们形成了一致公认的确定内涵或者研究侧重，并取得了研究成果；其次，它们提示了一种研究思路和研究方法，这种思路与方法可将新的研究导向其公认的成果领域。比如历史主义—实证主义范式，它阐释古典名著的人文内涵，确定以它们所建构的人文内涵为准则来衡量现实作品，其价值取决于这些作品是否与古典名著的价值相契合。也就是说，在这种研究中，研究观念是既成的。经过文化约定的历史理性，研究方法是对比性选择与褒贬。19世纪以前，这都是普遍被公认为行之有效的研究方式。

历史主义—实证主义范式，则是在实践理性或者说实验主义思想影响下形成的新的文学研究常规状态，它抛弃了古典主义—人文主义范式中那种对传统文学价值观念的尊崇，将文学放到具体时代、阶级、历史状况所形成的关系中进行研究，以实证的方法来确定文学的现实价值，因此，更看重文学之外的社会、经济、时代、民族、阶级、意识形态、历史源流诸因素所形成的作用。这种范式无疑在观念和方法上都将文学研究推到更广阔的空间，使文学以及文学理论本身获得更丰富的内涵。但由于它将关注重点过多放在文学之外的东西上，对于文学本身的规律、特点必然有所忽视，这就暗含了危机。

随后出现的审美形式主义则立足于文学文本研究，达到对历史主义——实证主义的颠覆，形成一种新的范式。它注重文学的形式因素，使文学研究由外部研究向内部研究转化，这是具有重要意义的。这种回归文学自身的观念之后连带着方法，如精密的文本分析、细读等，俄国形式主义、英美新批评等新的理论流派文本细读研究，最终汇集成审美形式主义文学研究范式，为人们提供了新的文学价值阐释。

由于形成了对范式的深刻认识，姚斯做了肯定性预测。他认为，在审美形式主义危机中可能形成的新范式，将会是接受美学理论。西方文学理论后来的发展证明，姚斯对文学理论本身的分析是有积极意义的，因为，他不仅提示了一种可能出现的新范式，它还触及了文学理论发展的内在规律，使理论本身的活性较为清晰地浮现出来。因此，金元浦说："二十年来，接受美学风靡世界，成为世人所瞩目的批评潮流，这不能不说是创立者对理论旨归的正确把握。"可见，姚斯对文学批评范式的粗略的概括与宏观勾画是准确恰当、颇富见地的。

此后二十年，西方世界的文学理论与文学批评经历了急剧的变化。范式竞争的非常态时期并未结束，多元并立的局面依然存在，占据主导地位的一统的理论范式仍未出现。但姚斯所指出的多种理论范式间的综合、融会、取长补短的方法论指向则终于成了各文学共同体共同认可的指导思想。姚斯对西方当代文学理论发展所做的这些工作，证明了托马斯·库恩范式理论在文学理论领域具有一定的观念与方法价值。

三、从范式看中国当代文学理论

如果说，库恩的范式理论所具有的科学哲学色彩使其在阐释科学发展过程中发挥了巨大作用，这种作用还在社会科学领域显示了普适性。如果说，姚斯运用范式理论研究西方文论，开拓了一个重要的领域，使人们得以在更高层次审视文学理论自身（而不仅仅是文学）的建构与发展规律，增强了文学理论自身的科学性，那么，范式理论对中国文论的建构与发展应该具有同样的理论作用。

自20世纪80年代以来，随着接受美学理论对中国的影响，库恩与姚斯关于范式的思想也不断被引进。2003年，北京大学出版社出版了金吾伦、胡新和翻译的托马斯·库恩的《科学革命的结构》。金元浦教授可以说是较早运用范式研究中国文学和文学理论的学者，1994年他发表了《论我国当代文学的范式转换》，2003年出版著作《范式与阐释》；董学文教授近年亦关注文学理论的科学性问题，2004年出版《文学理论学导论》，其中对库恩范式理论做了较多的阐释和运用。可见，国内一些学者已经意识到范式对中国当代文学理论建设的重要意义。

就整体而言，较之对西方学派化文学理论的系统研究与移植应用，应该说，我们对范式的研究还不深入、不全面，大多停留在一般性介绍上。如何将范式观念充分应用到对中国文学理论发展状况的具体研究中，让它在分析与阐释的过程和细节里体现理论活性，还有许多工作需要做，其空间是巨大的。可以说，只有让范式显出方法论色彩，才可以触及范式理论的精髓。

20世纪以来，中国文学理论形态不断发生新变化，其中包含着多种重要意义。从形态上看，20世纪初期，在中国延续了千百年的感悟式、点评式文学理论传统模式受到了前所未有的质疑，西方具有科学色彩的理论方式得到普遍认同，中国文学理论由此进入现代形态；20世纪中期，俄苏模式引进，加上特定的社会文化原因，中国文学理论形态又发生了一大变化；自20世纪80年代以来，随着改革开放带来思想观念改变，西方文学理论话语大量引进，导致文学理论模式、形态的多元化，理念范畴、术语也变得十分庞杂，旧的以社会—历史批评为中心的文学理论模式，部分地丧失了原有权威，文学理论形态的新变化已经成为现实。对百年文论的这种变化，人们有不同的认识和表述。陈传才强调它所发生的"两个转型"，"这是中国社会与文化在中外文化撞击、互补中艰难发展的百年。从文艺和文艺学的现代嬗变看来，并非一蹴而就，而是经历了两次具有全方位意义的理论观念及批评形态的转型"。董学文则认为是"两次综合"："综观中国文学理论百年历程大体可以说经历了两次大'综合'的运动。"他所说的两次大综合，一次是指20世纪初，西方文论、马列文论涌入，至40年代《延安文艺座谈会上的讲话》为归结的一次综合，另一次是指，90年代开始的具有拓宽性质、观念更新性质的综合。

将百年文论变化表述为范式变化的是金元浦。他认为，"本世纪以来，我国文艺学范式的巨大而深刻的转变，第一次是'五四'前后开始的建立我国科学的文艺学范式的革命。这一革命经过二三十年代多种批评模式的竞争、选择、淘汰，于四十年代形成了政治——社会批评文艺学体系，五十年代定型为工具论、从属论的文艺学模式"；第二次变化是80年代以来，随着新观念、新方法的出现而产生的，但在丰富与杂乱之中，"尚未拿出令人信服，堪为经典的批评范例，亦未形成相应的文学共同体"，可以肯定的只是变化的现象。

在20世纪以来的文论变化历史中，怎样合理地运用范式观念来思考它的内在的意义，应该是一种有益于理论建设的事情。我认为就文学理论而言，范式是文学理论体系中较为稳定的特色化形态。新的文学理论范式就是一种新的理论思维方式，一种新的研究思路，一种新的阐释方法，必有新的成果与之相伴随。用库恩的话来说，也就是"它们在一段时间里为实践共同体提供典型的问题和解答"。从这个意义出发，我们可以做出以下判断：在20世纪，中国文学理论仅形成一个相对完整的范式，如果将形态的转型视为范式，则它只是范式观念泛化的一种体现。直至今天，我们还在受那个业已形成的唯一范式的影响与规约。

这里所说的一个相对完整的范式，指的就是"五四"以来形成的中国现代科学化的文艺学范式，我们或可将它概括为"社会—历史批评"范式。它之所以能够成为一个独立的范式，是因为它在观念上与方法上获得了独特的内涵与方式，由于自觉追求与外力强制作用，在很长一段时间内形成一个在中国文艺学领域占主导地位的文学理论共同体，从而使关于中国文学的社会

—历史批评达到空前繁复，甚至空前极端化的地步。

在这个范式所贯穿的近百年历史中，所产生的文学理论成果当然也是十分丰富的，撇开文学批评的具体文本不说，单就批评观念、方法等积累而成的理论、原理成果而言，也是不能忽视的。奠定中国现代意义的文艺学学科的文学原理——文学概论课程与教材，正是在这种范式的构成与演变过程中建立起来的。它们所形成的巨大的规定性和理论惯性，绵延百年，即使在这种范式已经出现危机的今天也难以简单消除。我们可以不断引进西方新的文论思想和方法，却无力促成一种新的中国文学理论体系与方式，文艺学在当前理论视域中正变得含混、散乱、支离破碎，不就是一个证明吗？

要具体阐述支撑这个理论范式的思想观念因素和方法因素，不是寥寥数语能够完成的。但可以肯定的是，它存在着一个高层次的理论起点，并且正是依赖它才使古代中国旧的文学理论范式发生了变革，但这个观念并没有彻底抛弃旧范式中的合理因素，而是将它转化到新的批评话语中。也就是说，它展示着一个综合、融会的动作，正是通过这种综合与融会才展示出作为一种范式的自我生成、完善与走向危机的过程。

正如有的学者所说："中国现代文艺学从诞生之日起，就着力于对古代文论观念及思维方式的根本性改造，把文的自觉与人的觉醒紧密联系，强调文学主体对客体的认识与表现，注重文论的科学性与实践性的结合，因而，极力吸取西方现实主义浪漫主义的文论资源，以适应社会转型期思想启蒙和文学革命的要求。""从19世纪末至20世纪初，西方资产阶级文论与马克思主义文学思想的涌入，经过与封建主义文学观的激烈碰撞，经过与新民主主义文学运动的结合，经过革命文学队伍内部和外部的激烈论战，到40年代，以《在延安文艺座谈会上的讲话》为代表，中国文学思想界完成了现代文学思想史上的第一次综合。"可以肯定，在社会—历史批评这种范式中，综合一直发生着，直到20世纪八九十年代，这种为它提供动力的因素为它带来了理论危机——范式的变革开始体现出鲜明的自身规律。

但危机的到来并不意味着一种新范式的到来。自20世纪80年代以来，中国文学理论的形态发生了巨大变化，对过去延续下来的社会—历史批评，特别是对它的极端状态"政治批评"构成了强大的冲击力，可以说，预示了范式转型的可能性在逐步汇集，但新的范式直到今天也尚未形成，那是因为一种范式出现所需要的条件还没有凸显出来。今天所流行的文化批评热潮可以说是在一个新的层面上对社会—历史批评范式的回归。在经历了那么多观念与方法被引进之后，在对西方审美形式主义范式的介绍与搬用之后，我们似乎没时间将之消化、吸收。

换言之，审美形式主义在西方文论中经历了几十年的形成、发展过程，但在我们的理论视域中却一闪而过，我们的文学理论与批评迅速地再次跟进西方的文化研究、文化诗学等，这不能说不值得反思。洪子诚就针对当下的文化研究热发出如下感慨："在我们的经验中，文学与政治，与社会现实之间的问题，比起文学自身来，在大多数时候，都显出一种无法拒绝的急迫性。"在这种文化心态面前，说旧有的社会—历史批评范式已经消解，一种新范式已经或正在建立，不是显得为时太早吗？

四、范式建构的价值与可能

20世纪80年代以来，随着西方文学理论与话语方式的大量引进，中国文学理论领域呈现出令人欣喜与振奋的多元、多样化状态。今天，这种多元、多样化状态依然保持着，但欣喜与振奋却更多转化为焦虑、困惑与犹豫。难道我们所能做的只是不断地跟进西方，演绎西方文论那些新奇的观点与流行的理论？借鉴是必要的，但需要立足于自己的根基借鉴才有价值。中国文论的根基在哪里？近年，中国文艺学发展中出现的倾向不能不令人忧虑。因为它始终离不开对西方理论的搬用与模仿，从而忽视和放弃了中国现实生活和文学状态对理论的诉求，我们正在离开中国实际而建构中国的文学理论。这样的理论建设充其量只能具有理论自身的意义，是为理论而理论的行为，这样的理论，很难阐释生命力。譬如文化研究热就已经显露出这种短处，它的流行在造就表面繁荣的同时，却使文学研究产生了空洞化现象。

温儒敏说："文化研究给现当代文学带来了活力，但也有负面的影响，甚至'杀伤力'，在文化研究成为'热'之后，文学研究历来关注的文学性被漠视和丢弃了，诸如审美、情感、想象、艺术个性一类文学研究的本义被放逐了，这样的研究也就可能完全走出了文学，与文学不相干的。""这种文学研究被空洞化的现象值得警惕。"再如，近年兴起并开始流行的日常生活的审美化倾向研究，作为商业社会消费时代的产物，对这种倾向进行深入的研究当然是十分必要的，但以为这种研究足以颠覆既有美学、文艺学学科，如果建立起一整套新的美学、文艺学体系的话，其理论起点便值得怀疑。

但这种观点，在今天中国文论界却很有势头，有人就十分肯定地认为："作为一个文学、美学工作者，我不能不把审美化趋势与文艺学、美学的学科反思联系起来思考。不可否认的是，日常生活的审美化，以及审美活动日常化深刻地导致了文学艺术及整个文化领域的生产、传播、消费方式的变化，乃至改变了有关文学、艺术的定义。这应该被视作既是对文艺学、美学的挑战，同时也为文艺学、美学的超越与发展提供了千载难逢的机遇。"但大家内心都明白，这种理想化的多少脱离了中国实际的文艺学、美学建构设想，除了显示理论话语的活跃之外，给我们留下的只是怀疑和警觉，正如童庆炳所说："在他们提出问题的背后，隐含了许多重大问题。比如，我们究竟处于什么时代？是后现代，还是现代，或是前现代、现代和后现代共存？又如我们今天社会流行的主义是什么？是消费主义，还是求温饱主义，还是消费与求温饱并存？再如，文学是否会消亡，还是已经消亡？对于费瑟斯通一类学者的舶来品，我们是拿来就用，还是要加以鉴别和批判？当我们吸收外来东西的时候，是否还要主体性？对于今天高科技的发展给我们带来的东西，我们是否要加以分析？在商业大潮面前，人文知识分子是否要保持批判精神？"

这一连串质疑都提出了中国文艺学发展无法绕开的根本问题，忽视这些问题，中国文艺学也许真的就要跑到世界文论的前列，产生出那些只可能属于高度现代化社会的新锐特质，甚至形成所谓"后"时代的文学理论，这种理论也许真的就成为某些人描述的状态——"显然，这一新理论已不再是传统意义上的理论，甚至用'理论'一词来表述它已有点不太适合，因为它是一种非理论的理论，一种反理论的理论。如果还要有体系，这种理论的体系应该是一种非体系的体系……如果还要概念，这种理论的概念应该是一种非概念的概念……如果还要有逻辑，这种理论的逻辑应该是一种非逻辑的逻辑……"不可否认，这也许是一种文学理论方式，因为它已经产生在西方，有了许多大师级的理论根据，但离开中国文学、文化的实际却太过于遥远，它能对中国当下的社会和文艺形成多大的阐释能力与提升能力，值得怀疑。

上述现象说明，在中国当下文学理论场景中，一种新的范式的出现是一件多么重要、多么有价值的事情。因为范式不等于那些新奇的形态，或对某种理论偶然的孤立的转述。当范式形成的时候，刚好要过滤掉那些未经整合、融会而直接转化为理论共同体共识的因素，特别是太多脱离实际的理论因素。换句话说，范式的价值正在于使科学研究获得明晰、有效的前进思路和紧切实际的科学成果（它如果有缺陷，亦要有待用未来的科学发展来验证，而不是用预设的空泛理论来验证）。在文学理论领域同样如此，所以，如果我们期望一种新的理论范式产生，绝不意味着只看重解构与颠覆过去的理论成果，也绝不意味着不断地移植和翻新一种在彼时彼地文化场景中具有范式力量的理论。否则，在近二十余年的文论喧哗中，中国文艺学无论是学科体系，还是批评话语，也许早已产生了巨大的成就，形成自己的理论体系与话语方式。

因为在科学范式的历史变革中，"观念"起着决定性作用，这是库恩在《科学革命的结构》中早已言明的；另一位学者戴森在《想象的未来》中认为，"工具"同样起着重要的驱动作用。在包括文学理论在内的社会科学中，"工具"的作用的确不容忽视，但它十分潜在，"观念"一直以显赫的姿态彰显着自己的威力。因此，库恩断言"革命是世界观的改变"，"范式一改变，这世界本身也随之改变了"。推论过来，在促成一种新范式的过程中，难道还可以忽视"观念"的变革吗？中国在20世纪之所以能够建立起"社会—历史批评"这一文学理论范式，正是得力于20世纪之初人的觉醒和精神世界的张扬。在后来的发展中，这一点被扭曲的过程也就是这种范式走向危机的过程。而80年代，当人们开始发现文学理论转型之后，以为一种新的范式即将建立，但实际上，主要的理论探索却在发挥着校正原有"社会—历史批评"范式中被政治强力扭曲的反常状态的作用，其结果不是催生了一种新范式，而是延续了一种旧范式。这种情况一直延续至今。

　　这也正是我们之所以不能充分接受西方审美形式主义文论范式的主要原因之一。正如洪子诚所说："虽然我们都意识到社会生活与文化情景的重大变化，提出对文学观念的调整。但在80年代确立的文化心态却没有跟着调整。这包括文学在那时对意识形态、公众社会心理、历史叙述、时期建构等的广泛承担，也包括作家、批评家在大众中的'文化英雄'的地位。文学在现阶段的力量，也许是在承认它的'无力'之后对其可能的力量的探索与确立。"可见，正是观念决定了理论范式的存在。当然，20世纪80年代也曾出现过令人振奋的观念变革，那就是关于文学主体性的探讨与确证。但它最终为文化中的多种因素所淹没，没有产生持久的影响力，最终不能导致形成新范式的科学共识与科学共同体，因此，并没有最终促成一种新范式。

　　关于观念和方法在文学理论范式建构中的重要性，以及怎样运用它们来促成一种新的范式，我们可以从姚斯那里得出借鉴。姚斯曾经预示，在西方文论的审美形式主义范式之后，将要出现（或形成）的范式是接受美学。这个大胆的设想并非空想，因为他首先形成了科学的、切合实际的观念，他说："我尝试着沟通文学与历史之间，历史方法与美学方法之间的裂隙，从两个学派停止的地方起步。"无疑，这是一种更高层次的观念提升。为实现这种提升，姚斯提出了三个方法：①美学的、形式的研究与历史的、接受美学的分析相融合；艺术与历史、艺术与社会现实相融合；②结构主义研究方法与哲学解释学的研究方法相融合；③审美反应的美学探讨与新文学的语言探讨相融合。

我们可以看出，这种努力是多么艰巨和浩繁，但对于种新理论范式的构建，却是必由之途。接受美学理论在20世纪60年代以后对世界文学理论所形成的广泛影响，证明了这种努力的巨大价值所在。姚斯等人将接受美学范式的观念与方法转化为具体的研究工作并形成成果，他在20多年时间中，开展了十分具体的学科交融性研究工作，最后形成了《诗学与阐释丛书》。在中国当代文学理论领域，缺少的正是这种观念方法的创新与实践的综合尝试。如果仅在话语方式上跟随西方文论，则必将陷入更为芜杂与无主的文学理论状态中。

第三节　形式主义文学理论

一、形式主义文学理论的内在逻辑

形式主义文学理论是20世纪西方文论最重要的理论流派。它发端于20世纪初，以俄国形式主义为肇始，历英美新批评，至60、70年代结构主义之后被解构主义所解构，其影响近一个世纪。在中国，形式主义文论虽然并未像西方那样成为理解、批评和阐释文学作品的一个程式，甚至渗透到中学、大学的文学课程教学中作为方法得到传承，但也形成了一定影响力。有人甚至认为，"新批评有许多理由应当成为现代中国文论的主流话语"。的确，形式主义提供了一套与中国文学批评传统全然不同的理论方法，一度拓展了人们的思维和文学视野。

一般而言，一个历时漫长、影响宽泛的理论思潮，其产生、发展与变化过程往往见解林立、散漫芜杂，难以见出内在逻辑进程。初看上去，形式主义文论思潮也不例外，不同国度、不同时段众多理论家的学说使之呈现复杂的理论形态。在探究它的发展动因时，思维惯性又会使理解停留在19世纪以来西方复杂社会历史因素及哲学的普遍性作用之中，从而遮蔽了理论的内在脉络。然而，在形式主义的发展过程中，其内在逻辑动力实际上发挥着更大作用，它甚至衍化成为一个与理论初衷相分离的悖论。换言之，这个注重外在形式的理论其实有着十分重要的内在要求，可以说，正是经由这个内在要求的推动，形式主义文论的阶段性递进才得以完成，当然也正是因为这内在要求的推动，它在试图达到理论的完备状态即获得更为科学的依据与更为完整的体系之时终结了自己，从结构主义巅峰坠入解构主义深谷，也使整个西方文论完成了一次由外部研究到内部研究，再到外部研究的理论过程。

长期以来，文学理论的内在逻辑运动往往被人所忽视，主要原因在于，人们并不愿意将文学理论作为一种单独的认识对象加以审视，因为它不具有娱乐功能，不会为直接的寻乐与求知提供感性满足。谈及文学理论，人们的关注重心主要放在它的对象，即文学上面，理论最多成为进入文学世界的无形的手段或路径存在。即使长期从事理论研究的人，有时也会为这种情形所左右。人们可以接受这个观念——文学发展受他律与自律规律制约。但却并不一定充分注意到文学理论发展具有同样情形。造成这个结果的深层原因在于文学的理论方式与文学理论的方式不同，后者一般是经由马克思所说的那种"从抽象上升到具体的"过程才得以形成，前者则总是遵循由具体到抽象的原则，这是一种习以为常的理论概括性原则。

因此，反思某种文论的逻辑运动，进一步认识理论内在动力的存在及重要作用，比直接借用它的一些概念、方法和话语方式更有价值。在形式主义文学理论已经不再流行的时代，重提这个十分特别的理论流派的目的正在于此。

形式主义文学理论的发展历史，可以说，是诸多理论家为文学形式寻找独立意义、存在依据与理解方式的历史。它的产生、丰富乃至被解构，在证明西方不断变化的社会、历史、哲学等因素对文学理论发展具有巨大推动力量的同时，又充分地展现了理论的逻辑意义。换言之，产生形式主义文学理论的外在条件被有效整合起来，达成了其理论生长的内在机制与自我终结悖论。

二、形式主义文学理论的发展过程

纵观形式主义文学理论，其发展阶段十分清晰。它经历三个重要阶段，并被冠以三个不同称谓：首先是作为开端的俄国形式主义，继之为英美新批评，然后是影响更为深入的结构主义。过去，人们习惯将它们作为西方文论的三个不同流派，而不是形式主义文学理论发展的三个阶段看待，因为它们确实各有其独立性。但分而治之，其理论变化的整体性和影响的连续性必然受到割裂或误置，不利于看到这种注重形式的理论的内在运动。

作为开端的俄国形式主义，是形式主义文论的理论原创与范畴厘定的阶段。它的功绩在于以崭新视点和崭新姿态形成巨大理论冲击力，鲜明地标志着西方文论一个重大转折的到来。伊格尔顿说："倘若人们想确定本世纪文学理论发生重大转折的日期，最好把这个日期定在1917年。在那年，年轻的俄国形式学派理论家维克多·什克洛夫斯基发表了开创性的论文《作为技巧的艺术》，自那时起，特别是过去二十多年，各种文学理论大量涌现，令人为之瞠目。"

关于这个文论新起点所形成的巨大影响，佛克马、易布思进一步说道："欧洲各种新流派的文学理论中，几乎每一流派都从这形式主义传统中得到启示，都在强调俄国形式主义传统中的不同趋向，并竭力把自己对它的解释，说成是唯一正确的看法。"这种影响所发生的时代，正是结构主义盛行的时代，它从一个侧面表明了形式主义文学理论的强劲动力。

具有这种强劲动力的形式学派在20世纪初的俄国出现，当然，绝非偶然的个人因素所致，虽然个人确实发挥了巨大作用。处于欧洲的边缘易于得到文化变革启示，高度封闭又使专制文化得以保持强势，这就是19世纪末期的俄国社会，也是形式主义文学理论得以产生的背景。强烈反差促成的文化变革渴望与冲动一旦获得突破口，便会以极端方式释放出来。所以，当反传统的现代派文学创作在俄国星火闪现，便迅捷形成燎原之势。超现实主义、未来主义等反现实主义的文学创作在现实主义传统根深蒂固的俄国迅速流行就是证明。极端化创作带来的震荡、不适却激发了革命前夜的热情，它还激发着同样极端化的理论表达，致使大胆的反俄国乃至欧洲理论传统的形式学派应运而生。

　　这个学派选择诗歌阐释作为突破口，以语言观念创新为标志，正是应和那些理论家年轻的心灵、活跃的思维、诗化的激情与新时代视野的结果。但在这里，具有极端化倾向的理论创新实际上也埋下了一颗悖论的种子，绝对孤立的形式是难以寻找到它所必需的理论作支撑的。这个矛盾会在以后形式主义的发展中显示它巨大的摧毁力量。

　　此时，形式学派理论家们分属两个学术研究组织，一个是成立于1915年以罗曼·雅各布森为代表的莫斯科语言学小组，另一个是成立于1916年以维克多·什克洛夫斯基为代表的彼得格勒诗歌语言研究会。除两位重要的代表人物之外，形式学派还包括了奥西普·布里克、尤里·图尼亚诺夫、鲍里斯·艾钦包姆、鲍里斯·托马舍夫斯基等人。"作为一个富有战斗和论争精神的批评团体，他们拒绝此前曾经影响着文学批评的神秘的象征主义理论原则，并以实践的科学精神把注意力转向作品本身的物质实在，批评应使艺术脱离神秘，关心文学作品实际活动情况。文学不是伪宗教，不是心理学，也不是社会学，而是一种特殊的语言组织……文学不是传达观念的媒介，是社会现实的反映，也不是某种超越真理的体现，它是一种物质事实，我们可以像检查一部机器一样分析它的活动。"特里·伊格尔顿这段话很好地概括了俄国形式主义的理论特征和现实追求。文学文本就这样开始在理论视野中获得前所未有的独立地位，它与作者、社会生活和各种文化活动截然分离，仅以自己的特殊形式显示存在价值。

　　形式成为一种物质事实，为解析这个物质事实，一系列新的文学理论概念如"文学性""陌生化""疏离性"等被创造出来。俄国形式主义文论一开始就充满了创造意味，但关键是形式后面广泛的社会历史内容需要得到妥善处理，因而，这种创造需要更多理论依据作为基础，没有后者其发展和影响力必然难以为继。形式主义文论后继者们能够担此重任吗？

　　英美新批评是形式主义文论的进一步发展，虽然在新批评兴起初期两者并无直接联系。就某种意义说，新批评将俄国形式主义那些原创性的思想观念和理论范畴进一步体系化了。当它向理论深度进发的时候，它不能不涉及形式之外的广泛因素，因此，也就不能回避那个潜在的悖论。

在新批评这里，首先，文学文本的客观性和中心地位被放大，形成了作品本体论。在为新批评命名的理论家约翰·克鲁依·兰塞姆看来，一首诗有一个逻辑的架构，有它各部分的肌质。"如果一个批评家，在诗的肌质方面无话可说，那他就等于在以诗而论的诗方面无话可说，那他就只是把诗作为散文而加以论断了。"

可见，肌质乃诗的"本体"所在，放弃了肌质，也就失去了诗的本体，这种评论也就不是有意义的文学评论。其次，文学本体的客观性对文学批评提出了要求，那就是批评应具有科学品质，像科学一样有一套客观上可以转换的方法系统，而不能像印象主义那样仅靠主观思想开展批评。换言之，由于作品本体论观念的形成，科学的文学批评方法与文学研究方法成为必要选择。新批评理论家的很多创造都在这个领域里展开，可以说，无论是兰塞姆的《诗歌：本体论笔记》、退特的《论诗的张力》，还是布鲁克斯与沃伦的《怎样读诗》、燕卜荪的《朦胧的七种类型》都是这个总体观念下的产物。尤其是韦勒克与沃伦合著的《文学理论》，将新批评的研究对象与研究策略、方法做了系统阐述。他们从文学作品中心论出发，将文学的虚构性、创造性与想象性确定为文学的特征，极为细致地区分了文学的外部研究与内部研究，并力主对文学作品进行内部研究。而内部研究的要义在于突破文学作品内容与形式的二分法则，将艺术作品"看成是一个为某种特别的审美的服务的完整符号体系或者符号结构"。

这既体现了与俄国形式主义的一致性，又展示了理论推进的深入性。既然如此，文学作品遂被视为一个有序结构起来的形式体系。韦勒克与沃伦还创造性地阐发了这个结构状态：它的第一个层面是声音层面，包括了谐音、节奏、格律；第二个层面是修辞层面，它决定文学作品形式上的语言结构、风格与文体的规则；第三个层面是诗歌的主要结构，即意象、隐喻、象征、神化，其中意象和隐喻乃是所有文体风格中可表现诗的最核心的部分。

文学作品（主要是诗歌）既然有着如此复杂的形式构成，且批评视点又被限制在文学文本自身以达到内部视点的要求，在批评方法上，一种必要而行之有效的方法——"文本细读"就应运生而，成为新批评独特的文学批评方法。至此，俄国形式主义那种观念意义上的创造，已被扩展为体系上和方法上的进一步建构。但是，我们也可以明显看出，新批评文论对内部的要求实际上带有极大的强制性，韦勒克与沃伦实际上也并不能将外部研究绝对排除在外。

文学上的结构主义可以说是形式主义的新发展或余绪，在这里，形式主义发生了巨大变化，悖论浮出水面，其潜在的理论矛盾导致明显的外在冲突。从发展角度看，结构主义的一整套结构理论将文学的客观构成推进到更加科学的地步，即它致力于为文学结构的内在性寻找科学依据，以便使文学形式更具独立性和更富逻辑性。换个角度说，为形式主义理论寻找合法性的探索，使结构主义必须回到形式主义的理论源头，并以科学的姿态对待现代语言学中的各种概念、范畴。"如果说，俄国形式主义和英美新批评是在与现代语言学的相互影响中并行发展起来的，那么，结构主义则是直接源于现代语言学。现代语言学中的许多概念、范畴都被结构主义所用。"因此，当罗兰·巴特的符号学理论一亮相，文学的形式构成及其重要意义便达到了体系化高度。它超越了俄国形式主义和新批评那种致力于范畴界定和方法建构的较为显在的理论状态。它所体现的严谨性和思辨性超过了俄国形式主义，甚至新批评。它甚至充满了哲学色彩，这是俄国形式主义和新批评都无法比拟的。

说它是形式主义发展的余绪，那是因为结构主义其实是一个更为宽泛的哲学与文化理论，它"结构"地看世界，并且要为各种结构找到更内在的依据，这势必将形式构成的思想推广到文学之外，许多超越文学的意义被发现并得到深入开掘。这使我们得以看到结构主义理论家在文学问题之外的更为丰富的思考，如列维圭斯特劳斯，他实际上将结构的思想运用到了社会理论中，形成结构主义社会理论；阿尔都塞用结构的方式解释马克思主义和意识形态问题，形成马克思主义结构主义；拉康则在精神分析领域应用结构主义思维方法，形成结构主义精神分析学……只有罗兰·巴特的符号学结构主义仍然更多地保持了文学基点和视域。但是，罗兰·巴特为文学符号系统寻找更深的、内在依据的做法，则使文学形式理论在获得科学依据的同时动摇了形式自身的独立意义。

换言之，既然有关文学形式的理论不能仅从文学的形式系统和整个内部研究中获得自足依据和支撑力量，而且必须引入更多外部因素，那么，形式主义文论的逻辑扩展就到了边缘。很显然，对于形式主义文论，这是一个致命的挑战。形式主义理论家雅各布逊、什克洛夫斯基和艾略特等先驱者十分自信地创造的基本范畴和基本命题开始受到质疑与反思，形式主义文论这座大厦将在自我完善的逻辑悖论中走向坍塌。当然，最后完成这个使命的是在结构主义思想中走得更远的人，他们是雅克·德里达、米歇尔·福柯等。

综观这一过程，将结构主义视为形式主义文学理论的顶点或者余绪皆有道理。毕竟变化已经发生，而且这种变化还在继续。

三、形式主义文学理论自我终结的原因

形式主义不同发展阶段的逻辑运动，实际上是通过不同理论家的共同作用完成的。每一种相对成熟的文艺理论和文学批评思潮的发展、流变，几乎都有不同理论主体在不同历史背景下所做的继承性创新或者理论推进，否则不可能形成一个理论流派。基于前人的思想又有所创新，这是科学变革中理论共同体形成的条件。这种链状发展的理论形态实际上是在理论的逻辑自洽需要下展开的。因而，逻辑起点清晰、创新色彩鲜明的理论，其内在逻辑动力会不断为新的理论主体留下创造空间。但是，理论自律性也会使该理论的极端之思和潜在矛盾（特别是悖论）逐步暴露，以至于使该理论必须按逻辑规律发展和崩溃，完成自己的使命而自我终结，为其他理论诞生提供契机。

这个规律被托马斯·库恩表述为科学革命的演进结构，它在人文社会科

学发展中同样存在。库恩所说的推进科学变革的理论共同体就是在其逻辑状态中形成并发挥作用的。如果缺少这种逻辑规约，所谓理论就会形成或者原地打转或者没有尽头的形态，它的命题会因为无法证伪而失去约束，最终露出伪理论原形。

这种思路支配着我们对形式主义文论理论主体的思考。在芜杂的现象中，不同时段的理论家虽然看上去并无现实关联，但理论思考的逻辑性却将他们连在一起，并使他们的追求走向一致，包括悖论作用下的自我终结之路。在形式主义文论初创之时，俄国学者雅各布逊和什克洛夫斯基等人的追求实际上是建立了这个形式学派的逻辑起点。在这个阶段，有无原创性概念至关重要，它是新思路的重要前提。他们当然做到了这一点，"如果说雅各布逊的文学性是俄国形式主义的一个代表性理论的话，那么，什克洛夫斯基的陌生化则是俄国形式主义的另一代表性理论"。"文学性"和"陌生化"这两个概念的创新性是鲜明的，但它们的极端性同样突出。而且，它们实际上并未促成俄国形式主义和英美新批评理论主体之间的理论共鸣。雅各布逊后来在美国所进行的学术活动，也更多被看作结构主义的活动。在俄国形式主义和英美新批评之间所建立的理论共同体，是通过理论主体对文学现实问题的热情关注和深度投入达成的。它所体现的逻辑一致性与矛盾性都十分明显。

十月革命前后的俄国文学变革，几乎是通过广场上和人群中的朗诵活动吸引了什克洛夫斯基等年轻知识分子的兴趣的。那时，工业理性以强大力量激发了以马雅可夫斯基等为代表的未来主义诗歌写作激情，它所倡导的文学形式创新又从正面促进形式学派的理论创新。而在英国，艾略特等理论家并不这样，他们以厌倦和否定工业理性为创作和理论思考的起点。他们最终与俄国形式主义者殊途同归，那是因为，19世纪及其以前相当长一段时间，英国文学与意识形态关系紧密，就连什么是文学这个整体观念也取决于某个特定阶级的价值和趣味，正如特里·伊格尔顿所说，那时"文学既是保卫这些价值的深沟壁垒，也是广泛传播它们的重要手段"。

在19世纪浪漫主义文学兴起之后，这种状态不但没有改变反而加强了，"文学已经成为一种可以替代其他意识形态的完整的意识形态，而想象本身是一种政治力量，它的任务是以艺术所体现的那些活力和价值的名义改造社会"。

从积极方面看，这种状态使文学迅速获得了学科地位，也为文学文本取得重要的自足空间提供了时代大背景。但是，更为重要的推动作用还在于迅速发展的工业理性对文学的挑战。在欧洲文化领域，工业理性在第一次世界大战之后已经逐步成为文学的对立因素，它几乎被视为在根本上排斥文学情感和浪漫情怀的最大根源。但值得注意的是，一个强制性的统一逐步出现：工业理性对文学的挑战不是取消了文学的价值，而是加强了它。可以说，这是形式主义理论悖论的又一个实践来源。工业理性这种悖论性作用在一个过渡性特殊人物的活动中体现得尤为充分。这个人就是艾略特。艾略特极为敏感地发现了诗歌的心灵意味，他用人们理智上难以理喻的写作——大量使用一种具有陌生化效果的变形语言，创造出突兀、奇崛的意象——显示出"一切右翼非理性主义者对理智的全部蔑视"。艾略特所要追求的是一种"将会'与神经直接交流'的感觉型语言……必须选择'带有伸向最深层的恐惧和欲望的网状须根'的词，可以渗入那些原始层次的扑朔迷离的意象"。他企图以这种方式来对抗工业文明对心灵的伤害，以保护一种保守的价值观念得以延续。

可以看出艾略特实际上仍然坚持将诗视为意识形态的一种方式，只不过这种方式必须要与以前的浪漫主义不同，因为浪漫主义那种语言在工业社会中已经陈腐不堪，无利可图。只有通过一种新的语言方式的创造才能达到那个目标。于是，诗歌的形式因素在对特殊内容的渴求中被重新提出来。很显然，艾略特回到了俄国形式主义的逻辑起点之上。他一方面创作着那种反传统的形式感极强的意象主义诗歌，另一方面又在英国传统旧诗中寻找他所认为的诗歌形式留下的价值。所以，伊格尔顿评价说："他那令人反感的先锋技法被用于完全后卫的目的。"在艾略特那里，诗不是要表现个性而是逃避个性，不是要表现情感，而是要逃避情感，诗因此被进一步物质化了。它之所以还产生着价值，那仅是因为它"存在"，提供着一种物质实体。可见，诗歌再次被当成一种偶像。这种观念难免使人感到，新批评是失去依傍的处于守势的知识分子的意识形态。它对文学的批评，被人称为"新批评"，而不是直接称为形式主义，那是很有道理的。

以此相应，瑞查兹将诗视为一种"伪陈述"，"它似乎要描述世界，其实不过以令人满意的方式组织起我们对世界的感情"。它所起的真正作用在于可以作为一种手段，一种"克服混乱并拯救人们"的手段而存在。所以，为诗歌及其批评寻找一个科学的基础实为必要举措。可见，它对外部世界采取了一种巧妙的逃避方法。为此，瑞查兹致力于"以科学的心理学原则为批评提供一个牢固的基础"，并相信从语义学角度可以找到有效的诗歌阐述与批评的方式。他将语言的使用区分为"指称性的"和"情感生发性的"。前者是"科学的"语言，与客观事实对应；后者激发人的想象，带着"情感性"标志。瑞查兹对语言形式及其使用过程所做的细致理解使他确信无疑地成为形式主义理论家，但他回避了形式对内容因素的依赖性，对形式之外的外部世界视而不见，这使他依然无法逃开那个先天存在的矛盾。

到了约翰·克鲁依·兰塞姆，新批评获得了它的名称。1941年，兰塞姆出版了《新批评》一书，进一步阐明了那种形式主义倾向鲜明的文学批评方法及其对象。至此，用特里·伊格尔顿的话说，新批评意识形态开始形成，它的核心是"通过艺术，异化的世界可以在其全部的丰富多样性中交还给我们。诗，本质上作为一种冥想方式，并不鼓励我们改变世界，却鼓励我们尊崇它的既成形式，并且教导我们以一种无为的谦卑态度去接近它"。

有了这种思想观念和艺术观念的支配作用，新批评所有的文学见解与批评方法，如"内部研究""细读"等都有了逻辑主干，因而也变得易于理解了，因为它实现了某种逃避中的前进，强制中的统一。但某些特殊现象依然存在，标示着那些不易弥合的裂痕，如威廉·燕卜荪的某些想法。这个写下《朦胧的七种类型》的理论家，实际上已经把文学意义从瑞查兹等人强调的上下文关系中拓展到更广泛的社会意义层面。这种做法在形式主义发展中，不禁会使人想到罗兰·巴特的某些思路。但燕卜荪的理论毕竟建基在他那"任何导致对同一文字的不同解释及文字歧义"的"朦胧"观念以及"挤柠檬式"的细读方法上，他在文学中追求极为细致的意义的做法，消解了他的理论所具有的颠覆力量。

使形式主义在新批评阶段的种种探索获得更为深入发展的是雅各布逊。这个俄国形式主义元老于"二战"之前到达美国，并在那里与法国人类学家列维圭斯特劳斯相遇。伊格尔顿肯定地说："他们的相识是一个知识的联系，大部分现代结构主义就由此发展而来。"雅各布逊对索绪尔现代语言学的理解在此时段发挥了真正深刻的影响，甚至超过了他在俄国形式主义时期的所作所为。

自此，可以肯定，就内在意义而言，结构主义的产生其实已成形式主义文论的必然要求，因为人们需要这样一种文学理论，它既保持新批评派的形式主义倾向，以及新批评派顽固地把文学视为美学实体而非社会实践的做法，同时又将创造某种更为系统和科学的的东西。也就是说，随着理论的自我完善以及社会文化发展需要，形式主义到了必须进一步深入化、体系化的地步。它需要关于形式独立性的更具说服力的依据。在这个新要求中发挥桥梁作用的是诺斯罗普·弗莱。弗莱研究发现了文学的一种更为客观的、固有的结构规则，它潜藏在文学的模式、原型、神话和文类之中起决定作用，并由它们体现出来，文学的多种方法如叙事的四种类型都是因之而生的。在弗莱看来，文学需要形成一个严格的封闭体系才能展现那些客观存在的规则，有史以来有价值的文学创作的价值之源正在于此。由于弗莱发现了这个客观的内在结构并阐释了它，形式主义似乎进一步获得了更加科学的内在依据，因此，1957年，在他的《批评的解剖》出版后，也就基本满足了"创造某种更为系统和'科学'的东西"这一理论新诉求。这部著作使弗莱本人被一些人视为结构主义的先驱。

当然，诺斯罗普·弗莱并不是严格意义上的结构主义者，他只是"结构"地理解了文学意义的多重关系，而并未将这些意义限制在文学自身的各个义项之中，比如，这个句子的意义只能来自上下句子意义之类。对于形式主义而言，他的客观结构认识和多重文学意义阐述，甚至放大了那个潜在矛盾，因此，他甚至催生了解构的苗头。

换言之，结构主义的结构思想具有广泛性，它含义丰富，已经具有超越某种门类知识的特征。正如罗伯特·斯科尔斯所说，结构主义可以界定为两种含义：作为一种思想运动；作为一种思维方法。当然，其中所包含着的文学理论意义十分突出，它毕竟与形式主义文学理论有着密切的联系。从形式主义文论角度看，它的正面价值在于为形式主义文论找到更为科学、更为深刻的内在依据，并提供了新的思维和方法。它再次拓展了文学和文学理论的视野，使其变得更为丰富，也更为多姿多彩。它的负面价值则是这种丰富性带来了形式理论终结的危机。

正如库勒说："同英美新批评一样，结构主义也力求回到作品文本上来。但不同的是，结构主义认为，如果没有一个方法论上的模式种使人得以辨认结构的理论——就不可能发现什么结构。因此，结构主义自己并不相信人们能够就作品文本和不带任何先入之见去阅读和解释每篇作品，他们寻求的目标是理解文学语言的活动方式结构主义者，并不以对个别作品文本作出解释为目的，而是通过与个别作品文本的接触作为研究文学语言活动方式和阅读过程本身的一种方法。"这实际上说明了形式主义无法避免的悖论所导致的结果——观察文学形式的眼光不能只来自文学的内部，形式的独立性必须依赖非形式的外部因素来支撑。

这样，形式理论也就走到了它的逻辑反面。在此意义上理解罗兰·巴特，我们知道，虽然符号学因为对现代语言学基本概念和思维的沉浸与袭用仍然保持在形式主义文学理论的逻辑关系中，但它所展示的结构的思想却因为同时包含结构消融意义而即将远离结构主义和形式主义。可以肯定，符号学标志着结构主义乃至整个形式主义文论和文学思潮的最后辉煌，并在逻辑意义上预示一个新转变即将开始，解构的时代正在到来。

总之，在20世纪形成、发展并影响长久的西方形式主义文学理论，其外在动因和内在动因都是十分复杂的。这种复杂性也正显示了它的研究价值。它的内在生命在走向自我完善的同时也暗藏着自我终结的必然，其启示意义超过它作为一个理论流派的历史存在而抵达我们对文学理论构成的普遍性规律的思考中。乔纳森·卡勒说："被称为理论的作品的影响超出它们自己原来的领域。""思考发展成理论的一个特点就是，它提供非同寻常的、可供人们在思考其他问题时使用的思路。"的确，文学理论的影响力许多时候并不靠它的概念和命题，而是靠它的内在逻辑（甚至悖论）所释放的理论强力。因此可以说，在文学理论的逻辑层面，任何一种可以称为理论的东西永远都不会过时。既然如此，我们重新审视20世纪西方形式主义文学理论，可以做的事情仍然很多。

第四节　现当代文学观念

一、现当代文学观念局限

中国当代文学理论几乎是一个与中国多民族多区域文学隔绝的学科，它主要存在于大学讲坛上，其学科特点与形态、学科概念与范畴所指，又常常带着某些习惯性误解。长期以来，文学理论被等同于文艺学，表面看文学理论的学科范畴膨胀、增大了，实际上却为它提供材料与对象，同时也提供理论活力的文学发展史、文学批评活动相分离。文学理论在学理意义上的空泛与孤立成为普遍现象。一个世纪来，中国文学理论试图建立自己的理论体系，改变依附古代文论或西方文论的状态。这种努力，是伴随现代大学教育的产生而产生的。20世纪初至今，各种各样的文学概论、文学通论、文艺学概论、文学基本原理等，几乎都是以讲义、教材方式出现的，其数量之多，难以尽数。但是，由于复杂的原因，文学理论的建构大都囿于文学理论自身范畴，而不能在丰富的文学世界里寻找活力，少数民族文学更难进入它的理论世界。

那么，解决问题的路径在哪里？是从本土化的多民族、多区域文学中寻找构成文学理论中国特色的元素，还是继续在西化的理论思维中搬用现成的外来话语扩展理论领地？这是值得探讨的重要问题。

二、文学观念的拓展路径

在文学日趋多元发展的今天，将文学的地域意义和民族意义放大，以审思中国现当代文学的历史进程及由来已久的观念规约，已经成为十分必要的行为。中国是幅员辽阔、地域宽广、统一的多民族国家，它的文学形态应远远超过现代以来的主流文学范畴，不是单纯的精英文学意识所能涵容的。在现代化进程中，文学与民族、国家一道成长的，是56个民族汇聚的伟大阵容。民族文学的丰富意义在于书写了共同目标下的不同心路。它们的审美选择和价值追求，它们的讲述方式和话语内涵，犹如它们所依傍并根植的美丽山水一样，魅力无限又意味迥然，并不服从于单一的欣赏兴趣和理解思维。在这里，需要的是换一种方式，甚至换一种观念，这样，另一种新的文学景致将会改变我们由来已久的视野，中国文学的丰富性也必将得到业已存在的多民族、多区域的多样化写作的佐证与支撑。

在理论层面，关注中国当代多民族文学研究与文学理论的创新，在两者的关系中发现可资运用的理论元素和规律性，是十分必要和重要的。或者说，对中国当代多民族文学的研究，特别是将中国当代多民族文学研究纳入对中国当代文学理论建设中，是寻求当代文学理论创新的重要途径之一。

实际上，文化发展各具特点的各少数民族，他们的文学在与汉族文学的接触和交流中，并不是仅仅体现为被动地接受汉族文学对自己的单向影响和给予，少数民族文学同样也曾经向汉族文学输送了若干有益的成分，他们彼此之间的交流，始终清晰地表现出双向互动的特征与情况。可以说，中华各民族文学之间的交流互动，早已形成了固有传统。如果说，中华多民族文学的发展的历史与现状已经体现出积极意义，那么，从多民族多区域文学角度反思中国当代文学理论，尝试通过文学观念和实践姿态的调整来加强中国当代文学理论与中国多民族多区域文学的联系，在多民族多区域文学中寻找理论的本土特色与原创资源，以期拓宽文学理论中国化、民族化建设路径，必然会成为一个巨大的现实诉求和理论空间。

三、后现代提供的动力

从理论走向看，重视多民族（或各少数族裔）文学研究与文学理论的建设、创新，是当前世界文学理论发展的一个重要趋势和实践策略。人们置身于后现代文化大背景之下，传统思维方式正在发生着变化，贝斯特和凯尔纳把这个在社会生活、艺术、科学、哲学与理论方面的剧烈变化称为"后现代转向"。后现代转向包括从现代到后现代众多领域理论的一种变化，此变化指向一种考察世界、解释世界的新范式。

具体而言，这是一个注重文化多元多样的时代，沃特森在《多元文化主义》中写道："'多元文化'的这个词语和提及的其他词语的区别是什么呢？在于它不仅仅是造成一种差异感，而且认识到这些差异源于对一种文化普遍共有的忠诚和固有的对所有文化一律平等的理念的认可。"与此相关的是文化相对主义，在后现代全球化背景下，这个旨在强调西方文化优越性的概念被杜威·佛克马重新阐释，其基本意义已经发生了变化，"它旨在说明，每个民族的文化都相对于他种文化而存在，因而，每一种文化都有自己的初生期、发展期、强盛期和衰落期，没有哪种文化可以永远独占鳌头。所谓全球化时代的文化趋同性实际上是不可能实现的，全球化在文化上带来的两个相反相成的后果就是文化的趋同性和文化的多样性并存"。时代的这一总体文化背景为我们思考当代多民族文学研究与文学理论的创新设置了一个必须尊重的前提，在这里有众多的理论探讨为我们提供了启示。

从国外看，雅克·德里达的《书写与差异》，爱德华·赛义德的《东方学》《文化与帝国主义》，沃特森的《多元文化主义》等著作在哲学观念和总体思维层面上突出了当代多民族文学与文学理论的关联和价值；斯图亚特霍尔的《文化身份与族裔散居》《多元文化问题》，乔纳森·弗里德曼的《文化认同与全球性过程》，安东尼·D.史密斯的《全球化时代的民族与民族国家》，本尼迪克特·安德森的《想象的共同体》，乔治·拉伦的《意识形态与文化身份：现代性和第三世界的在场》，第欧根尼中文精选版编辑委员会的《文化认同性的变形》等著作从族群认同与文化认同入手，彰显了多民族文学的价值和理解方式。

普里查德、利奇、道格拉斯和科恩等学者的象征人类学理论，使多民族的不同区域的文学意义得到有力突出。在美国，族裔和种族批评正是研究少数族裔文学的方法。边缘化文学批评理论从西方主流文论中逐渐浮现，使当代趋同、合流的文学理论研究不断呈现出多元化态势，也为我们思考中国当代多民族文学研究与文学理论的创新提供了思路和可资借鉴的方法。关于文学理论的发展与创新思路，我们在特里伊格尔顿的《20世纪西方文学理论》、乔纳森·卡勒的《文学理论》、马克柯里的《后现代叙事理论》、沃尔夫冈·伊瑟尔的《怎样做理论》等著作中可以明显看到多元文学观念和文学实践所具有的价值。

在国内，人们越来越多意识到多民族文学的重要性，这是由中国作为地域辽阔和统一的多民族国家决定的。因此，对多民族文学的研究与理论缺陷的反思越来越多，形成理论成果十分丰富的状态。像关纪新的《20世纪中华各民族文学关系研究》，曹顺庆的《三重话语霸权下的少数民族文学研究》，关纪新、朝戈金的《多重选择的世界》，刘大先的《边缘的崛起》《从想象的异域到多元的地图》《当代少数民族文学批评：反思与重建》，李鸿然的《中国当代少数民族文学史论》，徐新建的《全球语境与本土认同》，李晓峰的《中华多民族文学史观下中国文学史之结构》《中国当代少数民族文学创作与批评现状的思考》，姚新勇的《萎靡的当代民族文学批评》，马绍玺的《在他者的视域中》，姚新建的《文化身份建构的欲求与审思》，赵汀阳的《没有世界观的世界》，杨志明的《全球化、现代化与少数民族传统文化的生存前景》，宋炳辉的《弱势民族文学在中国》，汤晓青主编的《多元文化格局中的民族文学研究》，田泥的《谁在边缘地吟唱》等，在中国当代多民族文学研究与文学理论的创新方面，已经形成了一些具有代表性的成果，为深入探讨提供了前提。

四、多民族文学构建的基础

以当代多民族文学研究推进文学理论的创新是一个开阔的学术领域，可以作为的空间十分巨大。在当代中国，56个民族几乎都有自己的作家、作品。自20世纪以来，我们发现，就整体构成而言，民族文学创作的成就与困惑共生，边缘化与主流化交织……每一种选择取向中似乎都包含着与之悖反的价值因素。也正因此，在我们反思20世纪以来的中国文学观念时，中国多民族文学具有不可忽视的重要意义。我们深信，通过不断展开的意义追寻与审思，在其粗糙的表面下面，必能发现精华与原创意味——一种本土化的理论成分，这将有补于过分西化的中国现当代文学理论建设，使之展现出某些中国特色和本土意义。

以历史眼光考察，中国少数民族有丰富的创世史诗和英雄史诗，较为突出的有彝族的《梅葛》、纳西族的《创世纪》、布依族的《开天辟地》等，中国56个民族中有近30个民族有创世史诗。它们发生于中国的自然山川，最为形象地保存了不同族群的历史记忆。少数民族英雄史诗具有宏阔而神奇的民族色彩，藏族的《格萨尔王传》、蒙古族的《江格尔》、柯尔克孜族的《玛纳斯》以及维吾尔族的《乌古斯传》、傣族的《相勐》和《兰嘎西贺》等都是影响深远的宏大巨制，它们在绵延的传唱中不断吸纳时代意义而日臻丰美。

少数民族现实生活中产生的众多抒情与叙事作品，长期以来被界定为民间文学而少有论者问津，但这些作品大多保留着特定民族的价值观念、生活情趣和审美倾向，它们与主流意识形态和精英视野迥然相异，可以为理论提供少数族群甚至个人化的生存诉求、价值追索和艺术理想的多样性文学佐证。实际上，这类作品中的精粹之作，如彝族支系撒尼人的《阿诗玛》、蒙古族的《嘎达梅林》、傣族的《娥并与桑洛》与《召树屯》、维吾尔族的《阿凡提的故事》、苗族的《张秀眉之歌》和《仰阿莎》、回族的《马五哥与尕豆妹》、壮族的《特华之歌》、纳西族的《人与龙》等，无不以鲜活的民间想象展示独特的生存与反抗、向往与回忆，其中艰辛与美好交织、朴素与浪漫共存，景象独特，意蕴丰厚，历史演进的多样化方式在这些作品中得以保存，这绝非主流意识与西方视点所能简单囊括或随意改写的。

在现当代，多民族多区域文学更为丰富多彩，有许多主流化优秀作品如《白毛女》《刘姐》等也来自乡土民间传说。中国广阔的民间以原生态养分滋育了作家的灵感、想象与激情，使之找到民族化的写作之路。现代性历程中成长起来的一代代少数民族作家，他们的写作虽然以不同方式体现了对主流文学观念和意识形态的趋同倾向，但其作品中依然流动着少数民族的意识与激情，其独特的感觉、领悟与表达方式，以及在此基础上形成的不同艺术风格，如群星闪烁，使我们得以领略时代之歌的不同魅力。维吾尔族诗人铁衣布江、藏族诗人饶介巴桑、蒙古族作家玛拉沁夫和诗人纳·赛音朝克图、彝族作家李乔、佤族作家董秀英、傣族诗人康郎英等就是这个群体的代表。今天，新的民族作家不断涌现，这个阵营在迅速扩大。可以说，在新中国成立之后，由于民族国家通过发展民族文学艺术以塑造国家形象这一文化策略的实施，多民族多区域文学发展迅速，成就斐然。其丰富的整体构成绝对是中国当代文学理论研究的一片沃土，对它的沉潜与发掘，必能为中国当代文学理论发展提供新的启示。

在具体思路上，要以当代多民族文学研究推进文学理论发展，应该主要针对20世纪，特别是新中国成立以来，中国当代多民族文学创作和研究情况进行广泛的阅读、思考。就媒介而言，要关注当代图书、报纸、网络、电子出版物等主要传媒和文学载体；就材料类别而言，要注意各类文学作品、文艺评论以及相关的文学、文化研究材料。通过这些材料，重点阐释中国当代多民族文学时间意义上的内在联系和空间意义的相互影响，探讨民族意识的内外成因，总结基本规律，彰显理论价值，最后归结到文学理论和文艺学学科建设高度，形成关于中国当代多民族文学的价值发现与理论总结。在中国当代文化大背景下找到开展当代多民族文学研究与文学理论建设的途径，形成中国当代多民族文学的价值辨识、形态分析与理论定位。对其中的少数民族意识、汉民族意识，以及多民族文学与主流意识形态的关系进行梳理。

通过研究中国当代多民族文学与中国当代文学理论的内在联系，为中国当代多民族文学找到在中国当代文学整体形态构成中的位置，以及在中国当代文艺学学科建设中应有的地位，同时从民族的、区域化的文学研究中获得中国当代文学理论建设的有益的新因素，这是十分可行的中国化的文学理论建设方式。

第七章　实践视域下文学理论的多元化

研究文学理论话语方式具有重要意义。在中国当代，由于西方各种学派化文学理论蜂拥而至，挤压了我们的理论空间，经历了百余年历史的中国文学理论，在夹缝中成长。这种状况，决定了我们必须注重中国化的文学理论建设。在中国化文学理论建设过程中，深入探讨文学理论的话语方式是一项基础工作，也是一项关乎文学本质、特征及基本规律研究的具有引领作用的工作。对文学理论话语方式进行深入探讨，形成对文学理论话语的构成规律及其文化意义较为完整的认识，可以触及中国文学理论建设的一个内在规律，这对建构中国当代文学理论具有启示意义，对当代学术语言的规范化、科学化也有促进作用。

第一节　说话方式与文学理论

一、文学理论独特的话语方式

真的存在一种文学理论的话语方式吗？这个看上去缺乏常识的问题对于文学理论专业人士而言却颇具挑战性——如果没有文学理论的话语方式，人们如何将文学理论的特定内涵传达出来？如果存在这种方式，那么，又由谁来为这种方式制定规则？不同文学理论主体又在何种意义上统一（或者被统一）到这些规约之上？在权威消解的时代，文学理论变得纷繁芜杂、多元多样的时代，某种文学理论存在的合法性与意义展示会更多地取决于它的形态，取决于它所选择的进入另一种文学理论专业人士及其他非专业人士视域的方式——除非你愿意始终保持对文学和文化的隔膜状态。

也就是说，文学理论话语方式及其与所表达的理论内涵之间的关联方式在这样的时代里变得重要起来。用乐观的话来表述这种现象，那就是文学理论的自觉征兆正在展露；用挑剔的眼光审视，则会发现这种现象背后存在众多的理论空洞，许多缺少内质的言说正在理论话语游戏中炫耀自身，使人们对文学理论的理解变得更为艰难，使文学理论对文学现象的阐释变得更加不负责任。这种看似自如的文学理论，不过是理论主体显示自己资格的一种标志。

我们恰好处在这样一个时代。对于文学理论的建设来说，这个时代提出了挑战也提供了机遇。一方面，西方各种学派化文学理论蜂拥而至，它们以不同的理论方式，开拓出带有特点的理论领地，为我们的理论话语提供了某种资源和参照，同时也挤压了我们的理论空间。另一方面，经历了百余年历史，在夹缝中成长的中国现当代文学理论，正以顽强的姿态继续着建构切合中国文学和文化实际的文学理论事业。这一时代特点，决定了我们的文学理论必须意识到追求一种文学理论的话语方式的重要性，也决定了人们在为此付诸行动之时，必须重新审视文学理论话语建构中的双重价值索求，处置好话语倾向内部固有的矛盾和悖论，使文学理论话语建构更好地体现文学理论发展规律。

所谓文学理论话语的双重价值索求，是指文学理论话语不但要切合它的对象世界，更要切合文学理论的理论本体，使自身在获得文学意义的同时获得理论价值，形成双重话语属性。具备这两重属性的文学理论话语，才可能成为更为纯正的文学理论的话语，它的文学的与理论的肌质，会使其形成更大的阐释功能和阐释活力。诚如海登·怀特所说："总之，话语从本质上说是一种调节。既如此，话语既是阐释的，又是前阐释的。它总是既关注阐释本身的性质，也同样关注题材，这也显然是它详尽阐述自身的机会。"可以肯定，离开了这两个方面的价值索求，文学理论话语表达的通俗与不通俗、明晰与不明晰，都与它所形成的阐释力量和可能获得的接受理解无关。

因为深刻的理论话语很可能是易懂的，只要它真正包含着理性内涵，充分体现了理论话语的属性；而浅白的理论话语却可能难以理解，如果它缺少需要理解的理性成分，不具备理论话语的基本属性。更何况，谁会指望理论语言绝对等同于生活口语呢？谁又愿意在日常表达中随时遭遇文学原理和文学理论问题的通俗化呢？理论话语方式与日常言说绝对不可能彻底交融、完全等同，即使有许多人正在做这种幻想和努力。

二、说话方式的历史与现实状态

但文学理论话语方式的双重价值索求的确常常被错误地处置。先看它在与文学基本关系上的体现。优秀的文学理论语言当然要充分地追求并展示文学特性，如中国古代那些杰作（如陆机的《文赋》、刘勰的《文心雕龙》以及许多的诗论、文论篇章），它们十分有效地从文学中汲取了切合文学的阐述力量，同时也提高了自己的品位。但考察文论史时，我们会发现，文学理论话语方式对对象世界的顺从不但由来已久，也使自身逐渐失去了自持能力。有许多似是而非的观念在此过程中发挥了重要作用。这些观念的现实基础是经验主义。

具体说，在经验主义盛行的现实世界里，由于文学理论产生于文学实践之后，是文学对人类理性诉求导致的结果，人们极自然地将它理解为文学的理论，其基本功能被定位在概括、总结文学规律和阐释文学现象上。人们总是要求文学理论致力于为那个直观而宏大的文学世界提供说法，而常常忽视了它自身的构成方式及其价值。

即使在西方，这也是一个普遍的认识。西摩·查特曼说："文学理论是对文学的本质的研究。它不会为了自身而关注对任何特定的文学作品进行的评价或描述。文学理论不是文学评论，而是对批评之规定的研究，是对文学对象和各部分之本质的研究。"这位理论家还指出，韦勒克和沃伦在《文学理论》中也将文学理论视为一种方法的工具。照一般理解，工具的意义当然不在它自身，而更多地在它的对象上。

在这种观念支配下，文学理论话语的理论活力和生长方式、它由自身理论品质决定的话语表达等因素，往往被人们对它的对象世界的诉求遮蔽，甚至消解。人们确定一种文学理论的价值，更多的是看它提出并解决了什么文学问题，这些问题怎样彰显了文学的思想与艺术价值，并对我们的文化和生活产生了何种影响，而很少看它的理论结构和言说方式有什么独立意义，或者作为文化不可或缺的组成部分显示了什么样的特别价值。原因很明显，作为文学研究（即使是通过文化来进行研究）的表达，话语方式的工具意义越充分，便越能产生价值。在文学理论被认可为一种同样重要的文化创造（而不仅是创造的阐释手段）之前，它的品质还会有什么更大的重要性呢？缘起于文学又归宿于文学，这就是上述背景下文学理论话语的全部使命。

文学理论话语方式的这种历史和现实状况具有什么负面效应呢？忽视理论话语方式本身难道真是一种不可容忍的理论性错误？这可以从文学理论话语主体的作为中找到答案。表面看，文学理论的不自觉状态好像给理论言说者施加了压力，使他必须始终立足于文学范畴之内来构建其话语体系，进而获得理论合法性。但实际上，失去了对理论的自觉与约束，来自文学的限定极可能导致一种放任。换言之，言说主体只要扣紧文学，满足了对象世界的基本要求，马上就会获得巨大的言说自由或者言说任意性。这个自由主体可以堆砌材料，随意道来，使理论的布袋变得鼓鼓囊囊；也可以搬用他述，生吞活剥，在理论的新瓶子里盛满过时的或别人的想法……文学世界的无限丰富为理论主体的这种言说方式提供了充足的话语资源和话语可能性，即使哲学观念、逻辑方法和分析手段欠缺或乖谬，一时也不会构成较大影响。

其结果是，在文学理论的一个个现场，一方面不断出现丰富新异、花样翻新的景观，另一方面则是浮泛与芜蔓、艰深与奥涩、重复与沉冗悄悄流行，理论话语的疲软不可阻遏地形成并流露。也就是说，就范于对象世界的文学理论话语，以看似必然的、合理的方式发展，却自我消解了自身作为理论话语的力量，由它构成的理论表达，表面扣紧着文学，但在更为内在的层面上却从文学世界游离。文学理论的浮泛状态就这样形成了。由于这个悖论的作用，可以肯定，就范于文学世界的文学理论话语所形成的形态，其实并不能作为我们探寻文学理论话语构成规律正确性的直接证据。它只能说明，如果没有新的思考和更深入的开拓，这条起点正确的道路将无法把我们导向正确的目标。

如何解决这个问题？一般的想法是通过强调和凸显文学理论话语方式的理论品质来寻求突破。不能否认这是一个正确的想法，而且这也正是我们所倡导的，因为它展现了文学理论话语的第二重价值索求。通过这种索求，在理论性约束下，文学理论话语的随意与漂浮或可得到校正。依据米克·巴尔说：理论是有关某一特定客体的一系列系统性的概述。因此，它当然不是客体的具体性和个别性的逐一表述，它以抽象方式远离感性世界的纷繁芜杂，使自身保持着理性的纯粹性。它依靠观念的和逻辑的力量进入现象内部，捕捉事物的共同性与普遍性，从而形成一种超越化表达。理论的这种品性当然足以对抗就范于现象世界的话语方式所造成的言说浮泛与芜蔓。

可见，理论性在文学理论话语构成中可以起到规约与提升作用，是文学理论话语方式十分重要的价值生成路径。然而，理论的上述作用不是普泛的，它依赖于我们对理论进行观念定位，否则，关键性因素不能发挥作用，理论也不会形成特定的规约与提升力量。在文论领域尤其如此。

通俗地说，必须首先搞清"什么是文学理论"这个首要问题。如果仅将文学理论理解为文学规律的概括和总结，那么，对文学理论话语方式的考察又回到了前面所述那种起点正确但难达目的的逻辑悖论之中。换言之，作为文学规律的概括和总结的文学理论，是不足以用理论的力量将文学话语从文学世界的限制中提升出来并形成理论特质的。

对理论的认识停留于此点，文学理论话语就仍然找不到强化自己的途径，正如弗雷德里克·詹姆逊所说："由于理论屈从于物质的语言，因此，理论将含有某种类似语言警察的功能，其使命是毫不留情地搜寻和摧毁我们在语言实践中不可避免地流露出来的思想，我们只能说，对理论来讲只要使用语言，包括语言本身，就容易受到'打滑'和'漏油'的影响。因为已经没有任何正确的语言表达方式了。"可见，必须从理论观念开始才能改变文论语言的内质，从而避开或消解它与理论的对抗性。完成这个任务的根本办法，只能是对理论和语言的观念进行更为深入的探讨。

三、文学理论话语方式的内质

理论是什么？与经验主义不同的观点是，理论是人类实践的指导，相对于实践它是先在的，它有着通向真理大门的天然能力。哈贝马斯分析说，在古代，"理论生活方式居于古代生活方式之首，高于政治家、教育家和医生的实践生活方式……理论要求放弃自然的世界观，并希望与超验事物建立起联系"，"在现代意识哲学中，理论生活的独立性升华成为一种绝对自明的理论"，而"最终……把理论活动放到其实际的发生和应用语境当中，这就是唤醒了人们注重行为和交往的日常语境的意识。比如说，这些日常语境和生活世界概念一起要求达到哲学高度"。

从哈贝马斯的分析中可以看出，理论的先在意义的存在由来已久，且作用巨大，它构成了有别于经验世界的知识谱系。它将观念的力量通过逻辑作用放大，形成了观念的"逻辑先在性"，从而有效地抵抗了观念的"时间先在性"。有学者已经注意到时间先验性是经验问题，逻辑先在性是理论问题。就时间先在性来说，先有实践，后有对于实践的总结。换言之，没有实践活动，就没有理论的产生；就逻辑先在性来说，理论是指导实践的，先有观念，后有事物的创造。

如果这种理解具有合理性，文学理论的"创造本体说"成立，那么，文学理论话语还仅仅是满足于对文学世界的阐述吗？文学理论话语方式中肯定萌生了新质，并由这些新质促进和标示着语言方式中的理论品位。如何把握这些新质，肯定是文学理论话语方式研究中最有意义、最有价值的部分。

首先，语言并不仅是一种工具，文学理论话语也并不仅是言说文学规律的工具。长期以来，人们对文学理论话语的困惑（包括懂与不懂、理解与不理解），在很大程度上来自语言工具论的负面影响。的确，如果语言仅仅帮助我们言说了对象，表达了思想，达成了沟通，那么，语言永远处于被动地位，并不能显示主体存在的巨大意义。而事实上，在很大程度上正是语言的存在才使人类超越万物，有了更为可靠、更为明显的独立意义。换言之，是话语使言说者成为主体，具有主体的能动性，"因为，任何交流和创造都必须在语言中进行，也就是说，我们存在的世界是语言的世界，没有语言的世界是不存在的世界。如海德格尔所说，语言是存在之家……既然人是语言的存在，那么，在每一个个体存在之前已经有先于它的语言的先在了"。

个别主体如此，整个人类的共同主体当然也如此，它借助并依靠自身的言说来达成自己的存在和人性的提升。在文学理论领域，意识不到这一点，文论话语便会永远外在于理论家，当这一理论家试图驾驭话语实现理论构建时，弗雷德里克·詹姆逊所说的那种语言"打滑"和"漏油"现象就会出现。在此情况下，语言为对象耗尽了一切，但它自身的品质却难以显现出来。

因此，"尽管谈论关于分析工具的概念十分普遍，理解并不是一种可以被工具性地完成的操作"。米克·巴尔的这种看法，道出了将文学理论话语视为工具的缺陷。换言之，我们如果仍然坚持将话语作为工具来使用，对它难以理解、无法把握是必然的。因为导致难以理解、无法把握的原因并不存在于言说者和接受者之间，而是存在于更深的层次之中，即这种话语方式作为工具所固有的先天不足。

其次，文学理论话语是一种阐释性话语，更是一种创造性话语。文学理论话语的阐释性（或曰后释性），来自文学理论的科学本性，是文学理论作为知识和学问的集中体现。尽管将文学理论视为科学并不是文学理论历史中独一无二的看法，但承认这一点的人，往往十分重视话语的阐释功能，因为，他们总是坚持科学是从经验事实推导出来的知识。

运用这些知识的目的，在于构成更多的知识，使知识链条形成更为紧密的结构。于是，知识型文学理论话语的发现及探究使命大过了创造使命。

韦勒克和沃伦也持这种看法，他们在《文学理论》中说："我们必须首先区别文学和文学研究。这是截然不同的两种事情。文学是创造性的，是一种艺术；而文学研究，如果称为科学不太确切的话，也应该说是一门知识或学问。"显而易见，在这里，作为表达知识和学问的话语，文学理论话语方式正是离开创造性才形成自己的独立性。但显而易见的是，这并不是文学理论话语的全部内涵。文学理论对文学本体的悬置和创造，如果不由话语创造来实现，那绝不可能还有其他方式。

文学理论话语的创造性当然与艺术的创造性不同，这种创造集中体现为在多种思考中提供新的思想方式，并通过它将人们导向一些新领域，获得一些新范畴，从而形成一些可以指导实践活动的新思想，它很可能从根本上改变人们曾经形成的思维模式，在理性层面上形成新的创见。关于这一点，可以引证乔纳森·卡勒的看法。他说："被称为理论的作品的影响超出它们自己原来的领域。"卡勒还通过分析德里达和福柯的理论得出结论："关于理论的两个例子都说明理论包括话语实践：对欲望、语言等的解释，这些解释对已经被接受的思想提出挑战……'它们就是这样激励你重新思考你用以研究文学的那些范畴。"在这种理论化方式中，文论话语得以实践对文学本体的创造（它从观念上解决了"文学是什么"），从而也使文学理论具有了创造内涵。文学理论因之可以在某种意义上离开科学主义范围，获得鲜明而丰富的人文色彩。

再次，文学理论话语既有理论的普泛性，又具有话语的具体性。这一点也正是文学理论话语双向索求最终达成统一的结果。即文论话语一方面切合了对象世界，具有文学特性，另一方面又实现理论升华，获得了理性品质。需要指出的是，这种融合不是观念的预设，而是理论话语方式的实践作为，它在文学理论话语创造中有规律地被呈现出来，所展示的是一种不可抗拒的话语自主性，就像海登·怀特所说："当我们试图解释人性、文化、社会和历史等有问题的话题时，我们从来不能准确地说出我们希望说的话，也不能准确表达我们的意思。我们的话语总是有从我们的数据溜向意识结构的倾向，我们正是用这些意识结构来捕捉数据的。"

可见，主体在话语活动中获得了主体性，而一个在话语存在中形成主体的文论家，其作为主体，是一个内在主体，他的行为既是个体的又是社会的，用茨维坦·托多洛夫所引述的巴赫金的话来说，这个主体甚至"不仅是外在表达，就是内在表达都属于社会性范围。因此，连接内心的活动（能表达的）和外在客观（陈述）的方法，完全是社会方面的"。这就是一个自由主体的话语创造方式，他在理论表述的具体形态中，将历史和文化意义自觉融会在自然的、个性的言说内部，为这些言说增添厚度，并赋予它们特别的品质和内蕴。

总之，对文学理论理解的复杂性，使文学理论话语方式变得更为复杂。最基本的矛盾是它只有成为一种文学理论的话语才能为人们所理解、所接受，但一旦成为这种话语，它必然就会远离其他话语，以及这些话语后面庞大的社会群体，形成更为明显的文化区隔。在这种文化区隔之中，文学理论话语主体虽然得以成全自己的文化权力与优势心态，但附带的问题（也可以说更重要的问题）是，在这个区隔中所发生的一切增加了我们的疑惑，就像布尔迪厄所认识到的那样。布尔迪厄说，"揭示出知识分子的部族秘密之一是，学术话语之所以预设某种误解，其隐秘的功能是为了保障老师对于学生的优先性，或者说得更明确一点，是为了维护一种社会区隔，它其实往往只是自我指涉的一种语言游戏"。这样一来，理论话语的浑浊似乎永远难以澄清，包括布尔迪厄本人也不可摆脱认知与行为之间的背离，何况我们。文学理论话语方式实在是一种需要长久思考的东西。

第二节　教育中的文学理论

一、与教学紧密相连的文学理论

在文学和文学理论研究逐步离开一统的言说方式，大力追寻多样化的后理论时代，探讨文学理论教材建设这种确定性色彩明显的做法具有特别意义。因为某种能够被称为理论的东西的存在，往往并不以趋新为根基，理论有自己的自律与自洽原则，也必有自己的基本形态。文学理论也不例外，作为一个公认的长久存在的学科，它的边界虽然确实在发生变化，但不可能没有确定的学科内涵与形态。

在中国当代，由于种种原因，文学理论（有时被人们称为文艺学）已经植根于大学课堂，它在这里获得知识增长基础，形成最为丰富的理论再生产机制。在某种程度上甚至可以说，文学理论几乎已经成为一门存在于大学课堂上的学科，在社会文化场景之中，它虽然频频亮相，却化为种种具体的言说方式，与理论自身的意义相去甚远。

因此，无论在中国或西方，无论在理论时代还是后理论时代，人们对文学理论的理解往往与教学相联系。很多体系化的文学理论著作，其产生往往以教材写作为动因，或者最终成为一本教材而形成影响。大学的文学理论教材状态，几乎就是文学理论本身的状态。这些教材不断地出现，"从现代学科意义上讲，文学理论教科书的编写已经有近百年的历史。近百年来，人们编写了不下250部文学理论教材"，这应该还只是一个保守的估计。这些汗牛充栋的教材，成为文学理论生产的宏大见证，展现出学科建设的丰富性。因此，探讨文学理论教材建设，实际上成为完善文学理论学科体系的有效方式。在这方面，人们所做的不是太多，而是太少。

为学科而生产教材，用教材来彰显学科的知识领地，这是由来已久的学术事实，已经成为一种惯例。但是，植根于大学教学中的文学理论，在它看似合理的这种存在方式中，其实产生并保存着诸多不合理因素。其中最为明显的是使教材过多服从于学科，因而不能充分顾及教学对象的需要和接受能力，甚至也不能充分顾及不断发展的文学现实状态，体现出学院化的封闭与自足。为学科的文学理论往往服从于某种先在的或预设的文学理论观念及理论框架体系，因此无论谁来写作，在何地（何校）写作，其状态总是大致相似，诚如叶舒宪所说："当事者难以超脱和超越自己的学科专业，滋生出一种根深蒂固的学科本位主义心态或者学科自闭症。其症状表现有：不但不能有效地自我反思和批评，而且会放任和纵容学科本位立场的知识生产制造出无限地自我重复的产品——千人一面的文学概论、美学原理与中国文学史（据统计，百年来由文学研究界生产出的形形色色的中国文学史类书籍已经多达1600余种）。如果没有一种带有根本性的学科合法性反思运动，自我复制式的重复生产格局还会惯性蔓延下去，并且愈演愈烈，积重难返。"

应该说，文学理论领域的这种状态尤为突出，几乎每年都会有新的教材产生。在进行这种重复的教材编写时，大家由于服从了一个形而上的观念或者结构而并无不安。乔治·基迪写道："这种形而上学的结构是理性的：它所拥有的形式可能是被某个理性安排者给予的，尽管在这个系统内并没有设想任何安排者。形式的结构被理解为在每个内涵中都内在地具有种属联系。"

在很长时间里，人们认为这种方式合乎文学理论的生产规律而广泛运用之。关于文学理论的生产规律，沃尔夫冈·伊瑟尔在《怎样做理论》中概括道："每一种文学理论都把艺术转变成认知，而这需要搭建一个基本框架，它从一个假定的前提出发，在其之上建立了一些结构，服务于特定的功能，该功能的实践通过特定运行来组织。"

在中国，这个假定的前提、结构和功能是通过现当代特定的历史文化选择而设定的，它带着西方文学理论的观念色彩，同时体现了统一的国家意识形态要求，是整个现代性历史进程的结果，因此形成强大的理论基石。有了这种依据，一种不合理的体制化的学术行为逐渐转化为合理存在，形成了自己的学理路径。在这种服从于学科的情况下，为完成学科建设的任务，作为教材被大量编写的文学理论，当然无暇顾及教学对象的需求和接受能力，甚至无暇顾及文学实践内部不断形成的新诉求。

当然，这样说并不意味着当下文学理论教材的编写没有观念的变化和材料的更新，恰恰相反，这种更新在有限范围内不断发生，甚至构成某部教材得以写作的主要理由和动力。问题是，这许多更新仍然是为了学科的更新，是研究者在学科领域研究收获的自我固化，是学科体制下文学理论知识生产的基本法则的必然产物。以此为前提，它所提供的新成分一方面带来某些关于学科基本观念、方法和知识边界的争论与拓展，赢得了学科建设的价值；另一方面则是给接受者带来许多难以理解的理论新成分。

从学习者的角度看，文学理论似乎在不断膨胀，有时甚至变得混杂而繁复，失去了理论应有的简约、清晰、明澈，它仿佛"奥吉亚斯牛圈"那样充满了许多不相关的东西。毫无疑问，这是文学理论体制化的一个结果，它以学科的增值为表象，实际上发生的却是学科理论形态的板结。这种情况不仅中国存在，西方亦然。关于这一点，美国理论家杰拉尔德·格莱夫曾说："在文学研究被集中于大学的那整整一个世纪里，这一停滞的过程变得如此漫长，以致今天的有些研究者把它看成官僚政治式的制度化所造成的不可避免的结果，这一诊断似乎常有过分浓厚的宿命论色彩，但它强调了一个在思考文学理论的未来时需要涉及的问题：一方面，停滞的循环说明了对理论的呼唤为何经久不息的原因；另一方面，由于每一种新的理论反应都已被制度化了，因而连自身也保不住，也被卷进那停滞的循环之中，如是又导致新的理论思考的爆发，到头来它又被吸收同化，被惯例化。"可以说，作为学科的文学理论与作为教材的文学理论交杂在一起，必然形成当事者无法左右的这种结果。

二、学科特性与教学实践的矛盾

在文学理论领域，需要一种将学科建设与教材建设分开的观念，尽管做起来可能十分困难。文艺学作为学科分类中的一个部分，是中国语言文学一级学科下面的一个二级学科，它有着特定的学科定位和知识体系，需要运用理论方法和逻辑思维进行探究，某些决定着这个学科存在的根本问题，如什么是文学、什么是文学理论等，具有变动不居但又并非空洞无据的内涵，需要不断对之进行深入解析与定义，因此，理论形成了自己的逻辑扩展力量。换言之，作为学科的文学理论总是存在着自我拓展的研究空间，其理论活力由是而生。

关键是这一切对于文学理论的学习者意味着什么？一般的理解是，应该由完整的学科理论知识对学习者提出要求，而不是与此相反，因为你所要学习的是一门业已存在着的学科。因此，将学科知识越完整地交给接受者，理论主体的成就感就越强烈。这种观念正是推动文学理论学科知识与文学理论教材不断结合的一个强大力量。然而，从人才培养实际出发，有时决定着学科的根本性问题，以及十分专业化的研究思路与方法，事实上并不是各类学习者一致需要或者必须掌握的。比如什么是文学，如果连从事研究的学者都觉得这是一个变化着的难有定论的问题，需要专门的研究来完善，那么，要在教材中写清楚并要求初学文学理论的大学一年级学生加以理解和掌握，可想而知难度巨大，结果往往事倍功半。但公允地说，这种有违常识的追求其实并不是文学理论主体的主动意识，它是由大学制度整体力量决定并推动的。中国大学的专业限制过于严格，学科与专业本位是教育、教学的基本原则，每个人都得遵循，文学理论教师亦然。学科、专业本位的客观效果是压缩了学生自主学习的选择空间，大幅度削弱了学习主动性。在教学实践中，它带来的直接影响是加大了学科对教材的制约。其结果，以文学理论为例，即使在大学本科汉语言文学专业（它培养的并不是专门的文学理论人才）中，学生也必须学习专门化的（或学科化的）文学理论，为这种学习而编写的《文学概论》《文学理论基础》《文艺学导论》《文学原理》等教材，成为大学文学理论的主要部分。这些教材往往从探讨文学是什么入手，延及文学的功用与价值、文学乃至文艺学的边界、文学的发展前景等充满变化与争议的领域，其中关于文学的基本知识与文学理论知识这两类不同范畴的东西也很少得到有效区分……

总之，文艺学丰富的知识体系及观念、方法等强制性进入教学领域，在教材中获得了显在形态，同时也完成了学科知识体系的自我建构。在这些积极成效后面形成的，却是文学理论教材与教学对象之间不可避免地发生了更大程度的分离。虽然这一弊端今天已经越来越多地为人所认识，但现实变革却来得十分缓慢。

分离的直接后果是使人对文学理论产生空泛与脱离实际的印象，在大学本科阶段，说到文学理论，人们常有敬畏之心，老师怕教、学生怕学几乎成为普遍现象。作为一门重要的汉语言文学专业基础课程，文学理论本来具有鲜活的理论生命力，它的抽象思维所构成的理论特质应该具有启发心智的巨大作用，但在实际中却难以得到展示。分离的另一个后果是，从文学理论学科发展的角度来说，由于文学理论与教学过程紧密相连，教学化的理论状态反过来对学科发展产生制约。"在大学人文学科的集团动态中，似乎有这样的情形：一旦方法上的改革以一批互无关联的领域、大纲和课程的形式制度化了之后，不仅最初引起这场改革的那个理论被人遗忘，最后连这场改革曾有理论卷入这一事实也被人抛至脑后。"可见，教学对学科建构所产生的这种惰性，与它所起的积极作用一样明显。

因此，分而治之实为必要之举。事实上，作为学科的文学理论有赖于深入研究来维系其生长活力，它通过增强文化现场的话语权来证明其价值，这项工作只能由专门的研究者来完成，就像拉曼·赛尔登所说："（文学）理论似乎是一个相当深奥的专门领域，只有文学系的少数人关注它，而这些人其实是哲学家，不过冒充文学批评家罢了。"而作为教材的文学理论需要教学过程来展示其理论活力，它通过促进接受者的文学理解能力来实现其价值，在这里，作为学科的抽象的文学理论进入教材，应按照不同接受群体的需求和特点进行重新编排、整合，而不是保持着原有的学科知识状态，更不是越深奥越好、越全面越好。作为教材的文学理论既受文学理论学科的制约，又必须形成有利于学习者接受的特点，双向的制约使它只能是有选择的文学理论，适合于人才培养的文学理论。因而，学习者的知识需求和能力状态应该发挥更大的支配及影响作用。

三、知识、方法与思维

作为学科的文学理论，其学科特质从三个层面体现，那就是知识、方法和思维，三者互相呼应形成一个有机整体。但在文学理论教材的编写中，应根据人才培养需要有侧重地加以选择和突出。所谓知识也就是常识化的理论，是可以通过易于学习的方法解决的问题，或者就是已经被解决了的并且达成共识的问题。文学理论的知识体系主要是相对于整个文学世界而建构起来的，是关于文学的系统化的理性认识。文学常识不包括那些难以确定的有待进一步研究的根本问题，如文学是什么、文学的基本价值等。在今天的文学理论领域中，诸如文学创作的一般过程和基本方法、文学文本的基本结构和特点、文学体裁及分类、文学语言及其技巧、文学形象的优劣分别、文学的风格特色，以及文学鉴赏和批评的一般过程及方法等，都已经化为文学的基本知识。在运用这些知识的时候，虽然离不开相应的文学理论方法与思维，但总体上看更倾向于一种技能和技巧，一般人通过学习和训练，可以有效掌握它们，从而提高对文学的知解能力。

　　文学理论的方法是基于对文学理论整体的认识所形成的研究文学问题的方法。它超越文学理论常识构成的最明显的地方在于，它对文学和文学理论重要的基本问题有深入探究的清晰视界和有效理路，可以带来文学理论学科的知识增值与扩容。因此，掌握文学理论方法的人应具有对文学理论本身的自觉，他们要追问的不仅是"文学是什么"这类文学本体问题，更重要的是，"文学理论是什么"这类文学理论本体问题。在这个意义上，可以肯定地说，文学理论的方法中包含了深刻的理论特质，它甚至就是文学理论的"理论表达方式"，是使人们通过文学理论基本形态抵达文学理论内质的主要方法。如果我们仅在一般意义上理解文学理论方法，而不涉及文学理论本身的自觉，那么，所谓方法实际上就是被抽空了文学理论的价值，"就意味着它可能面临两种结局，一是不断地泛化，成为无所不能的无能；一是不断地工具化，在事物的表面摩擦，而无法抵达本体之根"。理解和掌握这种方法，是从事文学理论研究的专门人才必须具备的起点性的观念和能力。

　　众所周知，文学理论的思维首先是一种逻辑化的抽象思维，但在这里我指的是，这种逻辑思维在文学理论思想、观念和学派建构中的具体方式。譬如探究"什么是文学",也许永远不会得到一个人人都认可的定论,但却可能随时产生出某种合乎逻辑的、能自圆其说的定论,中外文论史上的不同文学理论学派就是建基于这种独特思维之上的流派。这些流派使普泛的理论思维抵达了具体的理论场域,创造出一套新的理论话语。这些理论学派的价值不在于彻底取代此前的其他理论学派,而在于寻求与之不同的文学阐释角度和阐释方式,区别与创新是它们所致力的理论重心。因此,它们的出现丰富了文学理论的整体格局,为人们进入芜杂多样的文学世界提供了一条条新路径,使人们得以在相同的文学现象中看到多种不同的文学新景致。文学理论的思维层面所要探究的正是有关这些流派的产生与发展的规律,它们走向终结的原因和方式,其中所包含的理论意义,以及在历史和时代背景之下所体现的文化价值等问题。只有在这个思维层面之上,我们才能洞悉文学理论的更多奥秘,形成全景式开阔视域,才能达到真正的理论高度,获得理论创新的启示与可能。中国的学派化文学理论的建立,正有赖于这样的理论思维的建构。

应该说,作为一种成熟的文学理论,上述三个层面会紧密结合在一起,构成文艺学学科的整体格局,我们很难执其一边分论其一,单独突出某一方面的重要性,更不能仅就某一方面形成突破以获得可喜的理论成果。具有话语力量的高品位文学理论也只有在这三个层面的有机结合中才能形成。但是,我们如果离开文学理论学科本位,从教材角度思考文学理论建设问题,可以肯定,这三个层面不但可以分而治之,而且必须分而治之。因为,接受者的基本状态才是教材和教学都必须考虑的重要因素,否则违背循序渐进规律,理论传承的链条将出现混乱或断裂。循着这个思路,根据人才培养的主要层次,我们可以得出文学理论教材编写准则的基本结论,即为汉语言文学专业本科学生编写的教材应主要以知识型文学理论为主,为文艺学硕士研究生编写的教材应主要以方法型文学理论为主,为文艺学博士研究生编写的教材应主要以思维型文学理论为主。

在中国现当代文学理论领域现有的几百种教材中,可以说,大多数都是为汉语言文学专业本科学生编写的概论性和原理性教材。在此类教材中，编著者大多从学科本位出发，总是力求把教材编写得大而全、深而难，以此体现文学理论的学科深度与完整性。这样的教材使初入文学世界的人不可避免地产生巨大的理论困惑，当他们勉为其难，学完了（而非真正理解了）这个庞大的文学理论体系时，会发现作为本科毕业生，这些过于专门化的理论知识方法和思维对其所要从事的工作作用并不大，或者说并非完全必要。事实证明，我们按学科的方式教育学生，结果造成了太多的资源浪费。因此，作为运用于本科教学的文学理论教材，我的看法是应该更多地"缩水""减肥"使其浅显化、明晰化，让它成为侧重于文学知识的知识型教材，而不是成为文学理论形态的见证。这种文学理论教材所要做的主要工作，也就是像伊瑟尔所说的"把艺术转变成认知"。在大学的初始阶段，能够使学生学会更好地理解文学现象，从丰富的文学世界中获得正确的认知，文学理论教材的初步使命就已经完成。

而对于文艺学硕士研究生和博士研究生的文学理论教材，则必须进一步提升质量和档次。硕士研究生应侧重训练文学理论研究方法，要达到这个目的，必须使学生对文学理论本身有深入的了解和理解，使其掌握文学理论的理论，达到理论的自觉状态。在观念自觉的基础上方能知悉方法，明确理路。为此，应该重视基于厘清文学理论基本形态基础之上的文学理论教材的编写。

目前，在一些大学的硕士文艺学专业的教材和教学中，这是一个十分薄弱的环节，我们很难想象，对文艺学基本形态缺少明确认识的研究生能够成为掌握文学理论方法、具有研究能力的专门人才。与此相类，文艺学博士研究生的侧重于思维训练的文学理论教材也应该得到更多重视，这是通向理论创新的台阶。在西方文学理论中，诸如伊格尔顿的《二世纪西方文学理论》，佛克马、易布思的《二十世纪文学理论》，乔纳森·卡勒的《文学理论》，韦勒克、沃伦的《文学理论》，安德鲁·本尼特尼古拉斯·罗伊尔的《文学、批评与理论导论》，拉曼·赛尔登、彼得·威德森、彼得·布鲁克的《当代文学理论导读》，查尔斯·布莱斯勒的《文学批评：理论与实践导论》等著作，皆对该类教材的建设具有启示意义。中国特色的学派化文学理论的产生，有赖更多体现上述思维特点的教材和教学的熏陶。我们相信，出自中国学者之手，并充分突出思维特征的高层次文学理论教材的产生，将带来高层次文学理论人才的产生，同时，它也将有力证明中国当代文学理论建设达到令人欣喜的高度。

四、学科定位与学科特点

（一）学科定位

研究文学及其规律的学科，在总体上，人们将之称为"文学学"，中国人习惯将之称为"文艺学"。其实，文艺学本是一个内涵更为丰富、外延更为宽广的概念，用它来代称"文学学"是大词小用，并不仅仅是使用习惯导致的误置，其中包含着特殊的当代文化原因。如果分析这些原因，可以发现中国现当代"文学学"建设中的许多不合理、不科学的因素。但这不是本书必须涉及的。在这里要强调的是，我们在观念上应将这个含义等同于"文学学"的"文艺学"概念，理解为狭义文艺学。

文学学（或者狭义的文艺学）包括三大分支，它们是文学理论、文学发展史和文学批评。虽然文艺学的三大分支都是以古今中外一切文学活动、文学现象为研究对象，但三者在研究的具体视角、具体方式和目的任务等方面各不相同。文学发展史是从历时的视角，按历史顺序，选择某一特定时空的文学现象作为研究对象，力图完整、扼要地总结、展示某一国家、民族、地区的文学状况，揭示文学继承和发展的基本规律。文学批评，主要针对现时的具体作家、作品、文学思潮、文学运动，通过对以作品为中心的文学现象进行分析评价，总结其中的成败得失，从而启示作家进行更成功的文学创作，引导读者正确理解文学作品。从某种意义上看，文学批评和文学发展史都需要对文学现象进行具体研究，都要分析个别的文学现象，但两者在分析考察的深入程度和分析研究的侧重方面会有所不同。

一般来说，文学发展史相对要宏观一些，而文学批评则更为微观细致。文学理论也要面对具体、感性的文学实践，但是作为理论，文学理论是对文学实践经验的总结、概括，要从具体、感性的文学实践中发现具有普适性的要素，并在一定的哲学、美学思想的指导下，经过高度的理论概括，形成一整套系统化的理论体系，以此来揭示文学活动的本质和规律。相对文学发展史和文学批评，文学理论是抽象的，它离开文学现象，用概念、术语、原理等建立起一种系统化的、关于文学的理论知识体系和分析方法。文学学学科内部的三大分支虽然有各自不同的研究方法、任务和功能，但是三者始终保持着密切的关系。文艺理论指导和制约着文学批评和文学史的研究，文学理论本身又必须建立在对特殊的具体的作家、作品和文学现象的研究基础上。也就是说，文学理论的建立离不开文学发展史和文学批评，三者是相互依存、相互促进的关系。

对此，韦勒克在《批评的诸种概念》书中说："它们之间的关系是如此密切，以至于很难想象没有文学批评和文学史怎能有文学理论；没有文学理论和文学史又怎能有文学批评；而没有文学理论和文学批评又怎能有文学史。"这种关系具体体现出来，也就是"一个批评家的文学观点，他对艺术家和艺术品优劣的划分和判断，需要得到其理论的支持和确认，并依靠其理论才能得到发扬；而理论则来自艺术品，它需要得到作品的支持，靠作品得到证实和具体化，这样才能令人信服"。文学理论的价值和作用，正是在它又一次回到文学实践层面上才得以充分展现的。

总之，文学理论给文学史研究和文学批评以理论指导，提供理论基础；文学史研究文学的发展历史，文学批评主要评论当前的文学活动。它们从生动、活泼的文学实践中总结经验，丰富和发展文学基本原理，使之免于停滞和僵化，成为不断发展、变化着的知识体系。

通过以上分析，我们知道，文学理论与文学学内部的其他两大分支之间存在着密切的联系。就文学理论本身而言，它又有自身的基本结构，由于文学理论是在古今中外对文学由浅入深、由简单到复杂的认识基础上逐步形成发展、完善的，在普通高等学校汉语言文学专业的学科体系中，文学理论一般又被拆分为以下课程：中国古代文论、西方文论、马列文论和文学概论等。这里着重说说文学概论。文学概论是最基本的文学理论，它是以人类社会一切文学现象为研究对象，汲取古今中外文学理论的精华，用马克思辩证唯物主义和历史唯物主义方法，从普遍意义上全面、系统地阐明文学的性质、特征和基本规律的一门基础理论学科。"文学概论"又可称为"文学的基本原理"或者"文学理论基础"。它代表着文学理论最基本的状态，它的体系和框架，是文学理论作为学科的最典型的证明。在某些特殊时期，它甚至会成为文学理论的代名词。

可见，在文学理论自身构成中，文学概论的重要性不言而喻。

（二）学科特点

1. 抽象的思维特性

理论是对研究对象系统化了的理性认识，理论的建立过程其实就是对现象的抽象过程。文学理论是文学实践的理论概括，是对隐藏在纷繁芜杂的文学现象中的文学规律的总结，思维的抽象性因此必然成为文学理论最显在的学科特点。也就是说，文学理论展示给我们的所有概念、命题、原理都是在对众多文学作品和文学现象进行分析概括之后抽象出来的，是逻辑思辨结果，它不能不抛弃大量感性的东西，它不能不远离具体的文学现象，即使所举的例子也是高度概括化的。文学理论的抽象思维特性使其能够超越对文学现象的具体化的批评、阐释，能够高屋建瓴地归纳总结文学活动的本质规律。但是，文学理论本身的抽象性不应该成为疏远自身研究对象的借口，既然文学理论是对文学活动系统化的理性认识，它只能来自对文学活动的感性认识，是在对文学现象进行感性认识的基础上，经过理论主体的思索，将丰富的感性材料进行去粗取精、去伪存真、由此及彼、由表及里的加工处理的结果。对文学的感性认识应该作为文学理论抽象思维的坚实基础。

2. 有机的话语体系

每一门理论学科的形成都有其历史发展过程，这个过程一般会使其成长为一个有机性十分严密的学科体系。所谓有机性，是指该学科与其研究对象与其赖以产生的社会现实、历史文化保持着深刻的、合理的必然联系，并能随对象及时代的变化进行自我调整。今天，文学理论应该获得这种有机的话语内质。

与此同时，文学理论本身还具有严密的逻辑性和整体感，体现出有力而又活泼的论述力量，并且，它一般不会随意地生硬搬用、套用其他理论中的某些部分，对自身做可有可无的填充。可以说，文学理论话语体系的有机性逻辑性正是其作为理论学科生命力的体现。文学理论话语的有机性是由其研究对象的有机性促成的。文学是什么、文学写什么、文学怎么写、文学什么样、文学有何用，这些都是文学理论必须研究、必须给予解答的基本问题，与这些元问题对应就形成了文学理论中各部分之间的彼此关联，可以使文学理论本身成为逻辑性极强的话语体系。

3. 活泼的实践品格

一切理论都是对人类实践经验的概括和总结，文学理论作为人们对于文学性质、特征及其规律的系统认识，也是在文学实践的基础上产生的。可以这么说，没有文学实践就没有文学理论，文学理论的产生和发展肯定需要文学实践为它提供鲜活的材料与直接的动力。文学理论的实践性表现在两方面。

首先，诞生时的实践性。理论不是凭空产生的，不是理论家空想、假想、杜撰出来的，文学理论是对大量具体的文学作品的归纳总结。先有文学活动的实践，然后才会有文学理论的概括。其次，检验时的实践性。"实践是检验真理的唯一标准。"真正科学的文学理论必须经得起文学实践的验证。被文学实践否定的文学理论无论它是多么炫人耳目，也没有任何理论价值。文学理论的价值只有在实际运用中才能被更好地显现出来。文学理论必须不断在文学现场中发出声音，使一个时代的文学姿态得以明晰显现。由于依凭了实践的力量，文学理论本身总是随着文学的发展而发展，永远处在变化更新的过程中，体现出活泼的实践品格。任何时候，文学理论一旦僵化，便会失去文学理论的资格。

第八章　实践视域下文学理论的现象关注

本章分别从新时期的文学理论、在实践中成长的理论、影视艺术与亚文化形态三个方面对实践视域下的文学理论的现象关注进行探讨，内容包括向度的单一与偏狭、观念忽视与实践遮蔽、课堂与学科、实践与逻辑等。

第一节　新时期文学理论概述

一、向度的单一与偏狭问题

中国当代文学理论走过半个多世纪历程，其成果颇丰。新时期的30年谱写了中国当代文学理论最为精彩的篇章。随着研究领域的不断拓展、理论观念的不断提升、思维方法的不断丰富，所展现的勃勃生机与理论构建活力，学界有目共睹，赞誉良多。但在反思中国新时期文学理论成就之时，也伴生困惑与期待。因而，产生的问题也存在，如中国当代文学理论的中国化特色、民族化特色是否已经充分彰显？是否已经真正切近中国当代文学实际，与这个幅员辽阔、统一的多民族国家的文学状态相称？是否已经获得了具有中国特色的话语权与话语方式？对于这些问题，显然，回答不可能完全是肯定。中国新时期文学理论的历史走向，无论是从文艺思潮还是学科建构看，还是从基本范畴或是方法选择看，总体皆趋近西方现当代文论，带着引进、学习、借鉴和生发西方文论的明显痕迹，其中虽也包含某些民族化选择与追求，但尚不足以达成总体建构和价值主流，因而在与西方当代文论的比较中优势不明显，在对中国文学创作的阐释与导引中话语欠丰、力量不足，这是很多学者的共感。"我们以实事求是的态度总结回顾新时期近三十年文论发展的历史时，应该找到自己的差距和问题所在……具有我国特色的当代文论建构任务尚未基本完成。说我国当代文论失语可能有些夸张，但说我国当代文论缺乏更多属于自己的话语却是事实。加上长期欧洲中心主义的影响和我国文论工作者的语言障碍，因此，在国际文论讲坛上很少听到中国文论独特的声音。而我国当代文论对于现实的指导作用也发挥得不够，理论不能适应现实需要的情况没有得到根本的改变。"

可以说，丰富中隐含单一向度，深入中不无理性偏激，已经成为中国当代文学理论一个不容忽视的问题。想要究其原因，必须深入理论观念和文学实践中进行思考。文学理论建设有赖于理论观念和文学实践的共同作用，在注重交往与对话的当代文化背景下，我们的文学理论观念应该是多元融通、多样共存的，既有西方思想的引入与运用，又有本土化观念的探讨与培育；我们的文学实践应该是宽容并包、百花齐放的，既有现代性与主流化创作追求，又有多民族多区域的多样化写作倡导与价值认同，这样，文学理论才会体现更加丰富的状态，并因此而彰显一定的民族特色。

反思新时期30年文学理论，可以说在上述方面存在某些重要缺失，主要是我们在观念上或多或少忽视了多民族多区域文学的价值内涵，在实践上不同程度撇开了多民族多区域文学的创作作为，致使多区域的，特别是具有少数民族色彩的文学创作长期游离于主流文学观念和文学思潮之外，游离于主流文学实践成就之外，成为高度边缘化的文学存在。在影响中国当代文学理论发展的诸多复杂因素中，这是一个重要因素。进一步说，这是妨碍中国当代文学理论走向丰富多彩、鲜活有力的主要原因之一，也是妨碍中国当代文学理论中国化、本土化的主要原因之一。

做出这种判断并不意味着我们没有看到中国当代存在丰富的民族文学

和区域性文学创作园地及相应的理论研究园地。确实，在当代中国，特别是新时期以来，各省、市、自治区、直辖市甚至各地州、县市都有自己的文学刊物，有的还有理论刊物，国家文化体制所促成的文学的、清晰的地域区划（它同时也会使文学体现出一些少数民族特点）可能在全世界都是突出的；国家还倡导并组织各式各样的民族题材作品创作、展示、上演、评奖等活动，许多少数民族文学作品常常得到国家文化体制的特别扶助与提携，少数民族作家往往受到某些特殊的政策支持与政治礼遇……此类文化策略使得民族国家的文化形态看上去十分丰富。

问题在于，这些文化层面的丰富与文学理论领域所体现出来的观念上的盲视、价值认同中的偏侧形成了强烈反差，当人们使用"中国当代文学"一类概念的时候，所指其实并未真正涵容那些丰富多彩的文学状态，中国当代文学理论对中国当代的文学作品和文学现象的研究和把握实际上也采取了分而治之的态度，它将精英化的汉语写作与区域化的民间文学、少数民族文学区别开来，使人们心中形成一个传统化的、既定的、占主导地位的主流文学概念，它约定俗成的内涵中一般并不包含多民族多区域文学实践。也就是说，由来已久的理解惯性已经使中国当代文学理论消减了理论应有的包容性和普适性，中国当代文学的所指范围因之缩小，致使那些应该包容其中的成分，如中国少数民族文学、某某（区域）文学、民间文学等，分离而成为一些孤立的文学范畴——一些与主流文学意识，甚至中国当代文学整体意识差异明显的文学范畴。

"提及各少数民族的文学，人们往往被刻板的印象所左右，用简约表象的文化符号替代了原本鲜活生动、意蕴深刻的内涵。"因此，在主导性文学理论视角看来，那是一些需要某种特别话语方式才能阐述的文学，而运用这套特别话语的人，在理论价值水准上似乎又先天性地低人一等。他们的作为，准确地说，应该是多民族多区域的文学作为因此难以被过滤和提升，成为中国当代文学理论的构成元素。甚至在文学史中也是这样，"中国文学史上，曾有不少虽不显赫但也并不默默无闻的地域文学，在今天的习见的文学史著作中，仅仅是淡淡一笔，有时甚至连一笔也没有"。人们认可并倚重的文学是精英化、主流化的文学，它们占据了中国当代文学的主导地位，对它们的阐释，暗合了人们长期以来西化的价值观念和文论话语方式，因而能充分体现并满足当代国家意识和知识精英视野的要求。

　　换言之，这种意识和视野中保留着更多的高度统一的价值选择和过分西化的价值准则，因此，可以与同样由来已久的、具有西方意识（或世界视野）的当代文学达成高度契合。在这个基点上完成的理论概括、总结，甚至整个文学理论建设，可想而知，必然会在总体上因过多注重所谓现代进程与世界水准，而忽视或者放弃了中国广大而多样的文学存在，放弃了多民族多区域文学状态中蕴含着的丰富的本土特色与原创因素，从而形成丰富中存在单一与深入中存在偏激的格局。

二、观念忽视与实践遮蔽的导因

　　当然，对这种结果不以为然并支撑着那个发挥主导作用的巨大观念的理由是，文学价值与其艺术水准有关。长期以来，许多人认可这样的观念：所谓多民族多区域的文学创作，历来思想水平不高，艺术成就不大，理论意义不强，往往仅是狭小地域或者少数民族个体意识的流露，其中缺乏超拔的人类视野和高度的艺术品位，其自身不能形成广泛影响，因而也无须人为给予它们文学的历史地位，否则同样违背了艺术发展规律；反之，如果某部作品达到了那种较高的艺术状态，那么，它自然会以优秀作品身份获得进入中国当代文学的入场券，《欢笑的金沙江》《穆斯林的葬礼》《尘埃落定》等作品难道不是这样？所以，并不存在观念上的忽视和实践上的遮蔽。

　　显而易见，这种理论恰恰是主流文学观念和主流文学视点唯我独尊的体现，它以一个相对统一的世界性尺度比量幅员辽阔的多民族国家的文学，它追求思想的普遍性深度而不是个体意义上的感悟与理解，必然会不断地技术化地过滤掉民族文学的多样性创作追求与特色，而剩下的所谓有价值成分，已经只是趋同与纯化的精华，本土化原创性文学写作中那些粗糙但却充满活力的成分则被排除，或者被视而不见。

因此，毫无疑问，这种观点本身是有局限性的，它的局限性正是我们进行反思的逻辑起点。无论在创作状态还是理论体系中，多区域中的少数民族文学都不应该成为理论观念深处的孤独的个体，因为"并不存在一种孤独的个体的人，真正能描写人的生活的就是欧洲古代的和世界其他地方的少数民族"。这是著名人类学家萨林斯于2008年在复旦大学所做《后现代主义、新自由主义、人性与文化》演讲之后，主持人王铭铭的一句点评。它从一个侧面道出了一个人类学家所看到的多民族多区域文学所应有的价值，这是意义深远的。在萨林斯看来，"后现代主义和新自由主义都错了"，"我们应当对当下建构的人性在原初就是文化性的建构和表达这一普遍观点有一个充分的尊重……我的结论是，西方文明很大程度上是建立在一个对人性的错误观念之上的"。可以说，在西方文论话语的笼罩下，中国当代文学总体上追求着一种西化的文学精华，并以之为主导，但同时也漏掉了另一些属于民族的更重要的文学精华。同样，西化的中国当代文学理论观念在这种文学实践基础上促成的理论建构，必然会使它在远离民族国家多样性文学状态道路上走得更远。

值得注意的是，文学理论的这种状态并不是某种个人行为或者个人知识局限的结果，而是一个历史过程的结果。它对人们任何肯定或者否定的说法都提出了辩证要求。从文学实践层面看，它是在20世纪以来中国现代文学学科形态确立过程中初露端倪并逐步成形的。直白地说，中国的现代文学一直都被视为中国现代的具有现代意识的文学，而不是现代中国的完整的文学。这是一个注重质的范畴，而不是一个注重量的范畴。当然，这是文化选择的历史性造成的。在"五四"时期，新文化运动精英们顺时应世，引进学习西方和俄苏思想以变革这个古老国家，学习和借鉴西方和俄苏的艺术思维与艺术手法以变革这个古老国家的文学。在这个时代的中国，社会历史意义是如此强烈地展示对文学的影响与支配力量。新文学，忧患与启蒙，反帝反封建，觉醒之后的激愤与痛苦，血与火的呐喊与抗争，充盈在"五四"文化精英的文学书写中，开创了一个崭新的文学时代，也为中国社会的现代化进程提供了文学上的佐证。这种文化选择的历史必然性与深刻影响力在百余年中国文学实践中不断显示出重大意义，它以不容置疑的力量为中国的现代文学确立了学科基调与基本框架，当然还有质的限定——一种以展示中国现代化进程为核心并充盈着西方思想和艺术手法影响的精英化文学书写，以及在抗日救亡之后逐步完成的，向主流意识形态过渡并认同了这种意识形态的文学书写。

与此无关的现代的文学写作自然难以在这个价值取向明确的中国现代文学学科框架中找到位置（甚至像沈从文那种稍微突出了地域色彩和乡间情调的写作也不例外）。"特别是对中国文学史而言，从黄人、林传甲等人的文学史，到胡适、周作人等人的文学史，再到王瑶的《中国新文学史稿》，历史的线性发展描述，历史因果关系的诠释、以文学史来附会社会史的潜在写作规范一直得以延续并越来越完备。所以，族群、民族、国家等在演进规律和结果中所潜在的复杂文化因素和文学现象并未能得到关注。"尽管在中国现代文学，特别是中国当代文学的发展过程中，文学史"转型"与文学史"重写"时有发生，作为学科的现当代文学确有新的增质与扩容，但这个总体观念和总体格局一直在发挥作用。

从文学理论体系的构建和理论话语方式的形成看，自20世纪初至今，其西方化路径更为清晰，其中还包含着马克思主义被僵化理解运用所形成的负面成分。新时期30年，学习西方更大规模展开，短时间内，我们已经将西方一个多世纪以来的各种流派的文学理论、思潮、方法引进并操演了一遍。它使我们对现代化语境中的西方文论有了深入了解，同时也有了认同需要和自强追寻。然而，有一个怪圈存在，"在现代化语境中，东方文化的自身认同就变成了'让自己也变成西方'。或者说，'让自己变成他者这样一种悖论性的自身认同，虽然它确实表达了自强的想象，可是这种自强却又是以否定自己为前提的"。

应该说，这确实道出了新时期中国文论内在变化的某些尴尬情形。值得注意的是，这种悖论方式产生了更为严重的结果，它使人既无法创建一种属于自己的世界性的文论，又必须否定"只有民族的才是世界的"一类防御性命题。具体到如何面对为文学理论建设提供实践基础的文学活动方面，所产生的最大负面影响就是，多民族多区域文学可以更多展示中国文学价值和促成中国文论自强形象的成分，在不可思议的逻辑怪圈中再次被迫放弃，无法显现它应有的作用和光彩。

三、寻找理论价值思路

中国多民族多区域文学是一个浩大存在，对它的关注会因为观察视点与理论观念的不同而形成不同结果。在这短短章节里，不可能对这个浩大的存在进行完整表述，这有待更为专门的研究，我们想提示的仅是，在经历了新时期30年发展的中国当代文学理论，应该将这个宽广领域充分纳入自己的对象世界中进行认真思考与总结，以逐步改变西方文论一统天下的格局。

目前，这种极端之见已经代表了一种急迫的学术意愿，但更为急迫的问题是，中国当代文学理论将以一种什么方式实现自身的中国化、民族化，理论观念和文学实践的共同作用在此依然有效。理论的反思功能就在于它是一个观念的问题，是对事物居于理性水平上的认识。观念的反思往往会被拓展到哲学及其相关领域。由于西方现代多元的哲学流派、思潮和与此相应的丰富的文化研究理论具有强大影响力与遮蔽作用，哲学创新往往是当代中国理论难以自决的神话。

在此前提下，对于文学理论而言，更新文学观念和理论思路，调整对中国文学实践的认识具有更为重要的意义。当然，这仍然是一个观念问题，但更多的也是一种态度和方法。我们必须充分意识到中国多民族多区域文学的丰富性、多样性及其隐含着的理论建构价值，意识到自古以来作为幅员辽阔的多民族国家的中国文学，其实都是多样融通共存、相互影响、相互促进的文学，而不仅仅是汉语文学和精英写作孤立发展的文学。

重视多民族多区域文学，首先意味着我们必须进行更多的搜集、整理与翻译工作，解决因作品分散、口头流传和使用少数民族母语写作导致的主流读者因为语言差异等原因而形成的接受困难。与此同时发生的，可能是我们的文学史观念、现当代文学学科观念的不适、阵痛与调整。

但我们更为关注的是，从文学理论建设角度看，多民族多区域文学是否真是一个浩大的存在，是否真有力量为中国当代文论的民族化进程提供更为丰富的文学实践。

四、学派化多样共存的前景

文化选择有其历史逻辑性和自律性，一百多年前西学东渐的历史积淀并非任何一种理论倡导所能轻易改变的，任何理论都只有在实践的基础上才可以获得价值验证。重视中国多民族多区域文学的理论倡导也一样，它需要艰难的观念更新与漫长的实践探索方可形成结果，其中不可预知、难以言说的因素众多，但有一点是清晰的，即它所要促成的中国当代文学理论的中国化、民族化倾向不是一种单一的排他的存在，而是融入整体格局中的一种充满自信的内质，它可以映照并放大汉语主流文学的光彩，又为这种光彩照彻提升，它为主流文论中的主导意识提供多向度补充又最终要成为它不可拒绝的成分，它对西方的各种理论体现出应有的尊重又始终保持着批判的力量……换言之，它符合我们对中国化文学理论的期盼和设想内在的中国气质，形态的多元共生，宽广的中国文学视野，多样的文学阐释话语。

"中国化就是要使文学理论获得实践品格、当代形态与民族特质，获得自身与其他文学学说平等对话的话语身份，而不仅仅是一个沉默的客体，或只做一个境外话语的倾听者和传声筒。"可以肯定，只有充分认识到多民族多区域文学在中国文学实践中的重要性，以之为理论出发点与归宿，这种文学理论格局才可以建立，所谓中国化的文学理论也才会符合幅员辽阔、统一的多民族国家的文学实际和文化要求。

事实上，现当代以来西方文学理论的蓬勃发展，无不以彼时彼地的文学实际与文化要求相联系，无不是高度区域化文学实践的产物，即使它在后来的发展中产生了世界性影响，也无法阻止和取消其他理论的形成与生长空间。俄国形式主义文论萌生于俄国现代主义诗歌创作土壤，新批评生长于英美的意象主义写作之中，西方马克思主义文论立足于西方发达资本主义文学实践，而西方文化理论的兴衰则与1960年的社会革命运动有着密切的关系，它是具体的、特殊的社会运动的结果，而非普遍有效的真理或方法。

因此，现当代西方文论呈多学派形态生长发展，并产生巨大活力，造就了空前繁荣的景象。我们从此获得的启示是，中国化的文学理论也必将是多学派并立的理论形态，因为在多元多样的当代社会中，谁也无法凭空创造一种统一的理论体系和理论话语权。多民族多区域文学的存在，正好可为这种多学派化的文学理论提供现实依据和文学基础。

近年，国外关于族裔、生态女性主义、口头诗学等极富区域和群体意义，并且同样处于理论边缘化状态的文学批评理论的兴起的研究，也说明了多民族多区域文学所具有的理论价值。在美国，族裔和种族批评正是研究少数族裔文学的方法，其代表人物弗兰克·秦、朗格斯通·胡格斯、约翰·马修斯、亚美利科·帕里德等，对被主流族群文化强力支配的少数民族文学作品进行了反思。另有杰拉德·维泽诺、莱斯利·斯尔可和路易斯·厄德里克对美国原住民文学的研究，罗德夫·安娜亚和桑德拉·斯勒罗斯对墨西哥裔美国人文学的研究，汤婷婷和谭恩美对亚裔美国人文学的研究，使美国少数族群和个人文化权利受到更多审视与关注。

以法国女性主义学者F.奥波尼为肇始的生态女性主义，将女性美德和生态原则作为衡量文学价值的新标准。其意义在于以对女性这一独特弱势群体的文学关注催生了一种新的文学批评方法，形成一种具有活力的文化言说。美国学者洛德创立的比较口头诗学研究，则以口头史诗创造力量为起点，建立了一套严密的口头诗学的分析方法，把口头史诗提升为跨文化、跨学科的比较研究领域。

这些边缘化的文学批评理论从西方主流文论中逐渐浮现，使现代性背景下趋同、合流的文化表达不断呈现出多元化态势，实际上这也暗合了20世纪以来日渐兴盛的象征人类学理论的圭臬，如普里查德、利奇、道格拉斯和科恩等学者所做的那样，透过表象看文化的功能和意义，透过现象看行动者的中心观念，民族的区域的文学在此意义上正可大有作为。

过去，我们对文化相对主义持过分谨慎与保留的态度，但文化相对主义的核心是尊重差别并要求相互尊重的一种社会训练。它强调多种生活方式的价值，这种强调以寻求理解与和谐共处为目的，而不去评判，甚至摧毁那些不与自己原有文化相吻合的东西。

不可否认，在多民族多区域文学与主流文学相容共存于中国文学这个观念更新进程中，汲取某些文化相对主义的思维其实并无大碍。对于中国多民族多区域文学，太多的怀疑与否定必然无益于文学理论建设工作，那么，改变一下策略与思路，以更大的包容姿态，重新审视并倚重这些同样属于中国的多民族多区域文学，使我们的当代文学理论视点不断从主流到边缘拓展，话语方式不断从西方到本土回归，而它的内质不断从现代性到中华性嬗变，这正是我们反思新时期30年文学理论所获得的一个基本思路与理论渴求。

第二节　在实践中成长的理论

一、课堂与学科

今天，文艺学毕竟已经不是一种空洞的文化现象，它进入大学教育体系，成为一个庞大的具体存在。如果它恣意而芜蔓，永远处于理论的漂移状态，它的实践特性和文化价值只能逐渐逸散。学科是相对固定的知识领域，由国家根据知识的类别确定。学科建设的核心在于发现和创新知识，并将这种知识系统化、规律化。在这个过程中，基本理论起着动力作用。如果基本理论薄弱，或者出于种种原因被忽视，学科就会成为无根的存在，这是一个基本常识。

然而，每一个学科的基本理论都是这个学科的灵魂，不要说对它进行推进与丰富，就是靠近它也是艰难。诚如乔纳森·卡勒所说："理论常常会像一种凶恶的刑法，逼着你去阅读你不熟悉的领域中的那些十分难懂的文章。在那些领域里，攻克一部著作，带给你的不是智慧和喘息，而是更多的、更艰难的阅读。"与这种付出不相符的是，在学科的基本理论领域，很难有急功近利的收获，也不会形成泡沫式的绚烂，在这里，所有的探索都会因为试图靠近真理而备感艰辛、沉寂与孤独。所幸的是，它会将探索者定位在一个重要的理论位置之上，以学科守护者的形象让人景仰。

文学理论尤为如此。新中国成立之后，文学理论这门十分抽象的知识成为一个学科，它的学科称谓是文艺学，这意味着一个艰难之旅的开始。在特定时代环境中，这个被建构出来的学科所操用的几乎是一整套西方的理论话语。它后来成为一个招收研究生的专业，源源不断地培养着文艺学专门人才。抽象的文学理论找到了它赖以生存的现实载体和存在方式，并日益壮大，发展至今。它给人的印象是，在中国，大学讲坛仿佛才是文学理论存在的主要场所，文学实践的现场却不是。这种状态导致了一些重要问题的出现。

首先是文学基本理论的薄弱，它先天不足，后天乏力。中国的文艺学怎样获得中国化的文学基本理论，以适应、阐发和引领中国文学的发展，至今都是一个有待解决的问题。其次是在文艺学的内部发生了裂变。文艺学这个本来以文学理论、文学发展史、文学批评为基本子系统的学科，被狭义地等同于文学理论，文艺学专业成了文学理论专业。就是说，它更多地向着单一化和非学理化方向发展，成为一个过分纯化的领域，与文学的历时形态和共时形态逐步分离，最后大幅度地脱离了中国的文学现实状况，成为为学科而非为文学实际的文学理论。最后，这种蔓延或者播撒式的学科，其理论逻辑发生了偏移。似乎无须致力于基本观念和基本方法的探索与建构，只要依赖于某种外部的观念和某种具体学派的方法便能维持理论的再生功能。

因此，套用外来观念和移植外来体系是其最为便捷的理论生产方式。这是导致长期以来忽视文学基本理论问题研究的主要根源。

二、实践与逻辑

我们知道，文学理论既然是文学的理论，就必有自身的逻辑规律，有自己的理论生产方式，这种逻辑规律和理论方式当然不会一成不变，但无论怎么千变万化，它们一定有着文学的理论的基本特性，而不是其他什么特征。沃尔夫冈·伊瑟尔在《怎样做理论》中写道："每一种文学理论都把艺术转变成认知，而这需要搭建一个基本框架，它从一个假定的前提出发，在其之上建立了一些结构，服务于特定的功能，该功能的实践通过特定运行来组织。"

关键是，在中国，文艺学所需要的这个假定的前提结构和功能并不是经由文学实践决定并满足于文学实践需要的，而是通过现当代不断演化的文化选择来设定，它容易带着统一的国家意识形态要求，也容易带着西方文学理论的种种观念色彩，体现出中国现代性历史进程的独特性质和影响痕迹。这种特殊的理论基石使许多非合理的体制化的学术行为逐渐转化为合理存在，形成自己的理论生长路径。长期处于这种蔓生状态中的文学理论，在后现代多元多样的文化背景中不是感受到存在困窘，而是得天独厚，获得了更多的生长条件，其理论自律力量迅速大幅度削弱。由于学科之根漂浮不定，表面的繁盛难掩内质空乏，众声喧哗之中暗含着理论危机。也许正是在此意义上，董学文先生发现，文学理论研究已被逼入"绝境"。

那么，文学理论有没有自身的构成逻辑呢？文学理论的发展需不需要逻辑规约？这些常识性问题在后现代文化背景之下变得含混不清，甚至会得到否定性答案。当然，如前所说，还有更为复杂的情况——中国为学科的文学理论实际上在某种程度上已经搁置了这些问题。在文学理论本体世界和基本范畴被忽视的背后，隐藏着的是学理逻辑的混乱或匮乏。相当一部分研究……是以多元的外来思潮和文化观念来填充这些概念和命题的意义，这就使文学基本理论研究显得十分脆弱和苍白。因此，寻找并依循文学理论逻辑，用文学理论的学理进一步规约理论的生长，这是文艺学学科建设的重要工作。否则，另一个极端必然出现——"如果文艺理论家都成了时评家，抵达问题实质的合理化论析都不见了，如果为文学批评和创作提供某种必要价值立场、理论态度和思维方式的生产都'停工停产'了，如果本该有的理论化的研究能不走上浮躁化、泡沫化、浅俗化和游戏化的歧途吗？文学理学派论争变成了鸡毛蒜皮的无聊的'圈子战'和'口水仗'，那么，文学理论的研究能不走上浮躁化、泡沫化、浅俗化和游戏化的歧途吗？"

我所理解的文学理论的学理化论析，也就是文学理论逻辑在理论生长中的具体体现。从学科角度观之，这种逻辑必然在两个层面形成强烈诉求。第一个层面是对文学的认识；第二个层面（也是更高级的层面）是对文学理论自身的认识。就前者而言，文学理论必须保持着对文学整体（而不仅仅是某一部或某一类作品）的阐释能力。这就要求它必须从现象出发而又远离现象，以抽象的方式追寻普遍规律，最后在另一个更高的层面回到现象本身。可以说，理论以自己的方式离开具体文学实践活动，乃是理论自身的内在需要，据此，它才能在自己的抽象话语系统里展示或者重建文学真理。

文学理论逻辑的约束力首先体现在理论范围的限定和文学基本问题的确立之上。没有无边无际的文学理论，当然也不会有无限丰富的文学基本问题，文学发展只会在某种意义上充实或丰富某个文学基本问题的内涵，拓展它的外延而不会取消或骤增一系列新的文学基本问题，除非理论逻辑出现了混乱或发生了错误处置。但中国当代的文学理论的某种状态似乎正印证了这种异常，它的理论体系里面不断被塞进东西，像一个布口袋充斥太多的非学理化的，甚至是派别化的概念、范畴，还有太多的个案、个人化成分与随意性阐释，难以形成强大的逻辑关联。文学概论教材的编写很典型地体现了这一点。人们都在做大做杂理论，以至于有人认为，今天的文学理论，几近于奥吉亚斯牛圈，为之做清理工作是难的，为之增添新成分却很容易。

关于这一点，在《文学原理》的写作中我的感受最深——五个文学基本理论问题（即文学是什么、文学写什么、文学怎样写、文学什么样、文学有何用）构成了文学原理的主干或基本框架，体现了缩水、减肥、纯化的原则。但缩水、减肥、纯化不是简单的排斥与删削，理论表达的困难在于如何给众多的文学问题以理论定位，使它们不至于与理论逻辑发生抵牾或游离；如何处置那些已经转化为常识的理论问题，不再让它们挤占、拥塞原理的空间但又保持着理论铺垫的作用；接着说，我们真正要说的有价值的东西是什么；作为教材，从理解角度如何将知识、方法与思维这些不同层面的重要因素整合为合理的、科学的逻辑系列，以满足不同层次的读者的接受需求，并适应他们的接受能力……这些问题在理论建构与表达中都是具有挑战性的，它要求作者必须具有明确的文学观念和理论观念，必须回到文学和文学理论的历时与共时状态之中，以之为理论起点和归宿，方能形成理论逻辑的延续与自洽。可以肯定地说，建构文学基本理论世界的困难正在于要将观念、方法与理论话语融会在一起，最终形成富有特色的理论表达并构成完整的理论形态。

当这一切业已完成，从文艺学学科建设角度看，文学理论学理逻辑诉求的必然结果是走向它自身，或者说，它需要一个元理论形态来表明自身。文学理论到底是什么？它的内涵与边界如何构成？它的思维、方法与范式有无规律可循？……概言之，文学理论何以成为文学的理论？这些普通读者并不关心的问题在文艺学的理论世界深处显得十分重要。"假如没有对文学理论目的与方法的反省，没有对文学理论性质和特征的质疑，没有对文学理论关于文学解释的进一步探索，没有对文学理论中提出答案的可靠性及可检验性的认真反思，我们能认识文学理论活动的规律吗？文学理论能不断前进吗？没有这一切，不是等于放弃了文学理论所以为文学理论的理解的权利了吗？"特别是当我们要培养文艺学的专门人才，追求文学理论的创新之时，文学理论的自觉（而不仅仅是文学的自觉）问题就会更加紧迫地摆在我们面前。

换个角度说，只有恢复了文学理论作为一种关于思维的思维，品质它所体现的思维的力量、概念发展的有机组织都成为一个系统、完整而又具有可转换性的结构整体，文学理论才能具有深厚的历史感和现实感、深刻的批判和反思功能。这样，理论的力量也就成为一种理论的逻辑力量和说服力量，而不仅仅是常识化的经验的描述或者诗意化的理想的抒发。只有在这种状态中,作为学科的文学理论,才可以更好地承担文学研究与人才培养的重任。

第三节　影视艺术与亚文化形态

电影、电视自诞生以来,已经发展为重要的文化现象。无论作为艺术还是作为新的传媒形态,它们在现代生活中都占有重要位置。可以肯定,每个现代人的成长历程和生命活动,都与影视艺术有着无法分离的联系。换言之,电影与电视正在以有力的方式迅速进入人们的生活,对整个社会的经济、文化产生巨大的影响。那么,我们是否已经注意到了电影、电视的重要性?法国电影理论家马塞尔·马尔丹说:"如果有人轻蔑电影,那是因为他们完全不懂得电影的美。总之,认为这门从社会角度看是当代最重要、最有影响的艺术可以置之不顾的看法是完全不合理的。"但是,要充分认识电影、电视的文化价值,并不是一件容易的事,正如德国著名电影理论家克拉考尔说:"即使你对太阳、对大气、对地球的自转有全盘的了解,你仍然可能错过落日的余晖。"对于电影、电视来说更是这样。当电影从一种杂耍式表现手段逐渐过渡到一种传播手段之后,这种本体性改变便造就了一种新文化。影视成为艺术,这种文化的范畴随之发生巨大扩张。法国电影理论家克里斯丁·麦茨说:"人们通常称作'电影'的东西,在我看来实际上是一种范围广泛而复杂的社会文化现象。"

然而,电影与文化并非简单的包容与被包容的关系。"电影作为一种在科技上最先进也最为完备的文化载体,以其炫目的光影,动听的音响,光怪陆离的画面,始终占据着优势地位,以一种挑战者的姿态,对旧文化的保守与束缚表示着轻蔑与不屑。""文化造就了电影,电影却反目为仇。"电影、电视正是以自身独特的活力,创造出一个活泼的新的文化体系,或者称为亚文化体系。它代表着工业化社会人类文化的重大发展,标志着20世纪人类文化所开拓的新领域。所以，探讨影视亚文化形态的构成具有积极的理论意义。

一、起点：与传统艺术的差异

人们通常把电影、电视合而为一，视为一门全新的艺术，那是因为它们有着十分明显的共同点，据此与其他艺术拉开了距离。这种差距是重要的，它是我们理解影视艺术文化价值的起点。它使我们对影视文化的研究思路必须从比较开始，或者说，必须从传统艺术的基本特点开始。传统是在时间和习惯意义上相对而言的。我们所说的传统艺术，就是在过去时代里延续下来并为人们习惯和接受的艺术。显而易见，在这里，所谓传统艺术的定义，针对的不是某种艺术样式内部的纵向的风格形态演变，而是针对艺术之间的横向关系而言的。具体说，传统艺术也就是极少使用新的物化形态与表现手法，即现代科学技术作为创作工具的艺术。在电影出现之前，这样的传统艺术大概有六种，它们是音乐、舞蹈、绘画、雕塑、文学和戏剧。这些艺术都有着悠久的历史和已经为人们所习惯的表现方式。

由于它们用以构成形象的物质材料不同，它们的表达方式也各不相同。因此，所谓传统艺术的特点，并不能一概而论，它们相互之间其实是有着巨大的差别的。电影出现之后，卡努杜将它称为"第七艺术"。它当然既保持着传统艺术的共同性，又具有自己的独特性。在这里，我们所要做的是将传统艺术的共同性与影视艺术进行比较，以便找出电影、电视艺术呈现给我们的新的艺术与文化信息。也就是说，我们应该重视的是影视艺术的"新"的特性到底从哪些方面体现出来。从这点出发，我们要强调的传统艺术的特点，主要是单一性、非现代性，以及非大众化。

单一性是指传统艺术使用的物化形态与表现手法是相对单一的。如文学使用语言为物质媒介，绘画使用色彩线条为物质媒介，舞蹈则通过人的肢体来表情达意……物质媒介的相对单一必然导致表达方式的相对单一，也必然使这种艺术在整体上显得相对单纯。非现代性主要是指传统艺术产生于过去时代，带有历史的规定性与惯性，在其发展演变中，虽然也有对现代社会生活内容的反映以及手法的变化，但在艺术形态上与现代科学技术发展成果和现代生活方式的嫁接、融合，缺乏一种自觉性或统一性，因此，总会与现当代接受心态之间形成距离，使人产生一种传统的感觉。

非大众化主要是就艺术传播的接受基础而言的。在艺术进化的历程中，传统艺术一般都完成了由民间化向精英化的转化过程，形成了一整套创作接受规则、程式，积淀出人们难以简单认同的高雅特质；同时，传统艺术还十分重视艺术家的创作个性和作品的艺术品位，这就对接受者的素质提出了高要求。这些原因常常导致传统艺术作品超越于一般社会群体的直接功利欲求之外，形成曲高和寡、孤芳自赏状态，也就是一种非大众化状态。

正如迪马吉奥和尤西姆在《文化资产和公共政策：政府赞助艺术过程中逐渐出现的紧张冲突》一文中所指出的："艺术只会使人口中的一小部分人，即社会精英受益。"可以说，这正是传统艺术作品非大众化状态的具体表述。加之传统艺术作品讲究原创性，难以批量复制，也就难以广泛流传于世，普通人与艺术之间必然就会形成一个客观的距离。

此外，人们对于传统艺术的感知能力需要靠后天的学习来培养与积累，这不是每一个普通人可以轻易完成的。结果对于传统艺术的欣赏，演化为一种高贵的方式。这种方式，会拒绝人们对传统艺术最广泛的参与和投入。影视艺术刚好相反，它是由演员扮演角色、在特定的情境中通过摄影机摄像而由银幕或屏幕显示出来的一种多元素构成的综合艺术。它吸取了各门艺术在千百年实践中积累起来的表现精华并将它们融合在一起，形成自身的艺术特征，但在取向上却保持了与传统艺术相反的状态。主要体现为：

1. 丰富性

从影视艺术的起源看，影视艺术作为照相术的延伸，诉诸人们的视觉，以活动的画面构成一种娱乐形式而出现；受文学和戏剧的启发，这种活动的画面学会了"讲"故事，于是，影视成了一种艺术；随着声音的介入，影视这个"伟大的哑巴"又多了一份艺术表达能力，能用惟妙惟肖的声音模仿真实世界，产生了更多的传奇特性；在接受了现代科技的影响之后，影视艺术则成为承载文化信息的一种传播手段。因此，影视艺术包含着丰富的文化内涵。

从传播媒介上看，影视艺术既是一种记载文化信息、表达文化内容的艺术样式，同时又是传播民族文化的有效媒体，有着文化特性与意识形态双重属性。从影视艺术构成看，它借鉴、融合了传统艺术的表现手段，但是这种借鉴不是把其他艺术元素进行机械拼凑，正如普多夫金说，"其中没有任何一种因素能够完全保存它原来的一切艺术特征而独立存在"，它们必须"融化在影片之中，成为影片的有机组成部分"。在其他艺术形式中，较少有像影视艺术那样具有综合多种艺术的表现力。它创造性地将文字与非文字符号、时间与空间、视觉与听觉有机地组合在一起，借助其强大的传播优势创造出新的艺术成果与成就，极大地影响着人类的审美情趣。

从影视艺术表达来看，它具有多样的艺术表现力，可以形成多元的艺术品质，它是绘画，却是会动的画，时空俱全；它是摄影，但又讲述着故事；它是音乐，但又在可视性中呈现着空间，体现着建筑艺术那样的造型特点……。影视艺术以其多样性的表达和多元性的艺术品质，确立了自己的全新的艺术形态。

2. 现代性

影视艺术的产生、发展及其审美特性与科学技术密切相关，可以说，对科学技术的直接依赖是影视艺术区别于其他艺术的鲜明标志之一。没有光学、电学、化学、材料学和机械学等科学技术的发展，就不可能有影视艺术的产生与发展。因此，美国学者戴维·波德威尔与克瑞斯琴·汤姆逊在《电影艺术导论》中说："对电影艺术的理解，首先必须依赖于电影是被机器和人类劳动制作出来的认识。"科学技术的发展三次促成了影视艺术本质的飞跃——从无声到有声、从黑白到彩色、从现实仿真到电脑虚拟，这不但丰富了影视的艺术表现力，还导致影视艺术的美学思潮和流派的嬗变。

科学技术还改变了影视艺术的传播手段和途径，从广场杂耍的玩具，到家庭、影院的娱乐、休闲方式，再到具有时空优越性的网络媒介，不仅使影视成为艺术，还最有效地体现了现代生活状态与韵味，如快节奏、多样化、即时性等。技术革新的结果，使得电影的形态不断发生变化，电影艺术元素不断丰富，电影的形式、品种不断拓展扩大。

近十年来，现代高新技术融入电影，使电影的构成元素、时空观念，电影的声画、视听表视力、冲击力和感染力都在不断加强，换句话说，也使影视艺术紧紧黏附在现代生活之上。因此电影理论家格·巴·查希里扬说，如果没有电影与电视，现代人的生活将是不可想象的。

3. 极为鲜明的大众化色彩

影视艺术作为年轻的艺术，还处于发展的民间阶段，它的直观性又决定了它具有接受的直接与确实感，合乎享乐原则。影视艺术因此有效消解了传统艺术接受的庄严，它以一种直观视像的平民化表达，将艺术受众与现代艺术之间的距离模糊了，从而获得超越所有艺术形态的最为广泛的接受群体，产生必然的大众化倾向。同时，大众的接受付酬，又使它在价值取向上必须趋近大众，这使影视艺术的生存必须以社会大众的接受基础为必要前提。影视艺术是最难以做到孤芳自赏、独自存在的。

在另一层面上可以说，影视既是艺术，也是大众传播媒介。就传播学意义而言，影视艺术的大众化含义十分广泛。麦克卢汉根据媒介的发展进程，将人类社会的文化划分为口头传播、文字传播和电子传播的三个时期。有人在此基础上，进一步将人类文化划分为四个发展阶段，即口头文化、手写文化、活字（印刷）文化和电波文化。影视艺术是以物理、声光、电波为媒介而形成的一种艺术形态，因此，影视艺术是人类文化发展的最邻近阶段的一种文化形态。大众在这里找到了他们的信息交汇场所，同时，艺术作品得以传递和被更多的人分享，这首先取决于艺术作品自身的可重复性和艺术作品复制的可替代性。影视艺术一旦成型，可以借助科技手段批量复制，以大量的替代品最大限度地适应影视艺术接受者的消费要求，形成最广阔的消费市场。因此，它能够最大限度地走进大众生活空间。

与传统艺术相比较所体现出来的这些鲜明特点，正是影视艺术构成亚文化体系的起点。

二、条件：与现代文化的认同

在人类源远流长的历史中，文化内涵已经十分丰富。美国学者克鲁克洪和克劳伯在《关于文化的概念和定义的检讨》一书中写道："在这个世界上没有别的东西比文化更难以捉摸。我们不能分析它，因为其成分无穷无尽；我们不能描述它，因为其形态千变万化。当我们要寻找文化时，它仿佛空气，除了不在我们手中之外，它无所不在。"虽然如此，他们还是给文化下了一个被大多数人所接受的定义："文化乃包含各种外显或内隐的行为模式，借符号的使用而习得或传授，并且成为构成人类群体的显著成就；文化的基本核心包括传统（即由历史衍生及选择而生的）观念，而以观念最为重要。文化体系虽可被认为是人类活动的产物，又可视为抑制人类进一步活动的限制。"

这是一个学术化的观点。在这种文化层面上，影视艺术以独到的话语方式显示着人类意识形态的扩展与建构状态，在某种意义上甚至可以说，它标志着一个纯粹艺术时代的终结。影视艺术的这种反艺术的倾向，是怎样求得与现代文化的认同，从而获得了存在与发展的条件呢？这又需要从现代文化的特点说起。所谓现代文化，也就是体现现代特色的人类文化。在瞬息万变的社会发展中，现代文化具有不同于以往任何人类历史时代的特性，呈现出丰富、多元的格局。体现为：

1. 以科技为动力

正如让·拉特利尔所言，现代科学与技术的发展不仅将改变文化的内容，而且将改变文化的基础。19世纪工业革命以来，科技在文化发展中的动力作用越来越巨大、突出，特别是20世纪中叶以来，以信息科学为标志的现代科学技术的迅猛发展，带来了原子能技术、空间技术、微电子与信息技术生物工程技术、新材料研究等的重大进展，形成了一系列新技术群和产业群。计算机的最新发展，又使人们将这个时代称为信息时代。这必然对文化产生影响，使其形成新的格局，产生新的文艺生态系统。

历史上，每一次新的通信方式（或曰传媒）的兴起，都会引起社会文化的大变革。譬如，中国古代的烽火台、驿站、竹书、帛书，奠定了一种古老的独特的文明；造纸术、印刷术的发明，则开拓出一种新型的文明；造纸术、印刷术传到欧洲，则影响了文艺复兴运动。最初，依赖科学技术的影视从传统艺术中寻得了提升力量，但是影视艺术走进现代社会，成为现代文化不可或缺的重要组成部分，反过来，从现代科学技术的发展中获得力量的结果。没有现代科学技术，影视艺术肯定无法形成自己的独特话语方式。

当前，信息技术进一步为产生于科技的电影电视提供了最为恰当、最为有利的发展与传播的沃土。凭借着同步通信卫星、光纤电缆、盒式录像带、DVD（VCD）技术的进步，影视与人们的联系增多，影视艺术的文化内涵加大，发挥出越来越明显的新的文化亲和作用。

2. 变革性

文化话语的核心符码永远是现代。每个时代的文化都会自觉或不自觉地融会以往的文化成果，然后在此基础上颠覆或超越传统文化。科学成就在近现代将人类的哲学和文化思维方式做了彻底的调整。恩格斯说："从笛卡尔到黑格尔和从霍布斯到费尔巴哈这一长时期内，推动哲学家前进的，绝不像他们所想象的那样，只是纯粹思想的力量。恰恰相反，真正推动他们前进的，主要是自然科学和工业的强大而日益迅速的进步，在唯物者那里，这已是一目了然的了。"事实的确如此，科技的发展带来了哲学以及整个文化的变革。这种变革从多个方面、多角度体现出来，譬如从形而上学走入实验、辩证法领域，从单一走向多元，从承袭走向反叛，从保守变得趋新等，现代文化可谓流派纷呈，花样迭出。

3. 快节奏

20世纪以来，在科学技术的支持下，人类社会发展呈现出一种瞬息万变的特征，从知识结构、经济结构、社会结构到人们的价值观念、生活方式无一不在对稳定状态的超越中不断重构。生存危机、竞争压力使人们处于快节奏的生活状态中，在这种社会背景之下，艺术也变得越来越趋向于简单化、快餐化，即使成为一种流行时尚，也就各领风骚两三天。影视艺术在这方面可谓得天独厚。和世界上已经出现过的重大文化现象的产生、发展相比，影视的来势之猛、发展之快、变化之剧，常常是人们始料不及的。我们甚至可以说，生活的快节奏在某种意义上正是影视的现代文化样式所催生的。

4. 大众化

大众化是一个内涵含混的概念，这里强调的是在一个社会群体中能够最大范围参与的程度。现代文化可以说就是实现了最大限度的大众参与的文化，它往往以产品的方式呈现出来。大众文化产品具有模式化、类型化、标准化、复制性、包装性的特性，其功能在于向广大受众群体提供消费性娱乐。为追求经济效益，当代艺术缺少人文关怀和终极意义的探求深度，体现出即时性与消遣性的特征；同时，它还兼具反集体的个人化特征。这是一种后现代征候。影视艺术的接受特点使之成为最能实现大众化的艺术。1979年，中国电影观众达到293.1亿人次，即10亿国人一年内平均每人看30次电影。虽然现在这个数学减少了，但我们应该看到许多人是通过电视和网络来看电影的。

5. 全球化

这是信息时代的产物，信息传递的便捷使全球一体化进程进一步推进，政治、经济、军事、文化关联紧密。能够体现这种特点的文化也应运而生，长足发展。在这种后现代文化氛围中，电影、电视的作用空间可谓十分巨大。它们以自身的独到优势，与现代文化特点相契合，甚至可以说，正是它们的出现与推进，才使现代文化体现出这些特点。影视艺术亚文化体系的形成，其外部条件只能是它与现代文化的这种亲和关系。

三、意义：价值功能及其释放

今天，影视与影视艺术已经深入到现代社会的每一个角落。影视艺术对现代文化生活的影响，是影视艺术作为文化的价值体现。这些价值释放出来，强有力地证明了影视亚文化形态的构成。影视艺术价值功能主要体现在如下几个方面。

（1）展现了科技的魅力，使生活中充满了科技的色彩。"电影在不到一百年的时间里的变化远远大于文学、戏剧等传统艺术的上千年变化"，其原因在于"由于电影是科学技术的产物，科学技术不断为电影提供新的可能性，因此，在研究电影时不同于研究传统艺术的方面之一就是，更多地不应从它的局限性出发，而是要随时考虑科学技术向它提供的可能性"。从这种思路的反面，我们可以说，除了电影电视，还有什么能使我们看到如此丰富神奇的生活情景，还有什么能使我们感觉到如此逼真而鲜明的生活质地。

（2）造就一种新的现代经济方式和一系列产业、商业群体，形成强大的经济实体。影视艺术既是一种文化形态，又是一种文化产业。没有哪一种艺术需要像影视艺术那样进行大规模的商业性投资、大规模的企业化生产和大规模的商品性发行或销售。影视艺术带着极强的功利目的为大众服务，追求高利润、高回报使得它从一开始就不会像以往的那些文化形态或艺术形式主动回避功利目的。它的生成和传播需要一个强大的物质环境的支持，它的运作，也就会促成一个巨大的经济产业链，产生直接的经济利益和社会影响力。这是显而易见的。忽视了这一点，也就违背了影视艺术的运作规律。

（3）以直观艺术形象方式迅速传达社会生活信息，造就了新的文化交流、传播方式。影视艺术以画面和声音作为自己的话语符号，直接诉诸人的感官。与文字不同，它有很强的现实性，对其读解并不需要接受者具备相应的较高的素质，只要一个人耳目健全，就可以从影视艺术作品中获得信息和审美体验。美国文化学者弗雷德里克·詹姆逊说道："整个文化正在经历着一场革命性的变化，从以语言为中心转向以视觉为中心。""现在可以感觉到的东西——作为后现代性的某种更深刻、更基本的构成而开始出现的东西，或至少在其时间纬度上出现的东西——是现在的一切都服从于时尚和传媒形象的不断变化。"也就是说，现在影视艺术通过电子媒介，可以更大程度地超越时空的限制，在信息含量与受众范围上有大的突破，从而更为便捷地促成世界范围内文化的沟通与交流。在影视艺术的联系下，人们的文化差距越来越小，共同的文化经验越来越多。在这里，影视艺术作品中也自然隐含着话语权力的问题，它使影视艺术的意识形态属性再次凸显出来。但我们不能因为它的意识形态属性而抵制它的文化交流价值，否则，在世界不同民族和文化之间便会少了一种新的沟通途径。

（4）带来了新的娱乐和休闲方式。影视是一种艺术，它同时也是一种充满娱乐性的艺术。人们观看电影或电视，不是为了绷紧神经，大多是为了放松自己，释放激情，当看完一部好的影视艺术作品，会在艺术的境界中感到满足，即使是悲剧，也会在伤心之后通体轻松，这样，可以释放一天工作中的烦恼、疲乏或紧张，从而达到休息的目的。在心理满足上，影视艺术不具有生活的强制作用，它的主要功能是为现代人"造梦"，"文化工业用令人兴高采烈的预购，来代替现实中陶醉和禁欲的痛苦"，成为现代人生活缺憾的心理补偿，满足好奇心，产生娱乐功能。

（5）塑造人们的新的审美观念。影视艺术作品可以影响人们的审美观念与现实的审美水平，甚至影响人们的现实追求与人格理想，这是不言而喻的。如对影视明星的偶像崇拜，就体现了当代社会一种审美梦幻，但它往往会转化为一些人的现实行为，使审美功能得以发挥，形成审美观念。电影电视艺术理论，又从较高层次肯定了这种现象，结果，审美日常化便可能出现。而审美也是一种意识形态，新的审美观念的种种状态预示了影视的社会意义与社会价值的流变，其中的好坏善恶，是不可简单言说的。

（6）成为一种无法远离的艺术消费。影视艺术是一种"消费品"，这个观念大多数人都会有感受。在影视艺术活动中，传统的艺术、文化内涵被整合成一种流行资讯的卖点，可以激发人们的购买欲。上座率和收视率就是这种消费的见证。需要指出的是，影视艺术作为消费品，与一般娱乐消费有所不同，优秀的影视作品，它不是停留在感官的愉悦层面上，而是深入到人的精神和深层意识中为人们提供一种审美的愉悦。如果一部影视艺术作品不能使人获得一种精神上或人生价值上的满足，只是一味说教或搞笑，最终也会使观众陷入疲乏而失去兴趣。但无论如何，影视艺术已经成为现代人生活的一个部分，一个可以和值得消费的对象，它强有力地逼近我们的生活，这是极难抗拒的，除非你想游离于现代文化生活之外。

通过以上分析，我们的结论是，影视艺术亚文化状态的构成是确定的，同时也是有规律可循的。今天，这个亚文化体系已经变得十分丰富，就其结构看，人们通常认为，它包括了物质的、体制的、观众的多个层面；就其社会属性与社会功能看，它又有更为复杂的定位。这些内容由于超出了我们探讨影视艺术亚文化构成的依据这一范围，在此不做详论。

第九章　文学与其他学科的关联性研究

　　本章将文学与其他学科的关联性作为研究的重点，系统探讨了文学与自然学科、心理学以及其他艺术三个方面的关系，主要包括自然科学对文学艺术产生的影响、现代心理学对文学创作的影响，以及文学与其他艺术的相互促进等内容。

第一节　文学与自然科学

　　文学以社会为反映对象，通过艺术思维，以语言塑造审美形象，揭示以人为中心的社会的本质规律；而自然科学则以自然界为研究对象，通过逻辑思维，揭示自然界的本质规律。但是，"正像关于人的科学将包括自然科学一样，自然科学往后也将包括人的科学"。社会发展到今天，马克思的这一精辟论断已经被历史证明是正确的、合乎规律的。文学与自然科学的相互促进、相互包容、相互联系和相互渗透，越往后越显出其重要性。自然科学的发展，尤其是新科技革命越来越对文学产生着巨大的影响。

一、自然科学对文学艺术生产方式的影响

　　文学活动，归根到底是人的活动，是作家认识社会和反映社会的活动，新的客观世界不但扩大作家的知识领域，还更新了他们的思维方式和认识生活的角度，使他们去探讨文学在日新月异的科学技术面前所应解决的一系列

问题，以指导创作实践。由于文学与科技领域建立起密切关系，因此，作家要用新的科技知识武装自己，要更深刻地认识和更灵活地表现充实了新内容的社会生活。当新的、先进的科技成果一旦转变成文学艺术的生产力，将大大地改变艺术生产的方式和手段。例如，过去作家要了解生活，就深入生活一段时间，去搜集素材，加深体验。同时作家要博闻广记，往往是由偶然发现某件事而触发灵感，唤起创作欲望和激情，所以他们又喜欢读书、阅报、听广播、看电视、采访、闲聊……从中积累素材。为了积累语言，他们又要收集、整理、分类……从而建立起他们的生活仓库、思想情感仓库、语言仓库。就是说，许多作家在搜集素材上花费了大量的时间。

现代科技的发展，虽然不能代替作家体验生活，但有可能使作家搜集素材的劳动高速、高质地完成，当信息科学被应用于作家对素材搜集整理时，通过光导技术和电脑，大量的素材被快速地集中，并进行按程序的加工分类和贮存。当作家在写作时一旦需要使用，通过操纵电视、电脑，随时可以找到所需要的某类资料，为创作提供方便。

过去，作家在进入具体写作时，很大的压力就是繁重的文字劳动，必须靠一笔一画的方式去写出几万字、几十万字，甚至几百万字。从某种意义上说，这是作家艺术生命的耗费，或说是浪费。当打字机和录音机被用作记录创作时，无疑大大提高了效率，减轻作家的劳动强度，以腾出更多的时间来认识生活和进行艺术构思。目前，用计算机来代替笔的工作，将人的思维通过声音等信号输入计算机，由计算机"写出"作品，在计算机上做修改，甚至再由计算机做某些技术处理，最后成样。由此可见，科技发展对作家艺术生产手段的影响是广泛而深刻的。自然科学的发展开创了文学艺术生产的新方式，还大量存在于其他方面。例如作品可以贮存于集成块上，可以拍摄在微型胶卷中，可以针对不愿意或不便于或不可能阅读文字的人，将作品转换成其他方式（如语言）表达出来。剧作家可以将写出的剧本，包括表演设计、舞台提示、道具设置、音响效果等编入计算机程序，进行预演，以观察效果，再加以修改润色。

二、自然科学对文学创作的影响

文学创作的过程，是客观世界反映于作家头脑，又由作家艺术构思，通过一定的艺术手段表现出来的过程。这个过程的每一个环节，无不受到自然科学发展的影响，其主要表现在以下三个方面。

（一）文学表现对象发生了变化

社会发展的主导因素是生产力，而生产力中最活跃的因素是科学技术，它是一种在历史上起推动作用的革命力量，它的飞跃和革命有力地推动生产力的发展，直接影响客观世界和人类自身，使文学表现的对象发生了深刻变化。

首先，新的科技革命影响人们的生活内容与活动方式，使文学增添了新的题材。过去，我们通常把文学作品分成工业题材、农业题材、军事题材等，不少作家也由于熟悉而擅长从事某类题材创作，形成了固定的职业习惯。现代科技革命对生活领域的改造和开拓就有可能形成新的题材，或使原来的题材内涵扩大或转变，或改变一些作家认识生活的观察点，或产生新的某类题材的专门作家。特别是科学技术将渗透人们生活中的每个角落，使原来不曾关联过的两个或更多的门类产生联系，形成新的边缘学科，如果仍袭用原有关于题材的观念，恐怕难以囊括反映这类内容的作品。例如，20世纪以来，英美文学题材根据科技新发展就拓展出如下一些科技题材：太空题材、生物与环境、战争与兵器等。

其次，新的科技革命也影响人类自身，使文学所要表现的社会和人出现新的面貌。一方面，社会生产、管理、服务等结构发生了变化，特别是职业结构（社会人员结构）的改变，势必会出现活动在新领域的各种各样的人物，这样就将会有更多、更新的人物形象出现在文学作品中。另一方面，因为新的科技革命实质上是人们认识和改造自然与社会的一场革命。随着人们对社会活动影响的加深和新科技不断涌现，开阔了人的视野，改变了人的观念，导致人的世界观、道德、心理等方面不同程度的潜移默化，这就使得人的精神面貌、性格特征、情感行为等发生深刻的变化，从而为文学创作中的人物形象注入了新的思想和行为。

（二）文学表现形式与手段的更新

　　文学的内容决定形式，新的科技革命促进了文学表现对象的变化，其结果，势必带来文学表现形式和手段的相应变化。众所周知，原始文学刚从劳动中产生时，不过是口头文学，靠口头创作和流传，欣赏活动主要是群体进行的。后来伴随社会的发展，出现了文字，文学创作可以记录下来了，读者欣赏也可以间接进行。随着造纸术的出现，特别是印刷术的发明以及不断改进，不但巩固了文学作为语言艺术的地位，还使文学创作成果扩大了社会功能，导致创作与欣赏都可以以个体方式进行。在表现技巧方面，借用自然科学的方法和成果，也大大丰富了文学创作的方法和技巧。例如，自然科学中的生物学、医学、物理学中的实验方法，就曾对19世纪的自然主义创作方法的诞生产生过深刻的影响。鲁迅曾说，他的《狂人日记》的写作，仰仗于"一点医学上的知识"。现代脑医学的新进展，心理实验研究的成果对文学作品中人物的心理分析，性格描写，不但提供了充足的理论依据，而且丰富了表现的技巧和手段。在文学的传播和交流方面，现代科技的飞跃发展，大大缩短了人类的时空观念，各国、各民族以及不同地区的文学交流、相互影响，能够依赖现代化的传播工具和交通工具，及时、广泛地进行交流。这是促进世界文学形成与发展的一个重要方面。

（三）新文体的出现

　　随着文学表现对象的变化，原有的文学品种已不能满足和表现某些未曾接触到的内容，因为无论怎样的文学样式都不免有其局限性。现代科技发展出现了许多新成果发明和假说，这就大大活跃了作家的头脑，于是，一种新的文学体裁——科学文学也就应运而生了。这是与以前的神话、志怪、幻想、演义都不同的新文体，而且还不断地派生新的类型，如科幻小说、科学童话、科学散文、科学诗等。随着现代科技的发展，相继出现了无线电广播、电影、电视、网络，这样，也使文学园地相继增添了广播剧剧本、广播小说、广播小品、电影剧本、电视剧剧本等新文体。依靠现代摄影技术和印刷技术，近年来又出现了摄影小说等文体。可以预言，随着科技不断发展，文学新文体将会不断创新、不断发展。

三、自然科学对文学研究的影响

早在古希腊，不少的自然科学家同时又是文学家和文学理论家，自然科学理论的建立和研究必然渗透、移植、影响到文学理论的建设和研究上来。随着社会的发展，科学技术的进步，这种影响将显得越来越重要。由于现代科学的深入发展，人们发现过去不曾注意到、不同社会领域所具有的共同属性及其深层的内在关系，并将其运用于文学创作和文学研究中来。事实证明，自然科学对文学研究有极大的影响。这可以从下面几个方面表现出来。

（一）研究主体思维方式的改变

当代科技革命和社会生活已经发展到这样一个阶段，即它们在自身发展中提出的问题往往突破了传统学科彼此划分的界限，涉及不同学科、不同领域，从而带来文学研究主体思维方式的新突破。例如，传统的观念总是把计量排除在外，但是当代科技革命已进一步表明：定性分析和定量分析是互为前提、互相转化的，定性分析必须借助于定量分析才能技术化、工程化、实用化。客观世界任何事物都是质和量的统一，因此，原则上都可以进行定量分析，用数学来描述。马克思早就测见到："只有成功地运用数学时，才算达到真正完善的地步。"也就是说，定性和定量分析将是我们这个时代文学研究主体思维方式的一个重要特征。

随着数学的发展和人们关于文学现象量方面的认识，将有越来越多的科研课题纳入数学应用的范畴，待人们去思考、解决。随着研究主体思维方式的改变，文学理论家的知识结构也在不断地完善。他们除了要深化本专业知识外，还要掌握大量的社会和自然科学的知识，了解当代科技发展状况和当代社会问题，以促进各学科的交叉和渗透，逐渐成为一种通才式的新型研究人员，使文学研究进入一个崭新的时代。

（二）研究领域的扩大

文学研究是随着文学创作的发展而发展的。新的科技革命推动了文学创作内容和形式的发展变化，也就为文学研究带来新的研究对象和新课题。如作家如何认识新的生活内容、新的活动方式和新的人物；作品生产过程的改变，新程序、新方法有什么效用；层出不穷的文学表现新形式、新手段有什么规律；文学研究面临着一个全新的天地，使人们做出更深入、细致的新探索。于是，众多的新理论和研究领域被开发出来了，诸如创作心理学、欣赏心理学、剧场心理学、电脑艺术学、群体分类学、技巧功用学……这些研究成果必定加深对文学自身规律的认识，反过来推动文学创作，使整个文学事业得以发展。

（三）研究方法与手段的多样

自然科学的新发现和不断完善，促进社会变革和科学研究方法的更新，当然也包括更新文学的研究方法。例如19世纪的细胞、能量守恒定律和进化论这三大发现，不但为马克思主义哲学的诞生提供了重要条件，还推动了19世纪西方文艺学和美学的发展。以泰纳为代表的法国社会历史派的文艺批评和美学理论，就是在达尔文进化论的影响下产生的。泰纳运用生物进化的原理分析文艺现象，把美学比作一种实用植物学，认为文学也和植物一样，有它自己的形成、发展、繁荣以至衰落的规律；而决定文学发展变化的基本因素，则是种族、环境和时代，这便是西方美学史上著名的三大因素学说。19世纪30年代，在法国形成的比较文学，除受到达尔文的进化论影响外，居维叶的比较解剖学也起了重要作用。当代科学技术的飞跃发展，产生了一系列新方法论，并在文学研究中得到应用，如控制论、信息论、系统论的兴起、发展及向哲学社会科学领域的渗透，为文学研究带来生机并取得了许多研究成果。

自然科学对文学研究的影响，还表现在不断更新文学研究的手段上。例如，用以电子计算机为核心的自动化体系来装备研究队伍，使其研究过程中信息的存储、加工、传输、检取的物质技术手段达到现代化水平。情报资料工作在文学研究中非常重要。查阅资料要花费大量的时间和精力。

现代科技成果使文学研究人员在收集最新的作品、研究论文、参考资料时，能用电脑把四面八方的信息汇聚、归类、整理，并能提出参考意见，使研究者把花费在处理资料上的精力，转移到分析思考上来。当然，这并非说自然科学的方法和手段能够解决文学研究中的所有问题。马克思说过，自然科学只是人们把握世界的四大方式之一，另外还有艺术的、宗教的、实践精神的等方式。它们之间互相联系、互相影响、互相渗透、互相阐发，但绝不可能互相代替。这是我们研究自然科学发展对文学影响时应该特别注意的。

四、科学文学

（一）科学文学的含义

科学文学的形成与发展已有上百年的历史。别林斯基曾这样描述过科学文学：它们应该是"叙述科学家的概念"，同时"又是大众极感兴趣的东西，并且要求作者多少用文艺形式来表现它们"，"就内容来说，是科学性的……而从它们的构思和叙述的艺术来看……是十分优美的"。高尔基也曾指出："在我们的文学里，在文艺作品和通俗科学作品之间，不应该有显著的差异。"他认为科幻文学是"以艺术手腕传播科学知识"，所以"形象化的科学艺术的思维"显得极其重要。后来，著名科学文学作家伊林又指出，科学文学是"用科学全副武装起来的文学"。归纳以上论述，我们认为科学文学是文学作品中的一种独特体裁，它通过文学表现手法，以审美艺术形象描绘人类过去、现在、未来科技进步和对大自然奥秘的探索。

（二）科学文学的基本特征

1. 以自然科学为主要题材

作为一部科学文学作品，它必须具备两个条件：第一，它是一部文学作品；第二，具有自然科学内容。科学文学首先是文学作品，本质上属于文学，即它必须具备文学作品的特性；它虽然以自然科学为题材，读后应该让读者增加一些科学知识，但是绝不能只是科学道理或科学思想的简单说教。

它既不是科学化的文学，也不是文学化的科学。科学文学应该区别于一般的科普作品。虽然科普作品也具有一定的文学性，但并非有一定文学性的科普读物就算得上科学文学。科学文学除了以自然科学为题材外，它还要同其他所有的文学创作一样，是以审美性艺术形象去反映生活。

而且，它"不要把科学和技术写成储藏着现成的发现和发明的仓库，而应当把它们写成具体的、活生生的人克服物质和传统的抵抗的斗争场所"。例如，科幻小说要刻画典型的艺术形象，要具有引人入胜、生动的情节，要有活生生的性格化的人物语言，要有环境、气氛、细节的描写等。英国著名科幻小说家H·G.威尔逊创作的《隐身人》，就是写了一个在神秘、惊险的环境中发生的惊心动魄的科幻故事：一个年轻学者对科学发明怀有狂热的追求，他不择手段地要寻找到能随时显形或隐身的科学方法，在不断遭到暗算、告密的困境中，他竟发狂地追求权力和自由，妄想实行恐怖统治，用隐身术来杀人，甚至自诩为"隐身人一世"，在一次疯狂的角逐中，他终于悲惨地丧失了年轻而可怜的生命。威尔逊在这部作品中不但讲述了幻想性的未来科学，还出色地刻画出那个具有复杂性格的隐身人。

2. 凭借科学进行假设、想象和幻想

科学的幻想、想象与假设，即科学构思，是科学文学的生命。列宁说过：幻想是一种可贵的品质。高尔基也说过：幻想显示了人们预见未来现实的一种惊奇的思考能力。科学文学描写科学和科学对社会的影响，揭示人类对大自然的探秘，预测科学的发展和社会的变化……这一切都要求科学文学要有大量的假设、想象、幻想。科学文学的幻想性只能凭借一定的科学依据，在已经达到的科学水平基础上去展开合情合理、大胆新奇的预测、假设。它"要求艺术家具备一种与神话无关的幻想"。这种耸立在现实科学基础之上的高层次的幻想就是科学幻想。

所以，科学文学不但可以使读者认识自然世界，启发其丰富的想象力，去吸取科学创新的灵感，而且常常是科学未来的预言书。很多科技新理论、新发明、新创造在诞生之前，常常首先出现在科学文学家的笔下。例如凡尔纳在写他的科幻小说时，世界上根本还没有核潜艇、火箭，以及还未发现相对论，但他以合理的假设，非凡的想象力，浪漫而又符合科学的幻想，跨过时代的门槛，提前迈进未来世界。威尔逊的科学幻想同样表现出充分的科学性和预见性。在《星际战争》中，他预见了毒瓦斯的应用；他描述的"热线"酷似今天的激光。在《首次登上月球的人们》中，他描述了宇航的失重问题，预见人类在月球软着陆和回返地球时坠落海中。在《莫洛博士岛》中描述了器官移植手术，在《获得自由的世界》中推测会有核武器，甚至使用了"原子弹"一词。而这一切在威尔逊的作品里都不过是幻想。所以高尔基说：没有科学根据的古代幻想作品，是眼光狭小的，而科学文艺应当是我们今天的科学神话。

　　3. 逻辑推理与文学的艺术构思结合

　　科学文学不仅需要创造生动的艺术形象，还要符合一定的科学规律。它描写的科学世界，必须运用逻辑推理才能使读者感到真实可信。所以，科学文学常常围绕假想的概念、社会环境和人与人的关系，以逻辑推理的方式进行描写，同时又必须通过文学的艺术构思表现出来，这样既保证艺术形象的丰富性和生动性，又使假设、想象、幻想具有合理性。

　　这充分说明科学文学不仅有自然科学的内容和神奇、丰富的想象和幻想，而且以引人入胜的艺术魅力，蕴含着一种潜移默化的认识作用和教育力量。

第二节　文学与心理学

　　文学是以人及其社会生活，尤其是人的内心世界为特殊的反映对象的。文学之所以是"人学"，就是因为文学作品是写人的，是写给人看的，又是人写的。因而，作为现实的审美反映的文学与人类精神世界，特别是思想、情感、情绪以及感觉、知觉、表象、想象、思维等心理现象有着密切的联系，不仅在文学作品中有大量心理问题，而且在作家创作与读者欣赏活动过程中也存在心理活动问题。因而学习心理学、文艺心理学，对文学创作、文学欣赏和文学研究都有重要意义。

一、文艺心理学的建立和发展

（一）心理学的源起

把心理学的理论和方法应用于文学研究，生发出文艺心理学这门交叉学科，这是文学研究的重要发展。心理学这个名词渊源于希腊文"灵魂"和"学问"，意即关于灵魂的学问。古希腊亚里士多德就写过《灵魂论》《记忆论》《梦论》等心理学著作。一千多年来心理研究一直统辖于哲学范畴。1590年，德国马堡大学教授葛克尔首先用心理学作为自己著作的书名。18世纪德国哲学家赫·沃尔夫的《理性心理学》与《经验心理学》于1732年和1734年相继问世后，心理学才得到公认。1879年，德国哲学家冯特在莱比锡建立第一座心理实验室，使心理学成为一门独特的实验科学，至今有一百多年历史。

心理学的源起与实验科学的建立有密切关系。马克思曾称英国培根为"整个现代实验科学的始祖"。培根提出了唯物主义经验论的原则：知识和观念都起源感性世界。他认为，物质世界有它自身固有的规律，人应当"在事物本身中来研究事物"，因为人的一切认识都是源于感觉经验的。"人们若非发狂，人的一切认识都应当求助于感官。"培根关于认识来源于感觉经验的理论，为心理学的建立提供了理论基础。辩证唯物主义认为：人的心理是客观现实在人脑中的主观映象，是在人的实践活动中产生和发展的。心理学是关于人的心理的发生、发展及其规律的科学，研究对象是人的心理现象，主要包括两方面的内容：一是心理过程，探讨心理过程的产生和活动规律及各过程之间的联系；二是研究人的个性及其心理特征。

（二）文艺心理学的产生和发展

19世纪下半叶，冯特、李普斯、格罗斯等人，都在自己的著作中对文艺创作心理问题做了理论阐发。在俄国，1885年波贝雷金发表的《创作心理学探讨》等论文，1902年库里科夫斯基发表的《创作心理学问题》等专著，1907—1926年相继出版的文集《创作理论及创作心理学问题》等，都是对文艺创作心理研究的重要成果，标志着文艺创作心理学早期产生、发展的过程。1900年，奥地利心理分析学家弗洛伊德的《创作家与白日梦》发表，可以看作文艺心理学的开始，开拓了用心理学研究文学的新天地。弗洛伊德的精神分析学说提出人的心理的无意识领域及泛性欲论，解释全人类的行为动机及人格结构，由于其理论发端于精神病学，主要研究病变或变态心理，强调人的行为是非理性的，充满性欲思想，忽视人的心理、意识的社会制约性，把人生物学化、鄙俗化。他的无意识和性本能的基本假设，也是一种演绎性的思辨学说，运用神话传说来证实的假说，缺乏科学依据。

　　用这些理论去解释文学，把作家的创作说成是他的个人的白日梦，忽视文艺的社会内容，偏离人的内心世界对社会生活的反映，其文艺观点基本上属于唯心主义的、非理性主义的理论体系。弗洛伊德也承认："精神分析以它的两种断言触犯了全世界，招惹了人们的厌恶。"他的断言之一，就是把本能作为主宰人类精神生活的力量，多出于主观臆断，在实践中得不到证明。但他提出的无意识理论，使心理学从理性意识的心理研究走向更广阔的领域。他所研究的问题，正是冯特所忽视的无意识、梦、过失与错误等问题，并把人的欲望生活作为一个重要的心理学问题提出来加以研究；他所建立的相互联系的理论体系，充分注意到人的心理生活的特殊复杂性，提出了人的行为的动力问题，对推动心理学的发展起到积极作用。它扩大和加深了心理学的广度和深度，为科学地解释心理现象指明了道路，在世界上产生了广泛的影响。

　　我们要全面、正确地看待弗洛伊德的理论体系中所包含的真理性，也要看到它的荒谬之处，不能简单地肯定或否定。对他有关文学艺术的见解也应这样去认识。但无论怎样，弗洛伊德的理论在文艺心理学这门新学科上的贡献却是不能否定的。弗赖说："没有一种把诗人与诗联系起来的文学心理学，几乎不可能进行批评。"

在我国，鲁迅早在1924年就翻译并发表了日本厨川白村的《苦闷的象征》；朱光潜于1933年出版了英文版的《悲剧心理学》，1936年又出版了《文艺心理学》。其后几十年却少有人进行独立研究。到了80年代，文艺心理学得到充分重视，有了较大的发展，已先后出版若干专著和文艺心理学丛书。

文艺心理学是用心理学的观点、方法去研究文艺作品、文艺创作、文艺欣赏及社会审美心理的一门学科。它主要由三个部分组成。一是创作心理学。它以创造主体的心理活动为研究对象，包括创作心理经验积累研究和创作过程心理研究两个方面。二是作品分析心理学。它以创作的物化形态，即艺术作品为主要研究对象，主要研究艺术媒介、艺术结构、艺术技巧、艺术形象四个方面。它从作品文本研究出发，特别关注作品人物和情节的心理内涵、审美形象与意境所传达的审美认识和情感等。三是欣赏心理学。它主要研究审美感受、欣赏态度以及欣赏者心理特征，包括两个基本方面：一是从作品到欣赏者的欣赏过程的研究；二是由欣赏者再反馈到现实的心理影响的研究。

文艺心理学的方法论原则，要求必须把现实、作家、作品、读者四个要素联系起来，以作品为中心，从揭示文学艺术内部审美特征这一任务出发，把心理学方法与传统的行之有效的文艺研究方法结合起来，在社会–审美–心理的相互关联中研究文学的心理学规律。

当代对于文艺心理学的研究出现了良好势头。目前，国外文艺心理学研究中的一些主要流派，如精神分析派、格式塔学派、社会文化历史学派等都被陆续介绍进来。我们对各种学派的理论和方法，要具体分析，批判地借鉴。对我国影响巨大的弗洛伊德心理分析派，曾蜚声四海，产生广泛影响。但它产生不久后就受到批评、反对，大多数作家都不同意正统的弗洛伊德学说。美国韦勒克指出："正统弗洛伊德学派的文学批评，醉心于对性象征令人生厌的寻找，常常背离艺术作品的意义和完整性。"由于弗洛伊德学说突出人的性本能，对无意识过分夸大，忽略人的心理的社会性，具有反理性主义倾向，随着它的产生就引起分化，后来荣格创立了分析心理学派，阿德勒创立个性心理学派，弗洛姆则成为新心理分析学派。这些学派又各有自己的理论，或倾向于文化人类学，或倡导一种社会学方向，对弗氏理论有所批判、发展，总的看来还没有脱离心理分析的理论范畴。具体应如何认识与评价，仍待进一步研究。

另一方面，近十年来国内文艺心理学的研究，如何建立严格的科学体系仍待探讨。同时，心理学方法仍着重于文学现象的心理学描述和解释，而不关心作品的审美评价。正如戴切斯所指出："再多的心理学考察，不管是一般的创作过程还是特定作家问题，都无法告诉我们一部作品是好还是糟，尽管特定作家的心理学考察有时有助于我们了解这些作家在其作品中所表现的某种特征性（这种特征性是好是坏，只能依据适用于有关作品的合适的文学价值理论才能确定）。"因此，文学心理的研究必须明确文学性及审美特性，与文学本体研究方法及其他方法结合起来，才能对作品做出正确评价。

二、现代心理学对文学创作的影响

（一）现代心理学与西方现代派文学

影响到文学创作的现代心理学理论，有弗洛伊德的精神分析学，詹姆斯有关意识流的观点，荣格的集体无意识理论等，其中最主要的是精神分析学。弗洛伊德心理学对文学创作的影响，集中地表现在西方现代派文学发展的历史过程中。对西方现代派文学的各个支派，几乎都发生了或强或弱、或大或小的影响。

1. 现代心理学与象征主义诗歌

精神分析心理学十分明显地影响了象征主义文学。象征主义是19世纪70年代始发于法国画坛的文学流派。1886年让·莫雷亚斯发表了《象征主义宣言》，主张表现自我的忧郁、愁苦和梦幻，抒发对现实丑恶和人性阴暗面的厌恶，强调用象征的方法表现"由对象引起梦幻而产生的形象"。象征主义文学思想与创作原则，实际上是西方现代主义文学思潮的先导。其理论依据是弗洛伊德精神分析的无意识理论和自由联想的观点，特别是《释梦》的发表，更是为象征主义文学提供了一把保护伞。

弗洛伊德学说对象征主义的影响主要有如下两点。

首先，弗氏强调：梦，并不是毫无意义的，它是有意义的精神现象，透过它，人们可以窥到人内心的秘密。现实主义批评家抨击象征主义诗人的主要理由，是认为表现梦幻毫无意义，因为文学是现实的一面镜子，再现现实才是文学的根本任务。弗洛伊德有关梦是有意义的分析论断，正从理论上支持了象征主义，使他们充满自信地表现梦幻世界。

其次，象征主义和象征论，虽然发源于象征主义前驱波德莱尔的对应论，有一套独具特色的创作理论，但是，象征在象征主义诗人那里尚未具备十分完善的理论体系。弗氏却通过对梦的研究，第一次对象征做了系统的、周详的探讨，对象征主义的发展起了重要作用。弗洛伊德心理学支持象征派诗人大胆地去写梦。后期象征主义诗人维尔哈伦、叶赛宁、叶芝和艾略特等人的诗歌创作便是明证。

2. 现代心理学与心理小说

盛行于欧美的心理小说，其演变经历了三个阶段：心理浪漫主义、心理现实主义、心理现代主义。心理现代主义小说的出现是以现代心理学为外在动因的。它主要得力于詹姆斯的意识流说和弗洛伊德的潜意识理论。意识流理论的主要功绩，在于它启发人创造了一种全新的心理描写手法，即意识流手法。如果说心理浪漫主义是主观倾诉的，心理现实主义是客观解析的，那么，意识流手法在描写人的心理世界时所采取的是作者自觉"隐退"，按人物内心意识的流动去展现客观事物，或者说，是以客观事物的呈现来展现人物的心灵，让人物自己来表达他们的内心活动。心理现代主义小说的外在标志是意识流手法的运用，因此，又称作意识流小说。它不仅表现表层意识，而且更为主要的是表现深层意识或潜意识。他们认为，文学不应描写外部世界，而要写人的内心生活，写人的感情，联想和想象，并致力于表现人的潜意识。

　　从内容上看，对意识流小说的演变有过影响的，还有分析心理学派的集体无意识理论。这集中表现在乔伊斯和福克纳的作品中。他们着力追求古代神话、原始意象和原始象征，他们在作品中通过种种隐喻进行古今联系和对比，尽力挖出一些沉积在个人无意识深处的、原始的思想方式，以说明人类存在着古今相通的普遍本性。

　　3. 现代心理学与文学的新原罪主题

　　弗洛伊德的新原罪说，即有关人性冲动、死亡本能、隐伏的恶性、俄狄浦斯情结和埃勒克特拉情结等方面的理论，为现代主义作家探索和描绘现代西方人复杂、多变的心理，提供了理论依据。现代派文学创作中的原罪主题的涌现，正是弗洛伊德新原罪说影响的结果。弗氏认为，人的内心世界始终是自相矛盾的——"伊德"和"超我"、本能和理性、冲动和压抑、生存本能和死亡本能，时时刻刻都在激烈搏斗。

　　受这种观点影响的作家，他们所努力塑造的正是一些被自己内心一种身不由己的力量推向无休止的自我折磨和自我毁灭的人物。现代派文学中的这种原罪的主题，在卡夫卡一系列作品中反复出现。卡夫卡作品主要通过揭示隐藏于人物内心深处的惧父情结，来显现这种原罪主题。"惧父情结"就是弗洛伊德所说的"俄狄浦斯情结"，但只侧重其惧父的一面，而没有恋母的一面。"惧父情结"是长年做弱者所形成的情结。它自卑感有余，补偿作用不足，更谈不上什么抗争了。

　　在他被称为《孤独三部曲》的长篇小说《美国》《审判》《城堡》中，主人公全是在敌对的环境里苦苦挣扎的孤独的人物，他们都是虽有怨怒而又逆来顺受的弱者，他们总是自怨自艾，处于莫大的精神痛苦中。他的短篇小说也大多表现这一类小人物，孤独的体验和被排斥的悲怆，他们处在一种身不由己的处境中备受凌辱，只能任人摆布，又总是为自己没有勇气、没有力量、无能为力而深感内疚。比如在他的著名短篇小说《判决》中，主人公格奥尔格·本德曼把自己订婚的事告诉他那位魁伟的父亲，竟招致其父的横暴无理的责骂。最后，他接受其父亲叫他投河淹死的命令，奔向河边，说了声"亲爱的父母亲，我可一直是爱着你们的"，便跳河自沉溺亡了。

卡夫卡的另一个著名的短篇《变形记》，也是表现父权的不可动摇和惧父情结的现代派文学中的这种原罪的主题。在美国作家奥尔尼的作品中，主要是通过人物内心的恋母情结与恋父情结加以表现的。他笔下的人物，都是处于恐惧和灭亡中的人，被某种原罪感纠缠，痛苦不堪，互相折磨。在恋母情结、恋父情结之类原罪幽灵的蛊惑下，人物的自觉意志往往不起作用，像在噩梦中一样，总是被一种神秘的力量推向灾难和毁灭。在《榆树下之恋》一剧中，作家所展现的伊本与继母爱碧之间的爱情悲剧，正与伊本的恋母情结有关。在弗氏理论影响下，热衷于表现这种原罪的主题的，还有美国作家西德尼·霍华德、赫尔曼·黑塞、皮兰德娄等。

4. 现代心理学与文学的反理性倾向

现代心理学对文学创作的影响还表现在文学领域内，激起了对理性精神的公开的、激烈异常的全面挑战。超现实主义文学便是这股反理性文学潮流中的代表。无意识与梦的见解，是超现实主义文学的思想基础。所谓"超现实"，就是"超理性"，根据弗洛伊德的理论，无意识在两个方面超过理性的意识：一是无意识是心灵的本质，而理性仅仅是意识的表层；二是无意识的本领要比简单的、直线的理性思维大得多，它能产生既令人惊奇又令人迷惑不解的结果。超现实主义之所以称为超理性、超现实就是因为它认为无意识高于理性，无意识反映了人们内心的自我的秘密，是心灵活动最真实的过程，是创作的最为可靠的源泉。而要表现超理性的无意识世界，最好是描写梦幻世界。

超现实主义文学的一个共同特点，便是作品中充满着恍惚、离奇的梦境。这种梦境效果可以通过两条途径获得：一是忠实地记录梦境，使用的语言也是梦幻式的；二是"造梦"，主要通过意象的"随意并置"和"随意转换"两种手法。前者把若干个本来毫无关系的意象随便串联在一起，如加斯可尼在《这形象》中，把"飞机"的意象与"咸肉片""猪油""文件夹""黄蜂"等意象组接起来；后者把一个或几个意象随意地转换成另一些毫无联系的意象，如美国诗人查尔斯·福特在一首有名的八行短诗里，把天空转变为一只臂膀，一个小偷，一张很大的脸，把太阳变成伤口、珠宝、时差、眼睛、露滴、泪珠，把白天转化为一份赠品、一首诗、一匹畏缩着慢行着的马。

（二）现代心理学与中国现当代文学

我国现代文学创作受心理分析学说影响已是几次起伏。20世纪20年代，弗洛伊德心理分析学说和厨川白村的生命力论，以及他们的文学思想由西欧和日本传入中国。周作人、章士钊、潘光旦等人用于文艺批评；郭沫若、成仿吾、郁达夫等作家试图应用于理论研究及小说创作实践。当时由于革命文学的提倡，心理学派追求表现性意识的手法，一度为作家们摒弃。30年代，作家们再次借鉴西方文学表现技巧时，心理分析手法又为施蛰存等作家所应用。郭沫若在第一次革命战争时期提出需要"站在第四阶段说话的文艺"，把过去写的《喀尔美萝姑娘》《叶罗提之墓》这类作品看作自己"青年时期的残骸"与之告别。

80年代初，随着改革开放的深入和中外文化交流的开展，西方文学理论和文学作品在我国较大量被翻译出版，文艺心理学在我国重新受到重视。因此，建立以马克思主义为指导的文艺心理学也就势在必行。就现代心理学对目前文学创作的影响来说，大体表现在如下几个方面。

首先，提倡文学表现心灵与干预灵魂。文学是人学的重新提出，文学界充分认识到文学创作是作家精神创造和心理活动的结晶，再现现实与表现心灵应该是统一的，文学更要重视表现人的心灵，传达情感。作家王蒙、高晓声从文学本身特性出发，认为文学的职能最重要的是干预灵魂。有的学者提出，"文学是对于个体的人和整个社会心理的一种调节因素，是使人类自身不断得到完善起来的一种情感教育的方式，是人与人之间相互连结的一条精神纽带"。

其次，心理小说的拓展，心态小说意识流式小说的崛起。张承志的《北方的河》、邓刚的《迷人的海》、史铁生的《我的遥远的清平湾》都表现了浓厚而深沉、亢奋而激越的情调，使现实主义心理小说在表现人的心灵方面有了新突破，并由此形成一种新的文学表现形式——心态小说。心态小说把现实主义的题旨与现代主义表现手法结合起来，把人物心理意识与外部社会现实有机糅合起来，深入展示人的心灵世界。王擘、王安忆、张辛欣、张承志、陆星儿等作家都是擅长写这类作品的高手，并已汇成一股文学潮流。随后，由注重表现心态进入表现民族文化心理，出现了自觉表现民族文化心理的意识流式小说，体现于李陀、张洁、谌容等作家的某些作品。

最后，注重技巧，促进了文学体裁、形式、表现手法的多样化。王蒙的《蝴蝶》《风筝飘带》等作品，就是采取意识流时空变幻交叉的各种心理表现手法来组织作品的。随着心理描写的拓展，当代作家还创造性地使各种文学体裁交叉渗透、融合形成带有综合特点的文学样式，如诗体小说、散文化抒情小说等。这些小说由重叙事的传统而变为以抒情为主导的小说样式，从作品内容到艺术结构，从表现手段到语言风格都发生了很大的变化。

三、心理学在文学鉴赏与批评中的运用

从心理学角度进行文学鉴赏与批评，既可以侧重于内容分析，也可以侧重于对艺术形式因素的分析。

（一）文学内容的心理分析

首先，从作品的内容看作家的心理状况。这种分析，是基于这样一种基本观点：文学作品乃是作家的心理世界的一种象征，它是作家的人格投射。美国批评家威尔逊对狄更斯小说就曾做过颇有说服力的阐释。他认为狄更斯的作品是一个二元世界：既有好人，也有坏人；既有花脸小丑，也有一本正经的角色，而且对立双方往往相互沟通、相互融合；让品质恶劣的变得高尚，使小丑变得严肃正经。这种现象除了从情节剧的传统与生活的辩证法来解释外，还应注意到作者的心理根源。狄更斯的性格充满了矛盾，他既是

热情、友爱、亲切的人，又是十分无情的人；既有丰富的想象力、充沛的精力、饱满的情绪，又是狂郁症患者。狄更斯作品的二元世界正是作者二重人格的投射。

其次，具体分析作品中人物的心理世界，侧重于探讨其行为的心理动机。对于精神分析学来说，主要是偏重于病态心理的分析，强调人的无意识。比如莎士比亚的《理查三世》中的主人公葛罗斯特，他凶残狠毒，暴戾乖张，为了篡夺王位，杀死爱德华王父子，在死者尸骨未寒之际，竟向安夫人逼婚，又指使凶手杀害与他同谋的兄长，罪行累累。怎样理解这一人物的罪恶动机，历来众说纷纭。弗洛伊德认为这是一个"例外的人"类型的心理变态者。这种人或先天受损，或因不公正待遇，心灵受到创伤，认为自己既是"例外的人"，就应享有特殊权力，疯狂报复以取得补偿。这实际上已陷入心理病态，由此导致乖戾行为。通过弗洛伊德的病理—心理分析，说明葛罗斯特犯罪的深层动机，达到了更高层次的悟解。

我国也有人用心理分析去评价《红楼梦》，认为贾宝玉就心理病理层面而言，实际上是一个神经症患者，其病态表现在女性化、同性恋、癫痫三个方面。比如宝玉狂病的发作，大的就有四五次。如果不从这方面去认识宝玉，那么，我们所以认识到的宝玉，就是不全面的。但是，对这种心理分析方法，我们一定要采取批判地借鉴的态度，不能生搬硬套。

再次，从作品中辨认出基本的文化形态，去寻找反复出现的原型因素，亦即神话和仪式的因素，发现那些具有原型意义的象征、主题和情节。荣格的分析心理学是建立在原型论的基础上的。西方的原型批评正由此发展而成。所谓"原型"，就是指某种"原始意象"，"集体无意识的内容则是所说的原型"。荣格认为原型是在历史过程中反复出现的一个形象，它基本上是神话的形象。它赋予我们祖先的无数典型经验式，是许许多多同类经验在心理上留下的痕迹。原型心理学应用于文学鉴赏与批评，就是通过对原型经验的分析，概括出几类基本类型，用这些原型去探究作品中的神话、象征、隐喻和形象。

原型批评的一个突出特点，就是着眼于大处，总是努力从客观上去把握文学类型的共性及其演变。在具体的鉴赏与批评实践中，总是打破每部作品的界限，而强调其带有普遍性的即原型的因素。原型批评是一种宏观的全景式的文学眼光，又被称为"远观"，偏向于文化人类学。比如弗赖在评论莎士比亚的喜剧时，这样写道："莎士比亚的每出戏剧都自成一个世界，这世界又是那么完美无缺，所以迷失在当中是很容易的，也是愉快而有益的。"但是如果我们"从各个剧的特色，人物刻画的生动，意象的组织等方面引开"，如果"去考虑喜剧是怎样一种形式，它在文学中的地位是什么"，那我们，就可能进入一种别样的境界。弗赖认为，喜剧总是与春天相关，莎士比亚喜剧中就常出现森林和田园世界，这种喜剧可以叫作"绿色世界的戏剧"，它的情节类似于生命和爱战胜荒原这种仪式主题；"绿色世界使喜剧洋溢着夏天战胜冬天的象征意义"，而且构成全剧浪漫喜剧的背景，把喜剧与有关春天的神话和仪式联结起来，让人感到它那深厚、原始的力量。闻一多在40年代也运用这种方法写出了《神话与诗》一书。另外，我国香港和台湾地区学者也在这方面做了有益的探讨。

（二）文学形式的心理分析

艺术形式因素的分析，主要是侧重于考察特定的艺术形式因素之一。所以产生艺术感染力的心理学依据，如有人运用格式塔心理学的"异质同构"理论来说明比喻手法"异质同构"论，又叫"同形论"。格式塔心理学认为，人的生理过程、心理过程与外在世界的物理过程，都具有格式塔性，因此，它们在结构形式上是相同的。格式塔心理学理论在后来得到了更为全面的发展。比如阿思海姆认为，情感是由大脑中一定的张力式样决定的。在一定刺激物的作用下，大脑皮层产生一定的生理电反应，即产生一定式样的大脑张力式样，就产生相应的情感活动，引起人的一定的情感体验。

据此可以推论：如果两个外在世界的图形，在外形等方面无一点共同处，但它们所引起的主体的脑力场张力式样相同，那么，它们作为一种刺激，在主体心理世界中所激起的情感状态是同形的，换言之，它们可以作为表现同一种情感的符号出现。如果暴风雨前的乌云，在人脑中形成的力的样式与社会中某种政治形势的力的式样达到同构，它们便有了相同的表现性；一棵杨柳在大脑唤起的张力样式与一个女子唤起的力的式样相似，人与非人的界限也就不复存在了。

比喻之所以产生艺术魅力，关键就在于这种同构。艺术形式的其他方面，诸如含蓄、重复等艺术技巧以及文学作品的结构等，都可以做出心理学的分析。应该指出，由于文学作品所表现的心理内容丰富、复杂，表现方法千变万化，对作品进行心理分析的途径和方法也是多种多样的。

因此，需要我们认真学习和正确掌握现代心理学、文艺心理学的科学理论，通过欣赏和批评实践去灵活运用。对于西方各种心理学派的理论和方法，一定要采取分析批判、正确借鉴的态度。例如格式塔心理学派的"异质同构"论关于大脑张力式样的推论，就是一个有待科学探讨与证明的问题。所以，用这样方法去说明比喻的魅力，究竟有多少价值，还是值得我们去思考的。

第三节　文学与其他艺术

文学从一开始就与其他艺术结下不解之缘。其他种类的艺术对文学的产生与发展起了十分重要的作用，尤其文学与其他各种艺术的相互阐发、借鉴与渗透，不仅使文学的表现内容更加丰富，而且使文学的表现形式更加生动、多样。

一、文学与其他艺术的产生与发展

首先，文学与其他艺术是同步产生的。我国古代《吕氏春秋·古乐篇》载："昔葛天氏之乐，三人操牛尾，投足以歌八阕：一曰《载民》，二曰《玄鸟》，三曰《遂草木》，四曰《奋五谷》，五曰《敬天常》，六曰《达帝功》，七日《依地德》八曰《总禽兽之极》。"正是初民艺术中诗、乐、舞三者一体的典型范例，可见，这个时期的文学与艺术是紧密相融、不可分离的。

人类区别于其他动物，其主要特征是人类能够制造工具，创造语言，并且在劳动中有意识地去完成各种有意义的创造性活动，其中包括人们的审美认识与审美创造活动。人们在劳动过程中逐渐产生了思想感情，感情发展催生了原始艺术，如《毛诗序》说："情动于中而形于言，言之不足，故嗟叹之，嗟叹之不足，故永歌之，永歌之不足，不知手之舞之，足之蹈之也。"这正是文学与艺术同步产生的重要原因。德国著名艺术家格罗塞说：原始民族从来没有舞而不歌的时候，而原始的"歌"就是乐和诗的结合，每一个原始的抒情诗人，同时也是一个曲调的作者，每一首原始的诗，不仅是诗的作品，也是音乐的作品。这些都说明了文学与其他艺术之间的亲缘关系。

其次，文学的产生与其他艺术的产生和发展具有不平衡性。就总体而言，文学的产生与艺术的产生是同步的，但另一方面，文学的产生与各艺术门类的产生在不同的历史阶段又存在着不平衡现象，尤其是一些技术性和科学性高的艺术更是这样。各艺术门类由于它们所借助的物质性表现手段各不相同，便决定了它们之间的不平衡性。在原始社会中，极其低下的生产力无法产生具有科技性的艺术表现手段，因此，也就不可能产生具有科技性的艺术门类。

只有随着科学的不断发展和进步，艺术的表现手段才能逐步多样化和具有科技性。如电影、电视的出现，必须以科学技术的发展为前提条件，所以它们的出现较晚。这就形成了影视艺术的影视文学与其他艺术、文学种类发展的不平衡。即使在同一时代里，文学与各艺术门类的产生与发展有时也是不平衡的。如唐代传奇小说已经成熟，而作为戏剧艺术的唐代参军戏则处在戏剧形成的雏形和萌芽阶段。

文学与艺术创作过程的思维方式及表现手段的差别，也造成文学与艺术的不平衡性。比如，原始壁画艺术的产生及其艺术性就不同于相对较为复杂的书面语言文学及其他艺术门类。原始绘画艺术在人类艺术童年时期具有相当的普遍性和较高的艺术性。这可从已发现的位于西班牙境内的阿尔塔米拉洞窟里的壁画艺术中得到佐证。在阿尔塔米拉洞窟壁画中有一头受伤的野牛，它因伤势重，四足卧地，而无法站立起来，可是，它在挣扎中所显示的力量仍布满全身：它低下头，怒视前方，似乎用双角抵御着刺来的标枪。"即使现代文明人若不经一定的绘画训练，恐怕也难以画得那么准确生动。至于牛所特有的野性和威力，一般的现代人就难以体会得那么深刻和敏锐了"。

　　而位于法国南部蒙蒂尼亚附近的拉斯科洞穴壁画中的动物画，它们也同样具有画幅巨大，线条粗健，轮廓准确，飞动奔走的神态尤为鲜明有力等特点，其艺术性较强。然而，我国最早文字记载的诗歌作品《蜡辞》，则无法达到原始绘画中那种颇深的艺术造诣，它仅是原始生活的简单记录而已。之所以产生这种现象，是因为人类对自然界任何事物的接触，首先发端于视觉，即从外在直观的物象逐步上升到内在丰富的意象，而艺术则是人们将心中的某一审美意象通过某种艺术方式加以表现的外化品。

　　原始绘画艺术正是运用简单的线条、色彩、构图来直观地表现意象的，这更易于为原始人所接受、模仿和创造。但文学却不同，它必须通过一种丰富而又复杂的语言材料的组织和运用，而后才能得以表现人们心中的某一意象，这就复杂得多，困难得多。此外，文学的产生与其他艺术的关系，还存在一些复杂现象。如原始建筑、工艺美术等，它们的产生与文学并无关系，但它们出现之后，都对文学产生了一定的影响。

二、文学艺术的分类与比较

　　我们已阐明文学艺术是一种审美意识形态，具有它自身特殊的审美本质属性。它具体体现于审美情感性和审美形象性的辩证统一中，并运用一定的物质材料和表现手段去塑造艺术形象，这是包括文学在内的一切艺术区别于其他意识形态的共同特点。文学以语言文字去塑造形象，则是文学与其他艺术的主要区别之一。要进一步认识文学和其他艺术的区别和联系，可以从艺术的分类中明确各种艺术的相同和相异的特点。

随着文学艺术的产生和发展，艺术的门类也逐步增加。根据各门艺术塑造形象描绘生活所使用的物质材料和表现手段的不同，一般可划分为四大类：语言艺术，造型艺术，表演艺术和综合艺术。

语言艺术是指文学，以语言文字为物质材料去塑造形象。文学作品是由作家将其所承袭的一定民族的语言文字，加以特殊的巧妙运用的结果。语言文学在书面作品中呈现为文字符号，它所包含的物质元素乃是声音。以声音作为媒介材料，文学和音乐是相同的。造型艺术指绘画、雕塑等，艺术家们运用颜料、画布、大理石等物质材料，以线条、色彩等去塑造形象，作用于人们的视觉和触觉，使人可以眼见，比之文学更具可感性。绘画和雕塑都从生活存在的空间方面来再现生活。绘画形象存在于二度空间，雕塑形象存在于三度空间，形象注重物象造型性，并富于表情性表演艺术指音乐、舞蹈等运用音响、节奏、旋律、体态动作去塑造形象，作用于人们的听觉或视觉，有较强的抒情性，所以又被称为表情艺术。音乐的音响语言首先是情绪的表情语言，和文学语言一样以声音为物质元素，由人声或乐器来表现，能激发各种不同道德和哲学的联想。舞蹈又被看作动作艺术的表情类。它通过舞蹈演员有节奏、有秩序的动作、手势，运用身段、舞姿来表达内心的思想情感；舞蹈所表达的感情是间接的，但往往可以明显地表现出来。综合艺术是指戏剧、影视、歌舞等综合性的艺术，它们综合运用各门艺术的物质材料和艺术手段，其中包括绘画、雕塑、建筑、摄影、音乐、灯光、舞蹈等，是文学、表演、造型艺术的综合。

在西方，亚里士多德的《诗学》就指出各种艺术由于各自所用的媒介、所取的对象、所采用的方式不同，出现了用颜色和姿态、"用声音"或只用语言来摹仿与制造形象的各种不同的艺术品。到了现代，西方文论根据各种艺术的不同特点，有的从时空关系划分为空间艺术，如绘画、雕刻等，时间艺术如文学、音乐等，时空综合艺术如戏剧等；有人则主张从欣赏主体接受的官能特点出发，把艺术区分为视觉艺术如绘画、雕塑等，听觉艺术如音乐等，想象艺术如文学等。

以上各种分类方法从各个不同角度，对各种门类的艺术进行平行比较研究，说明了各种艺术的异同，从中也说明了文学与其他艺术的联系和区别，归结起来，主要的一点就是，塑造形象所运用的物质材料和表现手段的差别。实践充分说明，文学和其他艺术的创造活动都离不开一定的物质材料（或称为媒介材料）和表现手段。正如没有语言文字就没有文学一样，没有颜色、画布就没有绘画；没有人的身段、动作、手势就没有舞蹈，等等。

换句话说，没有一定的物质材料与表现手段，就没有艺术。这就是说，文学和其他艺术创造都是以一定的物质材料为其必不可少的基本要素之一。这是因为文学艺术是审美意识形态的一种表现，艺术家的审美认识和审美情感，必须运用一定的物质材料，作为工具、手段去塑造形象，通过具体的美感形式，以物质化的形态去传达思想情感，使文学作品和其他艺术具有审美形象性，成为客观存在物，成为可以让人知觉到的对象，才能供人欣赏并发挥其审美教育作用。

因此，玛克杜纳曾经指出，艺术品主要是由某人运用技巧所做成的公开而可以知觉到的对象。这个"艺术品"的定义离开文学艺术的审美意识形态性质去界定是不够正确的，但它强调物质材料及表现手段的重要意义，无疑是正确的。相反，有些唯心论者却断言艺术品不是物质的而是精神的，不恰当地否定艺术品作为审美意识形态的一种物化形态所具有的物质性。我们认为，文学艺术是一种审美的社会意识的物化形态，既从存在与意识的高度肯定文学艺术具有审美的社会意识形态的本质，又不忽视它作为审美意识的物化形态的物质性，充分重视运用物质材料、表现手段的重要意义。

另一方面，不同种类的艺术使用不同的物质材料和表现手段，这与各种艺术所取的对象、所采用的方式、所追求的效果是密切相关的。使用哪一种物质材料，是决定一门艺术的性质和特点的物质条件。这是因为各种媒介材料自有特殊的性质和表现能力，产生的效果也各自不同。每个艺术家对他所使用的媒介的性能，应该有特殊的了解，有特殊的驾驭能力，才能把它作为表现内容的适当工具，创作出好作品来。譬如诗歌用语言文字为媒介，声音、韵律与意义三者在诗歌中成为不可分割的整体，具有体现情感的能力，认识并掌握它就能发挥其性能。

按照使用的物质材料对艺术进行分类，有助于我们掌握各种艺术的特征，正确处理文学与其他艺术的关系。譬如文学和绘画、音乐的关系是复杂而多种多样的。诗人可以从一幅画中获得诗的素材和灵感，许多诗人都以某些绘画为主题写过诗。反之，文学作品同样也可以成为绘画与音乐的主题。"诗中有画，画中有诗"就是我国古文论中的一个重要内容。文学艺术发展的历史证明，各种艺术，特别是文学和其他艺术都力图互相借鉴，互相渗透，并且在相当程度上取得成功。

三、文学与其他艺术的相互促进

（一）文学是其他艺术的基础

文学是人学，它以人为中心，借助文学语言多方面地塑造形象，描写人的内心世界，揭示人的思想感情发展变化的全过程，全面、深刻、生动地反映现实社会生活，而其他艺术门类所反映的对象也同样是人和人的世界。我们知道，文学对社会生活反映的深度和广度，较之其他各艺术门类更广泛、更深刻。其他门类的艺术家可以从文学中间接地了解和感受丰富多彩的社会生活，以及文学家在作品中所表现出的各式各样人物的深层的情感世界。由此，文学为其他艺术门类创作提供了丰富的生活素材、题材，以及人物心理特征等。

世界著名音乐家贝多芬少年时就自修古文，阅读了大量的历史文献和文艺著作。十六岁时，他已熟悉荷马等历史学者和诗人作家的著作，后人在他的遗物中还发现了他在《莎士比亚全集》的书页上注满了批语。此外，他还十分喜爱莱辛，崇拜席勒、歌德等文学巨匠。

由于贝多芬具有深厚的文学基础，从文学中增长了许多见识，也加深了他对生活的理解和把握，因此，也提高了他对生活的感受和对美的鉴赏力。正是文学培养了他的艺术情趣，为他的音乐创作奠定了坚实的基础，从而使他的音乐作品具有极高的审美价值和社会作用。

文学是用具体可感的形象来反映社会生活的，并带有作家的审美意识和思想感情，所以，文学形象的内涵更富有概括性和弹性。因此，文学塑造形象的方法，多为艺术家所借鉴。如19世纪挪威民族乐派大师格里格便根据易卜生的诗谱写了一首歌曲《天鹅》，用富有色彩性的和声音乐手段，把诗中的天鹅形象重新塑造成音乐形象。一部《圣经》就为西方美术创作提供了无穷无尽的形象材料。这些都可以说明，文学对于艺术的发展起了十分重要的作用。

（二）其他艺术促进文学的发展和更新

文学有自己的特点，但与其他艺术相比，又有一定的局限。比如，对于感情的表现，文学不及音乐那样深沉、热烈；对于形象的塑造，文学又不及美术那样具体可感。因此，文学在发展过程中，也往往从其他艺术中吸取营养，以获得新的发展。比如音乐表情的丰富性，就为文学提供了可资借鉴的表情方式。

明代文学家谢榛在《四溟诗话》中就主张："凡作近体，诵要好，听要好……，诵之行云流水，听之金声玉振。"清人刘大櫆在谈及诗歌语言的音乐性时也说："积字成句，积句成章，积章成篇，合而谈之，音节见矣！歌而咏之，神气生矣。"美国诗人爱伦·坡说："诗的音乐性对于诗的最高理想——美的理想的升华是一种本质上的促进。"

从这些诗论中，我们可以看出人们对文学中音乐效果的追求及音乐对文学的作用。相对于文学，美术是用一定的物质材料和手段，通过塑造视觉瞬间凝固的静态艺术形象来表现生活的，因此，它所塑造的形象具有很强的具体可感性。这是文学所不能比拟的。为此，许多文学家借鉴美术塑造形象的方法，在作品中力求创造出具有美术形象的审美效果的艺术形象，以此来增添作品形象的典型性和感染力。

尤其艺术流派对文学发展的作用更为显著。如源于1870—1880年法国美术界的印象主义，在它中兴之后，便迅速扩展到其他艺术领域，并对文学产生了巨大影响，在文学中出现了心理印象主义，其创始人为龚古尔兄弟，较为著名的长篇小说是哈谟生的《饥饿》。后来又经哈谟生以及20世纪初其他一些作家的创作实践，印象主义则成了现代派文学中的一种创作方法。

四、文学与其他艺术的相互渗透

文学和其他艺术是在相互吸收、相互影响、相互渗透中发展的，其联系方式主要有以下几种。

（一）吸收

在文学艺术的发展中，文学与其他艺术相互吸收的现象较为普遍，以至成为文学与艺术相互联系的一种最为主要的方式。舒曼指出："有教养的音乐家能够从拉斐尔画的圣母像中得到不少启发。同样，美术家也可以从莫扎特的交响曲中获益匪浅。不仅如此，对于雕塑家来说，每个演员都是静止不动的塑像，而对于演员来说，雕塑家的作品也何尝不是活跃的人物。在一个美术家的心目中，诗歌却变成了图画，而音乐家则善于把图画用声音体现出来。"

我国戏剧大师梅兰芳的成功经验也说明了这一点。梅兰芳曾学画于齐白石，并受《维摩说法图》《九歌图》和《天女散花图》等启发，设计出了《天女散花》歌舞的服饰及舞姿，他还得益于顾恺之的《洛神赋图》画卷，创作出了《洛神》歌舞，并从中再现了曹植《洛神赋》的意境美。随着电影艺术的不断发展，人们开始在文学作品中运用电影表现手段，取得了较好的艺术效果。如话剧剧本创作用"多场次、大跳动"的蒙太奇式结构方法，场面随时变换，情节大幅度跳跃，使舞台场景恍如一组组镜头相继出现。这就使戏剧文学剧本创作突破了原有的时空模式，获得了新的发展。

（二）配合

文学与其他艺术的相互配合是多种多样的，如以具体可感的直观形象来反映生活的美术作品，以及以表情见长的音乐作品等，均需要有文学标题的配合，以起到画龙点睛的作用。如华君武的漫画《受难曲》，配上文字标题后，幽默地讽刺了当今歌坛所流行的一种不良的演习风格。一组连环画，配上文学性的文字说明，图文并茂，意趣横生，从而收到更好的艺术效果。音乐作品也离不开文学的配合。音乐中如配以歌词或音乐标题，则能使音乐中带有随意性的形象更为确定和易于为听众所接受，加深听众对作品的理解。文学作品有时也需要其他艺术形式的配合，如配以插图、书籍装帧等。配合，是文学与其他艺术相互联系的重要途径之一。随着文学与艺术的发展，两者间的相互配合会日益密切、配合方式多样。

（三）综合

这是指多种艺术成分的综合，其中有相互吸收，有相互结合和配合。各艺术门类间的综合，并不是机械相加，或任意组合，而是多种艺术在总的审美原则下，有机地融合在一起，从而形成一门新的艺术。这种综合后的艺术具有较强的独立性。当代新出现的影视艺术、摄影小说、电视散文、音乐故事、广播剧等就说明了这一点。

电影艺术的综合性就较为突出。它借助于机械、胶片和物理学、光学、化学、电子、视觉生理学等现代科学技术的进步，综合了各门类传统艺术，尤其是综合了文学、音乐、绘画等多种艺术成分。爱森斯坦指出，电影"把绘画与戏剧、音乐与雕刻、建筑与舞蹈、风景与人物、视觉形象和发音语言联成统一的整体"。这一综合性正如乔治·萨杜尔所概括的："电影的伟大就在于它是很多种艺术的综合。"早期的电影，主要从戏剧中借用了艺术的表现手段和形式。"剧作、戏剧、绘画和音乐等艺术在电影中获得了新的特质"，即必须符合电影艺术的要求，遵循电影艺术创造的美学原则。

结语

　　从实践角度探讨文学理论功能、价值以及理论机制问题，实际上并没有一个现成的、完整的范式可以依循，但可以确定的是，只有提供了有利于理论逻辑完善的佐证，或者强化了逻辑内在力量的现象，才可能成为值得珍视的理论因素，具有进入理论抽象过程进行整合融会的资格。因此，与其说是描述文学理论实践视域的整体状貌，不如说是提出一些设想和期望，更深入的探讨论证和收获还有待进一步的关注和努力。可以肯定，在实践意义上，文学理论的逻辑自洽永远都不意味着一个新的封闭体系的形成，文学在不断发展，文学理论也在不断演进，在关于文学理论观念与形态的沉思中，浩大的实践范畴其实不仅具有对象意义，还更多地体现出丰富的哲学意味。哪怕只是探讨中一个点滴的回味与反思，都会因为指向了有价值的目标而显示出积极意义，它所释放的建构之力终将逐渐转化为文学理论的有效成分，并使理论的状态更为清晰，逻辑观点更为有力。

参考文献

［1］童庆炳，李衍柱，曹本陆，等.文学理论教程［M］.北京：高等教育出版社，2004.

［2］陶东风.文学理论基本问题［M］.北京：北京大学出版社，2004.

［3］董学文.西方文学理论史［M］.北京：北京大学出版社，2005.

［4］罗宗强.古代文学理论研究［M］.武汉：湖北教育出版社，2002.

［5］刘若愚.中国文学理论［M］.南京：江苏教育出版社，2005.

［6］王运熙，黄霖，刘明今.中国古代文学理论体系［M］.上海：复旦大学出版社，2000.

［7］米学军.文学接受综论［M］.北京：大众文艺出版社，2007.

［8］童炜，方克强.文学概论书系 第八编 文学接受论［M］.北京：北京师范大学出版社，2006.

［9］程金城.中国20世纪文学价值论［M］.兰州：甘肃人民美术出版社，2008.

［10］赖大仁.当代文学批评的价值观［M］.北京：社会科学文献出版社，2013.

［11］张清芳.创新的文学实践［M］.济南：齐鲁书社，2014.

［12］麦永雄.文学领域的思想游牧：文学理论与批评实践［M］.北京：中国社会科学出版社，2002.

［13］蔡明，范富安，米学军. 文学作品鉴赏理论与实践［M］. 北京：语文出版社，2011.

［14］叶绪民，朱宝荣，王锡明. 比较文学理论与实践［M］. 武汉：武汉大学出版社，2004.

［15］降红燕. "在实践中生长的理论"——读张永刚的《文学理论的实践视域》［J］. 曲靖师范学院学报，2018，37（4）：126-128.

［16］胡友峰. 文本实践与文学理论知识形态的重构［J］. 合肥师范学院学报，2013，31（002）：1-9.

［17］杨春时. 文学理论：从主体性到主体间性［J］. 厦门大学学报（哲学社会科学版），2002（01）：18-25.

［18］周宪. 文学理论、理论与后理论［J］. 文学评论，2008，000（005）：82-87.

［19］钱中文. 新理性精神与文学理论［J］. 东南学术，2002（2）：40-44.

［20］童庆炳. 反本质主义与当代文学理论建设［J］. 文艺争鸣，2009（07）：8-13.

［21］陶东风. 重审文学理论的政治维度［J］. 文艺研究，2006（10）：30-37.

［22］童庆炳. 文化诗学——文学理论的新格局［J］. 东方丛刊，2006（01）：37-44.

［23］郑家刚. 文学理论实践性初探［J］. 时代文学：下半月，2011（11）：126-128.

［24］段吉方. 面向现实的文学理论：意义及其限度［J］. 文艺争鸣，2011（9）：30-35.

［25］王熙恩. 审美优先与文学理论实践教学［J］. 黑龙江教育（高教研究与评估），2014，000（001）：43-44.

［26］高楠. 文学理论构入实践的问题属性［J］. 中国文学批评，

2015，000（001）：15-26.

　　［27］李艳丰. "后理论" 时代：文学理论教学实践的反思与建设
［J］. 学理论，2013，000（018）：192-193.

　　［28］权晶. 文学理论教学实践的反思与建设［J］. 内蒙古教育：职教
版，2015，000（011）：54-54.

　　［29］岳庆云. 新时期文学理论实践性问题研究［J］. 山东理工大学学
报（社会科学版），2019（6）：123-124.

　　［30］袁佳. 当代文学理论教学实践的反思［J］. 读天下，2016
（23）：23.